星卡大師

STAR DECK ☆ GRANDMASTER

1

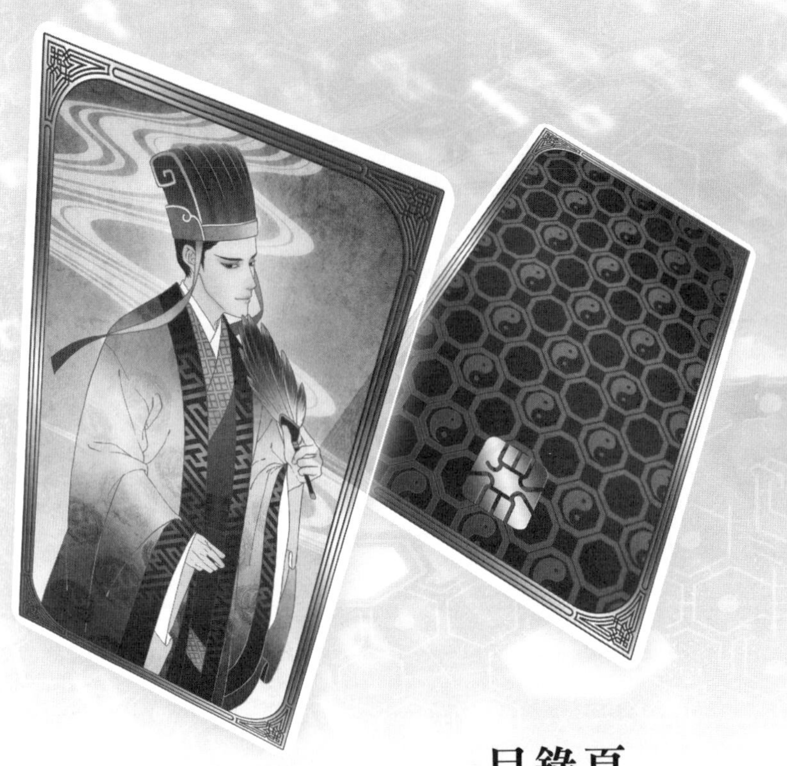

目錄頁

CONTENT

第一章　初入遊戲 005

第二章　初試啼聲的黛玉葬花原創卡 033

第三章　即死牌在黑市引發的騷動 065

第四章　一夜暴富 093

第五章　拍賣會上的土豪 125

第六章　月半卡牌專賣店 155

第七章　即死牌軍團 183

第八章　聯盟最佳烏鴉嘴 213

第九章　陳霄的祕密 241

第十章　江東副本隊 271

第十一章　兄弟破冰釋前嫌 299

第十二章　東吳縱火大隊 329

第十三章　死忠粉絲是位鬼牌少年 359

第十四章　新人車輪戰 391

第十五章　蜀國騎兵團 421

特別收錄　作者獨家訪談第一彈 446

【第一章】初入遊戲

謝明哲做了個惡夢，夢裡有隻體型巨大的野獸追著他，他發瘋一般地往前跑，眼看野獸張開血盆大口就要將他吞入腹中，謝明哲驚恐地睜開眼睛，朝四周一看——頭頂不是大學宿舍熟悉的天花板，周圍也沒有熟悉的室友，他獨自一人躺在陌生的房間裡。

他記得昨晚出門聚餐為室友慶祝生日，結果室友喝醉了，他揹著室友回宿舍睡下。當時是凌晨三點多，為什麼一覺醒來自己居然不在宿舍的床上？

謝明哲怔了怔，仔細環顧周圍。

這裡似乎是醫院的病房，他正睡在病床上，旁邊有一臺類似生理監視器的儀器，亂七八糟的線連著他的身體，監視器的液晶螢幕上有一些他看不懂的數值在跳動。

難道是自己半夜生病，被室友送來醫院急診？正疑惑著，突然有位護士推門進來。謝明哲主動開口詢問：「妳好，請問我……」話沒說完那護士就驚慌地跑出去，一邊跑一邊叫：「秦醫生，七號病房的那位植物人醒了！」

謝明哲：「什麼？」

他昨晚還跟室友一起喝酒，怎麼會是植物人？這護士連病人都分不清嗎？

片刻後，一名四十歲左右的醫生急匆匆地推門進來，手裡提著一臺類似心電圖監視器的器材。

謝明哲禮貌地問：「醫生你好，請問我到底生了什麼病？」

醫生擺弄著手裡的儀器，抬頭看他一眼，道：「你先躺好，我給你檢查一下身體狀況。」

謝明哲乖乖躺平，讓醫生仔細檢查他的身體。

醫生很快得出結論，感慨道：「植物人居然能醒過來，這真是奇蹟。」

謝明哲一臉問號，「植物人？」

從沒聽過喝酒能把人喝成植物人的，難道他喝了假酒？

醫生詫異地看著他，「你不記得了嗎？一個月之前，你從三樓不小心摔下來，大腦遭到嚴重撞

擊，被送到醫院的時候已經呈現昏迷狀態，我們給你做了手術，保住你的命，但從此成了植物人，一直沉睡到今天。」

謝明哲：「……」從三樓摔下來？他的宿舍明明在七樓。

謝明哲乾笑著摸鼻子，「醫生您別開玩笑行嗎？昨晚我被誰送來醫院的？是不是酒精中毒？我記得我也沒喝多少酒……對了，我室友呢？」他說罷就開始四處張望。

聽著病床上的少年胡言亂語，醫生的眼中閃過一絲擔憂，朝身旁的治療儀吩咐道：「七七七號，檢查一下他的精神力，看看精神閾值有沒有恢復？」

方形的治療儀立刻啟動，迅速變成機器人模樣，伸出金屬雙臂按住少年的腦袋，將兩個類似「電極」的東西放在少年的太陽穴上。

謝明哲瞪大眼睛看著它，只見寬約二十公分的液晶螢幕上不斷跳動著奇怪的數值。片刻後，它用機械化的聲音報出結果：「精神力峰值三百，腦電圖曲線正常。」

秦醫生回頭看向少年，神色複雜，「怎麼會這樣？」

被機器人按住腦袋的謝明哲也是一臉茫然——怎麼會這樣？我也想知道啊！

然後，秦醫生似乎想到什麼事，很激動地說：「這樣罕見的病例真是太難得了。我馬上去安排，給你做一下徹底的檢查！」

醫生提著治療儀火急火燎地走了。

剩下謝明哲一個人坐在病床上風中凌亂。

此刻，他很想爆出那經典的三連問——我是誰？我在哪裡？我該做什麼？

然而他還沒問完，醫生又推門進來，這次手裡提著幾臺造型很像機器人的儀器。醫生輕輕按下按鈕，「機器人們」就開始快速工作，謝明哲如同實驗室裡的小白鼠一樣被它們圍了個水泄不通，他只能平躺在床上，毫無反抗之力地任憑機器人們折騰。

謝明哲發現情況很不對勁。

他一向身體健康，酒量也不錯，昨晚回宿舍的時候還很清醒，不可能半夜突然被室友送來醫院卻毫無知覺；這個醫院的環境跟他記憶中的醫院不大一樣，床邊的生理監視器還有醫生帶來的這些機器人看上去都特別先進，似乎不是他那個時代的產物。

謝明哲的脊背猛然一抖——他看了不少穿越小說，該不會他也穿越了吧？

醫生很快就檢查完了，微笑著說：「你運氣真好，像你這樣的植物人能醒來的機率不到百分之一，我已經仔細檢查過你的身體，一切正常。」

謝明哲深呼吸幾次穩住劇烈的心跳，鼓起勇氣問道：「醫生，今天是幾年幾月幾號？我叫什麼名字？我的腦子裡亂糟糟的，什麼都想不起來。」

醫生好脾氣地回答：「你叫謝明哲，今天是星曆三〇〇一年八月一日，正好是你十八歲生日，資料卡上都有寫。」

謝明哲：「……」星曆三〇〇一年是什麼奇怪的時代？

嘴角猛地一抽，謝明哲想到自己穿越的可能性，他的腦仁疼得幾乎要炸裂，忍不住伸出雙手用力地捶了捶腦袋。醫生看見他這個動作，立刻拉住他的手，「別亂動，你昏迷一個月剛剛醒來，大腦的記憶有部分受損也很正常，慢慢就會恢復。」

謝明哲看著自己蒼白的指尖，呆了呆，這才問道：「我的家人呢？」

醫生同情地看著他：「資料上顯示，你從小就是個孤兒。」

謝明哲：「……」穿越過來還是個孤兒？

醫生見他神色蒼白，便伸出手拍拍他的肩膀，安慰道：「別灰心，你能醒過來已經很不容易。先養好身體，以後總有辦法的。」

謝明哲勉強笑了笑，對好心的醫生說：「謝謝醫生。」

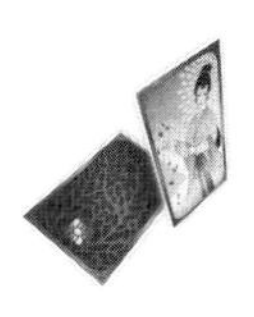

醫生走後，謝明哲艱難地從床上爬起來，到病房的洗手間洗了把臉，想讓自己冷靜冷靜。

鏡子裡清晰地映出他的臉。

久臥病床的緣故，少年的臉色有些病態的蒼白，但五官還是能看出跟原來的自己長得一模一樣，只不過，少年的臉看上去非常青澀。

謝明哲頭疼地把臉埋進冷水裡。

真希望這是一場夢中夢，惡夢能快點清醒。

然而，冰冷的水是如此真實。他抬起頭來，鏡子裡的少年，很像他十八歲剛剛高中畢業時的模樣。難道這個謝明哲是另一個時空中的自己？

不但名字和容貌一樣，而且他的大腦中居然開始漸漸浮現關於身體原主人的記憶。

原主從小就是孤兒，一直靠政府的資助度日，生活非常節儉。只不過政府對孤兒的資助只持續到十八歲成年為止。今年夏天，謝明哲在即將滿十八歲時，靠自己的努力考上了帝都大學美術系，他怕上學後交不起學費，就告別家鄉，提前跑來帝都打工。

上個月他去面試的時候不小心從三樓摔下來，幸好所在的樓層並不是很高，沒摔成肉泥，但也傷得不輕，大腦嚴重受損，被救護車送來醫院搶救，變成了植物人。

這個世界的謝明哲是個很認真努力的少年，但顯然運氣很差。

生活在二十一世紀的謝明哲也是孤兒，他在大學期間勤工儉學地養活自己，大四應聘時順利通過了單位的面試，本來打算工作後存錢買套小房子，從此就能過上安穩平靜的日子，然而，只不過跟室友出去喝了酒，就莫名其妙地來到另一個時空，看到另一個可憐巴巴的自己。

真是倒楣他爸給倒楣開門——倒楣到家了啊！

謝明哲用力揉了揉這張蒼白的臉。

從指尖、皮膚傳遞的清晰觸感似乎在告訴他：別掙扎了，你已經洗牌重來了。

前一段人生好不容易有了些轉機，上帝就把他丟到這個落魄少年的身上，這合理嗎？現在自殺的話，能回到西元二〇一八年的地球嗎？

謝明哲用力掐住大腿，腿上傳來的劇痛讓他徹底清醒——這具身體是個活生生的人類，他實在不敢冒自殺的風險，萬一自殺後穿越到更奇怪的地方、或者直接死了呢？起碼現在這個世界看上去科技挺先進，總比穿去什麼亂七八糟的遠古時代吃生肉野菜要強得多。

謝明哲這樣安慰著自己，心情略微好過了些。

既然活著，就先想辦法活下去。

他的要求不高，能在這個世界養活自己，安安穩穩地過日子就行。

謝明哲深吸口氣，勉強接受了自己莫名穿越的事實。

這個世界的謝明哲，過得並不像地球上的謝明哲那樣順利。

今天是這個謝明哲十八歲的生日。十八歲的少年看上去有些可憐，就算變成植物人在醫院躺了一個月，除了醫生，也沒有人關心過他的死活。

他沒有親人、沒有朋友。哪怕就這樣死去，也不會有任何人為他掉一滴眼淚。

他活得很失敗。

但沒關係，從今天開始，這一切都會不一樣了。

謝明哲看著鏡子裡的少年，輕輕握緊了拳頭。

——過去的事已經沒辦法改變。但我們的將來，就交給我來努力吧！

謝明哲在病房冷靜了一晚上，也把原主過去的記憶全部整理清楚。

原主從小在孤兒院長大，由於在畫畫上很有天賦，通過藝考被帝都大學的美術系錄取。帝都大學將在九月一日正式開學，今天是八月一日，還剩一個月的時間，他必須儘快做好準備。

首先要想辦法出院，植物人在重症加護病房躺一天都要花不少錢，他在這個世界無親無故，也

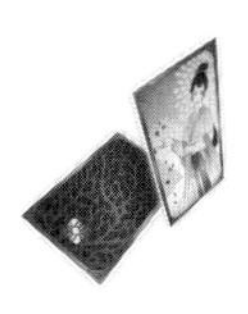

不知醫藥費是誰幫他出的。想到這裡，謝明哲坐立不安，趕忙踩著拖鞋去找主治醫生。

早晨八點，七號病房的少年突然推門出來。正在查房的秦醫生挑了挑眉毛，疑惑地看著他：「謝明哲？你不好好躺著，跑出來做什麼？」

植物人剛醒來都會感到迷茫，需要很長時間接受現實世界的變化，這個少年倒是奇怪，臉上沒有一絲一毫的茫然沮喪，大清早的踩著拖鞋、光著腳丫子跑出來，滿臉神采奕奕。

「醫生，請問一下我什麼時候能出院？還有我的醫藥費怎麼支付？」

「你的身體各項資料都很正常，今天再觀察一天，沒問題的話明天我就給你辦出院手續。」秦醫生走到他面前，對上少年明亮的眼睛，聲音不由得溫和下來，「至於住院的費用，你不用擔心。你有重症醫療保險，出院的時候，可以找保險公司理賠。」

「謝謝醫生。」謝明哲鬆了口氣。他想起高中畢業的時候孤兒院曾給他買過醫療保險，既然保險公司會承擔治療費用，起碼他不用揹上一身債務，這對他來說算是個好消息。

回到房間後，謝明哲開始整理個人用品。

東西不多，只有房卡、身分證和智慧型手機。身分證上有他的照片，並且和銀行卡綁定，不用擔心被人盜用。這張房卡，記憶裡是他暫時租住的那間十坪小居室的鑰匙。

至於手機，也是好不容易攢錢買來的最便宜款式，裡面沒幾個人的電話號碼，因為謝明哲在這個世界上並沒有多少朋友。

如此一來，他的性格發生變化、身體裡換了個靈魂的事，大概也沒人會在意。

謝明哲收拾好東西，穿著病號服來到窗邊，好奇地觀察這個世界。

窗外高樓林立，數不清的上百層摩天大樓，空中還有七、八層縱橫交錯的懸浮車道，各種造型奇特的懸浮車在天空中飛來飛去。

他住的重症加護病房在三樓，所以能清楚地看到樓下馬路。

正好有個小女孩牽著隻可愛的寵物走進醫院，那是他從沒見過的動物，身高超過一公尺，走起路來蹦蹦跳跳，長長的耳朵很像是兔子？

有這麼大的兔子嗎？而且醫院不是應該禁止寵物入內的嗎？寵物會攜帶很多傳染病原體，傳給病人怎麼辦？

謝明哲有些困惑，這個問題，原主的記憶也無法解釋。

這時候，秦醫生推門進來，帶著治療儀給他仔細做了番檢查，說：「你在床上躺了一個月，一直靠營養液維持生命，身體肌肉會有一定程度的萎縮，體重也嚴重下降，出院之後要加強鍛煉，會慢慢恢復的。」

謝明哲也知道自己現在瘦得厲害，身上的骨頭摸起來都硌手。半死不活地在病房躺了一個月瘦成一把骨頭也很正常，出院後總會好起來的，他對這點倒不是很擔心。

樓下又有個五、六歲的小女孩牽著跟剛才差不多的寵物兔子走進醫院，那兔子比她還要高個幾公分。謝明哲終於忍不住強烈的好奇心，開口問道：「秦醫生，那個小女孩兒帶的寵物是什麼？醫院現在允許隨便帶寵物進來的嗎？」這是生活在這個世界的原主記憶裡都無法解釋的事情，所以問出來也不會太奇怪吧？謝明哲想著。

「那是星卡幻象。」秦醫生解釋說：「醫院不會讓寵物進來，我們又不是獸醫。」

「星卡幻象？」謝明哲一臉問號。

「看來，你不玩這個遊戲？」秦醫生打趣道：「不會玩這個遊戲的年輕人可不多。」

「咳，我對遊戲確實不大關注。」謝明哲笑得有些尷尬。誰叫他來自貧窮的星球，對繁華帝都的流行趨勢毫無所知。自己在醫生的眼裡一定是個土包子吧？

星卡幻象到底是什麼玩意？謝明哲暗暗在心裡記下這個詞，打算回頭再好好調查一番。

秦醫生做完檢查便叮囑道：「你的腸胃比較虛弱，接下來的三天先吃一些流質食物，三天後再

正常吃飯，但不要吃太刺激的東西。記住了嗎？」

謝明哲乖乖點頭：「記住了，謝謝醫生。」

等醫生轉身離開，謝明哲立刻盤腿坐在床上，拿出手機搜索「星卡幻象」這個關鍵字。很快就有一大串資訊彈出來，謝明哲越看越是震驚——

原來這些星卡幻象，都出自一款名叫《星卡風暴》的遊戲。

這是一款風靡全球的全息卡牌對戰網遊，至今為止已經運營了整整十年，註冊用戶超過三十億。官方早在十年前就展開了獎金豐厚的卡牌聯賽，從此一發不可收拾，甚至出現很多以此為生的卡牌競技職業選手，以及各家正規的卡牌俱樂部。

作為家喻戶曉的星際網路對戰遊戲，《星卡風暴》能持續十年穩穩占據江湖老大的地位，自然有它的可取之處。

遊戲的核心，是被官方稱為「星卡」的各類卡牌。

星卡不但可以在全息網路上對戰，還有大量好玩的寵物卡牌可以在現實中幻化。比如最出名的「長耳兔星卡」就可以幻化出一隻可愛的大兔子，幻象栩栩如生，就像眼前有隻真實的兔子一樣。

這遊戲一出來，女生們都激動得要瘋了。各種寵物卡如波斯貓、泰迪犬、長耳兔等一時間風靡全球，幾乎每個女孩子手裡都有幾張寵物星卡，閒著沒事召出來逗一逗——雖然只是全息投影製造出來的幻象，並不真實存在，但擋不住它們可愛啊！

除了備受女孩們歡迎的寵物星卡幾乎要賣斷貨之外，還出現了許多戰鬥星卡。

謝明哲順便掃了一眼網上評價比較高的戰鬥卡牌，比如超人氣選手聶遠道的頂級戰鬥星卡「焰龍」，可以召喚出一條通體火紅的巨龍，釋放「烈焰風暴」席捲四周，將周圍的一切幻象燒成灰燼；唐牧洲的「千年神樹」更誇張，能直接召喚出一棵遮天蔽日的神樹，無數綠色的藤蔓如同觸手一般迅速伸展蔓延，威力之大足以將周圍的幻象生物瞬間絞殺。

隨著這些頂級戰鬥卡牌的出現，職業牌盟舉辦的聯賽也越來越精彩。

在經過十年的發展後，如今的牌盟已極具規模，各大俱樂部經營模式也十分成熟，民間競技比賽參與人數破億，頂級的官方卡牌聯賽收視率超過百分之三十，而職業聯盟優秀選手的收入更是讓普通民眾望塵莫及。

據說像聶遠道、唐牧洲這些頂尖牌手都是年收入破億，粉絲數更是堪比頂級明星。

這讓謝明哲忍不住想到地球時代火遍全球的《英雄聯盟》、《星際爭霸》等電競遊戲，他在大學也玩過這類競技遊戲，沒想到如今這個世界更是誇張，《星卡風暴》幾乎成了國民遊戲，八成民眾都在玩。

這款遊戲自由度極高，所有玩家都可以製作原創卡牌，例如剛才看到的「焰龍」、「千年神樹」這兩張頂級戰鬥卡，都是職業選手個人的原創卡牌。網友們當然也可以製作個人專屬獨一無二的卡牌並進行培養，這也是《星卡風暴》運營整整十年經久不衰的原因之一。

謝明哲看完這些資料，心裡真是佩服這款遊戲的開發商。

他前世是理科生，學過電腦程式設計，那時候的技術還做不出這樣的遊戲。如今的科技真是厲害，尤其是星卡幻象投影技術，可以把可愛的星卡生物投放到現實世界供人們娛樂消遣，謝明哲剛才看見那小女孩帶著的寵物，差點以為是真的！

根據網路上的資料，真實寵物和星卡寵物最大的區別就是影子和穿透性。

星卡幻象在光線的照射下是沒有影子的，而且，人們可以直接從幻象的身上穿過去，畢竟那只是高科技製造出來的視覺效果，實際上並不存在。所以，剛才秦醫生一眼就看出來那是星卡幻象——這個世界的人們對各種幻象早就習以為常，倒是謝明哲大驚小怪了。

謝明哲還想多搜些遊戲資料看看，就在這時，手機上突然亮起一條文字訊息：謝明哲，我是房東張姨，剛剛查了一下帳，你七月份的房租還沒有繳，八百晶幣，請儘快繳清。

謝明哲愣了愣。房租？對了，他當初來帝都找了個臨時落腳的地方，結果這個月躺在醫院裡變成植物人，房租確實沒繳。

謝明哲立刻用手機查了一下銀行卡的餘額。

中央銀行的語音說道：「尊敬的用戶，您的帳戶餘額為一千晶幣。」

謝明哲：「……」八百晶幣繳完房租，就只剩兩百塊了。

以原主的記憶判斷，這個世界的幣值和物價應該跟人民幣差不多，兩百塊能花多久？

像他這樣的窮光蛋該怎麼過日子？總不能剛穿越過來就被餓死吧？謝明哲頭疼地揉著太陽穴，開始考慮，在這個陌生的世界裡，他到底該怎麼生存。

次日，謝明哲忙活了一整個上午，總算順利辦完出院手續，他跟秦醫生道謝後，轉身走出醫院的大門。外面的陽光有些刺眼，他捂著眼睛適應片刻，眼前的世界這才漸漸清晰起來。

各式各樣的懸浮車飛快地從空中飄過，高樓林立的世界似乎蒙上了一層機械化的冰冷。

謝明哲在街上站了會兒，陌生的高科技環境讓他深切地感受到自己穿越的事實。

告別西元二〇一八，重生星曆三〇〇一，變成了另一個落魄少年謝明哲。雖然開局拿到一手爛牌，但沒關係，擁有兩份記憶的他，會努力在這個世界好好地活下去。

謝明哲伸了伸胳膊活動筋骨，臉上露出個釋然的微笑，轉身朝附近的公共懸浮車站走去——有手有腳有腦子，他就不信一個大活人還能窮死餓死。

坐著懸浮車到達市郊的終點站，謝明哲根據記憶走到一棟破舊的住宅前。

來到十樓，果然見一位中年女子正在門口等他。中年女子身材微微發福，一見到謝明哲，她就狠狠翻了個白眼，道：「你總算回來了，我還以為你為了逃租故意玩失蹤！」

謝明哲把自己的病例資料遞給她，滿是歉意地道：「對不起，張姨，我不是故意的，突然出了事故，這個月我都住在醫院裡。」

張姨沒接病例，斜眼看他，「住院？你找這種爛藉口，該不會是想賴我的房租吧？」她語氣裡嘲諷的意味非常明顯，顯然很看不起他這個窮小子。謝明哲乾脆地把八百元的房租用當面轉帳的方式轉給她，「抱歉，拖了一個月，真是給您添麻煩了。」不管對方什麼態度，拖欠房租確實是自己的錯。

張姨收到轉帳，緊接著問：「八月份的房租你打算怎麼辦？」

想起銀行卡裡兩百元的餘額，謝明哲連忙說：「我最近手頭上有些困難，您看八月的房租能不能等我開學再繳？」寬限一個月的話，他一定能想到辦法。

「等你開學？」果然，張姨的聲音立刻拔高，輕蔑地看他一眼，「要麼現在就繳，要麼立刻給我搬走！窮得連這點租金都繳不起，你可以去慈善機構的收容所，別來找我！」

「……」謝明哲微微皺眉，這種說話刻薄的人他見得多了，身為孤兒的謝明哲從小就遭受過不少冷眼。他也不想低聲下氣懇求別人，乾脆地點點頭說：「行，我會儘快搬走。」

還以為少年會求她，結果對方如此乾脆，張姨疑惑地抬頭，驀地對上少年明亮的眼睛。

那眼神跟她最開始認識的沮喪少年完全不一樣，反而帶著問心無愧的自信和坦然。

見她抬頭，少年便彎起眼睛微笑起來，「不說再見了，我們應該不會再見面。謝謝您前段時間對我的照顧。」

禮貌又平靜地道別，很有教養的一句話，反倒讓說出刻薄話的張姨內心有些尷尬，確認收錢後就迅速轉身走了。

謝明哲刷卡進屋。

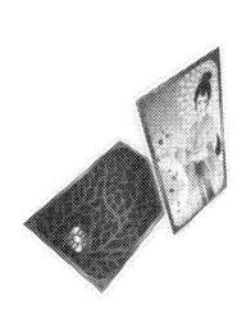

房間面積很小，除去洗手間，剩下的地方擺了床和衣櫃後幾乎沒地方落腳，他的行李箱只能放在床底下。謝明哲俯身打開行李箱，都是些衣服、日用品，還有一臺特別舊的光腦。

他有原主的全部記憶，所以看見這些東西並不覺得意外。

迅速收拾好行李後，他坐在床邊打開光腦，搜索了一下關鍵字「兼職賺錢」。

一目十行地掃過各種兼職資訊，他的目光很快就落在一行混雜在其中的小字上：帝都大學附近涅槃工作室招聘臨時員工，年齡十八到二十五歲之間。宿舍都是雙人房，目前只有一個男性床位空缺，因此只招男性。包吃包住，月薪三千元。

年齡、性別他都符合，地點就在學校附近也方便以後兼職，更關鍵的是「包吃包住」這一條，能解決他目前最大的困境。不過，這工作室到底是幹什麼的？謝明哲好奇之下乾脆發了封信過去，禮貌地問道：請問工作室的工作內容是什麼？我想過來應聘。

對方很快回覆：我們是遊戲代練工作室，主要業務是《星卡風暴》的卡牌修復和卡牌培養，要求玩《星卡風暴》的經驗至少在一年以上，熟悉全部遊戲規則。

謝明哲：「……」你妹的，發招聘廣告這關鍵要求怎麼不寫清楚？

謝明哲雖然沒玩過《星卡風暴》，但當初讀大學時，他曾利用閒暇時間當《英雄聯盟》、《王者榮耀》的代練兼職賺錢，幫幾個客戶打上最高段位，遊戲代練的流程他非常清楚。

未來世界居然也有「遊戲代練」這種職業？

這個老本行做起來應該算順手。想到這裡，謝明哲快速回覆道：我沒玩過《星卡風暴》，但我當過其他遊戲的代練，當了好幾年，業務非常熟悉，可以來你們工作室應聘嗎？

對方疑惑：什麼遊戲？

謝明哲心想，《英雄聯盟》之類的遊戲在這個世界肯定不存在，他也不敢亂說，就隨口編道：我玩的遊戲比較小眾，但我代練的經驗非常豐富。《星卡風暴》這個遊戲我也有些瞭解，保證兩天內學會。

對方猶豫道：你沒玩過，肯定會影響我們的效率。

謝明哲立刻退了一步：那我第一個月先當實習生，薪水只給我一半，您看行嗎？

對方很驚訝：你的意思是，給你一千五百元的薪水你都能接受？

謝明哲毫不猶豫：可以！

對大學生來說，一個月一千五百元的生活費是足夠的，省吃儉用一些還能剩點零花錢。要是以後被正式錄用，一個月三千元就能過得非常滋潤。關鍵在於，這家工作室離學校近，包吃包住，要是時間安排得好，還可以考慮長期兼職。

謝明哲的腦袋迅速轉了轉，打定主意：就給一千五百元吧，我先當兩天實習生，表現得好你們再錄用我。

對方很快發來消息：你來試試看吧，下午兩點半見。

謝明哲開心地回道：謝謝，我一定準時到！

下午兩點半，謝明哲提著收拾好的行李箱來到面試地點。

他原本的想像中，代練工作室就像是「黑網吧」一樣，環境封閉的房間裡擺著一排電腦，幾個滿臉青春痘的死宅盯著電腦螢幕，面無表情地在鍵盤上敲打。

然而到了現場，他卻嚇了一跳——只見大廳裡並排擺放著整整齊齊的頭盔和一排旋轉座椅，屋子的正中間還有個超大屏的虛擬液晶螢幕，上面不斷地刷新著一些資料。

看著這些高科技的設備，謝明哲還以為自己來到了科幻電影裡的場景。

一位二十四歲左右的男人叼著根菸走了過來，他的頭髮有些凌亂，襯衣皺皺巴巴的，就像是從哪裡撿來的，濃濃的黑眼圈表示他昨晚肯定沒有睡好。他像看怪物一樣看了一眼好奇張望的少年，問道：「你就是那個不會玩《星卡風暴》，卻來應聘遊戲代練的小夥子？」

謝明哲厚著臉皮點頭，「我沒玩過《星卡風暴》，但我當過其他遊戲的代練，遊戲基礎紮實，學起來很快的。」他努力地推銷著自己。

男人哈哈笑出聲來，彷彿聽到了很好笑的笑話。

謝明哲也不害臊，坦然地迎上對方的目光，「我先試試，實在不行的話我再走人，給我個機會行嗎？」

少年目光誠懇，一點也不怯場。男人對這個「勇氣可嘉」的傢伙升起了一絲好感，朝他招招手說：「行，你過來吧。代刷材料其實也不難，跟著刷幾次就會了。」

男人一邊說，一邊把謝明哲帶進隔壁房間，遞給他一個嶄新的頭盔，「你既然當過代練，應該知道我們這一行的規矩，儘快完成客戶的要求就行，所以你自己得非常熟悉這個遊戲。」

「好的。」頭盔倒是很精緻，謝明哲仔細研究片刻，看明白頭盔的戴法，問道：「大哥，您怎麼稱呼？」

男人聽他懂事地叫大哥，心裡很是舒坦，態度也好轉了許多，「我姓陳，大家都叫我陳哥，你以後也這麼叫吧。你呢，叫什麼名字？」

「謝明哲，您叫我小謝就行。」

「小謝，你先建個帳號自己進遊戲看看，這遊戲前期不複雜，玩幾個小時就會了。」陳哥叮囑道：「晚上九點之前，你熟悉了規則再來找我。」

謝明哲「喔」了一聲，認真地把頭盔給戴好。

戴上頭盔後，眼前的影像很快發生變化，幾行字飄浮在空中，是不同的遊戲登入介面——看來這款頭盔可以連接大部分的全息遊戲，《星卡風暴》排在第一位，足以看出《星卡風暴》在遊戲界的地位和火爆程度。

謝明哲抬起手，點選了《星卡風暴》。

耳邊響起清脆的系統音，聽上去像是個七、八歲的小男孩兒：「歡迎進入神奇的星卡世界！系統檢測到您是第一次登入遊戲，請創建您的帳號，並綁定身分證號碼。」

謝明哲迅速按照提示創建帳號。

系統音：「請輸入角色ID名稱，並創建您在星卡世界裡的形象。」

遊戲畫面中迅速導入了他本人的模樣，就像是照鏡子一樣逼真。謝明哲看著近在眼前「虛擬」的自己，驚嘆於如今時代的先進技術。

他肯定不會以真實形象玩網遊，以後遇見熟人豈不是很尷尬？

謝明哲思索片刻，對角色的外貌做出一些調整——身高縮小十公分，體重增加三十公斤，臉調大一整圈，再加上幾根鬍子——很好，笑容慈祥的胖叔叔，看著都親切。

至於遊戲ID，謝明哲為了讓人覺得很親切，就隨手取了一個——胖叔。

當時的他，根本沒想到，這個名字將會在星卡世界裡掀起怎樣的波瀾。

從來沒玩過全息遊戲的謝明哲，剛進遊戲就被眼前的畫面給震撼到了。

廣闊的星空，璀璨的銀河，乘坐運載飛船航行的過程中，還能看見劃過窗外的流星雨，無數顆流星拖曳著銀白色的光跡點綴蒼穹，就像在宇宙天幕中放起絢麗的煙花。

謝明哲興奮地趴在窗邊看景色，感覺自己就像「劉姥姥進大觀園」——土包子打開了新世界的大門。

在經歷了一段時間的星空航行後，耳邊終於「叮」的一聲，清脆的系統音再次響起：「歡迎來到雙子星，您在這裡分配到的住所是：雙子星G區七四九八號公寓，請進入您的個人空間。」

雙腳終於落地，謝明哲深吸口氣穩住自己失速的心跳，扭頭打量所謂的「個人空間」。

三室一廳的格局就像是現實世界裡的居室，隨著他進入空間，系統音再次響起：「個人空間是玩家在星卡世界的私人住處，當然，空間的裝修風格、傢俱都是可以更換的，您也可以邀請朋友上門做客。」

這遊戲把「家園」的玩法也融合進來，每個玩家在遊戲裡都能分到屬於自己的「公寓」，按個人喜好裝修和設計，做成虛擬的交友空間。

謝明哲在心裡點了個讚，從臥室出來，跟著提示來到書房。

書房裡三面牆全是陳列櫃，淺藍色光澤的金屬陳列櫃被分成了整整齊齊的一排排小格子，每個格子都是二十公分的正方形，這個設計應該跟網遊裡的背包差不多，在遊戲裡獲得的卡牌、材料都可以放在陳列櫃裡。

書房中間是一座銀白色的金屬臺，謝明哲一走近，系統音便提示道：「這裡是卡牌操作臺，所有卡牌的製作、分解、升級、進化都在這裡進行，請詳細閱讀卡牌操作說明。」

謝明哲手指輕輕一劃，面前果然出現動畫版的詳細解說。

《星卡風暴》當然是以卡牌作為遊戲核心。

想提升卡牌能力，一要升級，二要進化。

最開始的卡牌都是一級一星綠色卡，升到二十級可以進化成二星藍色卡，三十級進化成三星紫色卡，四十級四星橙色卡，五十級五星銀色卡，六十級六星金色卡，最高七十級，可以進化為七星級的強力黑卡。

升級很好理解，就是刷經驗提升卡牌等級。卡牌進化，謝明哲把它理解為網遊裡的「突破」，每十級進化一次，每次進化都需要消耗大量的資源，但最終獲得的高星卡牌也會以翻倍的實力來回報玩家。

遊戲到了後期，不管刷副本還是打競技場肯定都是滿級七星卡的天下。而一張七十級的七星卡由於培養的代價極高，需要大量的經驗和材料，所以玩家如何養卡也是一門學問。

謝明哲大概明白了遊戲規則。

看完新手提示，系統音緊跟著在耳邊響起：「下面就讓我們進入實戰吧！星卡世界裡有無數奇妙的幻境，挑戰幻境可以獲得豐富的經驗和材料獎勵。幻境中存在著一些異形生物，使用贈送給您的卡牌去打敗它們吧！」

耳邊響起「叮咚」的提示音——獲得卡牌「冰蛇」一張、「雷鳥」一張。同時陳列櫃左側的格子亮了起來，裡面出現兩張綠色卡牌，一級一星的綠色卡是遊戲裡最初始的卡牌。

謝明哲拿起卡牌看了看。

冰蛇（水系）

卡牌等級：1級

進化星級：★

可用次數：1/1

基礎屬性：生命100，防禦100，攻擊20，敏捷10，暴擊率1％

附加技能：冰凍（凍結指定目標2秒，並對目標造成20％水屬性傷害）

雷鳥（金系）

卡牌等級：1級

進化星級：★

可用次數：1/1

基礎屬性：生命100，防禦50，攻擊100，敏捷30，暴擊率5％

附加技能：雷電連結（在空中環繞飛旋，對範圍內全體目標造成80％雷電屬性濺射傷害）

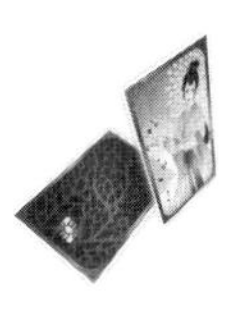

一張控制卡、一張群攻卡。

官方送兩張卡給新手，應該足以應付新手階段的副本。

謝明哲帶上兩張卡牌進入第一個副本，眼前的場景果然一變。

四周是一處空曠的廣場，最中間有一根石柱，謝明哲一進入場景，就聽到一個女人陰森森的聲音：「呵呵呵，又有新鮮的食物送上門來了嗎？」

謝明哲抬眼看去，只見一隻上半身是美女、下半身是蛇的生物正在石柱旁扭來扭去，周圍還有好幾條小蛇跟著她，這顯然是副本中需要擊敗的Boss和小怪。

系統音響起：「請注意自身精神力點數，您當前的人物等級為一級，精神力總計十點，召喚一張一星卡牌需要消耗五點精神力，每秒會自動恢復精神力。」

玩過遊戲的謝明哲理解起來並不難——精神力就跟網遊裡的藍條一樣，召喚卡牌就會消耗一些精神力，這顯然是為了限制召喚卡牌的數量，不然玩家一股腦地連續召喚出上百張卡牌，遊戲肯定會亂套。

十點精神力，召喚一張卡消耗五點，最多召出兩張，官方只送了他兩張，不多不少。

謝明哲將「冰蛇」和「雷鳥」一起召喚出來。

冰蛇是一條純白色長度在一公尺左右的小蛇，全身如同裹著冰雪，散發著絲絲寒氣，在地上爬來爬去的看著還挺可愛。雷鳥的造型就不敢恭維了，跟一隻黑烏鴉似的，還渾身帶電——像是一隻炸毛小鳥。

冰蛇的技能「單體冰凍」可凍結指定目標，謝明哲試著用它把大蛇妖給凍住。雷鳥的技能「雷電連結」是範圍群攻，謝明哲點開技能試了試，果然對大蛇妖和周圍的小蛇都造成了傷害。

他前世是理科生，對資料數據比較敏感，特意觀察了一下傷害數值，以他多年的遊戲經驗，很快就判斷出這張卡資料很一般，並不值得浪費資源養到七星。也難怪，新手期送的卡肯定不會是極

品卡，後期或許會有技能更強、基礎攻擊更高的好卡。

卡牌肯定需要慢慢收集，謝明哲倒也不急，先熟悉遊戲規則再說。

新手副本對謝明哲來說並不難，他一邊算數據一邊打副本，很快就清光小怪並把大蛇妖打到只剩百分之一的血量。

就在這時，大蛇妖突然自爆，把冰蛇和雷鳥全給秒了。

——恭喜您通關幻境！

——冰蛇、雷鳥等級提升至三級，額外獎勵綠色星石十個、綠色修復石兩個。

謝明哲正疑惑著，貼心的系統就開始解釋：「星石富含大量經驗，您可以把星石投餵給您指定的卡牌，對卡牌進行升級。修復石可修理卡牌，星卡世界的每張卡牌都有使用次數限制，卡牌幻象死亡後使用次數會減少，降到零時卡牌損壞，必須使用同級的修復石進行修理。」

「您的冰蛇和雷鳥都已經損壞，使用修復石修復它們吧！」

怪不得蛇妖最後會自爆秒掉兩張卡，就是為了讓玩家學會卡牌的修復功能。

謝明哲修好兩張卡，按系統提示繼續做新手任務。

此時門外，陳哥剛走出來，就有位身材高䠷的妹子跟他說道：「陳哥，接到個大單。」

陳哥雙眼一亮，「什麼單子？」

妹子說：「有人在交易行發布了懸賞任務，七星級的木屬性碎片，總共要一百個，酬金是兩萬遊戲金幣，三天內完成，我給搶了下來。」

周圍響起一片歡呼聲：「青姐厲害！」

「一百個碎片，有得忙了！」

陳哥乾脆地揮揮手，「大家準備一下，去木星刷材料。」

女生提醒道：「木星副本進入標準是五人小隊，我們四個人進不去，得再找一個人。」

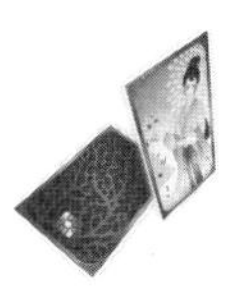

陳哥想到今天剛招聘了一位新人，便走回旁邊的房間，朝謝明哲道：「小謝，工作室人手不夠，你熟悉遊戲了沒？過來和我們一起打個副本。」

謝明哲積極地跑過來，帶著笑容跟幾位同事打招呼，坐在他們旁邊。

眾人正在遊戲裡，所以對他打招呼的事也沒有在意——戴著頭盔，根本沒看到他。

陳哥指揮道：「木星，迷霧森林副本門口集合。」

謝明哲問：「迷霧森林在哪裡？」

陳哥道：「個人公寓裡有一間房，裡面是世界大地圖，想去哪裡直接點選，就能傳送。」

謝明哲剛才一直按系統提示刷副本，才走到書房，任務還沒做完。他放下手頭的任務，到隔壁一看，果然發現三室一廳的房間中最後一間房有個世界大地圖——浩瀚的宇宙星空圖，每個閃爍的小星星都有文字標注。

眼前的星系圖就是星卡大世界嗎？這也太壯觀了吧……

謝明哲愣神兩秒，很快就從密密麻麻的星星中找到了陳哥所說的「木星」。

遊戲裡有金星、木星、水星、土星、火星這些太陽系的星球，倒是看不見地球在哪裡。

謝明哲細心地發現卡牌上面也有水系、金系的屬性標誌，這些木星、火星是不是也跟卡牌屬性有關？

帶著疑惑傳送到木星，找到「迷霧森林」副本入口，陳哥發來入隊邀請，謝明哲一進隊就聽到耳邊傳來個清冷的女音說道：「新來的是吧？你手裡有什麼卡報一下，我好分配待會兒打副本的任務。」

謝明哲召喚出兩張卡，「我只有冰蛇和雷鳥。」

妹子看了眼在他腳底下爬來爬去的可愛小白蛇，和頭頂飛來飛去全身帶電的炸毛小鳥，一口氣差點沒上來，「你帶這種一級卡來打七星副本？你沒搞錯吧？」

旁邊戴眼鏡的男人忍著笑，說：「你這雷鳥的攻擊力才一百點，但七星副本的Boss血量可是一百萬。」

一群烏鴉從頭頂飛過……

遊戲裡的謝明哲表情很無辜：不是你們叫我來的嗎？

罪魁禍首陳哥尷尬地摸著鼻子，「忘了忘了，他是個新手，第一天玩這遊戲。」

空氣突然安靜下來。

安靜了五秒後，陳哥頭痛地揉揉太陽穴，「算了，小謝你就跟著湊湊熱鬧吧，反正副本限制至少五人進入，你就當是湊數。」

謝明哲興奮地搓搓手，如同認真聽講的乖學生一樣迅速坐直身體：「好的陳哥，我就跟著湊湊熱鬧，絕對不給大家添麻煩！」

雖然謝明哲是個不折不扣的萌新，可他畢竟是來工作室當實習生的，趁著這次集體活動陳哥順便給謝明哲介紹了一下涅槃工作室的成員：「池青妹子遊戲ID青青草，龐宇ID宇宙星辰，金躍ID是金子，我在遊戲裡的ID就叫陳哥，工作室目前就我們四個人。」

「大家好。」謝明哲也主動自我介紹，「我叫謝明哲，剛玩這個遊戲，遊戲裡的ID是胖叔。」

「……你好。」眾人聽到這個奇怪的ID，含含糊糊地應了幾句，都不是很熱情。好久沒見過像他這樣的新人了，陳哥也不知道怎麼想的，居然招個新手跑來當代練，靠譜嗎？

池青的嘴角微微抽了抽，私聊老大：「陳哥，你確定要帶上他？」

「他說他有過幾年的代練經驗，待會兒跟他說一下Boss的機制，應該沒問題，就讓他跟著湊熱鬧吧。」陳哥強行說服著自己，說罷又看了看遊戲裡的謝明哲。

記得今天來的小夥子長得很帥氣，笑容陽光，身高目測超過一百八十公分。但他在遊戲裡的形象卻截然相反——身高不到一百七十公分的胖子，名字還叫「胖叔」。

高高瘦瘦的少年，ID卻叫「胖叔」？他是來搞笑的吧？

陳哥無法直視他的ID，揮揮手道：「進副本。」

星卡世界的幻境就跟網遊裡的副本一樣，挑戰不同幻境會得到相對應的獎勵，幻境按照星級區分難度，最低一星，最高七星。位於木星的迷霧森林就是七星難度的材料副本。

謝明哲一進副本就知道自己來錯地方。這裡的小怪血量動不動上萬，他的雷鳥攻擊力才一百點，別說是去打怪，被碰一下就死翹翹。眼看冰蛇和雷鳥一進副本就死掉，使用次數也從1/1變成0/1，卡牌破損又得花材料修理，謝明哲心疼得很，立刻把卡牌收了起來。

謝明哲本以為自己等級這麼低去高級副本肯定要躺屍，結果他的兩張卡都死了，但胖叔的角色在副本裡並沒有死亡。大概這遊戲的設定是以卡牌為主，戰鬥全靠卡牌，玩家沒有攻擊力，所以也不會死？

謝明哲跟在四人的身後用心觀察著。

龐宇一進副本就召出一張犀牛卡，那犀牛橫衝直撞，瞬間打破了迷霧森林的寂靜，而被驚醒的小樹精們見到家裡來了入侵者，立刻嗷嗷嚎叫著撲向那頭犀牛。

犀牛一路狂奔，陳哥和隊友們跟著它跑，小樹精亂七八糟地四處分散，大家都快看不見犀牛在哪裡了。

就在這時，身旁的池青妹子突然連召兩張卡。

「風暴女神」使出龍捲風猛烈席捲，將四處分散的小樹精瞬間聚在一起！

「冰雪女神」一出現，周圍大雪紛飛，將所有樹精全部凍在原地！

陳哥開口道：「打！」

說完，陳哥和那個叫金躍的傢伙就開始劈里啪啦一通技能砸了下去。

全息遊戲效果太逼真，謝明哲剛才看著風暴女神和冰雪女神降臨，就像是地球時代坐在電影院裡看3D奇幻大片。女神近在眼前，栩栩如生，周圍傳來凜冽的風聲，頭頂大雪紛飛，不管是視覺還是音效都堪稱完美。

這遊戲效果真是太棒了，應該給開發遊戲的工程師們集體點個讚。

謝明哲一邊感嘆著，一邊看他們打小怪。

配合得很有默契的四人刷副本效率很快，只用三十秒就把這一批樹精全部殺光，陳哥原地整頓一番，把掉落的碎片材料放進隨身包裹，繼續往森林深處走去。

反正謝明哲的卡牌也發揮不了作用，他就是來湊數的，乾脆專心看熱鬧。

如他之前所猜想的，木星的森林副本掉的材料也全是木屬性。

就這樣刷了七波小怪，終於打到Boss面前。

副本Boss是一朵花，高約一公尺，形狀有點像地球上的百合花，五片大花瓣分別是紅、綠、藍、棕、金色。

陳哥停下腳步，道：「阿青，妳給小謝講一下這個Boss的打法。」

被點名的池青聲音依舊很冷淡：「花妖是五屬性Boss，打Boss的時候需要玩家去踩陣，金、木、水、火、土分別對應金、綠、藍、紅、棕色，當它腳下生成不同顏色的陣法，玩家需要踩中四周能克制它的陣，這樣打起來會輕鬆很多。克制的順序是：木克土、土克水、水克火、火克金、金克木。」

謝明哲點點頭，道：「我能幫上什麼忙？幫你們踩陣嗎？」

池青語速飛快，沒想到這傢伙聽得倒是仔細，她心裡對「拖後腿萌新」的排斥感稍微減輕了些，說道：「Boss腳下出現綠色木陣會給自己回血，紅色火陣會狂暴秒全團，必須踩陣去克制，其他加攻擊、加防禦的陣不踩也沒關係，我們可以暴力強刷……你明白怎麼踩嗎？」

「明白。木陣出現就踩金，火陣出現就踩水，對吧？」謝明哲認真問道。

「沒錯。」池青有些意外，本想再給他詳細地解釋一遍，沒想到這個新人聽一遍就懂了，倒是挺聰明。

「準備開始吧。」陳哥心裡也沒譜，總覺得新人踩錯陣會導致團滅。

然而讓大家意外的是，當Boss腳下出現回血木陣的那一瞬間，謝明哲立刻跑去旁邊的金色陣踩了一腳化解掉木陣；緊跟著，Boss腳下出現紅色火陣，他踩藍陣克制；出現藍陣，他踩棕色；出現棕色，他踩綠色……

Boss出陣的速度極快，但遊戲裡的胖叔跑得也很快，他跑來跑去倒是正好跟Boss的技能節奏一致——Boss每隔十秒出一個陣，他正好十秒跑一次來回，就像是算好了Boss出手的時間，行動靈活無比。

所有陣法都被準確地踩中，五系陣法全部順利破解。

有他幫忙，四人召喚卡牌全力打Boss，速度居然比平時還要快。

順利通關後，陳哥看著比平時快了三分鐘的通關時間，心裡很是詫異。

還以為這新人剛玩遊戲會到處亂跑，踩錯陣害大家的卡牌全部被秒掉，沒想到新人挺聰明，陣法克制的關係池青說了一遍他就記住了，沒出任何差錯。對遊戲老手來說，踩陣這個環節很簡單，可謝明哲今天第一次玩，能這麼快反應過來，確實讓陳哥刮目相看。

看來，他說的「當了幾年代練」是真的。雖然沒玩過《星卡風暴》，但他玩過別的遊戲，所以能舉一反三，迅速領悟。

用一千五百元招到的實習員工真是物美價廉！這麼想著，陳哥對謝明哲的態度也好了很多，溫言問道：「小謝，你記憶力還挺好。」

謝明哲嘿嘿一笑，「我以前玩過的遊戲裡很多金木水火土的設定，我都背下了。」

陳哥讚賞地看他一眼，說：「《星卡風暴》這款遊戲所有卡牌都自帶屬性，對應五顆屬性主星，必須去對應的主星刷進化材料，同屬性的套牌還會有大量Buff加成。」

因為謝明哲悟性高，陳哥也有心指導一下他，便耐心解釋道：「所謂套牌就是當你的卡組裡同屬性的卡牌在五張以上的時候，會獲得『主星的庇護』套牌加成。五大主星的套牌加成種類繁多，後期要組建套牌，可以往喜歡的主星去靠攏。」

「嗯嗯！」謝明哲一邊應著，一邊翻出系統送他的兩張牌看了看，冰蛇是水系，雷鳥是金系，聽陳哥這麼一說他總算明白了卡牌屬性的作用。屬性間互相克制，同系套牌還有加成，這應該是以後打競技場需要考慮的重點。

「你先趕緊升級，升到三十五級能用七星卡的時候，我們就一起去刷大型材料副本。」陳哥都有些迫不及待了，招到的實習生是個好苗子，他想趕緊培養起來，成為自己的得力助手。

「好的！」謝明哲也想快點升級，人物的等級會影響精神力，他現在只有二十點精神力，高級卡牌沒法使用，先把人物等級升上來才是重點。

同一時間，風華俱樂部選手公寓內。

一名容貌英俊的青年坐在沙發上，手裡拿著薄如蟬翼的平板光腦。他的手非常好看，指甲剪得乾淨平整，修長的手指看上去也很有力度。

此時，他的右手食指正在平板光腦上快速滑動著。

面前的液晶螢幕中出現了一張又一張七星黑卡，散發著黑色金屬光澤的卡牌背面，有著紅、綠、藍、金各種顏色的細線如同藤蔓一樣延伸，繪製出複雜又精美的花紋圖案。每一張卡牌，都像是一件具有收藏價值的藝術品。

門被推開，一位三十歲左右，穿了一身職業西裝裙的女人走進來，在他面前停下，道：「小唐，今天中午交易行那個收購一百張木屬性七星碎片的任務，是你私下發布的吧？我看見了你小號的ID。」

「嗯。」唐牧洲的目光依舊放在螢幕上，輕輕應了一聲。

「如果急用，你可以跟俱樂部說，我直接從公會裡給你調材料。」女人好心建議道。

「先別讓公會知道，我們公會的臥底太多了。」唐牧洲放下平板光腦，抬頭看向她，「我在研究比賽用的新卡。」

「喔？」女人感興趣地在他旁邊坐下來，「新卡的資料怎麼樣？」

「還可以。等升到七星後，我會拿去競技場實戰一下，看看最終效果再決定要不要帶到下個賽季的賽場。」他頓了頓，又解釋道：「新卡的技能數值不大穩定，我不想驚動公會，所以在遊戲裡發了懸賞任務。」

「原來是這樣。」女人擔心地問：「接你任務的人，可靠嗎？」

「是一家代練工作室接的單子，我開了小號，他們也不認識。」

「那就好。」女人鬆了口氣，叮囑道：「還是謹慎一些，畢竟你的名氣大，很多俱樂部都在研究你的卡組。」

「知道了，薛姐。」唐牧洲的唇角浮起一絲笑意，「就算被人發現，也無所謂，我打比賽又不是只靠卡牌。」

「……」他說得對，卡組強只不過是基礎條件，能不能在大賽中取勝，關鍵還要看選手排兵布陣、隨機應變的能力，作為單人賽冠軍得主的唐牧洲當然是箇中翹楚。

唐牧洲如今才二十四歲，年輕男人的身上有種很獨特的氣質，舉手投足都風度翩翩，就像是漫畫裡最溫柔的王子。他本就長相英俊，微笑起來更是暖化人心。對上他的笑容，很容易讓人卸下心裡的防備。

然而，只有瞭解他的人才知道——唐牧洲並沒有表面上那樣溫和。

風度翩翩的笑容之下，是殺伐決斷、毫不留情的凌厲攻擊方式。

一手木系植物卡被他玩得出神入化，尤其是他的成名卡牌「千年神樹」，大範圍死亡絞殺，不知道打崩過多少職業選手的王牌。

微笑著用各種藤蔓絞殺對手——賽場上的唐牧洲，無疑是木系選手中，最可怕的存在。

【第二章】

初試啼聲的黛玉葬花原創卡

迷霧森林副本內。

Boss死後爆出一堆東西，五張七星木屬性碎片，還有一張完整的四星木屬性卡牌「花妖」。陳哥心情很好，聲音也帶了些笑意：「運氣不錯，第一次就刷到了碎片和整卡。」

謝明哲好奇問道：「陳哥，這張花妖卡牌掉率很低嗎？」

陳哥點頭，「嗯，整卡掉率不到百分之十，一般都是掉花妖碎片，需要玩家自己去合成。」

正聊著，池青突然開口道：「陳哥，我剛收到客戶私信，他說除了一百張七星木屬性碎片之外，再追加水屬性一百張、火屬性一百張，如果我們能在一週內交貨，三份單子加起來價格六萬六，一次付清。」

眾人都是一愣。陳哥率先反應過來，皺眉道：「一次性要這麼多進化碎片？」

龐宇猜測道：「這是要升三張七星卡吧？會不會是某家公會在收？」

池青搖頭，「應該是個人收購，他在交易行發布任務的時候ID是一串亂碼，明顯是小號。」

陳哥想了想，道：「先接單，阿青妳去發個團隊招募，晚上九點打團隊本，這兩天把所有材料副本刷一遍，把該拿的碎片都拿了，不夠的再想辦法。」

「我能幫得上忙嗎？」謝明哲問道。比如，打打醬油、湊湊熱鬧什麼的？他可是很專業的打醬油選手，絕對不搗亂。

陳哥嫌棄地看他一眼，「級別太低，十人團隊本你進不去，升到三十五級再找我。」

「喔！」謝明哲早就料到了這個答案，揮揮手和陳哥道別，麻溜地跑去升級。

回到個人公寓後系統音立刻在耳邊響起：「歡迎回來！神奇的星卡世界極為龐大，您願意跟著我去瞭解這個世界嗎？」

系統選項：一、我願意。二、不願意也得願意。

謝明哲：「……」系統你很皮啊！看來，遊戲官方的文案大神也是個活寶。

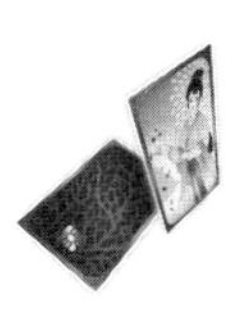

他選了第一個選項，系統音的語氣很是輕鬆愉快：「下面就讓我帶您瞭解神奇的星卡世界吧！星卡世界的星球分為三大類，第一類是功能星球，第二類是資源星球，第三類是開放星球，請到星系導航雲圖前，找到四大功能星。」

謝明哲跟著提示走到星系導航圖面前，果然看見浩瀚的宇宙星系圖中，有四顆體積很大的星球，走近之後，就會彈出詳細的文字介紹。

雙子星域是遊戲裡的居住區，所有玩家的個人公寓都坐落在這裡。水瓶星域是商業區，拍賣、開店、擺攤全在這裡進行。孔雀星域是娛樂區，有電影城、遊樂場、美食城、酒吧街等休閒娛樂場所。鳳凰星域是競技區，只要跟競技有關的活動全都在鳳凰星域舉辦。

四大主星功能各異，從個人空間就可以直接傳送。

系統音：「瞭解完四顆功能星球，接下來讓我們看看資源星球——遊戲裡的資源星球有五顆，分別是金星、木星、水星、火星和土星，資源星周圍環繞著無數顆小星球，都是星卡幻境副本的入口。五顆資源星會掉落相應屬性的卡牌、進化碎片、強化材料等，想要讓您的卡牌變強，以後就要經常去資源星獲取材料喔！」

系統音繼續介紹：「星卡世界裡還有兩顆開放星球，分別為白鷺星、白鶴星。其中，白鷺星分布著各種各樣不同等級的幻象生物，您可以去擊敗它們，獲得經驗和材料獎勵。白鶴星有豐富的天然礦產，您可以在那裡採集星雲紙、修復石、傢俱木材等遊戲資源。介紹完畢，接下來，請去白鷺星探索。」

謝明哲從星系圖傳送到白鷺星。

這顆星球相當於網遊裡的野外場景，採全開放模式，玩家之間還可以自由PK。不像刷副本對玩家有不死保護措施，玩家在野外是有可能死亡的，必須格外小心。這裡有森林、沙漠和海洋，也有沼澤、草原和雪山，豐富的自然環境中分布著無數異獸、異植，對玩家來說這些都是小怪，打死

它們可以得到經驗。

謝明哲目前還是五級新手，所以系統很體貼地把他帶到一片低級怪的湖邊。

剛走到湖邊，就見不遠處有位瘦瘦小小的妹子正被幾隻石靈追著跑，妹子的血量瘋狂下降，腳下更是跌跌撞撞，一邊跑一邊在嘴裡喊著：「幫忙、幫忙！」

謝明哲往前走了兩步，妹子還以為他要幫忙，就往他的方向跑。結果謝明哲立刻後退，一臉警惕地盯著那幾隻體型巨大的石靈，生怕自己被石靈的攻擊給波及。

他走位很溜，躲得也特別靈活。

妹子沒過三秒就被石靈打死，直接趴倒在他的腳邊。

死在腳邊的妹子ID叫「思思」，死了不能語音說話，她就在頭頂發出一個文字框問：你怎麼見死不救？

謝明哲反問：「我為什麼要救妳？我又不認識妳。」多管閒事可不是他的風格。

妹子氣得立刻按下原地復活，開口道：「不認識也可以順手救一下，助人為樂啊！」

「救不了。」謝明哲分析道：「我手裡只有攻擊力一百的一星卡，追妳的石靈一隻血量就是一千點，五隻加起來五千點，我打不過它們，救妳的結果就是和妳一起死在這裡。」

「……」說得好有道理，居然無法反駁。見他轉身要走，妹子趕忙爬起來跟上他，「喂，胖叔，我們一起刷經驗吧！」

就在這時，旁邊傳來一個男生低沉的聲音：「思思，出什麼事了？」

謝明哲扭頭看去，男生長相挺端正，就是神色有些嚴肅。思思妹子倒是嬌小可愛，也不知道是真實的形象，還是遊戲裡捏出來的虛擬人物？

妹子有些委屈，走過去道：「剛才不小心引了五隻石靈，被打死了。」

男生伸出手摸了摸她的腦袋，聲音很溫柔：「讓妳在這裡等我，妳亂跑什麼？」

謝明哲：「……」摸頭殺，你們這樣給單身狗塞狗糧不大好吧？

不想看情侶秀恩愛，謝明哲準備轉身走人。結果那妹子主動追上來道：「胖叔，一起刷經驗吧！這遊戲運營十年，新手區好難找到低階玩家，我在這裡刷了十分鐘，就只見到你一個新手。」

那男生也主動發出邀請：「一起吧，三個人組隊會快一些。」

謝明哲想著，在遊戲裡認識幾個夥伴也好，於是就加入了他們兩人的隊伍。

男生在遊戲裡的ID叫「齊師兄」，從他們的聊天中可以推斷，這位齊師兄是開小號來陪女朋友的，他自己玩這遊戲玩了有五年，當然要比剛入門的新手知道得多。

齊師兄建議道：「小石靈經驗很低，我們人多可以結伴去刷高級怪，只要銜接好控制技能就沒問題。」

他是老手，說的肯定有道理，兩位萌新就跟著他一起來到湖邊。

湖邊的四級怪叫柳樹精，打人特別疼，但可以控制。三人在新手階段都有系統送的冰蛇卡，冰凍單控，每人控一隻，然後用雷鳥放群攻，只要技能銜接得好，打小怪就無比輕鬆。

刷了半小時，三人的自身等級到了十級，帶的卡牌也都吃經驗吃到二十級了。

卡牌滿二十級必須進化，不然等級會停留在二十級不能繼續往上升。正好刷柳樹精也掉了不少低級進化碎片，齊師兄便說道：「回個人空間進化一下卡牌，優先升級帶群攻的雷鳥。」

謝明哲呼叫出個人空間傳送門，回去升級卡牌。

操作臺前，淺綠色的二十級一星卡牌，一邊緩慢吞噬著一百張二星碎片，一邊不斷地旋轉，卡牌背面的紋路也不斷地發生變化，原本的綠色牌，漸漸地變成藍色。

——二十級，二星進化，藍色卡。

謝明哲注意到，卡牌進化到更高的星級時，背面的顏色會發生變化，正面的圖案則不變。進化會讓基礎屬性直接翻一倍，比如雷鳥的基礎攻擊原本是一百，進化二星就變成了二百。

由於一張七星卡養成需要消耗大量材料，普通玩家想自己養一張好卡，不但是技術活，還是體力活——光刷材料都要累個半死。

謝明哲感嘆著，升級完卡牌回到白鷺星的湖邊，看見思思和齊師兄也回來了。

齊師兄道：「我們再去買些攻擊卡，要組隊刷經驗的話，這點卡牌不夠用。」

思思興奮地問：「去哪裡買卡啊？」

齊師兄道：「黑市。」

思思怔了怔：「黑市？還有這種地方嗎？」

齊師兄道：「商業街後面有座地下城，叫做黑市，玩家自由擺攤，不收取租金。黑市的東西可以砍價，能挖到很多好貨，尤其是低級原創卡，比正規的店鋪便宜很多。」

思思撓了撓頭髮，「可我聽說原創卡很貴的啊？」

齊師兄解釋道：「我說的當然是資料很一般，甚至有些糟糕的原創卡，有些還是失敗的作品。真正極品的原創卡，都是拿去拍賣會拍賣的。」

謝明哲聽著兩人的對話，心想，原來失敗的作品才會低價賣去黑市。不過，對他們這些新手來說，買幾張老玩家們「失敗的作品」，前期過渡一下，刷刷小怪也夠用了。

於是，三人傳送到水瓶星域。

這還是謝明哲第一次來到遊戲的商業區。

水瓶星球正中心的位置有一個廣場，廣場中間豎立著漂亮的水晶瓶雕塑。廣場東、南、西、北四個方向坐落著四棟摩天大樓，分別是拍賣行、星卡銀行、交易行和服務中心。

四棟大樓的後面則是一條條縱橫交錯的商業街，商業街的店鋪全部租給了玩家，由玩家自主經營，謝明哲一眼望去，店名風格迥異，如「恩愛夫妻修理店」、「七星精品卡專賣」、「豆豆的材料店」、「老闆想招個老闆娘」等等。

很多玩家在這裡逛街、購物，比現實世界的步行街還要繁華熱鬧。

三人原本要一起去黑市，結果卻發現廣場東面的「拍賣行」門前萬頭攢動，思思好奇地踮起腳尖看了看，問道：「師兄，那邊發生什麼事了嗎？」

齊師兄順著她的目光看過去，道：「每天下午三點半，拍賣行都會舉辦一次拍賣會，這些人應該是去參加拍賣會的。」

謝明哲只在電視上看過拍賣會，非常高大上，自己還沒去過拍賣會的現場，挺想去見見世面。結果沒等他開口，思思妹子就先興奮地說了出來：「我們能去看看嗎？好像很有意思啊！」

齊師兄點頭：「好，看完再去黑市。」

三人剛走到拍賣行門口，就見周圍突然一陣騷動，有尖叫聲從遠處傳來：「今天的拍賣會據說有唐神的卡！」

「是唐牧洲的原創卡嗎？」

「內部消息，不知道真假，快去湊湊熱鬧！」

「快去啊，門票要被搶光了！」

身後的人群如潮水般湧了過來，謝明哲嚇一跳，趕忙腳底抹油迅速溜進會場。

拍賣會場總共五層，齊師兄眼明手快搶到三張票，帶著兩人找位子坐下。

謝明哲好奇地觀察著四周——全息場景看上去格外逼真，周圍坐著的人容貌都清清楚楚，只不過，到底是真實容貌還是遊戲裡隨便捏的這就不得而知了。

由於進入的玩家數量越來越多，拍賣會場居然自動升級，在原本五層樓的基礎上，又多增加了兩層。顯然，今天的拍賣行人氣火爆，門票賣光，被系統自動擴容了。

整整七層，很快又全部坐滿。

人山人海的拍賣會場比地球時代大年初一的電影院還要熱鬧。

時鐘的指標指向下午三點半，時間一到，拍賣會場的入口就全部關閉。

大廳的燈光突然熄滅，只有正中間的舞臺上亮起了暖色的燈，所有觀眾前方的椅背上同時出現了一塊四十公分寬的虛擬液晶螢幕，中間的舞臺被放大呈現在液晶螢幕上，這樣哪怕是坐在角落裡也不用擔心看不清楚。

此時，一位身材火辣的捲髮美女走到會場中間，微笑著說：「各位來賓下午好，今天的拍賣會即將開始！拍賣的商品清單已經發送到各位面前的電子螢幕上，大家對哪件商品感興趣，可以提前關注！」

話音剛落，面前的電子螢幕中就出現了拍賣商品的清單。

今天拍賣的物品，有四張卡牌和十間商鋪。

卡牌的具體數值在清單上並沒有顯示，只顯示卡牌背面的紋路、顏色和星級。有兩張四星卡，一張五星卡，以及一張看上去似乎很珍貴的七星黑卡。

謝明哲帶著強烈的好奇心等待接下來的好戲。

「首先拍賣的是商鋪，請看螢幕上的商鋪位置俯視圖。」拍賣師微笑著介紹：「十間商鋪，全都位於新開的商業街南段，緊鄰黑市，商鋪面積五十坪，交通便利，客流量非常穩定，起拍價格是一萬金幣月租，下面開始拍賣第一間！」

這個遊戲沒有伺服器大區之分，謝明哲推測，可能是雲端儲存技術已能完成巨額的資料運算，今天拍賣會有上萬名玩家擠在同一個會場，居然一點也不卡，連每個人的容貌都清晰可辨，這伺服器真是牛逼爆了。如果能搬一臺去二十一世紀的地球，絕對能瞬間解決網遊裡公會大戰時，人多卡成狗的問題。

由於所有玩家在同一個大區，商鋪數量有限，新來的玩家會面臨租不到鋪子的尷尬，所以遊戲官方每個月都會新開商業街，再把商鋪拿出來租給想做生意的人。某些做生意賠本不想繼續經營的

玩家，也可以把之前租下的鋪子拿回來拍賣。

官方會根據市場行情來調控鋪面租金，這樣的方式可以讓遊戲的商業系統維持穩定，不至於商鋪大量倒閉、經濟崩盤。

謝明哲湊過去問齊師兄：「黑市旁邊的鋪面地段應該不錯吧？租金一般是多少？」

齊師兄道：「五十坪的小鋪子月租金最多拍到兩萬金幣，不然會賠本。遊戲裡會做生意的人沒有那麼多，不會經營的玩家開商鋪會賠本，一般都去黑市自己擺攤子。」

謝明哲了然地點頭，這就如同開一家二十四小時自助便利商店和去夜市擺地攤，各有所長。

一般會做生意的人都會自己開店，謝明哲其實挺想在遊戲裡開一家店鋪，他很會精打細算，以前玩網遊也開店賺過一些錢，但在《星卡風暴》這個遊戲的世界裡，他只是個手裡捏著兩張低級卡牌的新手。對他來說，開店這個目標還太遙遠。

或許過段時間，等他徹底熟悉了這個遊戲，再調查好市場，做點生意試試？

謝明哲在心裡暗暗打著小算盤。

齊師兄對拍賣的行情十分瞭解，官方放出來的十間商鋪果然如他所說，全都以月租兩萬以內的價格成交，超過兩萬就沒有冤大頭再加價了。

美女拍賣師接著說：「商鋪已經全部拍完，接下來是稀有卡牌拍賣。首先要拍賣的是一張戰鬥卡，四星花妖，這張卡牌的屬性非常好，四星卡的基礎攻擊力達到了三千六百點，起拍價格是一千金幣！」

花妖卡，正好謝明哲今天跟陳哥一起刷副本的時候見過，這張卡的屬性比陳哥拿到的那張卡好得多。謝明哲清楚記得陳哥的那張四星花妖基礎攻擊力只有三千點，這張是三千六百點。卡牌進化時，基礎屬性會不斷翻倍，基礎屬性高的，後期培養起來自然更有價值。

這張卡最終以三千金幣成交。

拍賣師道：「接下來依舊是卡牌，五星寵物卡——九尾狐卡！」

話音剛落，被拍賣的卡牌便呈現在大家面前，同時呈現的還有對應的星卡幻象——是一隻栩栩如生的白色九尾狐，狐狸的眼睛是很清澈的碧綠色，雪白的九條尾巴翹起來，毛茸茸的一團，看著特別可愛。

這麼漂亮的狐狸他還是第一次見到。謝明哲很想買一隻回來養，也不知道賣多少錢？

拍賣師道：「這張寵物卡允許帶出遊戲，在現實世界生成星卡幻象。起拍價格是五千金幣！」

「……」包裡只有一百金幣的新手只能跟著看熱鬧。不過謝明哲挺好奇遊戲裡的物價，忍不住湊過去問齊師兄：「遊戲裡的金價，跟現實貨幣的比例是多少啊？」

「最近的金價大概是十比一。」齊師兄道。

「喔。」謝明哲算了算，五千遊戲金幣，也就是五百現實晶幣，這只是起拍價。周圍很快有人加價，螢幕中的價格迅速跳動，直到八千金幣才停下來。

「八千金幣一次！八千金幣兩次！還有人加價嗎？八千金幣三次！成交！」

隨著錘子落下，這張「九尾狐卡」被一位買家拍走。

由於都是在座椅上按鍵加價，具體是現場哪一位買家成交大概只有官方知道，這也是為了保證買家的隱私。

看來這個遊戲的卡牌價格很高，一張寵物卡居然賣到八百塊錢，都抵得上他一個月的房租了。他大學的室友當年曾迷戀過一款抽卡遊戲，據說是九十八元十連抽，保底一張SR級別的卡牌，最高級的SSR卡牌價格都是上千的。

但是那些SR、SSR級別的卡牌，通常戰鬥力都很強，而這九尾狐不帶任何技能，只具備觀賞性，賣八百塊錢謝明哲還是覺得略貴。

謝明哲想到這裡，便湊到齊師兄耳邊輕聲問：「九尾狐卡為什麼賣這麼貴？它的基礎資料也不

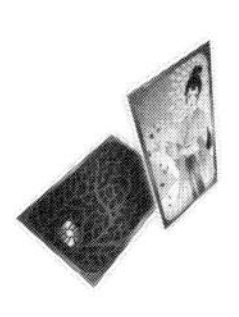

是很好，而且沒有攻擊技能。」

「因為它是原創卡。」齊師兄放輕聲音說：「原創卡是玩家自製的，遊戲裡並不會掉落，這張卡的版權在作者手裡，作者有權隨意處置。九尾狐卡貴就貴在它的作者是圈內知名的寵物牌設計師蔓姐。蔓姐每個月會限量複製一些九尾狐卡拿出來賣，女孩子們很喜歡養這種毛茸茸的寵物，自然有人花高價去搶。」

謝明哲恍然大悟——花妖卡不值錢，是因為遊戲裡的Boss會掉落，想要的人都可以刷到它。但九尾狐卡不一樣，它不是遊戲裡能刷到的，而是玩家自製的原創卡牌，版權在作者「蔓姐」手裡，作者想什麼時候賣就什麼時候賣，每個月複製幾十張拿去賣，一張賣八百塊，這位九尾狐卡的作者肯定賺翻了。

謝明哲忍不住有些羨慕。

就在這時，美女拍賣師突然神祕地笑了笑，道：「接下來才是今天的重頭戲，極為珍貴的七星卡準備登場！」

話一說完，就有位司儀捧著精緻的盒子來到舞臺中間，在聚光燈下將盒子緩緩打開。

只見絲絨盒子中，安靜地躺著一張黑色卡牌。

純黑色的卡牌散發著點點金屬光澤，卡牌背面是淺綠色花紋。

謝明哲想起自己的二星卡牌，藍色的背面什麼圖案都沒有，非常單調。

但是，這一張七星黑卡，背面的花紋華麗而又精美，像是絲線一樣細的綠色花紋凹凸有致地在黑色的卡背上蜿蜒、伸展，綠色的紋路沒有任何的規律，卻一點都不顯得雜亂，反而像是雕刻大師精心刻出來的藝術品，還很有立體感。

光是卡牌背面就這麼漂亮，哪怕謝明哲這個門外漢，都覺得這張卡肯定價值不菲。

而且他發現，卡牌背面的右下角，寫著一個很小的字——唐。

當鏡頭在「唐」字上停住的這一刻，謝明哲聽見周圍突然傳來驚呼聲。

「天啊！該不會是唐神的作品吧！」

「啊啊啊！肯定是男神的作品！只有他才會用這個LOGO，沒人敢仿製！」

「我擦！看來小道消息沒錯，今天還真有唐牧洲的牌？」

「唐神的牌怎麼會在拍賣行？」

周圍的聲音從一開始的竊竊私語，漸漸變得嘈雜、紛亂，如同將巨大的石頭投入寂靜的湖面，突然激起的巨浪不斷翻滾，瞬間就將整個會場給徹底淹沒。

謝明哲坐在人群裡，被吵得耳朵都快要聾了。

唐牧洲是誰？影響力這麼大嗎？

拍賣師拿起麥克風維持秩序：「大家安靜，安靜，請保持安靜！」

連續說了三聲安靜，激動的觀眾們這才安靜下來。美女主持繼續說道：「這一張七星卡，正是由唐牧洲，唐神，親自製作出來的卡牌！」她小心翼翼地將黑卡翻轉，道：「請大家看一下卡面的資料！」

電子螢幕中，謝明哲也清晰地看到了卡牌的正面。

只見卡牌的正面，畫著一簇盛放的白色花朵，每一朵花的紋路都刻畫得極為清晰，有些花瓣上還有晶瑩剔透的露水，聚集在一起的白色小花，層層疊疊，潔白如玉，栩栩如生，似乎能透過牌面傳遞出淡淡的香氣。

夜來香（木系）

卡牌等級：70級

進化星級：★★★★★★

可用次數：7/7次

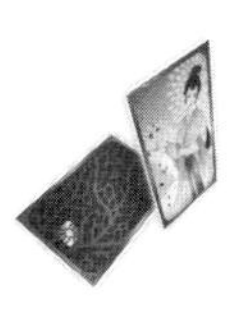

基礎屬性：生命值100000，攻擊力0，防禦力50000，敏捷100，暴擊0%

附加技能：迷離香意（30公尺範圍內敵對目標吸收特殊香氣，產生隨機幻覺，持續5秒）

附加技能：暗夜降臨（30公尺範圍內敵對目標集體失明，持續3秒）

卡牌資料一放出來，整個會場便傳來熱烈的討論聲：「這張卡有十萬生命、五萬防禦，都快比得上血牛了！」

「敏捷一百，可以在打競技場的時候以最快速度群控，而且還是幻覺和失明強控，這張卡太極品了吧！」

「我記得唐神以前在聯賽中好像用過這張卡？」

「這麼好的卡他為什麼賣掉？」

主持人見氣氛營造得差不多了，便微笑著道：「七星滿級夜來香，群體控制類神卡，正式開始拍賣！起拍價格是——十萬金幣！」

她一喊拍賣開始，螢幕上的價格就瘋狂地往上漲。

十一萬……十一萬五千……十二萬……十二萬五千……

謝明哲看著不斷滾動的數字，想了想自己的存款，對比產生的差距真是叫人心酸。在座的土豪們為了一張卡牌，幾千幾萬地砸錢，他一個連溫飽問題都沒解決的可憐人，就先看看熱鬧好了。

謝明哲看著螢幕中不斷滾動的數字，深切地感受到了自己的貧窮和渺小。

記得他當年玩網遊的時候，他們區就有個土豪為了做一把武器砸了幾十萬。據說很多裝備隨機的遊戲，土豪為了做一身好裝備，隨隨便便都是上百萬地充值。

果然哪個時代都不缺土豪。當然，哪個時代也都不缺窮人。

可惜，謝明哲不管是在地球上，還是在這個時空，都是個窮人。

螢幕上的卡牌價格已經飆到十五萬，然後就停了下來。

主持人道：「十五萬一次！十五萬兩次！還有沒有人……」加價兩個字還沒有說出口，突然，那數字又跳動了一下。

——二十萬。

——二十二萬。

——二十五萬。

——三十萬。

剛才都是幾千地加價，這時候畫風突變，一加就是好幾萬！

旁邊的齊師兄低聲解說道：「剛才只是小打小鬧，真正的土豪現在才出手。這張七星卡的屬性非常好，一百敏，極限雙群控，加上唐牧洲的光環加成，價格肯定不止這個數。」

謝明哲：「……」土豪的世界真是太可怕了。

同一時間，風華俱樂部辦公室內。

薛林香看了眼斜躺在沙發上不斷打哈欠的青年，溫言道：「小唐，這張夜來香卡也是你的心血，資料真的特別好，你自己不用的話可以給別人用，何必把它賣掉呢？」

薛林香一臉捨不得的表情。

唐牧洲睏得快要睡著了，雙眼皮一直在打架。聽見薛姐的聲音，他強撐著一點精神，瞇起眼睛說：「長風、蔓蔓和小安都不擅長植物卡，給他們也發揮不出最大的效果，不如替這張卡找一位更合適的主人。」

他犯睏的時候，說話的聲音低低的，帶著一絲慵懶的沙啞，格外好聽。

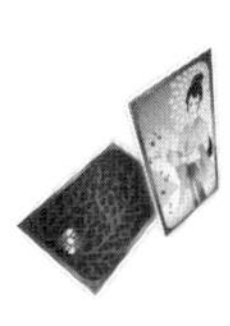

薛林香看他又要睡著了，開口說話引起他的注意力：「說得也對，既然你已經用不上它，與其把它塵封在卡牌陳列櫃裡，不如給它找個能夠愛護它的新主人……不過，你把夜來香這張輔助卡給賣了，你的卡組裡，替補的卡牌選好了嗎？」

「當然。」唐牧洲打開平板光腦，調出一張卡牌資料，介紹道：「這張卡是前幾天剛剛製作完成的，我用了不同的思路，薛姐妳看看它的資料。」

「……」薛林香猛地瞪大眼睛。

七星夜來香被唐牧洲拿去賣掉發揮餘熱。但是，替換夜來香的卡牌，資料更加可怕。她相信，等這張牌在賽場上出現時，絕對會讓唐牧洲的對手們頭痛欲裂。

「你怎麼做出這張卡的？」薛林香回頭一看，發現唐牧洲已經抱著光腦睡著了。

他每天下午都要睡個「下午覺」，就像被烈日曬蔫了的植物一樣，完全沒精神，這奇怪的作息簡直讓人無奈。薛林香見他睡得那麼沉，只好收起光腦，沒去吵醒他，轉身回到辦公室查看聯盟剛發給她的賽事安排表。

拍賣會現場。

夜來香卡牌最終以六百六十萬金幣的價格成交，換成現實貨幣差不多是六十六萬，一張卡賣這麼貴，很大的原因是有唐牧洲的光環加成，很可能是粉絲買去當絕版卡收藏的，畢竟這張卡在市面上根本無法流通。

六十六萬，用一套三線城市房子的價格去買一張虛擬卡片……土豪有錢就是任性，謝明哲玩遊戲絕不會投入這麼多。

他跟著兩位夥伴走出拍賣行，夏日的陽光灑在他的身上，逼真的效果讓遊戲裡的他也能感覺到融融的暖意——周圍的溫度剛剛好，天氣也很好，但他的心情卻不大好。

貧富差距是不論哪個世界都會存在的問題。謝明哲並不仇富，人家有錢那也是人家的本事。他生下來就成了孤兒，只能靠自己，起點比別人低了很多。

但他不甘心。

不甘心重活一世後，依舊是個窮小子。

前世在地球上他靠獎學金和兼職讀完大學，打算畢業後找份不錯的工作，安穩過完一生，當時的他也非常滿足那種平靜的生活。

但是現在不一樣。

這個世界的科技高度發達，人們的精神食糧卻極度空缺，於是像《星卡風暴》這樣的全息遊戲就火遍了全球，很多玩家把這個遊戲當成精神寄託，自然就有無數人願意在遊戲裡砸錢。

從剛才的拍賣會就可以看出，一張沒什麼攻擊力的寵物卡「九尾狐」，只因為長得可愛就拍到了八千金幣的價格，一張厲害的戰鬥卡「夜來香」居然拍到六百六十萬金幣的天價！

謝明哲的內心極為震撼。

他以前沒玩過卡牌類遊戲，大學時聽室友吐槽抽卡遊戲太課金，幾千塊充值進去結果一張好卡都沒抽到，導致他不敢入坑卡牌類遊戲，所以嚴格來說，《星卡風暴》是他接觸的第一款卡牌類遊戲。

這個遊戲不需要像抽獎般地抽卡，而是可以由玩家製作卡牌。他原以為卡牌價格會很便宜，幾塊錢就能買一張收集起來慢慢養。如今走了趟拍賣會，才知道設計出色的原創卡牌，動不動賣到幾千、幾萬金幣，謝明哲被徹底地刷新了世界觀。

說不定他也可以做幾張原創卡牌拿去賣？失敗了也不要緊，可萬一成功了呢？也不求賣幾萬金

幣，哪怕做出一張能賣個幾百金幣，也夠他過幾天舒服日子。

想到這裡，謝明哲立刻拉住齊師兄，虛心求教：「剛才一直聽你說『原創卡牌』，玩家想要自製原創卡牌的話，有什麼特殊的要求嗎？」

老玩家齊師兄耐心地當講解員：「在遊戲裡製作原創卡牌，靠的是玩家的精神力以及天賦。」

謝明哲點頭如搗蒜，「喔喔，詳細說說？」

齊師兄乾脆拉著謝明哲到附近找了處安靜的涼亭坐下，思思也很好奇地跟過來，一起聽「老玩家講課」。

「精神力，說白話一點就是你的大腦神經對外界刺激的承受能力，在醫院可以測定，一般人都在兩百左右，能超過兩百六十的人就可以擔任各行業最花腦子的高難度工作，或者去打全息遊戲的職業聯賽。」

「……」謝明哲怔了怔，他的精神力是多少來著？當初在醫院醒來的時候，秦醫生讓治療儀機器人給他測過，好像是三百──沒錯，當時機器人把電極按在他的太陽穴上，測完之後報出的數字就是三百！

這麼說，他的精神力是比較高的，至少比兩百的平均值高出不少。謝明哲有些高興，繼續虛心請教：「在遊戲裡製作原創卡牌，也要用到精神力嗎？」

「是的。」齊師兄詳細說道：「卡牌做什麼內容、帶什麼技能，都要靠你用精神力去創作。比如你想做一張植物卡，你創作的卡牌必須要細化，具體到植物的花朵是什麼樣子、根莖怎麼生長、葉子的形狀如何、技能怎麼描述、資料怎麼分配──創作越具體、越精細，做出來的卡牌品質就會越好。」

謝明哲愣了愣──這不就跟畫畫一樣嗎？

畫畫有兩種方式，一是對著實景把眼睛所看到的畫在紙上。第二種就是憑空想像。

比如想畫一種植物，當然要先在腦海中勾勒出植物的樣子，想像成型之後落筆，把腦海裡的植物給畫出來。好的畫家，畫出來的東西就特別逼真，甚至能以假亂真。

對謝明哲來說這並不難。他上輩子是理科生，但是這個世界的謝明哲，考上的可是帝都大學的美術學院。

會畫畫、會想像、精神力三百，硬體全部達標，就差軟體了。

謝明哲興奮地搓了搓手，接著問道：「也就是說，想像出具體的卡牌內容之後，在遊戲裡利用精神力把它們繪製在特殊的卡紙上製作成卡牌，這就成了？」

齊師兄搖頭，「這只是第一步，最關鍵的是卡牌的審核。遊戲裡有非常嚴苛的版權保護制度，你的卡牌必須通過官方卡牌資料庫的審核，才能在遊戲世界裡使用。」

「版權保護？什麼意思？」謝明哲疑惑地撓著腦袋。

「舉個例子，今天拍賣會的那張九尾狐卡，已經通過了資料庫的審核，那麼這張卡的版權就屬於原作者，其他人不能抄襲。你不能模仿它再做出一張八尾狐卡、七尾狐卡，也不能改掉它的頭，弄出一張九尾貓卡。」

思思若有所悟地點頭，「也就是說，不能直接從牌庫裡抄別人的卡牌，只能創作牌庫裡沒有出現過的新卡，對吧？」

齊師兄點頭，「嗯。資料庫中已經存在的卡牌，不能簡單修改一下就當成是原創卡，現有卡牌的技能也不能直接抄襲，必須創作新卡、設定新技能，才能通過系統的審核。如果是人物卡，官方還有個特殊的要求，就是不能直接導入現實世界裡的人物五官，人物面貌必須出自玩家原創。」

謝明哲恍然大悟。

官方這個規定確實厲害，不但杜絕了跟風抄卡的弊端，也能最大限度地保護玩家們的創意，不至於想出一個新點子明天就被人抄襲。而人物卡牌不能從現實世界導入，這也避免了玩家在遊戲世

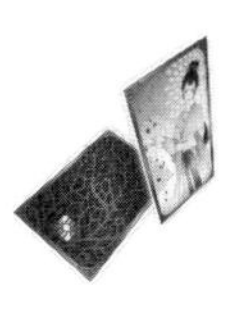

界裡惡意醜化現實中的人，給對方設定奇奇怪怪的技能。比如把同班同學做成卡牌，再設計一個「放臭屁」的技能，那就不好了。

齊師兄補充道：「更重要的是，你的卡牌技能需要跟卡牌的形象相吻合。比如『夜來香』的技能『迷離香意』、『暗夜降臨』，都跟卡牌名稱有關。唐牧洲最強的群攻卡『千年神樹』，技能叫『死亡絞殺』，能以大範圍木系藤蔓絞殺星卡幻象。他的卡之所以這麼強，就是因為卡牌、資料、技能，三項能夠完美地契合。」

謝明哲佩服地點了點頭，看來這個唐牧洲腦洞很大啊！各種植物都被他賦予了厲害的技能。

官方制定的卡牌原創規則確實很有難度，玩家不能隨便瞎來。為了比賽公平，官方有專業的大資料庫和運算公式對卡牌的數值進行把關。假設玩家設計出一個範圍一百公尺內群體秒殺的技能，這種奇葩的設定肯定不會被審核通過。

越早玩這個遊戲，製作原創卡牌就越容易，因為重複的卡比較少。但是如今，《星卡風暴》已經運營了整整十年，各種卡牌早就被玩家們做完了吧？誰知道系統牌庫裡是不是把各種植物、動物、人物都囊括進去了。想要做出全新的卡，光是「創意」的問題就能卡住一批人。

必須做牌庫裡沒有的新卡？該做什麼呢？謝明哲摸著下巴若有所思。

齊師兄道：「你要是真的對原創卡牌感興趣，可以先去黑市買些星雲紙，試著做看看。」

思思勸道：「胖叔啊，做原創卡牌特別燒錢，我有位閨蜜上個月想做一張原創寵物卡，光是材料費就投進去好幾千，最後一張都沒做成功，你可別輕易跳這個坑啊！」

謝明哲點頭，「嗯，我只是感興趣想試試，不成功就算了，我不會大量投錢的。」他也沒那麼多的錢可以浪費，但不試的話又真的不甘心。

他精神力高、還會畫畫，硬體全都達標，說不定真能做出卡牌拿去賣，這也是一筆收入。

打定了主意，謝明哲便跟著齊師兄，前往商業星最大的地下交易市場——黑市。

黑市位於商業街後面的小巷子內，是一座地下城。不同於商業街的繁榮，這裡光線昏暗，各種材料亂糟糟地堆在一起，就像是地球時代賣地攤貨的夜市。

逛黑市當然得有耐心，慢慢挖寶。好在齊師兄對這裡輕車熟路，很快就帶著兩人來到一家大型攤位。攤位老闆是位身材發福的中年人，熱情地招呼道：「三位想找些什麼？」

「有星雲紙嗎？」齊師兄很乾脆地問。

「有有有，我這裡各種等級的都有。」老闆笑眯了眼睛，連續拿出五疊白色的紙，從左到右依次是一到五級的星雲紙，等級越高的紙，光澤度越好。

「高級的紙做出來就是高級卡嗎？」謝明哲扭頭問身旁的齊師兄。

「不是，玩家做出來的原創初始卡都是一級，不過高級紙做出來的卡牌資料會相對好一些，你如果只是試著玩，我建議你買一級紙，等級高的紙很貴。」

「那我買幾張最便宜的來試試。」謝明哲回頭看向老闆，「一級星雲紙多少錢？」

「一張十金幣。」

「能便宜點嗎？」

「這已經是最低價了！」

「七十金幣給我十張好不好？新手的兜裡沒錢啊！」

砍價是謝明哲的拿手活，而且齊師兄也說了黑市可以砍價，不砍白不砍。

聽他一下子砍成七折，老闆苦著臉道：「新手再窮也不至於一百個金幣都沒有吧？」

謝明哲一臉認真，「我的錢剛拿去買卡，兜裡只剩七十個金幣，給我十張好嗎？」

老闆無奈：「好好好，給你給你。」

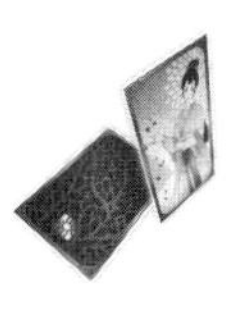

謝明哲喜笑顏開，「謝謝老闆！」

齊師兄有些無語——這傢伙真會精打細算，看來以後逛黑市要帶上這位砍價小能手。

買下星雲紙後，齊師兄又帶著兩人去賣卡牌的攤位挑挑揀揀，買了三張合適的戰鬥卡，都是三星進化卡。

螢火蟲：技能螢火，照亮周圍半徑十公尺內的區域，持續五分鐘。

黑烏鴉：技能空襲，對範圍十公尺內所有敵對目標造成百分之一百點的雷電屬性傷害。

水精靈：技能遲緩，範圍十公尺內所有敵對目標施加減速負面狀態，持續三秒。

螢火蟲只賣一百五十金幣，另外兩張戰鬥卡是兩百金幣，跟拍賣行賣的卡比起來真是便宜得要命。齊師兄把螢火蟲卡給了思思妹子，水精靈卡自己拿著，黑烏鴉卡給了謝明哲。

謝明哲有些疑惑：「這兩張戰鬥卡也是帶群攻、群控技能，怎麼賣這麼便宜？」

齊師兄道：「技能範圍太小，係數也很低。好的群攻卡範圍都是二十公尺以上。」

「卡牌升級的時候範圍不能升級嗎？」

「升十級提高一公尺，七十級最多也就提高七公尺。唐牧洲的夜來香卡賣得那麼貴，就是因為它的兩個群控技能範圍都是三十公尺。三十公尺是官方規定的群體技能最大範圍。」

「原來是這樣。」謝明哲了然地點頭。他發現齊師兄就像「遊戲百科全書」，什麼都知道。當初加入這對情侶的隊伍真是明智的選擇，這一路跟著齊師兄學了不少知識。

齊師兄又帶著兩人來到白鷺星最南端的「黑暗洞穴」刷怪，這裡黑壓壓的一片什麼都看不見。思思迅速把螢火蟲卡召喚出來，周圍十公尺內亮起了微光。

光線一亮，三人便聽到耳邊傳來一陣尖銳的叫聲，齊師兄看向謝明哲說：「這個黑暗洞穴是刷怪的好地方，小怪看見光線會自動聚攏過來，小怪攻擊力很高但防禦力非常弱，我們拉一群怪，直接打一波。」

謝明哲點點頭，配合齊師兄一起刷怪。

一個小時後，三人的人物等級都升到十五級，卡牌進化的材料也刷齊了。

齊師兄道：「我準備吃飯，吃完飯再一起升級。」她開了空間傳送門，走到門口又回頭問：「對了胖叔，你晚上來不來？來的話我們繼續一起升級，今晚直接刷到三十五級啊！」

思思道：「我媽也在催我吃飯。」

謝明哲點頭，「來的。」

妹子這才高興了：「胖叔，晚上見！」

謝明哲跟兩人揮手道別：「再見。」

兩人走後，謝明哲回到個人空間，拿出剛從黑市買來的紙，嘗試著自己做卡牌。

將星雲紙放在卡牌操作臺上，系統提示：「是否進行卡牌製作？」

謝明哲選了「是」。

「請集中精神力，將精神世界的卡牌形象導入到星雲紙中……」

謝明哲開始想像畫面——他神奇地發現，精神力連接星雲紙後，腦海中想到什麼，就會呈現到紙上。

他剛剛下意識地想到自己穿越前在地球上跟室友們一起喝酒的場景，由於腦海裡的畫面比較雜亂，星雲紙上呈現出來的畫面也很亂，只有一個啤酒瓶子的形狀格外清晰。

謝明哲怔了怔，立刻停止想像。

系統：「卡牌製作失敗，星雲紙已粉碎，是否重新開始？」

謝明哲選了「否」。

浪費掉一張星雲紙，他得靜下來好好想想，不能這樣貿然嘗試。

這時候，他才發現製作卡牌其實很有難度。

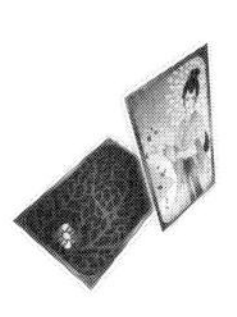

人的大腦想像力極為豐富，很難集中精神只想一件東西。就算在畫畫的時候集中精力只想著自己要畫的人物，也總會有外界因素來干擾，尤其在某個地方遇到瓶頸時，思維就會徹底跑偏，腦海一片混亂。

而在《星卡風暴》中，以精神力製作卡牌時，是不能出現混亂畫面的。

想到拍賣會上那一簇潔白如玉的夜來香，謝明哲很佩服那位叫唐牧洲的人。

居然能做出「夜來香」這種栩栩如生的花卉卡，還有「千年神樹」這種複雜無比的植物卡牌——遮天蔽日的巨大樹木，每一根枝條、每一片樹葉，都要靠精神力來繪製，還不能出一丁點差錯，唐牧洲的精神力一定超過三百了吧？

自己已具備三百的精神力了，做卡牌都還覺得有些吃力……

謝明哲深吸口氣，讓自己集中精神去想一想要做的卡牌類型。

植物，有唐牧洲這樣的高手，應該沒什麼可發揮的餘地。動物，這個世界已經出現了各種九尾狐、長耳兔之類的寵物卡，他當時在醫院查資料時還發現過各種逼真的波斯貓、貴賓狗、熊貓等，獅子、老虎估計已經滿街都是，他也想不出新的。

人物……

對了，人物！齊師兄說人物卡的審核標準是看五官，官方要求不能從現實世界導入，那如果畫成漫畫風格的人物呢？不就獨一無二了嗎？

畫畫的技能可不是白學的，畫漫畫風格的人物對他來說並不難。

謝明哲找到了思路，興奮得握緊雙拳。

畫什麼人物好？

一個片段突然從他的腦海中閃過。

身材纖細的女子坐在河邊，將一片片花瓣撒向地面，輕輕咳嗽著，滿臉都是淚痕。

——黛玉葬花。

他穿越前的那個晚上，出門時正好看見宿舍一位文藝青年在重溫一九八七年版的《紅樓夢》電視劇，謝明哲瞄了電腦螢幕一眼，感嘆道：「還是這個版本的林黛玉最有氣質。」

那幅畫面拍攝得十分唯美，深深地刻印在謝明哲的腦海裡。尤其是林妹妹眼中含淚、楚楚可憐的模樣太惹人心疼，哪怕是謝明哲這樣的宅男，看見她哭都覺得揪心。

謝明哲雙眼一亮——如果把這場景做成卡牌呢？不知道星卡世界裡有沒有黛玉葬花的卡？想到這裡，謝明哲立刻啟動卡牌製作系統。

他將星雲紙放在操作臺上，閉上眼睛認真地在腦海中描繪那幅畫面……綠樹、鮮花、站在樹旁的美人、被埋葬的花瓣，還有她滿臉的淚痕。

越想越清晰，越想越具體，也越想越完整。

等他以高度集中精神力把這幅畫面完整地在腦海中描繪出來之後，耳邊響起系統提示：「恭喜您，卡牌製作完成，請將卡牌放入左上角的卡槽內，連接星卡資料庫，進行卡牌審核。」

謝明哲立刻按照提示把卡牌放進去。製作卡牌是第一步，審核能不能通過才是關鍵。

大概是資料庫卡牌太多，審核時間有點長。

五分鐘……十分鐘……

謝明哲還以為系統當機了，他正準備重啟時，耳邊突然響起聲音：「卡牌審核通過。您可以在卡牌上印製您獨有的LOGO標誌作為版權證明。」

通過！謝明哲激動地搓搓手，標誌就用「哲」這個字吧，印在卡牌背面右下角，這是學唐牧洲的，他那個「唐」字，看上去就很有格調，特別酷。

然而剛把「哲」字輸入進去，系統就提示說：「LOGO重複，已經有人使用，請重新輸入。」

看來「哲」字重名率太高，謝明哲無奈，不如用遊戲裡的ID吧。為避免「胖」字也重複，謝明

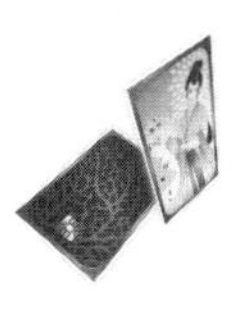

哲乾脆輸入「月半」，這下總算是通過了。

被審核通過的卡牌背面，原本純白色的星雲紙上，漸漸出現了柔和的綠色光澤。

綠色卡，是遊戲裡最低等級的一星卡。玩家製作的原創卡一開始都是一星卡。反正卡牌可以升級、升星，只要屬性好，以後慢慢把黛玉養到七星就是了。

謝明哲拿起操作臺上的卡牌仔細看了看。

他畫的是漫畫風的林黛玉，作為顏控畫手，畫出來的林黛玉顏值那是沒話說——氣質獨特、楚楚可憐的古裝美女，站在樹旁將花瓣葬在土地裡，整個場景的構圖也非常棒，把黛玉葬花的意境描繪出了九分。

謝明哲又接著查看卡牌的屬性。

林黛玉（木系）

卡牌等級：1級

進化星級：★

可用次數：1/1次

基礎屬性：生命100，攻擊0，防禦15，敏捷1，暴擊率0%

附加技能：黛玉葬花（對花卉類卡牌造成重創，10%機率觸發即死效果）

謝明哲懵了，對花卉類卡牌造成重創？這是什麼技能啊？

黛玉葬花，所以就只能去打花卉卡嗎？如果對手沒有花卉卡的話，豈不是毫無用處？

防禦力十五？記得唐牧洲那張滿級的夜來香好像有五萬的防禦力吧。

咳，這差距也太大了。

系統送給自己的小冰蛇在沒升級之前防禦力都有五十，林黛玉十五的防禦力豈不是脆得像張紙，一碰就碎？可憐的林妹妹，就連做成卡牌身板也這麼虛弱……

謝明哲開始頭疼。

這張卡的資料實在是不夠好，看來自己註定沒有「一夜暴富」的命了。

不知道這張卡拿去黑市賣，會有人要嗎？

黛玉卡的附加技能是「花卉類卡牌觸發即死效果」，謝明哲估計這是系統根據他的腦洞自動生成的，因為他繪製黛玉卡的時候，腦海中一直在想「黛玉葬花」這個詞。黛玉卡對花卉類的卡牌針對性很強，可惜防禦太低、技能的觸發機率也只有百分之十，資料很不好看。

這張卡到底該怎麼處理？拿去賣點零花錢？他現在真的缺錢，能賣幾塊錢也是好的。想到這裡，謝明哲便集中精神，又開始畫黛玉葬花的卡。

由於他是版權作者，他複製這張卡不算抄襲。

謝明哲總共做了九張黛玉卡，把買來的星雲紙全部用掉。

他現在剛入門，重複做卡正好累積一些經驗，學習一下星卡世界裡的製卡技巧。他發現精神力越集中，做出來的卡牌畫面就越清晰，資料也越好。最後一張黛玉卡的數值就跟第一張不一樣。雖然防禦力十六依舊不高，但比十五有了提升，至少不是原地踏步。

謝明哲很樂觀地帶著九張黛玉卡去了黑市。

來到黑市後，他先四處轉了轉，調查市場行情，看看低星卡牌的價格。轉完一圈，他心裡大概有了底。

原創的低級卡，如果是資料好、技能厲害的會直接拿去拍賣會，或者養到滿星之後再拿去高價拍賣。黑市的一星卡資料普通的能賣五十金幣；數據較差、卡面好看的能賣二十到三十金幣；其他雜七雜八的卡價格都在十金幣以內。

低級卡要培養成高級卡，需要投入大量的升級材料，所以低級卡一般都很便宜，尤其是資料不好的低級卡簡直就是白菜價。黑市裡的原創卡即使資料不好還是能賣得出去，關鍵是「原創」這個

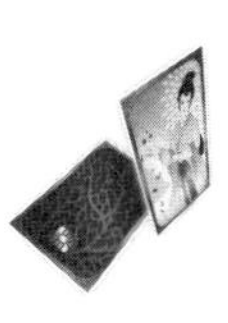

詞的光環加成，這些卡沒什麼用，大家都是當成「收藏品」來買賣的。

謝明哲調查好價格，來到黑市裡一個比較大的攤位前。攤位旁寫著「原創卡牌收購」，他走過去禮貌地問道：「老闆，我這裡有一些原創卡，您看要不要？」

老闆接過他的卡牌看了一眼：「卡面畫得挺好看的，但數據也太低了吧？」

謝明哲早就做好了被嘲笑數據的心理準備，微笑著說：「我剛開始做，還不熟練，資料數字確實有點低，您看能賣多少錢啊？」

老闆摸著下巴左看看、右看看，總覺得這張卡牌怪怪的。卡面很漂亮，有楚楚可憐、滿臉淚痕的妹子，還有逼真的花瓣、樹木作為裝飾，簡直就像是一幅畫。他還沒見過這麼好看的卡面。但這糟糕的資料根本配不上這張卡的畫面，違和感非常嚴重。

老闆疑惑地問：「這張卡是你自己做的？還有嗎？」

謝明哲拿出剩下的八張，「就這些了，老闆您收嗎？」

老闆想了想，道：「你這些卡確實漂亮，但資料太差，中看不中用，而且還是人物卡，不是可愛的動物卡，市場沒那麼大。這樣吧，一張三十金幣，九張全要了怎麼樣？」

「卡面這麼好看，三十金幣太低了吧？」

「真不低，你去附近看看，一星卡只有資料好才能賣五十金幣，光畫面好看的二十金幣是平均價。我是看你這張卡特別漂亮，才給你開三十的價，我收了你的卡還不一定賣得掉啊！」

這位老闆說的跟謝明哲剛才調查的市場行情差不多。畢竟這張卡防禦太低，他預估的價位其實是二十金幣左右，三十金幣已經算高的，謝明哲也就沒再糾結，乾脆地道：「好吧，那就三十金幣一張，九張一共兩百七十金幣全部賣給您。」

「好嘞！」老闆痛快地付了錢。

謝明哲拿到兩百七十金幣，又來到下午買星雲紙的攤位，依舊用七十金幣買了十張紙。老闆一副要吐血的樣子，壓低聲音：「這個價格你千萬不要說出去，我要虧死了。」

謝明哲笑道：「嗯，以後天天來找你買星雲紙！」

老闆心道，這傢伙要是去做生意，妥妥的是個奸商！

買到星雲紙的謝明哲，心裡挺開心。花七十金幣買紙，做十張黛玉卡賣三百金幣，差價就可以賺兩百三十金幣，換成現實貨幣也就是二十三塊錢，一頓飯夠了。

熟練之後做十張黛玉卡只需半個小時，半個小時賺二十多塊錢並不虧。長期堅持下去的話，積少成多，生活肯定能慢慢好起來的。

謝明哲打定主意，帶著好心情回到個人空間繼續做黛玉卡。

幾乎是他前腳剛離開黑市，張老闆的攤位就來了一位客人。

對方ID是「紅燭」，一百六十公分左右的身高，穿著紅色的緊身連衣裙，腳踩黑色細高跟涼鞋，紮著一雙大馬尾，聲音很是清脆俐落：「張老闆，這幾天有沒有新的原創卡？」

老闆恭恭敬敬地道：「紅燭姐，您要什麼卡隨便挑。」

紅燭道：「備戰新賽季，我們公會只要戰鬥屬性比較高的卡。」

老闆把一疊基礎攻擊力高的四星卡遞給她，「挑得上的一張五百，老顧客，算您優惠價。」

紅燭只挑到三張不錯的，有些遺憾地把剩下的卡牌遞回給老闆，「還有嗎？」

她的目光在攤位上四處瞄了瞄，突然一疊很特別的卡引起她的注意，她蹲下來仔細看了看，卡牌叫林黛玉，女子滿臉淚痕，手握花瓣，將花瓣輕輕拋向地面，紛紛揚揚的花瓣撒了一地，這淒美的場景讓她看著都忍不住揪心。

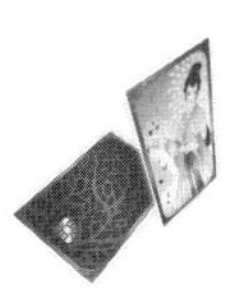

「欸，這卡面倒是很漂亮。」紅燭拿起卡牌，看了看上面的資料——生命一百、攻擊零、防禦十五，顯然是屬性極差的失敗作品。技能叫「黛玉葬花」，這是什麼奇怪的名字？

繼續往下看，技能描述——對花卉類卡牌造成重創，百分之十的機率觸發即死效果。

即死？是立即死亡的意思吧？這種強制判定，她在網遊裡還從來沒見到過，會不會是唐神前不久剛剛提出來的即死類戰術牌？

紅燭又在心裡默念了一遍：對花卉類卡牌造成重創，百分之十的機率觸發即死效果。

一星卡的觸發機率是百分之十，如果升級、進化到七星的話，機率將會……

想到此，紅燭脊背上的寒毛幾乎瞬間全部豎立起來，她只覺得頭皮發麻，腦子「嗡」的一聲，像是被重錘用力地砸了一下。

老闆見她臉色驟然發白，還以為她不舒服，忍不住關心道：「紅燭姐？妳怎麼了？」

紅燭深吸口氣，穩住激烈的心跳，慢慢站起來調整好臉上的表情，假裝很不經意地問道：「這卡是新收的嗎？」

老闆笑道：「嗯，收了九張。」

聽到九張，紅燭的指尖微微一抖，聲音卻保持著平靜：「誰做的卡？畫面這麼漂亮？」

「不認識，應該是個新人，名字我也沒記清楚。卡牌資料實在太糟糕了，十五的防禦力，我從來沒見過這麼低的防禦數值。」

「您收的九張卡都賣出去了嗎？」

「還沒賣，剛收的！」

「我全要。」

「啊？」老闆愣住，「全要？」

「這卡挺漂亮，回頭送給公會的妹子們收藏。」紅燭微笑著說：「老闆你開個價。」

這女人看似身材矮小，實際上卻是個狠角色——風華公會的會長，同時也是風華俱樂部在遊戲裡專門負責卡牌和材料收集的人，對卡牌的研究比大部分玩家都要透澈。

她有個很特殊的愛好就是閒著無聊逛黑市，專門收原創卡。雖然她一臉若無其事，說是喜歡這張卡的畫面，但老闆還是留了個心眼，總覺得紅燭能看上的牌肯定不簡單。於是他偷偷把價格翻了一倍：「六十金幣一張？」

紅燭一邊在手裡隨意把玩著卡牌，一邊輕笑道：「您可真會逗我，一星人物卡，還是屬性很垃圾的卡，中看又不中用，市場價也就二十金幣左右。我從您這兒買了那麼多七星卡，您還這樣訛我……算了，我不要了，您留著慢慢賣吧。」

她放下卡牌，轉身要走，老闆立刻笑咪咪地叫住她：「欸，開個玩笑。三十五金幣賣您。」

紅燭鬆了口氣，轉過身的時候立刻換上一副無所謂的微笑，跟老板結了帳，隨口說道：「我們公會的幾個妹子最近在收集人物卡，尤其是這種畫風精緻的，以後要是有人再賣你這張人物卡，麻煩你全部收下來轉給我，我好拿去送姊妹們。」

「沒問題！」老闆數著錢笑眯了眼。

紅燭轉身在黑市又轉了一圈，仔細找遍幾家大型收購攤位，沒發現同樣的卡，用力攥緊的手指這才慢慢鬆開。她摘下頭盔，來到隔壁的辦公室。

隔壁房裡，薛林香正在查賽事資料，突然見紅燭急匆匆地走進來，臉色蒼白。薛林香疑惑道：「怎麼了，這麼著急？」

紅燭深吸一口氣穩住情緒，語速飛快地道：「薛姐，我剛剛逛黑市的時候發現了一張奇怪的卡牌。技能是對花卉類卡牌造成重創，機率觸發即死判定！」

薛林香猛地一怔，直接從座位上站起來，「即死判定？專門針對花卉卡牌？」

紅燭點點頭。

薛林香臉色難看，「妳把卡牌的資料調出來給我看！」

紅燭打開桌上資料互通的平板光腦，登入帳號調出這張卡牌，指著牌面跟薛林香說道：「基礎屬性很糟糕，防禦力更是低得可笑，只有十五點，就算升到七星都不會超過一千防禦。但是，它的技能……」

薛林香看著畫面中滿臉淚痕、將花瓣拋向地面的女子，心裡突然生起一絲很怪異的感覺。讓她毛骨悚然。

——黛玉葬花：對花卉類卡牌造成重創，百分之十機率觸發即死效果。

這張一級卡僅有百分之十的機率，但按照卡牌升級後機率也會隨之提高的規則，七十級黑卡的機率可以直接提升到百分之八十。再用一些特殊的高級命中類材料進行強化，後期的滿級黑卡林黛玉，技能判定機率絕對能達到百分之百。

黛玉葬花，有百分之百的機率觸發花卉類即死效果。這張卡如果出現在職業賽場，後果將會不堪設想！

薛林香在屋裡來回踱步，道：「這張牌的基礎資料不重要，十五點防禦也無所謂，因為它根本就不需要防禦！它只是一張功能卡，最大的作用，就是迅速滅掉對手的王牌花卉！」

她停了下來，眉頭緊緊皺起，「小唐的卡組當中有很多花卉牌，比如他之前賣掉的夜來香，十萬生命、五萬防禦，很難打得死。可是，黛玉葬花對花卉類卡牌會觸發強制即死判定，立刻滅掉小唐的花卉牌。只要它在賽場上出現，對上唐牧洲……妳知道後果吧？」

紅燭點了點頭，聲音發顫：「瞬間秒殺唐神的最強花卉王牌，徹底打亂唐神的節奏。」

薛林香只覺得脊背發冷，「這張牌，可以說是木系花卉卡組的天敵！」

紅燭臉色蒼白，良久都說不出話來。

她的直覺果然沒錯，幸虧她把這張卡全部買下，沒讓這張卡牌流出去。否則，一旦被其他俱樂部的卡牌收集者發現，把這張卡培養成七星黑卡，唐牧洲將會受到極大的威脅。

薛林香深吸口氣，看著這張風格淒美的卡牌，目光銳利如劍，「專門針對花卉系的卡，這是誰做出來的？」

紅燭緊張地道：「老闆說，他也不記得那個人的名字，我這就派人去查！」

薛林香握緊雙拳，「一定要儘快把這個人給我找出來！」

同一時間。

對這一切毫無所知的謝明哲，還在個人空間裡繼續畫林黛玉。

一張林妹妹、兩張林妹妹……速度越來越快，畫面也越來越精緻。

十張林黛玉卡牌做完，謝明哲暫時收工，笑咪咪地摸著下巴想：這回該拿去哪裡賣好呢？

【第三章】

即死牌在黑市引發的騷動

薛林香踩著高跟鞋一路跑到選手公寓，敲了唐牧洲的宿舍門。

唐牧洲過了很久才來開門，瞇著一雙眼睛，靠在門邊呵欠連連。這男人的作息時間非常奇怪，別人都是睡「午覺」，他卻是每天下午四點到五點必須睡一個小時的「下午覺」，否則就會睏得一直打呵欠。

薛林香見到他的時候，他還一副沒睡醒的樣子，眼神空洞，目光毫無焦距。

薛林香嚴肅道：「小唐，你快去洗個臉清醒一下，我有重要的事情告訴你！」

唐牧洲閉著眼睛沒反應——站著變成了睡神。

薛林香大聲吼道：「唐牧洲！」

「喔。」唐牧洲終於回魂，一邊打著呵欠一邊轉身去洗臉，走路的時候腳下輕飄飄的，像是在夢遊。

就在這時，隔壁房門突然打開，一位少年探出腦袋。

他長著一張圓圓的娃娃臉，天空一般的藍色眼睛又大又亮，睫毛長而濃密，頭髮在光線照射下閃著一層柔和的金色光澤，就像個可愛的洋娃娃。

少年尚未變聲的嗓音還帶著特有的清脆：「薛姐，妳這一聲吼，嚇得我差點大腦當機……我師父得罪妳了嗎？妳打算怎麼處置他？」

薛林香白了小傢伙一眼，「沈安你也過來！我有正經事跟你們說。」

原本想看好戲的沈安見薛姐臉色難看，立刻收起玩笑，乖乖跟在她身後。

兩人走進房間時唐牧洲已經洗完臉，坐在沙發上神態悠閒，一雙深邃的眼眸也恢復了睿智和清明。沒洗臉的唐牧洲和洗完臉的唐牧洲簡直就是兩個人。

出道的這幾年，唐牧洲拿過個人賽冠軍，團體賽也一直發揮穩定，但是，每次只要比賽的時間安排在下午四點到五點，他的勝率就慘不忍睹。漸漸的，所有人都知道了他奇怪的作息時間，粉絲

們還開玩笑說，唐神是不是做多了植物卡，也變得像植物一樣——下午陽光太烈，唐神被曬蔫了，需要休眠。

好在職業聯賽為了收視率，大部分比賽都安排在晚上七點到十點的黃金時段，對唐牧洲的比賽影響倒是不大。

此時將近下午五點，唐牧洲已經睡醒。

見薛姐和徒弟一前一後走進來，唐牧洲便關心地問道：「薛姐，妳臉色這麼差，發生了什麼事？」他目光掃向站在薛姐旁的徒弟，少年搖搖頭，表示自己並不知情。

薛林香沒說話，手腳麻利地把隨身帶來的平板光腦打開。

兩人面前立刻出現了兩公尺寬的虛擬投影屏幕，只見螢幕中陳列出九張一模一樣的一星卡牌，整整齊齊排成一行。

卡牌是人物卡，一位容貌清麗的女子滿臉淚痕，纖纖玉手將花瓣拋撒到地上，畫面很是精緻。

唐牧洲站起來走到卡牌面前仔細觀察，「這是什麼卡？」

「紅燭從黑市買回來的。」薛林香嚴肅道：「你仔細看看這張卡的數據和技能。」

生命一百、攻擊零、防禦十五，基礎資料可笑至極。技能是「黛玉葬花」，對花卉類卡牌造成重創，百分之十機率觸發即死效果。

即死？專門針對花卉？

唐牧洲挑了挑眉，轉頭看向徒弟，「小安，你有什麼想法？」

沈安仰起脖子看著卡牌，仔細算道：「初級卡是百分之十機率，升到滿級卡有機會把機率提高到百分之百。這種功能即死牌，對付別的選手沒什麼用，但對上師父，能直接廢掉師父的王牌花卉——這是其他俱樂部的人專門針對師父做出來的吧？」

薛林香正要開口附和，卻聽唐牧洲淡淡道：「針對我？那可不一定。」

沈安一怔，「什麼意思？」

「這張卡，你仔細看它的畫面。」唐牧洲指了指卡牌正面的圖案，「裝飾是不是太多了些？」

沈安猛然回過神來：「沒錯！花草、綠樹的背景，就像是一幅畫！」

薛林香聽到這裡也覺得不大對勁，忍不住問：「小唐，你的意思是，這張卡並不是專門針對你的嗎？」

「嗯。」唐牧洲看著卡牌，平靜地說：「真正的製卡高手都知道，卡面越純粹，召喚出來的星卡幻象就會越清晰，卡牌的實力也就越強。他的這張卡，包涵了太多雜亂的裝飾，除了主角人物外，周圍還有樹、花、河流……這些雜亂的元素雖然讓卡牌畫面顯得飽滿，但實際上，它們卻大大拉低了中心人物的戰力。」

見兩人聽得認真，唐牧洲便耐心分析道：「如果他是製卡高手，這張卡牌只需要畫『人物』和『花卉』這兩個關鍵元素即可，初始卡機率應該能做到百分之三十，七十滿級卡能直接升到百分之百，不需要用材料強化。但是這個人根本不懂製卡，所以他的卡牌初始機率只有百分之十，資料紊亂，後期強化成滿機率需要付出極高的代價。」

沈安點頭如搗蒜，「師父說得對啊！這張卡畫得這麼細緻，就像是美術學院的學生在畫畫似的。製卡界的高手都知道，畫一堆裝飾物，是製作戰鬥卡牌的大忌！」

薛林香皺著眉，片刻後，她才問說：「難道這只是巧合？」

唐牧洲點頭。薛林香剛想鬆口氣，卻聽唐牧洲接著說：「如果是有人刻意針對我，我倒不怕。巧合，才可怕。」

薛林香愣了愣，很快就明白了唐神的意思。

剛才紅燭把卡拿給她看時，她被針對性極強的卡牌技能嚇到，腦子一直不夠清醒。但唐牧洲比她清醒，尤其是下午五點睡醒的唐牧洲，思考問題時比她更加冷靜和敏銳。

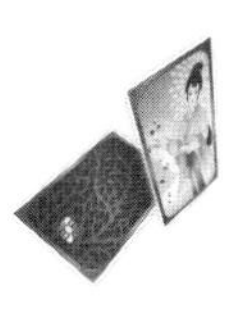

如果真有人故意挑釁，做出一張針對性的卡，對唐牧洲來說反而不痛不癢——畢竟這些年，他的卡組被各大俱樂部研究，為了克制他而製作的針對性卡牌難道還會少嗎？

他能站在今天的高度，不光是靠卡牌，還有極快的臨場應變能力和極為精準的卡牌操控能力。就算這張「黛玉葬花」能廢掉他的一張花卉王牌，他還能打出其他王牌，對手不可能每一張牌都能克制他。

正因為這是巧合，那才可怕！

大家根本不知道這張卡牌的作者是誰，到底有多大的天賦，這個傢伙無意中做出了一張克制唐牧洲的卡牌，誰知道明天會不會又做出其他的？萬一他做出一大堆克制花卉卡組的牌賣去各大俱樂部，那唐牧洲下個賽季的比賽將會無比艱難。

薛林香正鬱悶著，就聽唐牧洲問道：「這張卡牌的作者是什麼人，薛姐有查到嗎？」

回過神的薛林香答道：「這是紅燭從黑市收到的卡，老闆忘了賣家叫什麼。關於這張卡目前的線索只有卡牌背面的LOGO，你自己看看。」

唐牧洲將卡牌翻轉，背面一點花紋都沒有，綠色卡背的右下角寫著兩個字——月半。

沈安不明所以，撓著腦袋猜測：「月半是什麼意思？半個月嗎？」

唐牧洲的嘴角輕輕揚起，「月半，兩個字合在一起就是『胖』的意思，這位作者該不會是個胖子吧？」

沈安和薛林香面面相覷。

什麼鬼？胖子？哪有人把這種難聽的LOGO放在卡牌背面的？他是來搞笑的嗎？

唐牧洲饒有興趣地看著這張卡，微笑著說：「從資料角度來看，這個人根本不懂製卡。但從創意上來看，他又是難得一見的天才。我推斷，他應該是個有天賦的新手，剛開始接觸星卡遊戲，這張卡牌或許是他的第一張作品。他不瞭解製卡時的數值平衡，所以，卡牌的技能設計得很有特色，

但數值非常紊亂。」

唐牧洲一邊說，一邊打開自己的光腦，連上卡牌資料庫。

遊戲裡有版權保護，卡牌作者的LOGO也是唯一性的，因此在官方資料庫裡可以根據作者的LOGO來搜索作者製造的卡牌數量——只能搜數量，具體的卡牌資料為了保護隱私當然不會呈現。

唐牧洲進入官方資料庫，順手搜了一下「月半」這個作者的卡牌數。

十九張。

薛林香顯然也看到這一點，眼睛驀地睜大，「紅燭跟我說只有九張啊！怎麼變成十九張了？」

唐牧洲道：「或許紅燭只買到九張，其他十張已經散落到了市場上。」

想到這個可能性，薛林香脊背一陣惡寒。

她最不願意看到的情況發生了。這張卡被收藏愛好者買走的話還好，一旦被精通卡牌功能和資料的各大俱樂部拿到，升到七星，把機率強化到滿級，那就是一張對付唐牧洲的神牌啊！

如果以後在賽場上，所有對手都可以拿這張牌來廢掉唐牧洲的王牌花卉……

這胖子是專門來剋唐牧洲的吧！

薛林香立刻給紅燭發了條視頻短訊：「小燭，黛玉葬花可能還有十張流落在外面，發動公會的人地毯式搜索黑市和商業街，儘快把所有的卡牌都給我收回來！另外，一旦找到這張卡牌的製作人，威逼、利誘，不管用什麼方式，都想辦法把他帶回俱樂部！」

紅燭也知道後果的嚴重性，用力點頭，「薛姐放心，我是在黑市張老闆這裡買的卡，我正在張老闆的攤位附近蹲點，只要他再來賣卡，一定能抓到他！」

同一時間，黑市。

謝明哲並沒有去張老闆那裡賣黛玉卡，畢竟他前不久才賣給他九張，萬一連一張都沒有賣出去，成了滯銷產品，老闆肯定不會再給他三十金幣的收購價格。

於是，謝明哲另外找了個攤位。這攤位老闆是個小姑娘，看見黛玉卡特別喜歡，道：「你這張卡資料不行，但是畫面很漂亮。這樣吧，我只要兩張，單價給你三十金幣。這兩張卡我也不賣出去了，自己拿來收藏。」

謝明哲當然同意，反正他是版權作者，可以無限量製作，能賣一張是一張。

賣了小姑娘兩張後，他走到另一個攤位老闆面前，憑三寸不爛之舌向對方推銷。

老闆苦著臉道：「人物卡的收藏價值不是特別高。這遊戲運營十年了，各種帥哥美女的卡牌滿街都是，不過……你這張卡風格比較特別，給我五張，單價算你二十五金幣吧。」

老闆說得沒錯，人物卡在低級卡牌市場不好賣。見好就收的謝明哲乾脆賣給老闆五張，還剩三張他也以二十五金幣一張的單價賣給另一位老闆。

十張林妹妹全部賣掉，但謝明哲知道這不是長久之計。屬性不好的人物卡在遊戲裡不大受歡迎，這張卡最多再畫個幾十張，去黑市推銷也就沒人要了。

所以，他得儘快想想，該做什麼新卡？該怎麼提高卡牌的屬性？

回到個人空間，琢磨著怎麼做新卡的謝明哲，根本不知道，遊戲裡的黑市已經亂了套。

紅燭在張老闆的攤位附近蹲了很久，一直沒看到有人來賣黛玉卡，倒是她派去搜索黑市的幾個探子私下回報說：「紅燭姐，發現五張黛玉卡！」

「紅燭姐我這裡發現三張！」

紅燭立刻回覆：「馬上買回來！小心身分不要曝光，就說是買回去收藏。」

紅燭躲在攤位後面心急如焚，幾乎要把黑市大街盯出個洞來。

時間過了很久，她要等的人還是沒有出現。

薛姐說目前流落到市面上的黛玉卡有十張，她派去地毯式搜索的人只收回來八張，還有兩張呢？被人拿去收藏了還好，可千萬別被某些俱樂部買走。想到這裡，紅燭的心裡愈發不安。她目光銳利地盯著黑市來來往往的人群，恨不得將那個罪魁禍首一把揪出來。

然而，她沒等到罪魁禍首，卻等來了一個死敵——裁決公會的副會長，殘陽。

風華和裁決都是聯盟的頂級卡牌俱樂部，選手也都是人氣超高的大神，兩家公會在遊戲裡摩擦不斷，關係自然也好不到哪裡去。

紅燭轉身要走，殘陽卻攔住她，皮笑肉不笑地道：「紅姐，好久不見，最近忙什麼呢？」

「我來黑市收些卡牌和材料。」紅燭冷冷地說。

「是為新賽季備戰嗎？」

「嗯。」紅燭火急火燎地轉身離開。

殘陽也沒攔她，悠閒地逛起黑市。

公會收購極品卡一般會去商業街的卡牌專賣店，那裡有很多高星級的成品卡，買來就能直接使用。黑市出現極品卡的機率很小，而且大部分是一星到四星的低級收藏類卡牌，沒多大戰鬥價值。可一旦出現極品，往往就能順藤摸瓜發現一些製卡天賦極高的新人。

風華俱樂部首席牌手唐牧洲，當初就是在黑市發跡的。

唐牧洲的植物卡牌橫掃黑市的時代已經過去五年，但老玩家們回憶起來依舊驚心動魄。當時新人唐牧洲以「唐」字作為LOGO，做出大批植物卡牌賣去黑市，瞬間就被搶購一空。後來賺得滿盆滿缽的唐牧洲憑藉著出色的製卡天賦，以一人之力重振當時低迷了很久的木系卡組。王牌選手經紀人薛林香、風華會長紅燭，全都是他從網遊裡帶出來的厲害人物。

唐牧洲的出現，在第五賽季造成了強烈衝擊，牌盟一次大規模的洗牌淘汰了不少老選手，也讓

很多新人趁機崛起。自那以後，五系卡牌再也沒有出現一家獨大的局面，各類卡組勢力趨於平衡，各系選手都有自己的特色，百花齊放，比賽也更加精彩好看。

或許是受到唐牧洲的影響，加上風華公會會長紅燭喜歡逛黑市，於是黑市這個地方就成了各大公會發掘人才的寶地，各公會的管理員也養成了「閒著無聊逛黑市」的習慣。

可惜自從唐牧洲之後，整整五年，再也沒有一位職業選手是從黑市賣卡牌起家的。

殘陽一邊回憶往事，一邊逛黑市。

就在這時，他收到一條私聊訊息，是派去風華公會的臥底發來的：老大，紅燭突然派人收購美女人物卡，還私下在黑市開了個高價收購人物卡的攤位。

殘陽怔了怔：她收人物卡做什麼？

對方回覆：說是最近喜歡人物卡，想買一些收藏。

殘陽不知道紅燭葫蘆裡賣的什麼藥，便叮囑臥底：繼續跟進，有什麼消息第一時間告訴我。

其實紅燭也是迫不得已，蹲很久依舊蹲不到那個賣卡的人，她決定「引蛇出洞」——直接在黑市開了個大攤位，取名為「高價收購具有收藏價值的美女人物卡」，就差直接打出「黛玉葬花」四個字了。

各家公會互派臥底，大家都心知肚明，所以紅燭儘量低調，沒敢說出黛玉卡的事。她的這一舉動也讓遊戲裡的各大公會覺得莫名其妙，紛紛猜測著原因。

讓紅燭哭笑不得的是，收購攤位一開，各種亂七八糟的製卡師都把美女人物卡拿來想賣給她，短短半個小時內，她就見到了各種風格的美女卡。被美女環繞的紅燭有苦說不出，只能盼著那個叫「月半」的傢伙快點出現。

謝明哲註定不會出現在這個收購攤位，因為他已經不畫林黛玉了。

這是他逛兩趟黑市後得出的結論——在運營十年的遊戲裡，各種風格的畫家層出不窮，帥哥、美女卡多如牛毛，人物卡滯銷非常嚴重。

這遊戲除了休閒養卡的佛系玩家，大部分都是競技愛好者。從拍賣會就可以看出，寵物卡就算再可愛最多賣幾千金幣，極品戰鬥卡「夜來香」卻能拍出天價，熱血玩家對卡牌屬性的追求遠大於卡牌顏值。

所以，畫的人物好不好看是次要，戰鬥力強才是關鍵。

想通這一點的謝明哲，暫時放棄畫《紅樓夢》美女的想法，將心思轉到《水滸傳》。

《水滸傳》裡戰鬥力比較強的人物，第一個他想到的是武松。

他看《水滸傳》的連環漫畫時才六歲，那些書都是一位慈善家捐給孤兒院的，他每天捧著漫畫看得津津有味，覺得武松幾拳下去揍死一隻活生生的老虎真是帥破天際——純爺們、真漢子！

謝明哲決定做一張武松戰鬥卡，他先在腦海裡描繪武松打虎的場景，確定之後就拿出星雲紙，嘗試製作新的卡牌。

隨著精神力的緩緩注入，星雲紙上漸漸出現了一幅黑白水墨風的圖畫——一名身材健碩的男人握緊拳頭，拳頭上青筋暴起，他一拳下去，結結實實地砸在了老虎的頭部，老虎被他揍得腦漿飛濺，一命嗚呼！

系統：「卡牌製作成功，請連接資料庫進行審核！」

有了審核黛玉卡的經驗，這次謝明哲很耐心地等待著。幾分鐘後，耳邊響起「審核通過」的提示音，他熟練地將自己「月半」的LOGO印在卡牌的背面。

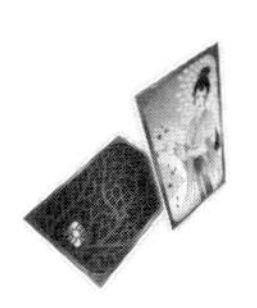

依舊是低級初始卡，謝明哲拿起卡牌仔細查看這一張新卡的數據。

武松（火系）

等級：1級

進化星級：★

可用次數：1/1次

基礎屬性：生命300，防禦300，攻擊300，敏捷10，暴擊率20％

附加技能：武松打虎（伸出拳頭砸向猛虎頭部，造成巨額傷害，15％機率觸發即死效果）

這張卡牌的屬性比黛玉卡好了很多，翻了不只十倍。技能只對猛虎生效，用途並不廣泛，但基礎屬性高，而且他畫的武松看上去特別帥氣。

黛玉賣了三十金幣，武松應該能賣得更高吧？

謝明哲決定先把卡牌拿去黑市問問價，要是價格賣得好，再回來多畫幾張。

來到黑市時，他發現入口處有一家攤位掛出「高價收購具有收藏價值的美女人物卡」，不少人正圍在那裡賣美女卡牌，收購價好像是五十金幣起跳。謝明哲的黛玉卡都賣光了，暫時沒去理會，徑直往黑市深處走。

黑市這個地方，藏龍臥虎，很多看上去樣貌平平的商人背後說不定都有各大公會的支持。尤其是那些大型的收購攤位，生意並不比中心廣場黃金地段的店鋪差。

謝明哲先四處逛了逛，心裡有底之後，他便來到一家「收購戰鬥卡」的攤位前，將剛做出來的武松卡遞給老闆，「老闆，你看我這張卡怎麼樣，能賣多少？」

老闆拿過來看了看，說：「你這張卡攻擊和防禦屬性很均衡，技能也一般，均衡卡賣不出太高的價格，一星初始卡大概五十金幣吧。」

謝明哲笑著拿回卡牌，「看我是新人您就糊弄我啊？算了，我去別的攤位看看。」

他不想跟老奸巨猾的商人打交道。一百金幣的東西你收七十都還說得過去，直接開價五十當人是傻瓜嗎？他看見附近幾家攤位上數據和武松差不多的卡都賣一百金幣左右。

謝明哲把卡牌拿回來，沒理老闆的叫聲，轉身去另一個攤位。

這攤位的老闆是個可愛的小姑娘，穿著公主裙，聲音甜甜的：「胖叔，要賣原創卡嗎？」

「嗯，老闆妳看看。」謝明哲把卡牌遞給她。

小姑娘道：「這張卡數據均衡，一口價一百金幣，我收了。」

「有點低了吧？我這一星卡攻擊力就有三百，培養到七星攻擊可是好幾萬呢，對猛虎還有效果加成。」謝明哲努力推銷著自己的卡牌，「妳再加一點，一百四十怎麼樣？」

「……」這人口才不錯，妹子想了想，點頭道，「行吧，一百四十！」

星雲紙的成本價只要七個金幣，賣一百四十，這一下子翻了二十倍，發了發了！

謝明哲欣喜若狂，表面上卻假裝很淡定，將卡牌賣給對方，笑著說：「我是原作者，可以繼續做這張卡，妳需要的話可以長期合作、批量收購，價格給妳優惠怎麼樣？」

妹子頭疼地擺擺手，「你太會說了，我不想批量收購，謝謝。」

謝明哲遺憾地轉身走開。

殘陽在黑市到處逛，想挖一些有特色的卡牌，可惜逛了大半天也沒什麼收穫。走到雙雙妹子的收購攤位，他便停下來問了一句：「最近生意怎麼樣？」

雙雙今天是臨時代替師父在黑市擺攤收購卡牌的，對卡牌也不大瞭解，只覺得武松卡很特別，就買了一張。她見副會長親自過來，立刻恭敬地道：「生意還行。副會，我這裡剛剛收到一張卡

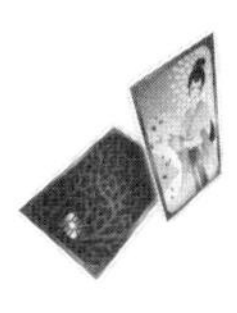

牌，挺有特色的，給你看看。」她把剛收到的武松卡遞給殘陽。

殘陽仔細看了看卡面，攻擊、防禦、生命數值都很平均，這種卡只能說是三流水平。附加技能——武松打虎：伸出拳頭砸向猛虎頭部，造成巨額傷害，百分之十五機率觸發即死效果。

殘陽的瞳孔猛地緊縮，手指也用力地攥住……

專門針對猛虎類卡牌的即死判定技能！遇到這張卡，聶神的白虎豈不是要跪下！

殘陽的呼吸立刻變得急促起來，他環顧了一下四周，發現周圍沒有熟人，微微鬆了口氣，這才壓低聲音在雙雙耳邊問：「這張卡是誰賣給妳的？」

雙雙道：「一個十五級的新手，叫胖叔，他說這張卡是他自己做的。」

殘陽的聲音緊張到發抖：「妳認識他對吧？快去找他，把他給我叫回來！」

雙雙一臉茫然，「副會長你找他做什麼？」

殘陽道：「妳就說我要大量收購他的卡牌，帶他回公會見我！」

雙雙察覺到事態的嚴重性，趕忙把攤子交給一起擺攤的公會夥伴，拔腿就跑。她在黑市追了一路，看見前面有個熟悉的胖叔叔，立刻叫道：「胖叔，等一下……」

結果話還沒說完，就見那人開了空間傳送門，直接回到個人公寓。

雙子座的個人公寓數量多如星辰，某個玩家具體住在哪裡，這是玩家的隱私，除非對方主動告知門牌號碼，不然就是大海撈針根本不可能找到。為了避免玩家被騷擾，遊戲裡只有附近玩家及好友之間才能語音私聊，不在附近時只能發郵件。

雙雙立刻給胖叔發了封郵件，把副會長的話轉達給他。

然而，就在郵件剛送達的這一刻，遊戲裡的胖叔正好下線了。

因為代練工作室的老闆陳哥，親自過來叫謝明哲去吃飯。

「小謝，六點了，先吃晚飯吧。」

謝明哲聽到後果斷摘掉頭盔下線，跟著陳哥來到客廳。代練工作室的其他幾人也都摘下了頭盔，謝明哲第一次見到他們的真容。

池青妹子長得很漂亮，又高又瘦，身高目測超過一百七十五公分，她留著俐落的齊耳短髮，白淨的一張臉上沒什麼表情，給人的感覺有些冷淡，似乎挺難相處。

龐宇是個可愛的大胖子，和池青差不多身高。但池青是細長的「縱向生長」，龐宇是圓滾滾的「橫向發展」，站在池青的旁邊，一胖一瘦，對比非常鮮明。

金躍的長相、身材都處於平均線，是屬於放在人群裡就找不出來的路人甲類型，氣質看上去挺斯文，戴了副銀框眼鏡。

謝明哲走過去，主動跟他們打招呼：「大家好。」

看到面前的小帥哥，龐宇不敢相信地瞪大眼睛，「你就是遊戲裡那個……胖叔？」

謝明哲點頭，「嗯，我在遊戲裡隨便取了個名字。」

龐宇一臉要崩潰的表情，「啊啊啊我才是胖叔好吧！你這麼高、這麼瘦居然取名叫胖叔，這不是刺激我嗎？」

「小胖淡定。」金躍推推鼻梁上的眼鏡，「遊戲裡別說改體型，改性別都很常見。」

「……」龐宇無法反駁。

池青的表情很平靜，她不愛說話，只朝謝明哲點點頭算是打招呼。

陳哥笑道：「走吧，工作室今天來了新人，我做東請大家去外面吃頓大餐！」

難得有人請客，謝明哲其實很想去，但出院時醫生叮囑過他腸胃功能還沒恢復，不能大意。雖然他很想吃雞腿、烤鴨、排骨、牛肉，可惜他的身體只能允許他喝粥。

謝明哲吞下口水，道：「陳哥，不用破費了，請我喝兩碗粥就行。」

眾人一臉疑問，請客哪有請喝粥的？

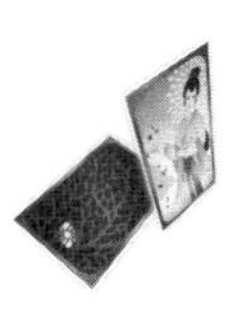

對上一群人古怪的眼神，謝明哲趕忙解釋：「大家別誤會，我剛出院不久，腸胃不大好，醫生說我三天之內只能吃流質食品，別的東西吃了也沒法消化。」

陳哥疑惑地看著他，「你之前住過院嗎？」

「嗯，今天剛出院。」

「剛出院就跑來工作，不在家裡休養幾天？你家裡人不管你啊？」

「我已經成年了，家裡人不管我。」謝明哲不想讓人知道自己是孤兒，更不想看到大家同情的目光。

池青三人對視一眼，面面相覷。

剛出院就跑來工作，也是夠拚的，這少年家裡的條件肯定不好。

「唉，你也不容易。」陳哥嘆了口氣，關心道：「剛出院就工作，身體吃得消嗎？」

「沒事，我已經恢復了，再說打遊戲也不耗費體力。」謝明哲笑笑，轉移話題道：「對了，陳哥，我在遊戲裡的等級是十五級，今晚就刷到三十五級，跟你們一起打材料。」

「好。」陳哥回頭朝池青說：「既然小謝不能吃大餐，我們就隨便吃一點。阿青，麻煩妳去煮一鍋粥，過兩天小謝身體好了，我再做東請客。」

「嗯。」池青轉身去廚房煮粥。

「小謝你來，我帶你安頓一下行李。」陳哥帶著謝明哲上了樓。

謝明哲順便觀察了一下工作室的環境。這套房子是住宅頂樓的兩層小複式結構，一樓的大廳和偏廳擺著頭盔、旋轉椅，此外就是廚房、餐廳和洗手間；二樓是休息場所，有四個房間，其中主臥室只有一張大床，另外三個房間都擺著兩張並排的單人床。

「本來我們工作室還有個妹子和池青一起住，前段時間她結婚了，請了一個月的休假，我才招人來替補，遊戲裡很多副本都必須五個人才能刷。」陳哥點了根菸，一邊抽一邊說：「目前，池青是一個人住，我跟金躍住，以後你就跟小胖住一間，沒問題吧？」

「沒問題！」謝明哲跟著陳哥把行李放進臥室。

原本以為代練工作室是那種黑漆漆的小工作坊，這裡的環境比他想像中好太多，一樓用來遊戲的大廳寬敞明亮不說，二樓的住處也收拾得很乾淨，透過陽臺的落地窗，還可以看見樓下鬱鬱蔥蔥的花園。

謝明哲推開落地窗走進陽臺，他發現陽臺的面積很大，最裡面擺著一張很舒服的躺椅，躺椅下面鋪了毛茸茸的白色地毯，地毯的旁邊有個茶几，上面擺放著幾個精緻的白色小茶杯。躺椅對面的空間則布置了一面花架牆，養了很多植物，有些開著花，也有一些綠油油的藤蔓一直垂到地下，看上去生機勃勃。

這樣的布置和「遊戲代練」這項職業格格不入。再仔細一看，臥室的掛畫、潔白的窗紗、暖色系壁紙……完全不像是一間代練工作室會有的風格。

謝明哲忍不住問：「陳哥，這房子是您租的嗎？」他心想，這應該是原來的房東布置的吧？遊戲代練哪有這份閒情逸致坐在陽臺上養花品茶？

聽到這問題的陳哥突然沉默下來，眼中閃過一絲痛楚。

陳哥正好在抽菸，吐出的煙霧遮住了他的臉，因此，謝明哲並沒有看到他臉上的表情，只是對方明顯的沉默讓謝明哲察覺到自己似乎問了不該問的問題，趕忙改口道：「我隨便問問，不方便說的話也沒關係。」

陳哥慢慢地吐完煙圈，就在謝明哲以為他不會回答的時候，低沉的聲音在耳邊響起：「這是我哥的房子。」

謝明哲怔了怔，回頭一看，只見男人走到窗邊，瞇起眼睛看向遠處的花園，一邊低聲說道：「第一次來工作室的人都會疑惑，一家遊戲代練工作室怎麼會布置成這樣？其實，這房子以前是我哥的住處。他走了以後，一樓被我改造成遊戲大廳，二樓改成宿舍，但陽臺的布置我一直沒動過，還保持著原樣。」

陳哥拿起茶几上精緻的杯子，在手心裡把玩著。那種沉重的目光，讓謝明哲一時不知道該怎麼接話。

謝明哲對陳哥的印象，只覺得他看起來很頹廢，喜歡抽菸，頭髮亂糟糟，襯衫皺皺巴巴的，就像是從垃圾堆裡隨便撿了點破布穿在身上，下巴上還有鬍碴，也不知道多久沒刮過鬍子——典型的網癮青年。

可是，說起自己的哥哥時，他臉上那種難過的情緒，讓謝明哲也忍不住揪心。

整天泡在遊戲裡當代練的頹廢男人，原來心底也藏著祕密呢。他哥哥該不會去世了吧？

謝明哲不敢問，只好轉移話題：「咳，你們平時都幾點睡啊？」

「全息遊戲會控制玩家上線時間，所以我們的作息很規律，晚上十二點睡覺，早上八點開工。」陳哥放下杯子，似乎從回憶中解脫出來，他在菸灰缸裡摁滅菸頭，轉身看向謝明哲，「沒猜錯的話，你應該是個大學生吧？趁暑假打打工，賺些生活費，對不對？」

「嗯。」謝明哲坦然說道：「我是對面帝都大學一年級的學生，九月一日開學。」

「這學校不錯。好好上學，畢業肯定能找到更好的工作。」陳哥鼓勵地拍拍對方的肩，道：「開學之後，你要是有空也可以過來，我按小時給你算薪水。」少年一個人打工也挺不容易，他想順便照顧一下。

「真的嗎？」謝明哲興奮得直看著他。

「嗯。」對上少年明亮的眼睛，陳哥忍不住笑起來，「我看你挺機靈，趕緊升到三十五級來幫我的忙。」

「明白！」

「為了讓雙方放心，我們還是簽一下勞務合約。」陳哥把謝明哲帶去旁邊，拿出一份合約範本，「合約是給你的保障，你不用擔心我拖欠你的工資。」

陳哥拿出合約明顯是要正式雇傭的意思，謝明哲立刻拿出身分證掃描進智慧電腦，然後在螢幕上簽下自己的名字。他發現薪水那一欄寫的是三千，便問道：「第一個月我當實習生，工資不是給一半嗎？」

「全給。」陳哥一邊簽名一邊爽快地說：「你的悟性好，兩三下就學會刷材料了，所以按正式員工的待遇給你。底薪三千，自己接的單會有百分之十的額外抽成，如果生意好，月底再分紅。」

「謝謝陳哥！」謝明哲感覺自己像是中了彩券。

「不謝。」男人的字非常瀟灑，在合約裡簽下的名字：陳霄。

原來，他的全名叫陳霄。

謝明哲默默記下這個名字。

安頓好行李來到樓下時，池青已經煮好了粥。青菜瘦肉粥看上去十分可口，除了粥之外她還順便炒了兩個素菜，都是很好消化的菜，顯然是體貼謝明哲剛剛出院腸胃不好。

謝明哲和大家一起圍坐在客廳裡，吃了頓簡單的晚飯。

龐宇嗷嗷嚎叫：「只有青菜和米粥，我根本吃不飽，你們要知道胖子的胃比你們大！」說罷便眼巴巴地看向陳霄，「老闆，我想請假一個小時，出去再吃一斤牛肉行不行？」

陳霄捶了一下他肚子上的肉，笑道：「吃什麼肉，你也該減減肥了。你看小謝，體重還不到你的一半。」

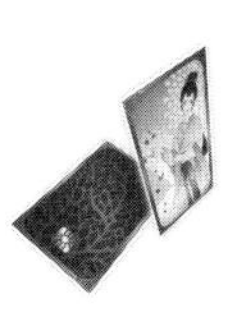

龐宇被堵得說不出話，乾脆自暴自棄：「我這是天生自帶肥胖基因，減肥也沒用。」

金躍扶了扶鼻梁上的眼鏡，回頭嘲笑他：「我看你是懶。」

龐宇賴皮地拉住謝明哲的胳膊，「小謝，你這麼瘦，我分一點肉給你吧。」

「……」謝明哲哭笑不得。

沒想到工作室的人對他並不排斥，反而很是關照。他兩世都是孤兒，身邊朋友不多，看著這群人互相調侃、親密無間，他的心裡也微微生起些暖意。

穿越重生之後能找到這樣一份工作，大概是幸運之神的眷顧吧。

這一切都要感謝陳霄這位寬容的老闆。

只是，陳霄的哥哥到底怎麼了？

謝明哲心裡很是疑惑，從陳霄的態度來看，他哥哥可能出了很嚴重的事情。或許是去世，或者是別的原因，反正離開了這裡。陳霄住在哥哥的房子裡，保留著哥哥在二樓布置的陽臺，這種「懷念一個人」的做法，讓謝明哲有些揪心。

希望不是「去世」這種無法挽回的結果吧。

謝明哲收回思緒，目前最重要的是先升到三十五級，加入大家的隊伍，幫大家刷材料。

畢竟從簽下合約的那一刻起，他就是一名正式的代練了。

晚上六點半，吃過飯的代練們一起進入遊戲，謝明哲一進個人空間就聽到耳邊傳來系統提示音：「您有新的郵件，請到客廳的液晶螢幕前查閱。」

他按照提示走過去打開信箱——

官方郵件：星卡職業聯盟第十屆職業聯賽將在八月十三日正式啟動，賽事門票預訂系統現已全面開放……

官方郵件：為迎接新賽季到來，八月一日到十三日簽到滿五天即可獲得周年紀念卡牌……

一大排官方郵件看得謝明哲眼花繚亂。

最近正好是迎接新賽季到來的關鍵時期，官方活動非常多，密密麻麻的通知郵件堆在一起，謝明哲懶得繼續往下翻，乾脆把郵件清單給關掉。正好齊師兄發來入隊邀請，謝明哲便加入他的隊伍繼續去白鷺星升級。

此時，黑市裡。

「那個胖叔還沒回覆妳嗎？」殘陽看著雙雙問道。

「我明明給他發了郵件，可能他不在線上吧？」雙雙神色沮喪。

「……」殘陽皺著眉沉默片刻，說：「他要是回覆妳，第一時間告訴我。如果在黑市發現他，也馬上去聯繫，就說我要大量收購他的卡牌，讓他來跟我面談。」

「好的，副會長。」雙雙目送副會長焦急地離開，心裡十分愧疚。本來裁決公會在黑市擺攤的是她的師父，今天師父臨時有事讓她頂替，她完全沒注意到這張武松卡的技能有多特別，要是當時多想一想，就不會那麼容易放走胖叔了。

現在倒好，根本聯繫不上胖叔。雙雙咬了咬牙，轉身又去給胖叔發郵件。

街道的盡頭，紅燭在黑市開的「美女卡牌收購攤位」還是沒等到想等的人。紅燭有些不耐煩，乾脆把公會幾個元老全部叫過去開會：「大家這幾天在黑市進行搜索時，要注意所有原創卡牌的背面，只要發現有『月半』這個原創LOGO的卡牌，立刻追蹤賣家，儘快查清這個人是誰！」

眾人面面相覷——月半？這人是怎麼得罪紅燭姐的？看紅燭姐姐那咬牙切齒的樣子，似乎要把他扒皮抽筋，忍不住想替他捏把汗。

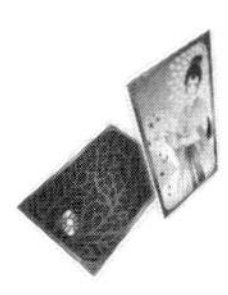

殘陽將武松卡拿回公會基地，交給裁決的總會長幻月。

幻月的實際身分是裁決俱樂部的卡牌專家，對卡牌資料很有研究。看到這張卡後，他的眼睛猛地一亮，第一反應就是立刻把卡牌拿回個人空間，殘陽自然也跟過去。

兩人來到書房的卡牌操作臺前，幻月從陳列櫃拿來好幾組不同等級的經驗星石，先給卡牌餵經驗餵到二十級，然後餵二星碎片進化到二星，接著餵經驗到三十級，進化三星……

轉眼間，幾百萬經驗星石，六百張不同級別的進化碎片全都餵給了武松。

武松卡在操作臺上空不斷地旋轉，卡牌背面的顏色也漸漸發生變化，直到最終，卡牌呈現出純黑色的金屬光澤，背面形成大片華美的火紅色紋路。

七十級，七星黑卡！

幻月這才拿起卡牌，看向卡面上的數據，皺眉問：「聶神的白虎牌在你手裡嗎？」

殘陽點頭，「在的。這張卡聶神上賽季用了太多次，損壞後交給我修理，我才剛修好。」

幻月說：「去競技場試試效果。」

兩人對視一眼，直接從星系圖傳送到鳳凰星域，建了個私人對戰擂臺房間，加上密碼。

擂臺開始，殘陽召喚出七星白虎，只見氣勢洶洶的猛虎縱身一躍，猛地撲向對方的幻象。然而白虎剛剛近身，那武松就握緊雙拳，乾脆俐落地砸向猛虎頭部——體積巨大的白虎居然直接被他打趴在地上！

一招秒殺！

殘陽心驚膽戰地翻了翻競技場的戰鬥紀錄。

——武松卡釋放技能「武松打虎」，觸發即死判定，擊殺白虎卡。

只有這一句話。簡單直白得讓人沒法評價。

幻月也看見了戰鬥紀錄，若有所思地說：「即死判定，果真是一擊必殺，這在遊戲裡第一次出現吧？」

殘陽滿臉驚駭，「我也從來沒見過『觸發即死』這種奇怪的技能！」

幻月想了想，道：「你手裡還有其他大神的高級卡嗎？換一張試試。」

殘陽道；「還有一張卡牌是嵐神的火鳳凰。」

七星火鳳凰，召喚出的鳳凰通體火紅，展開的巨大雙翅幾乎能遮天蔽日。只見火鳳凰陡然張開雙翅，口中發出尖銳的鳴叫，如同一團燃燒的火焰一般，飛快地俯衝向地面上的武松！

武松立刻出拳反擊，可惜他不到兩萬的防禦力實在太低，直接被鳳凰的火系群攻大招「鳳舞天翔」給秒殺。

看著地上燒成灰的武松幻象，殘陽和幻月一時面面相覷。

沉默了片刻後，幻月才分析道：「這張武松卡技能太偏門，即死判定只對猛虎卡生效，對上其他類型的卡牌完全沒有作用，攻擊和防禦的資料也只能算是三流水準。但說它是廢卡也不對，因為，一旦遇上聶遠道，它就是一張神卡。」

「誰會閒著沒事，專門針對聶神的白虎？」殘陽的表情有些古怪，「跟聶神有仇啊？」

「卡牌的作者是什麼人？」幻月皺眉問道。

「十五級的新人，名字叫胖叔。」

胖叔？這是什麼奇怪的名字？幻月心裡嘀咕著，將卡牌翻過來，看著黑色牌面右下角那個「月半」的LOGO標誌，他突然有些不安，立刻連上資料庫，道：「我來搜搜看這個人到底做了多少張卡牌。」

搜索作者LOGO，資料庫很快就給出結果：二十張。

殘陽猛地一個激靈：「剩下的十九張卡牌該不會全是武松，被他給賣去黑市了吧？」

幻月的臉色也瞬間陰沉，「要是被其他俱樂部收到這張卡，聶神的白虎牌豈不是廢了？」

作為裁決的老會長，幻月一向很冷靜，但現在他卻冷靜不了。

即死判定，這種判定在遊戲裡從來沒有出現過，很多人可能都沒搞明白「觸發即死」是什麼意思，還以為「即死」是和金系卡牌的「即殘」差不多。所以黑市買卡、賣卡的人，都不大清楚這張武松卡的價值。

但職業選手和各大公會的高層都知道這種判定。因為，這是最近才加入資料庫的、全新的一種技能判定！

上個賽季的總結大會，唐牧洲突然提出「一換一功能卡」讓卡牌帶有「即死效果」的理念。據說那一場大會，職業選手們分成兩派展開唇槍舌戰，一派贊同唐神的理念，支持資料庫增加即死牌；另一派強烈反對，認為這樣的卡牌會影響比賽的平衡，根本不合理。

唐牧洲微笑著列舉了很多增加即死牌的理由，最後還說：「即死牌的出現，會大大豐富賽場上的戰術。難道你們不想做出一張牌，出其不意地秒掉我的千年神樹嗎？」

眾選手：「……」

唐神這波仇恨拉得真是穩，凡是被他神樹虐過的人，都想秒掉這棵煩人的大樹。

讓人沒想到的是，一向和唐牧洲不大對盤的聶遠道居然也支持他的想法。

聶遠道平靜地說：「即死類卡牌的威脅並沒有大家想的那麼大，官方如果能夠調控好資料，最多也就是一換一的功能卡罷了。用即死牌換掉對手的神卡，這會讓比賽的戰術更加多變，我同意唐牧洲的提議。」

水系選手喬溪笑咪咪地接著說：「我也覺得唐神的想法很不錯啊，即死判定的卡牌出現在賽場，可以在關鍵時刻出奇制勝。否則，某些人把血量超過二十萬的卡牌往那裡一放，我都不想繼續打比賽了。」

被點名的土系代表鄭峰摸摸鼻子，道：「溪神是說我那張血量二十萬的白象對吧？其實我也覺得它的血量太厚了，每次比賽讓大家打半天，我挺不好意思的。」

眾人：「……你滾！」

為免大家當面打起來，聯盟主席立刻維持秩序，「好了，現在開始投票。」

最終，唐牧洲的建議通過了職業聯盟的大會決議。

聯盟將建議提交給官方，官方經過討論後決定採納。

為了調控卡牌的平衡，官方讓資料師團隊開了好幾次會，並進行詳細的公式演算，確定即死類卡牌的生命、攻擊、防禦等資料範圍。這個過程花費了整整半年多的時間，也是前不久才公布即死牌的設定說明。

官方正式公告，技能資料庫新增「即死判定」，但要求非常嚴苛。

首先，每張「即死判定」卡牌只能帶一個即死技能，且最多針對某一個子類別的卡牌。

其次，只要卡牌帶有「即死判定」，將被歸入「一次性功能卡」，攻擊及防禦屬性很低。也就是說，放完即死技能後，它自己也馬上會死，最多達到「一換一」的效果，以免影響競技的平衡。

此外，聯盟也相應地推出了一個新規定——每位選手每場比賽最多攜帶一張即死類卡牌上場，可作為祕密武器使用。

官方公告才放出來不久，遊戲裡的玩家可能很多人都還沒注意到。畢竟每次更新的時候公告一大串，不是專門研究卡牌的人根本不會去關注「技能資料庫增加即死判定」這樣的消息。

目前各大俱樂部研究卡牌的專家們都在嘗試製作這種帶有「必殺效果」的牌，別的俱樂部進度如何幻月並不知道，但裁決俱樂部目前還沒有做出來，沒想到卻被這個叫「胖叔」的人搶了先機，而且還做出一張針對猛虎類卡牌的武松——直接針對到聶神！

幻月眉頭緊皺，迅速做出決定：「馬上安排人手全面搜索黑市，所有原創LOGO是『月半』的卡牌全都給我買回來，尤其是武松卡，一張都不要漏！」

黑市已經很久沒這麼熱鬧過了。

在黑市擺攤的玩家們一臉懵逼——風華和裁決這麼多公會管理員擠在黑市，是要幹什麼？

紅燭看見來來往往的都是熟悉的ID，頭都快炸了。

裁決很多元老突然出現在黑市，並且在賣卡牌的攤位上仔細搜索，似乎在找什麼卡牌。她心裡特別不安，總覺得裁決是想把黛玉葬花給買回去。

而殘陽的想法也跟紅燭一樣，還以為是風華公會買走武松卡，正在尋找原作者。

兩人互相猜忌著，見面的時候卻假裝平靜地打招呼：「紅姐，妳還在黑市啊？」

紅燭故作冷靜：「嗯，閒著無聊到處逛逛。」

殘陽皮笑肉不笑，「真巧！我也是。」

紅燭：「是啊，真巧。」

兩人嘴上禮貌地打著招呼，心裡早就把對方罵了一百八十遍。

片刻後，風華公會和裁決公會大批管理員出現在黑市的消息傳遍了臥底圈。

其他公會的會長們接到消息都十分茫然。

到底怎麼了？兩大公會突然開始地毯式搜索黑市，難道是黑市又出現了厲害的卡牌？

於是，其他的大公會也紛紛開始行動——

「雖然不知道為什麼，但我們也去湊湊熱鬧。」流霜城的會長說道。

「去黑市看看他們到底在找什麼？」暗夜之都的會長冷靜地命令道。

「是不是黑市出現了製卡天才啊？」眾神殿的會長雷厲風行地親自過來了。

沒過十分鐘，各大公會管理員集體來到黑市湊熱鬧。

紅燭真的很想哭，到底其他的黛玉卡被誰買走了？殘陽也很想罵人，胖叔做了二十張卡，他只買到一張武松，該不會剩下的十九張全是武松，被各大俱樂部給買走了吧？

黑市亂成一鍋粥。

街上到處都是頭頂著「XX公會副會長」、「XX公會管理」稱號的大人物，擺攤的玩家紛紛和會長們合影留念。而徹底攪亂了黑市的罪魁禍首謝明哲，此時正和小夥伴一起在白鷺星的洞穴裡愉快地升級。

齊師兄問道：「胖叔，你之前買了那麼多星雲紙，說要試著做原創卡牌，最後做成了嗎？」

「隨便做了兩張，都通過了審核。」

「做的是什麼卡？」

「都是人物卡，已經全部賣掉了。」

齊師兄建議道：「屬性差的人物卡確實賣不出好價格，不過，能賺點零花錢也不錯。製作卡牌比較消耗精神力，不要一次性做太多，免得燒腦子。」

「嗯，我今晚再做十張就收工。」

——紅燭和殘陽要是聽到這句話，估計會被他給氣死。

謝明哲其實非常無辜，因為他對這一切都毫不知情。

他只是個剛玩卡牌遊戲的新手，在他看來，星卡世界的卡牌多如牛毛，能賣出高價的卡牌攻擊和防禦力都是好幾萬起步，比如拍賣會賣出高價的那張夜來香，血量十萬、防禦五萬。他做的黛玉卡防禦才十五點，升級到七星還不到一千點；武松卡的攻擊、防禦也不高，肯定賣不出好價錢。

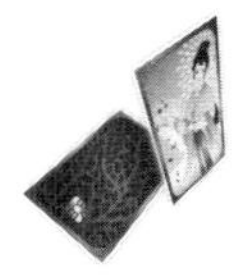

他根本不知道，即死類的判定技能前幾天才剛剛加入資料庫，在這個遊戲裡還從未出現過——他還以為這種技能很常見呢！

兩大公會的人在黑市到處尋找「月半」製作的卡牌。紅燭、殘陽這些會長都快要急瘋了。謝明哲卻十分悠閒地跟著齊師兄和思思在白鷺星的洞穴裡一邊聊天、一邊刷怪。他得儘快升到三十五級加入陳哥的隊伍，畢竟他現在是正式的代練，不能荒廢工作。

至於卡牌，他打算今晚再抽時間做十張武松卡，拿去黑市到處賣一賣，賺點兒零花錢！

【第四章】一夜暴富

晚上八點半，裁決公會領地。

「那位胖叔還沒有消息？」幻月問道。

「他一直不回雙雙的郵件。」殘陽從黑市轉了一圈回來，鬱悶得想吐血，「我在黑市沒找到胖叔做的卡。而且很多公會都在搜黑市，我懷疑那些人是不是也買到了武松卡？」

「先別急。」幻月冷靜下來，分析道：「他做的二十張卡不一定全是武松。據臥底回報，風華公會在收購美女卡牌。我推測，在武松卡之前他應該還做了一張美女人物卡，驚動了風華公會。」

「對！」殘陽猛地回過神來，「我之前也收到過臥底的回報，說是紅燭在大量收購美女卡牌，還專門開了個收購美女卡的攤位，說不定那張美女卡就是這個胖叔做的呢？」

「厲害的人物卡作者最近幾年很少見，應該就是他了。」幻月摸著下巴思索著，「能夠驚動紅燭，他這張美女卡的技能肯定不簡單，說不定也是即死判定。這樣一來就解釋得通了，這個胖叔先做了一張美女卡引起紅燭的注意，武松卡又正好被雙雙買下，我們兩家公會同時搜黑市，其他公會聽到風聲就趕來湊熱鬧。」

「希望是這樣，武松卡很可能還沒散落到黑市。」殘陽在心裡默默地祈禱著。

「對了，你記不記得唐牧洲當初是怎麼出道的？」幻月突然問。

「當然記得。唐神當年就是從黑市出道的，他剛開始做了一些低級的植物卡，拿去黑市賣，結果大受歡迎，聽說當年的黑市大街都快被他的粉絲給擠爆……」

「黑市賣卡。」幻月打斷了副會長的囉嗦，「你不覺得這個套路很熟悉嗎？」

「啊？」殘陽總算反應過來，「會長的意思是，胖叔在模仿唐牧洲？」

「不。我更擔心，這位胖叔會變成第二個唐牧洲。」

「……」殘陽不敢相信會長的推測，「第二個唐牧洲？製卡界的天才？就憑這張武松？」

「武松確實太偏門，但製作即死類技能的卡牌很不容易，需要製卡師的精神力高度集中，對目

標完成一擊必殺。我有種很不好的預感，這個人接下來可能還會做出更多稀奇古怪的人物卡牌，或是針對各種神卡來設計即死技能……」

幻月頓了頓，眉頭緊鎖，表情嚴肅得有些可怕：「當初唐牧洲也是這樣，最開始只做觀賞性植物卡，後來他完善了整個植物卡組——樹木類、藤蔓類、多肉植物類、花卉類，各種厲害的卡牌層出不窮，唐牧洲很快就成了聯盟最出色的原創牌手之一。」

「但唐牧洲有師父指導啊！他的師父，那可是赫赫有名的……」

「他師父確實對他幫助很大。」幻月似乎不想提起某人的名字，直接打斷對方：「唐牧洲能成為大神，關鍵還是靠天賦。他師父離開後，他做出的卡牌依舊一張比一張強，這就是證明。」

「你覺得，這個胖叔也有唐神那樣的天賦？」殘陽聽著會長的描述，心裡愈發不安。

「嗯。」幻月非常肯定，「他既然能做出即死判定，說明他精神力極高，你看武松這張卡牌，他將精神力集中到『必殺』的同時還能出色地完成幻象的繪製，一般人根本做不到。」

「……」殘陽完全沒想到，今天去逛黑市居然能遇到這樣的好苗子。

「儘快找到他，私下找，必須趕在風華公會之前找到。」幻月叮囑道。

殘陽總覺得「胖叔」這個名字就是來搞笑的，他忽視心底的怪異感覺，認真地說：「好的，我私下找人，找到之後帶他來見你？」

「直接帶他去見聶神。」

「啊？聶神？」

「我待會兒把武松卡拿回俱樂部給聶神看看，聶神肯定會對作者很感興趣。如果有可能，儘量把這個胖叔招攬到我們裁決俱樂部——動作一定要快，別被其他公會截胡。」

「明白！」殘陽慎重地點點頭，急匆匆地又跑去問雙雙。

雙雙很沮喪地回覆說：「胖叔還沒回我的郵件。」

「這個人是不是沒看到郵件？」殘陽鬱悶，「妳再發一封給他！要是不回，就繼續發！」

謝明哲根本沒時間回個人空間，因此也沒注意到郵件。

黑暗洞穴小怪密集，刷經驗的速度飛快，到晚上八點半的時候，謝明哲就已經三十五級了。

人物在遊戲裡的滿級是七十級，跟卡牌七十滿級一致。

但三十五級是一個關鍵門檻，人物只要到了三十五級，就允許進入資源星球的十人團隊副本，並且能使用七星卡。有錢人升到三十五級之後，可以直接買七星卡提高升級的速度。

齊師兄和思思都有錢，打算直接去商業街買七星卡，謝明哲沒錢買卡，而且他是代練，總不能一直陪這兩人繼續升級，便和兩位小夥伴道別，回到個人空間繼續琢磨卡牌。

風華俱樂部辦公室內。

薛林香來回踱步，見紅燭推門進來，立刻皺眉問：「還沒找到那個人嗎？」

紅燭非常無奈：「我在黑市開了收購美女人物卡的攤位，想引蛇出洞，結果等了一個下午，一直沒等到他。我已經派了大批人手去市場搜索，一旦找到有『月半』LOGO標誌的原創牌，一定順藤摸瓜把他給揪出來。」

薛林香的眉頭越皺越緊，「也就是說，月半這個作者到底是誰還沒查到？」

紅燭點點頭，臉色有些蒼白，「張老闆根本想不起來賣卡的人叫什麼名字。現在還有一件更棘

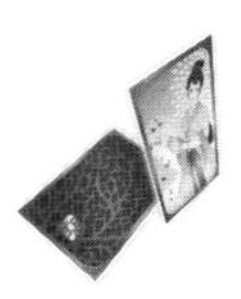

手的事情，除了我之外，裁決、流霜城等遊戲裡的大公會全部聚集在黑市，我不確定他們是來湊熱鬧的，還是有人真的買到了黛玉卡，也在黑市尋找作者。」

薛林香：「……」

如果黛玉卡真被人買了去，那唐牧洲下個賽季就麻煩了。

都怪唐牧洲在上賽季的大會上瞎提什麼建議，讓官方增加「即死判定」的技能，豐富比賽的戰術，結果現在好了吧？自己第一個就被針對了——這就叫搬起石頭想砸別人，結果砸了自己的腳！

薛林香正糾結著，耳邊突然傳來門鈴聲，她回頭道：「進來。」

推門進來的是唐牧洲。這男人下午容易犯睏，晚上卻特別有精神，一臉的神采奕奕。

「你怎麼過來了？」薛林香挑眉問。

「我來告訴你們一個壞消息。」唐牧洲嘴上說著「壞消息」，眼底卻滿是笑意，似乎心情很好，「我剛剛查了下資料庫，那位叫『月半』的作者製作的卡牌數量已經變成了三十張。」

「……」又多出十張？薛林香和紅燭恨不得去遊戲裡撕了那位作者！

「或許是十張新做的林黛玉，或者他又研究出針對我的藤蔓、樹木之類的新卡。」唐牧洲笑咪咪地說。

「你還笑得出來！」薛林香狠狠翻了個白眼，「將即死判定加入資料庫就是你提出來的，現在好了吧？整個花卉系的卡牌都被針對，你開心嗎？」

「還好。」唐牧洲完全不介意的樣子，臉上依舊帶著輕鬆的微笑，「比起這張黛玉卡，我更在意的是卡牌的作者，我覺得他有點兒像我。」

「像你？」薛林香不明所以。

「薛姐忘了，我當初是怎麼出道的？」

「……」薛林香總算明白他的意思，「黑市賣卡？」

「嗯。我剛學會做卡的時候，因為不懂行情，就拿去黑市賣。新人一般都會掉進這個坑，以為去黑市討價還價，卡牌會比較好賣。但事實上，黑市是處理『低級卡』和『收藏卡』的地方，懂戰鬥卡價值的人並不多。」

唐牧洲走到沙發旁坐下來，端起水杯喝了一口，接著說道：「他真的很像當年的我，做出了強力的卡牌，卻因為不懂行情而賣去黑市。老手製卡師都知道，真正的高端卡，要麼賣去商業街各大公會的專業卡牌收購店，要麼就拿去另一個地方——拍賣行。」

「你應該慶幸他是個新手。他要是知道了行情，把林黛玉這張卡牌拿去拍賣……咳咳，我不該烏鴉嘴。」薛林香立刻端起杯子喝水漱口，生怕被自己給說中了。

「人物卡帶即死判定，他做的卡牌，創意確實很新穎。」唐牧洲摸著下巴若有所思，「這麼有天賦的好苗子，實在是不應該錯過。」

「你想做什麼？」薛林香警惕地盯著他。

「我打算去遊戲裡，親自會一會這個人。」唐牧洲道。

「……」薛林香頭痛扶額，「下週就要比賽了，你瘋了嗎？」

「唐、唐神。」紅燭聲音顫抖著提醒：「你要是在遊戲裡出現，肯定會引起轟動。」

「我可以開小號去找他。」唐牧洲神色認真，「我的小號沒人認識。」

「……」能不能別這麼任性？馬上就要比賽了，現在不是應該專心研究卡組和對手，準備新賽季的大賽嗎？薛林香耐心勸道：「一個新人，交給我們就好，你沒必要親自出馬吧？」

然而下一刻，唐牧洲就站了起來，微笑的目光中帶著「勢在必得」的堅定。

「薛姐不用勸我，這個人，我一定要找到。」

「……」薛林香攔不住，只好頭疼地捂住腦袋，「你掌握好分寸，千萬別影響到比賽。」

「放心吧，薛姐。」唐牧洲揮了揮手，轉身離開辦公室。

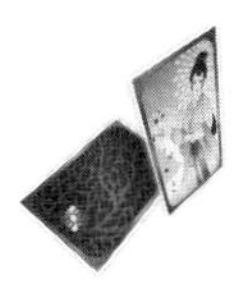

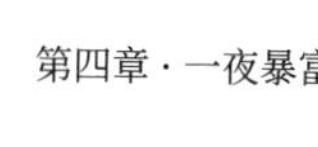

同一時間，遊戲裡。

謝明哲在個人空間做完十張武松卡後本想去黑市轉轉，把自己的卡牌給賣掉，結果陳霄直接用語音私聊召喚他：「小謝，九點了，快來木星找我。團隊副本開打，就等你呢！」

「可我沒有太好的卡牌，去了不會拖後腿嗎？」

「滿級七星卡我給你，快點過來吧！」陳霄爽快地說。

「好的，陳哥！」謝明哲雙眼一亮，立刻屁顛屁顛地跑去了木星。

木星團隊副本門口，謝明哲進團，陳霄直接給他兩張卡——滿級七星的風暴女神和冰雪女神，一張技能是龍捲風聚怪，一張是冰凍群控。

謝明哲第一次拿到七星黑卡，小心翼翼地收起卡牌，「陳哥，我用完就還你！」

「不用還，送你了。」陳霄乾脆地說道。

「謝謝陳哥！」這樣的好老闆是上天派來拯救他的吧！謝明哲感動地看向對方，卻發現陳哥已經雷厲風行地進了副本，完全不介意的樣子——大概對代練來說七星卡很常見吧。

全息遊戲不能多開帳號，工作室人手有限，打團本的人不夠也只能去遊戲世界上招募。好在副本材料數量都是按人頭掉落，不會因為材料問題產生糾紛，組幾個路人也無所謂。

木系副本叫「暗夜森林」。一進副本，周圍的小怪就被驚動，無數小樹精朝眾人圍過來，腳下全是墨綠色的藤蔓，一條連著一條瘋狂地攻擊入侵者。

謝明哲一個不慎就被藤條綁住了雙腳。

眼看那些藤蔓要順著身體一路爬到脖子上，謝明哲掙扎著往後退，結果越掙扎藤蔓捆得越緊，全身都被捆住，他真想一把火燒了這些藤蔓妖怪。

就在這時，身上亮起柔和的光澤——有人使用了卡牌技能。

謝明哲感覺到藤蔓一鬆，自己的雙腳終於能動了，他立刻後跳一步，扭頭一看，池青拿著一張帶淨化技能的卡牌走過來，叮囑他道：「小心你的腳下。玩家角色在副本裡雖然不會死亡，但是會被控制。」

「謝謝。」被救下的謝明哲立刻跟上了池青姐姐。

「小胖，把正北面那批藤蔓先拉走。」陳霄開口指揮道。

「明白！」龐宇讓體型碩大的犀牛怒吼著衝向藤蔓堆裡，拉走一大批藤條。只見地下密密麻麻如同蛇群一樣的藤蔓迅速將犀牛給纏繞、包裹起來，直接將犀牛絞殺成了碎片。

「……」看到這一幕的謝明哲有些震撼，木系藤蔓的戰鬥力這麼可怕的嗎？犀牛卡的血量超過了十五萬，居然瞬間就被秒殺！

正震驚著，就聽陳霄道：「小謝，你把這批藤蔓全部凍住。」

謝明哲急忙召喚出風暴女神，看準方向放一個龍捲風將藤蔓全部聚攏到一起，再召喚冰雪女神，雪花從天而降，將範圍內的藤蔓全部冰凍。被凍結的藤蔓一條條纏繞在一起，被冰雪包裹著，就像是「冰凍麻花」。

陳霄看了眼謝明哲的方向，心中頗為讚賞，「大家快點走！」

眾人立刻跟著陳哥衝進森林裡去燒那些樹精小怪。燃燒的火焰將遊戲裡的小怪迅速燒成灰燼。

這一趟木星副本打下來，謝明哲深切地感受到了木系生物的強大之處。除了攻擊力很強的藤蔓、各種看似美麗卻帶有幻覺、失明等控制效果的花卉，還有很多花草植物帶有中毒、虛弱、混亂

等負面狀態。

木系只是星卡世界中的一個分支，其他水、火、土、金系的卡牌肯定也有不同的特色。

順利打完副本，陳霄便說：「大家先解散，待會早點睡，其他副本明天再打。」

謝明哲一看時間，十一點。既然隊伍解散，謝明哲乾脆回個人空間繼續研究卡牌。

同一時間，裁決俱樂部辦公室。

剛吃完宵夜回到俱樂部的聶遠道，看著幻月會長交給他的武松卡，微微皺起眉頭。

男人的五官本就硬朗，眉峰微蹙的時候，會給人一種很嚴厲的感覺。

三十多歲的聶遠道，身上有種歷經波折的沉穩氣質。或許是因為天天和狼、虎、獅這類猛獸卡打交道的緣故，他的眼神有如野獸般鋒利，讓人不敢直接對視。

聶遠道還有個稱號叫「獸王」，因為整個獸系卡牌界都受到了他的影響。在他出現之前，星卡世界裡的獸類卡牌數量很少，技能也比較單一。聶遠道完善了獸類卡池，他製作的虎、豹、狼、獅等各種野獸卡攻擊力極為強悍，野獸圍殺的打法風格也是自成一派。

幻月沒敢看他，低下頭輕聲問：「聶神，您覺得這張卡怎麼樣？」

聶遠道將平板光腦遞給旁邊的人，「小嵐，你來看看。」

坐在他旁邊的男人叫山嵐，二十二歲，也是聯盟一流牌手，被粉絲們稱為「嵐神」。

如果說聶神的目光鋒利得讓人不敢對視，那嵐神就是特別溫柔的人，笑起來眼睛彎彎的，幾乎要瞇成一條縫，聲音也很柔軟，加上他皮膚白皙、容貌清秀、脾氣特別好，給人的感覺如沐春風。

山嵐是聶遠道唯一的徒弟，擅長的卡組也全是獸系卡。

只不過，聶遠道喜歡近戰暴擊打法，手裡的卡全是白虎、雄獅、黑犀、野狼之類比較兇狠的猛獸——以野獸卡組暴力碾壓對手，這就是聶遠道的特色，簡單乾脆，不跟人廢話。

而山嵐更愛空襲流的打法，他的卡牌幻象都很漂亮，仙鶴、白鷹、百靈鳥、孔雀，還有聯盟最強的空中戰鬥卡「火鳳凰」和「冰晶鳳凰」，全都是他在師父的指導下製作出來的。

這對師徒空戰和陸戰配合得很有默契，是雙人賽中極為強勢的組合。

師徒倆住在一起，平時也形影不離——因為山嵐很崇拜師父，喜歡黏著師父，師父去哪裡他就跟到哪裡。嵐神在裁決俱樂部的工作人員們眼中更像是聶遠道的「小跟班」。

從師父手裡接過武松卡，山嵐仔細看了看卡牌數據，柔聲問道：「這張卡是哪來的？」

幻月說：「黑市，今天湊巧買到的。」

山嵐分析道：「沒拿去拍賣會賣出高價，而是低價賣去黑市，說明這張卡的作者並不懂卡牌價值以及市場行情，可能他也沒看官方公告，不知道即死判定是最近才加入資料庫的卡牌技能——他是不是剛玩遊戲沒多久的新人？」

幻月立刻點頭：「沒錯，收購這張卡牌的妹子說，作者是個十五級的新人，名字叫胖叔。」

「胖叔？」山嵐念了念這個奇怪的名字，回頭看向聶神，「師父打算怎麼辦？」

聶遠道沉默片刻，這才開口說話，聲音低沉而平靜：「上次賽季總結大會上，唐牧洲突然提出在技能資料庫中增加即死判定的建議，你知道我當時為什麼贊同嗎？」

山嵐推測道：「是不是因為聯盟很多選手效仿鄭峰大神，不斷地堆積卡牌血量，動不動就把卡牌血量堆到十八萬以上，長久下去比賽會變得越來越乏味？」

聶遠道讚賞地看了一眼徒弟，說：「其實，唐牧洲也不是針對鄭峰才提出這個建議，土系本來就是打防守反擊，老鄭這麼做合情合理，我們也有的是辦法對付他。但關鍵在於，見到老鄭的卡存活時間比較久，其他選手也開始紛紛效仿，一味地給自己的卡牌堆血量。」

說到這裡，男人的眼中閃過一絲遺憾：「這幾年進入職業聯賽的新人只會跟風、模仿，學習前輩的卡組，卻從來沒有過自己的創意。哪像第五賽季和第七賽季，湧現那麼多天才牌手，開創了那麼多特色流派。」

山嵐是第七賽季出道的，想起當年的輝煌，他也不禁心生嚮往：「以前確實人才輩出，第五賽季的唐牧洲完善了木系卡組，方雨和喬溪開創了全新的水系打法，第七賽季又出現了鬼牌、符咒牌、蟲蟲牌、飛禽牌，那時候的創意真是現在的選手沒法比的。」

聶遠道冷冷地說：「某些新人急功近利，為了打出成績，直接模仿甚至複製其他大神的卡組，懶得動腦子自己去想。唐牧洲提出『即死判定』的理念，只是為了改變聯盟目前的現狀。這幾年打比賽越來越沒意思，聯盟也需要一些有天賦的新鮮血液。」

山嵐思考後回道：「所以，上賽季的大會，大部分老選手都站在唐神這一邊，反對的都是些近兩年崛起的、沒有自己特色風格的新人。他們害怕即死牌出現後自己的王牌一旦被秒，會不知道該怎麼應對。」

聶遠道點頭，「嗯，有實力的選手不會怕即死牌，我對這張牌的作者更感興趣。」

幻月：「……」

我是誰、我在哪、我該說什麼？

兩位大神討論起來旁若無人。幻月一句話都插不上嘴，感覺自己就是個超級大燈泡。還好貼心的嵐神注意到了他，微笑著把話題轉回來，「會長，我跟師父最近也正好在研究即死判定的卡牌，這位胖叔能做出即死判定牌，精神力肯定不輸於我們。」

資料庫對即死類卡牌的技能設計要求很高，總不能隨便做一條魚，讓魚去吃了唐牧洲的樹。秒殺類技能必須和卡牌本身相關，並且符合常理。這張「武松打虎」就設計得很巧妙，身強體壯的男人一拳擊中老虎頭部，理論上來說，只要男人的力氣夠大，打得老虎腦漿四濺、直接死亡也是有可

能的。

山嵐很欣賞這張卡牌的技能設計，看向聶遠道說：「師父，這個人我們要不要試著拉攏？」

聶遠道從沙發上站起來，轉身拿起自己的頭盔，平靜地說：「這張卡牌的作者絕對是個不可多得的人才。儘快找到這位胖叔，我要見他。」

見男人走向俱樂部遊戲大廳，山嵐立刻跟了上來，「師父，我也去。」

幻月頭疼地跟上兩位大神，「我們正在找胖叔，一定會儘快找到！」

在遊戲裡研究卡牌的謝明哲，完全沒想到，他隨手做的武松卡、黛玉卡，由於技能針對性太強，居然驚動了星卡牌盟的Boss級人物——聶遠道和唐牧洲。

而且還讓兩位大神親自跑來遊戲裡找他！

謝明哲回到個人空間後，就專心研究陳哥給他的兩張七星卡牌。兩張七星卡背面的花紋非常華麗，可是卡牌正面卻什麼點綴都沒有。風暴女神只畫了一位女神，冰雪女神同樣只有人物，沒有神殿、教堂之類的場景裝飾。

沒有場景？察覺到這一點的謝明哲猛地怔住——難道他一開始就搞錯了方向？

製卡師精神力越高，卡牌做得越具體、越精細，實力就會越強。這「精細」顯然指的是卡牌主體的精細程度，比如在人物卡牌中，人物的衣服、容貌甚至是髮絲，都要畫得很細緻，這樣召喚出來的幻象就越逼真——而不是給人物畫一堆華而不實的背景！

想明白這點的謝明哲只覺得茅塞頓開。

他迫不及待地走到書房拿起星雲紙，閉上眼睛，讓自己的精神力和星卡世界相連。

隨著他集中精神力在腦海中認真描繪，星雲紙上漸漸出現了一名身材清瘦的古裝美人。沒有綠樹、河流和草坪，只有林黛玉這個人物。

謝明哲深吸口氣，終止想像。

原作者有卡牌版權，可以對自己的卡牌進行修改。

修改之後的林黛玉資料明顯有了提升——攻擊和防禦變化不大，原本的敏捷數值從一變成了十五，技能描述裡「對花卉類卡牌百分之十機率觸發即死」變成了「對花卉類卡牌百分之三十機率觸發即死」。

看來他的思路是對的。

謝明哲緊跟著重新做了一張武松卡，把身材健碩的武松畫得更加細緻，還給他的衣服重新上了色。製作完成的卡牌資料同樣有了提升，對猛虎類卡牌觸發即死的機率也提高到百分之三十。

謝明哲正琢磨著，就聽耳邊響起聲音：「您有新的郵件。」

這聲音自從他進入個人空間就響了好幾次，謝明哲還以為是官方郵件，暫時沒理會。這時候又反覆響起，讓思路被打斷的謝明哲有些心煩地走到客廳，想一口氣把未讀郵件全部刪掉。

結果一打開液晶螢幕中的信箱標誌，就見到一大排的玩家郵件。

雙雙：胖叔你好，我是裁決公會的人，我們公會對你做的武松卡牌很感興趣，想從你這裡大量收購，看到郵件請回覆。

雙雙：胖叔在嗎？看到郵件麻煩回覆！

雙雙：叔，胖叔！求你了，回我一句，我們一直在等你回覆！

信箱裡連續十幾封郵件全是雙雙這個ID發來的，謝明哲很快就想起來她是黑市裡買下武松卡的妹子。她說裁決公會要大量收購？難道是大生意找上門了嗎？

謝明哲雙眼一亮，立刻回覆郵件：抱歉，我現在才看到郵件。你們公會要收購武松卡是嗎？我剛改進了這張卡牌，資料比之前的更好，價格方面如果你們數量要得多，十張以上還可以有優惠。

終於收到回覆的雙雙差點激動得掉眼淚，立刻聯繫殘陽：「副會長，胖叔總算回我了！」

殘陽心頭一喜：「快約他來公會基地！」

雙雙回郵件道：胖叔，你去星系圖直接傳送到我們公會基地，我們會長給你開放了准入許可權，我在公會等你！

謝明哲來到星系導航圖前，果然看見一個被紅色標記的小星球——裁決公會領地。

以前他的星系圖上並沒有這顆小星球。因為每家公會在星系圖中都有自己的領地星，但外人找不到，也不能進入，只有開放了准入許可權，這顆領地星才會出現。

謝明哲傳送到裁決公會領地。一進領地星，就見到很多外觀刷成火紅色的高層建築，氣勢磅礴。正前方是一棟七層樓高的公會大樓，雙雙正好來門口接他，見到他就立刻將他帶去辦公室，「胖叔，好幾個大神在等你，你快進去吧。」

畢竟這是他的第一單大生意，謝明哲深呼吸，調整好表情，這才推門進去。

辦公室面積很大，裝修風格簡潔俐落。牆壁最中間掛著個徽章，一把金色的利劍穿透「裁決」兩個霸氣的字體，字體帶著火焰特效，幾乎要燃燒起來。這徽章設計得鋒芒畢露，謝明哲哪怕對裁決公會並不瞭解，光是看這徽章就知道這家公會並不簡單。

沙發上坐著兩位頭髮花白的老頭子，ID分別是九八七六五四三、九八七七五二一。兩位老頭的旁邊站著兩位青年「殘陽」和「幻月」，頭頂著「裁決公會副會長」和「裁決公會會長」的稱號。

會長和副會長都在，但這兩位老頭子是幹什麼來的？謝明哲心中疑惑，表面上還是帶著和善的笑容，用生意人親切的語氣說：「你們好，聽雙雙說，裁決公會想大量收購我的武松卡牌？」

幻月看著面前笑咪咪的胖叔叔，問道：「你就是武松卡的作者？」

「嗯，最開始做的那張卡資料不夠好，我已經對卡牌進行了改造，剛做出來的這一張比賣給雙

雙的那張還要好一些，會長要不要再看看？」既然是做生意，卡牌資料好的話他還能要個更高的價格，於是他把剛改造過的武松卡拿給幻月會長。

幻月自己沒看，反而很恭敬地把卡牌遞給坐在沙發上的老頭。後者看了眼卡牌，問：「這張卡，你目前做了幾張？」

明明是個老頭形象，聲音卻相當年輕，低沉的音色聽起來有種很沉穩的感覺。

謝明哲怔了怔，「您是？」

會長幻月主動介紹道：「這兩位是聶神和嵐神。」

老頭朝他點了點頭，「你好，我是裁決俱樂部的職業選手，聶遠道。」

旁邊的老頭緊跟著說：「你好，我是職業選手山嵐，聶神的徒弟。」

謝明哲：「……」

我去！居然是這麼厲害的大神嗎？他在醫院裡搜尋《星卡風暴》這個遊戲時，曾在網上看過一些評價，聶遠道好像是和唐牧洲齊名的王牌選手，人氣特別高。

如此大神居然親臨遊戲見他，謝明哲受寵若驚，忙說：「兩位大神好。」

山嵐微微一笑，柔聲道：「是不是被我們的形象給嚇到了？這是我們隨便捏的小號，最近快要比賽了，用大號登入網遊不大方便。」

「喔。」謝明哲回過神來，發現這位嵐神的聲音特別溫柔。數字亂碼ID，加上奇葩的老頭子造型，果然是小號，但你倆捏的小號也太不走心了吧？能別這麼醜嗎？比他的胖叔叔還醜。

聶遠道低沉穩重的聲音再次響起，重複剛才的問題：「這張卡，你總共做了幾張？」

「之前有一張賣給雙雙，有十張還沒賣出去，再加上這一張。」謝明哲答道。

「也就是說，現在共有十二張武松卡？」聶遠道頓了頓，說：「我想買下你所有的武松卡，以及這張武松卡的製作版權，請你開個價。」

「版權？」謝明哲一臉茫然。

看著「胖叔」迷茫的樣子，山嵐溫柔地解釋道：「買版權的意思就是說，你將這張卡牌的版權轉讓給我們，以後你不能再製作這張卡，而是由我們來複製。」

謝明哲明白過來，疑惑地撓頭，「轉讓版權的價格怎麼算？」

轉讓版權就不能再做這張卡，但是如果價格合適倒也可以考慮——畢竟他不能做武松，還可以做別的。而且，一張一張地賣卡，很耗費時間和精力，肯定不如一次性轉讓版權賺得多。

這樣想著，謝明哲便說：「聶神你說個價，給我參考一下吧。」

聶遠道也很乾脆，直接報出價格：「三十萬版權買斷，怎麼樣？」

三十萬遊戲幣按照十比一的金價來換算，那就是三萬塊錢的現實貨幣，他大學幾年的生活費都夠了！

聶神這樣的大人物應該不會謊報價格欺負他這個小透明，想到銀行卡裡僅剩的兩百晶幣存款，謝明哲很開心地答應下來：「好吧，那我就把武松卡的版權轉讓給你！」

聶遠道看向幻月，「麻煩會長先付款給他。」

幻月點點頭，直接給謝明哲發來一個當面交易的請求。

謝明哲看見交易框裡迅速輸入的數字……三〇〇〇〇〇〇。

他沒看錯，是七位數，三百萬！

謝明哲怔住了，「不是說三十萬嗎？」

幻月解釋道：「最近的金價比例大約是十比一，聶神說的三十萬是現實貨幣，換算成遊戲幣就是三百萬。」

謝明哲：「……」

卡裡只有兩百晶幣的窮小子突然看到這麼多的零，眼睛都花了。

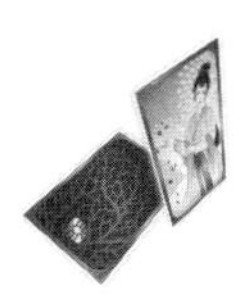

山嵐覺得這胖大叔憨憨的形象挺有趣，微笑著問：「胖叔，你是不是不懂這張卡的價值？」

謝明哲不好意思地摸摸鼻子，「說實話，我剛玩遊戲沒幾天，確實不大懂市場行情。我這張卡牌資料這麼低，聶神開的價格是不是有點太高了……」

他雖然缺錢，但這樣的鉅款他拿著不安心，得把事情搞明白才行。

山嵐很耐心地解釋道：「不算高。你大概不知道『即死判定』是最近才加入資料庫的新技能。選手在比賽時只能帶一張這種即死牌上場，它針對性極強，可以出其不意地秒殺對手的關鍵牌，打亂對手的節奏。它屬於戰術牌，不看生命、防禦這些屬性，只看技能就夠了。」

謝明哲聽到這些，心底極為震撼。

他還以為自己做的卡牌很普通，技能也很常見，特意去黑市調查了價格才去賣卡，這麼說來，黑市那兩個老闆其實也是不識貨的嗎？

看著胖叔滿臉驚駭的表情，山嵐繼續柔聲說道：「我師父買下你這張卡的版權，並不是害怕這張卡牌會對他造成威脅。他的卡組有幾十張猛獸牌，白虎只是其中一張，就算別人拿這張卡針對他也沒關係。我們更重要的目的，是想讓你意識到自己的天賦，聘請你成為我們裁決俱樂部的專業卡牌設計師。」

聶遠道因為平時太嚴肅，很多人都怕他，遇到「談判」這種事，他就放心地交給了性格溫柔的徒弟。聽到這裡，他才低聲插話道：「我已經跟俱樂部的高層打過招呼，如果胖叔你同意，下週就可以直接來裁決上班。底薪兩萬起，每設計出一張好卡，還有高額獎金。」

謝明哲：「……」

幸福來得太突然，謝明哲感覺自己像是在做夢。

橄欖枝遞到了面前，接還是不接？

謝明哲既興奮又驚喜，聶神邀請他加入裁決，代表他在製卡方面確實很有天賦，否則也不會引來聶遠道、山嵐兩位職業選手，還開出三十萬的價格買武松卡的版權。

但謝明哲畢竟不是十八歲的單純少年——別人給他塊肉骨頭，他就樂呵呵地咬上去。他擁有兩份記憶，這兩世的經歷讓他遇到大事時能迅速保持冷靜，不會衝動地做出決定。

嵐神剛才的一席話讓他覺得自己就是個徹頭徹尾的笨蛋。剛進遊戲不懂行情，居然跑去黑市低價賣卡，如今真正懂行情的人出現，武松卡被聶神開出三十萬版權費的高價，僅僅因為針對了白虎這一張卡牌而已。

那麼黛玉卡呢？針對的可是整個花卉系啊！

即便聶神說卡牌設計師可以領到兩萬月薪，做出好卡還有高額獎金，讓窮小子謝明哲非常心動。但謝明哲最終還是沉住了氣，微笑著說：「武松卡的版權轉讓沒有問題，但來裁決俱樂部當設計師這件事，我還得再考慮一下。」

副會長殘陽皺了皺眉，不悅地道：「胖叔，我們聶神親自邀請你，是看中你的天賦，裁決俱樂部是星卡牌盟數一數二的俱樂部，很多設計師擠破頭都進不來的。」

謝明哲好脾氣地笑著說：「嗯嗯，我知道裁決很厲害。但是這麼重要的事情，我也不能草率地答應吧，我得回去好好想想，再跟家人商量商量。」

聶遠道和山嵐對視一眼。

山嵐用溫柔的語氣說：「胖叔，我們是真誠地邀請你加入裁決，給你開的版權價格也比市場價高出很多，你不信可以去調查。我們俱樂部環境好、待遇高，食堂的飯菜也特別好吃。而且，俱樂部有一棟公寓，會分一套房子給你住。來到裁決之後，你只需要專心研究卡牌，其他的一切都不用擔心。」

嵐神這廣告打得很讓人心動，謝明哲強行穩住心神，道：「謝謝嵐神，我會好好考慮，儘快給你們答覆。」

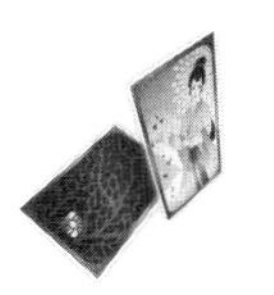
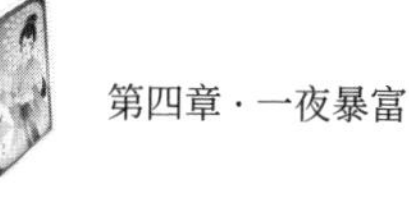

殘陽白了一眼遊戲裡滿臉笑容的胖大叔，覺得他特別不識抬舉。

會長幻月則冷靜多了，退了一步道：「胖叔，那我們先加一下好友。你待會兒跟殘陽去辦卡牌轉讓手續，我們公會領地也會對你一直開放准入許可，你考慮好之後可以第一時間過來找我們，或者直接給我和殘陽發好友私信。」

「好的。」謝明哲接受了會長、副會長的好友申請，朝聶遠道和山嵐道：「兩位大神再見。」

殘陽在前面帶路，謝明哲跟著他轉身離開裁決辦公室。

直到兩人走遠，幻月才湊過來道：「聶神，這個胖叔只用如此短的時間就將初級武松卡的即死機率提高到百分之三十，看來他的潛力還遠不只如此。」

聶遠道點了點頭，低聲說：「確實是個好苗子，儘快招攬。我先下線了，有消息通知我。」

山嵐道：「我也走了，會長再見。」

謝明哲跟著殘陽來到水瓶星服務中心。

服務中心大樓有幾十層樓高，卡牌版權部在十六樓，殘陽帶他來到版權部，謝明哲連上資料庫驗證了自己的作者身分，然後就將武松卡的製作版權轉讓給裁決公會。

版權轉讓後他就不能再做武松卡——不過沒關係，武松只是針對老虎，技能範圍比較狹窄。他還可以做黛玉卡，針對的花卉類更加廣泛。

謝明哲兜裡揣著三百萬遊戲幣鉅款跑去隔壁的星卡銀行。

星卡銀行櫃檯前，謝明哲禮貌地問智慧櫃員：「你好，遊戲幣和現實晶幣要怎麼轉換？」

智能櫃員回答道：「今天的參考金價是十比一，你可以將想要出售的遊戲幣設定好價格，放在星卡銀行金幣購買窗口，並綁定自己的銀行卡資訊，如果有玩家購買了你的遊戲幣，你的銀行帳戶就會自動收到轉帳。」

遊戲內建的貨幣交易平臺設有安全認證，謝明哲迅速輸入資訊，他打算把三百萬分成十份掛在交易視窗，這樣應該會比較好賣。

走出星卡銀行時，謝明哲心情很好，感覺外面的天空都比原來更美了。

這時候耳邊響起系統提示：「收到好友語音留言，來自幻月。」

謝明哲按下接聽，幻月會長說了一大堆裁決俱樂部的好處，顯然是想拉他加入裁決。他不想草率決定，就客氣地回了句「謝謝會長，我會好好考慮」之類的話。

緊跟著系統又發出語音提示：「親愛的玩家，您連續上線已經超過五小時，全息遊戲會消耗精神力，長期上線不利於身體健康，請您合理安排遊戲時間，儘快下線休息。」

全息遊戲連接人的五感，比較燒腦，謝明哲察覺到頭有一點疼，便乾脆下了線。

下線後，謝明哲揉揉脹痛的太陽穴，就在這時手機彈出短信：

尊敬的用戶，收到轉帳三萬晶幣來自星卡銀行，帳戶餘額三萬零兩百晶幣

尊敬的用戶，收到轉帳三萬晶幣來自星卡銀行……

尊敬的用戶，收到轉帳三萬晶幣來自星卡銀行……

連續十條銀行短信刷屏！

最後的餘額，變成了三十萬零二百晶幣。

謝明哲看著銀行卡裡的餘額，有些不敢相信地揉了揉眼睛。

銀行卡裡原本只有兩百存款的窮光蛋，如今變成了擁有三十萬零二百晶幣的小土豪！

這是他穿越重生後賺到的第一筆錢，沒想到光是一張原創卡的版權居然能賺這麼多錢，說真的，他從小到大都沒見過自己卡裡有這麼多的積蓄——三十萬啊！

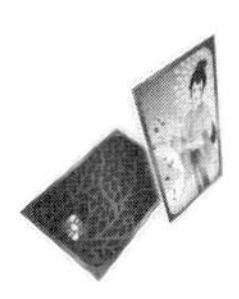

謝明哲深吸口氣，跑去浴室洗了把臉，整個人都神清氣爽。正好龐宇也剛下線洗完臉。以後要和龐宇住同一間房，謝明哲就跟著小胖一起來到了樓上的宿舍。

龐宇是個自來熟，進屋後便主動和謝明哲聊起來：「小謝，我看你年紀挺小的，應該還沒滿二十歲吧？」

「嗯，我剛滿十八歲。趁著假期打打零工，賺些生活費。」

「不錯不錯，有上進心。」龐宇朝他豎起大拇指。

「對了宇哥，你知道裁決俱樂部嗎？這家俱樂部怎麼樣？」謝明哲開始打探消息。

「裁決啊？那可厲害了，是星卡牌盟的六大巨頭之一。」龐宇熱心地介紹起來，「裁決俱樂部主要是獸系卡組，最出名的選手叫聶遠道，他出道快十年，是聯盟目前資歷最老的選手，也很受其他選手的敬重……話說，你打聽裁決俱樂部做什麼？」

「之前查資料看見聶遠道的介紹，有些好奇。」選工作可是大事，做決定之前必須調查清楚，謝明哲繼續向龐宇打聽：「宇哥你知道卡牌設計師嗎？這個工作的前景怎麼樣？」

「大俱樂部的首席卡牌設計師年薪都上百萬，一般的設計師也有幾十萬，當然是普通人夢寐以求的工作。」龐宇一臉的羨慕神色，「不過，一旦成為俱樂部的簽約設計師，製作的卡牌版權就不屬於自己，而屬於俱樂部。所以，大部分精神力比較高的原創設計師，都會自己設計卡牌、親自去打比賽，只有精神力條件達不到的，或者年齡不符合比賽資格的，才會去當專業的設計師。」

謝明哲聽到這話，心裡猛地一驚。

幸虧他留了個心眼，沒被眼前的利益誘惑，才沒有胡亂地答應裁決的邀請。

一旦成為裁決的卡牌設計師，以後他設計的所有卡牌版權都在裁決俱樂部手裡，那豈不是綁死在一棵樹上？還不如自由自在，多設計一些好卡拿去賣呢！

雖然謝明哲目前只賣出去一張卡，但萬事起頭難，有了第一張自然會有第二張。

武松卡的版權被聶神高價買走之後，謝明哲心裡隱隱有種感覺——這個世界的人是不認識武松嗎？他覺得卡牌設計得挺一般的啊，不就是《水滸傳》裡「武松打虎」的橋段嗎？怎麼嵐神一副特別欣賞他的樣子？

想到這裡，謝明哲忍不住問龐宇：「宇哥，你看過《水滸傳》嗎？」

龐宇一愣，「水虎？能在水裡游泳的老虎嗎？」

「……」謝明哲為了確定便繼續問：「曹操、劉備、孫權這些人你知道嗎？」

龐宇一臉迷茫，「你說的都是誰？」

謝明哲道：「孫悟空、賈寶玉，聽說過嗎？」

龐宇笑了起來，「不認識，這些都是你的同學嗎？名字挺有趣的。」

謝明哲的心臟劇烈地跳動起來。

自己真是傻逼了！

當初畫完「黛玉葬花」去黑市賣卡的時候，他就應該察覺到的——所有人都不認識林妹妹，只說卡面很漂亮、畫風很漂亮，收卡的老闆也都只研究卡牌的屬性，對黛玉葬花的精緻畫面和情結完全不在意。

當時他還以為是星卡世界卡牌太多了，他畫的卡牌太過普通，所以才不受歡迎。如今看來並不是他的卡不夠好，而是大家根本不認識他畫的人物，還以為那只是一個會哭的妹子。

聶遠道、山嵐顯然也不認識武松，所以才覺得他的設計特別好，還親自跑來找他。

看來這個世界的文化背景和二十一世紀的地球文明完全不一樣，或許是人類經歷了什麼，讓過去那些璀璨的文明毀於一旦。又或許，他穿越到了一個和地球完全不同的異度空間。

怪不得遊戲的星系導航圖裡根本就沒有地球。當時他還疑惑呢，如果星卡遊戲的背景加入了「太陽系」設定的話，玩家居住的地方應該是地球，怎麼跑去雙子座了？

星曆三〇〇一年，距離他穿越前的二〇一八年也不知過了多少個世紀。

那些絢爛的文化和五千年的華夏歷史文明，在這個世界全都不存在嗎？

謝明哲深吸口氣，穩住激烈的心跳。

他察覺到自己犯了個極大的錯誤，他太輕視自己的製卡潛力，還以為自己是個沒什麼天賦、製卡能力很普通的小玩家，做出黛玉和武松都拿去黑市低價賣出，實在夠傻。

但現在他知道了，他其實擁有一筆極為寶貴的財富——那是其他人根本無法想像的，如浩瀚的宇宙星空一樣廣袤而豐富的知識寶庫！

武松賣了三十萬版權，《水滸傳》可是有一百零八條好漢哪！

黛玉卡的版權還沒有賣出，技能針對性更廣的黛玉價格肯定不會低於武松，而《紅樓夢》還有金陵十二釵！

更別說他最愛的《三國演義》裡那麼多的人物都可以發揮腦洞做成卡牌！

謝明哲握緊雙拳，全身都充滿了幹勁。

他愛看小說，可惜不會寫小說，無法用小說來復原那些故事。

但是，他可以將那些精彩的故事，畫進他的卡牌裡！

風華俱樂部。

唐牧洲回到宿舍後，拿出自己的頭盔登入了星卡世界。

他面前出現了兩個角色，第一個角色ID叫「唐」，容貌和唐牧洲本人十分相似，戴著個銀色面具，這是他六年前初入遊戲時建立的角色，也是這個角色讓他在黑市打響名氣，成了職業聯盟的原創型牌手。

第二個角色是系統預設的一號成年男子人物形象，是遊戲裡滿街都是的路人臉，ID是隨便輸入的亂碼，一看就是小號。

他在遊戲裡發布碎片收集任務時用的就是這個小號。每次研究出新卡，他都會交到小號的手裡去競技場打實戰，測試卡牌的資料。

唐牧洲選擇小號進入遊戲，傳送到商業星的黑市。

紅燭正在擺攤找人，驀地看見人群裡有個路人ID，那一串數字亂碼特別眼熟。紅燭立刻走過去，開私聊語音問：「唐神，你還真來遊戲裡了啊？」

「嗯。關於那位卡牌作者有線索了嗎？」

「我派了幾十個人搜索黑市，依舊找不到黛玉卡，其他的原創卡背面也沒有『月半』的標誌，那個人就像是人間蒸發了一樣……」

「我親自去找找看。」唐牧洲轉身走開。

當年從黑市出道的他，對這個地方極為熟悉。黑市收購卡牌的攤位分成兩類，一類是收購原創卡倒買倒賣的商人，這些老闆相對專業一點，能分辨好卡和垃圾卡。還有一類是玩家自己隨便擺攤，只看卡面漂不漂亮，低價買卡作為收藏。

有些收藏型的玩家從來不打競技場，也不愛研究卡牌資料，只喜歡收集各種漂亮的卡牌，把個人空間書房裡的陳列櫃塞得滿滿的。

黛玉葬花這樣厲害的技能卡牌，如果被專業老闆買走，肯定會出現在拍賣會或者拿去大公會交易一筆鉅款，既然一直找不到，或許就落在了喜歡收藏人物卡牌的玩家手裡。這些攤主把卡牌買回去，也不升級培養，就放在陳列櫃裡，無聊時召出來觀賞。

唐牧洲發現很多裁決、流霜城等大公會的管理員也在逛黑市，在各種攤位上挑挑揀揀。

果然如紅燭所說，遊戲裡的黑市已經亂了套。

他當年也是不懂行情，在黑市低價處理了幾張出色的藤蔓戰鬥卡，攪亂了黑市，引來各家公會的搜索。時隔多年，這樣的場景居然再次出現——那位卡牌作者確實很像他。

唐牧洲微微一笑，轉身悠閒地逛起黑市。

「老闆，有沒有值得收藏的人物卡牌，我想高價收購。」唐牧洲禮貌地問。

繞過一些大型戰鬥卡的買賣攤位，唐牧洲專門挑那些賣收藏卡的小攤位詢問。連續問了十幾攤，都沒什麼收穫。直到他來到一個很可愛的妹子面前。

女生聽到這個問題，笑著說：「我有兩張，但是不想賣。」

唐牧洲溫言道：「我對人物卡很感興趣，妳收藏的卡能拿出來給我看看嗎？」

「這……好吧。」或許是對方的態度太溫和，妹子最終還是把兩張人物卡拿出來。果然是林黛玉。

唐牧洲把玩著手裡的卡牌，道：「我很喜歡這張卡的畫風，五百金幣一張，賣給我好嗎？」

「這張卡很漂亮，我當初買回來就是為了收藏的，不想賣。」

「一千金幣。」

「……」五十金幣買入，一千金幣賣出，翻了二十倍。大賺一筆的妹子開心極了，立刻把卡牌遞給對方，「好吧，賣你！」

「謝謝。」唐牧洲收起卡牌，假裝好奇地問：「妳記得賣妳這張卡的人叫什麼名字嗎？」

「記得啊，挺親切的名字，叫胖叔。」

胖叔？怪不得LOGO叫「月半」，難道真是個胖叔叔？唐牧洲收起卡牌，跟妹子道別，轉身來到紅燭攤位前，私聊說道：「我買到兩張黛玉卡，是被一個女孩子拿去收藏了，另外還打聽到作者的名字，叫胖叔。」

「……」紅燭愣在原地，她查了一下午查不到卡牌作者的相關資料，結果唐神一出馬，連作者的名字都查到了，真不愧是從黑市起家的！

唐牧洲繼續用私聊語音說：「儘快發郵件聯繫胖叔，就說我們要大量收購黛玉卡。另外，派人密切關注拍賣行的動靜，這個人如果做出新卡，說不定會拿去拍賣。」

「好的！」

謝明哲此時正躺在床上，睡得很香。

他做了個美夢，夢見自己做出一批極品人物卡牌，成了星卡世界裡最受歡迎的製卡師，他將卡牌拿去拍賣行賣出了天價，無數人圍著他興奮地尖叫。拍賣會的尖叫聲震耳欲聾，起初聽不清，後來漸漸地聽清了——胖神！胖神！胖神胖神胖神！

謝明哲被嚇醒。

摸了摸自己瘦巴巴的身體，他有些後悔取「胖叔」這個名字。萬一將來出名了，該不會真像夢裡一樣，被人追著叫「胖神」吧？

好在夢裡也有美好的場景，比如他的卡牌大受歡迎。

他會為這個目標努力的。

現在銀行卡裡已經有了三十萬，對他來說，代練能賺的這點工資不算什麼，他完全可以甩手不幹，靠賣卡來發家致富。但謝明哲並不想這樣做，且不說在他最艱難的時候是陳哥幫了他一把，既然簽了代練合約，他就應該遵守承諾，至少這個月他會依照合約堅持下去，等那位請假去結婚的妹子回來了再說。

今天週六，大家一起上線，陳哥直接組隊把人拉去打副本。跟著大家連刷五個資源星的副本，謝明哲長了不少見識，五系生物的設定也給了他很多啟發。

一天的工作結束後，謝明哲立刻下線——他要勞逸結合，給自己一點時間好好思考。

他打開破舊的光腦，登入了《星卡風暴》的遊戲官網。

官網做得很華麗，一點進去就像是進入了逼真的宇宙星空，他找到「公告區」進入——最近全是職業聯賽、新賽季相關的公告，以及各種活動通知，密密麻麻的列了一整頁。

他往前翻了幾頁，果然看見一條寫著「《星卡風暴》年度更新公告」的重點新聞。

新聞是七月二十五日發布的，距離現在只過了一週時間。

謝明哲一目十行地迅速掃過公告，捕捉到關於即死技能的關鍵資訊。

首先，技能資料庫加入「即死判定」，但對即死類卡牌的製作要求非常嚴苛——牌面和技能設定統一，每張卡只能帶一個即死技能，也只能針對某一個小類別的卡牌具備即死效果，同時自身的防禦力上限極低。因此即死牌在秒殺對手的同時自己也會迅速被秒。

其次，在競技場上玩家只能帶一張即死牌，作為出奇制勝的「戰術牌」來使用，不能多帶。

謝明哲這下是徹底搞明白了，為什麼他的林黛玉卡牌防禦只有十五點。

因為林黛玉技能太強，防禦就必須很弱。

武松也是一樣，因為帶有即死判定，攻擊和防禦之類的屬性就只能是三流水準。

謝明哲當時製作卡牌的時候，精神力高度集中在「葬」花、「打」虎的片段，這兩張卡正好完美地符合了官方資料庫的設定，所以才湊巧出現即死判定。

想明白這些後，謝明哲繼續搜索職業聯盟的消息。

龐宇之前說裁決是聯盟「六大巨頭」之一，他想搞清楚裁決真正的實力。

由於近年來職業牌手人數太多，大大小小的俱樂部也如雨後春筍般相繼崛起，其中，風華、裁

決、暗夜之都、流霜城、眾神殿和鬼獄，是成立時間最久、實力也最強大的六家俱樂部，也就是龐宇提到的「六大巨頭」，粉絲相當多。

這六家俱樂部培養出了無數優秀的牌手，背後都有大財團的支持，屬於職業聯盟的一線俱樂部。其他二線、三線的俱樂部數量就多得數不清了。

幻月會長並沒有騙他，裁決確實是相當有實力的一家俱樂部，聶遠道、山嵐也是聯盟金字塔頂端的大神選手，尤其是聶遠道，從第一賽季就是職業選手，到如今快十年了，別的大神選手見到他還得喊一聲前輩。

換成一般人，圈內頂尖俱樂部主動伸出橄欖枝，肯定會心動。

謝明哲當時也確實心動，但最終還是理智戰勝了衝動。

他窮過，在賣掉武松卡版權之前他的銀行卡裡只有兩百塊錢的存款。他當然喜歡錢，但他並不是鼠目寸光之輩。他最值錢的就是他的腦洞，還有重生一次的經歷，這可是「無價之寶」。

簽約裁決當設計師，把卡牌版權全部交給俱樂部？傻子才會答應！

他更想要成為一位自由卡牌設計師，喜歡做什麼牌就做什麼牌，不受任何俱樂部限制。

以後他也不會再賣版權，只賣卡牌。

武松只針對老虎，版權價三十萬。黛玉針對的卡牌範圍更加廣泛——花卉類。

就算不賣版權，只賣黛玉卡，一張黛玉卡肯定也能賣出不錯的價格。

低價賣去黑市真是虧大了，他應該把黛玉卡拿去另一個高端的地方。

——拍賣行！

次日早晨，謝明哲七點起床，在代練夥伴們起來之前就登入了遊戲。

他一進遊戲便去書房製作了一張新版的黛玉卡，準備拿去拍賣行試試水溫。

大清早遊戲裡的玩家並不多，就連水瓶星的廣場上都顯得非常冷清。謝明哲走進拍賣行，順著臺階來到二樓找到「拍賣會管理中心」。推門進去後，發現這裡的布置和銀行的營業廳差不多，十幾個服務視窗，坐了一排造型一樣、穿著職業西裝裙的妹子，應該是遊戲裡設定的智慧NPC，為玩家提供拍賣會相關服務。

有幾個早起的玩家正在視窗辦理業務。謝明哲學著他們的樣子走到一個空閒的視窗坐下，櫃檯的美女NPC立刻微笑著說：「你好，有什麼需要幫助的嗎？」

「我想拍賣這張卡牌，請問怎麼辦理手續？」謝明哲將自己的黛玉卡拿出來遞給對方。

NPC在螢幕中調出一張表格，道：「請仔細閱讀拍賣流程，有不懂的可以問我。」

拍賣商品流程：

一、玩家將想要拍賣的物品、商鋪託管於拍賣中心，設定起拍價格和最低成交價格。

二、系統經過審核後，拍賣物品將進入排隊序列，由系統通知實際拍賣時間。

三、若成交，拍賣行將收取成交價格百分之十作為分潤抽成；託管期間，拍賣行每日收取管理費用五百金幣。

大部分規則他都明白，就是第二條讓謝明哲有些疑惑：「拍賣還要排隊的嗎？」

「目前拍賣卡牌、商鋪的人數過多，每場拍賣會限制時間和數量，因此需要排隊等候。」

謝明哲理解地點頭，「喔，大概要排多久？」

「拍賣卡牌，一般是三天。」

謝明哲繼續問：「設定價格有沒有參考範圍？」

NPC道：「您這張是一星卡，一星初始卡牌的起拍價格參考範圍是一百至五百金幣，上週成交

價格參考範圍一千至五千金幣，你可以自行設定起拍價和最低成交價。」

謝明哲想了想，在面前彈出的透明框輸入價格：起拍價三千金幣，最低成交價格三萬金幣。

NPC提醒道：「設定價格遠高於系統一星卡成交價，卡牌有可能流拍，是否確認？」

謝明哲毫不猶豫地按下確認。

流拍也無所謂，他只是想測試看看這張卡能賣多少錢。

既然這個世界文化背景和他生活的地球不一樣，即死類技能又是不久前剛加入資料庫，他有信心將這張黛玉卡賣到高價。如果這張能賣得好，他再多畫幾十張，開個店鋪繼續賣。

開店是當初他第一次看見拍賣會賣商鋪的時候就埋在心裡的願望，應該很快就能實現。

謝明哲迅速填完表格，提交卡牌。

等了片刻，面前的液晶螢幕中出現一行文字：您提交拍賣行託管的卡牌已審核通過，並且已進入排隊序列，預計將於八月八日晚上八點整進行拍賣，請確認。

按下確認後，謝明哲心情愉快地下了線。正好陳哥從樓上下來，見謝明哲摘掉頭盔，陳哥不由疑惑：「小謝，你這麼早登入遊戲做什麼？」

謝明哲笑道：「我想研究一下遊戲，剛開始玩，很多都不懂。」

陳哥走過來拍拍他的肩，「不急，你剛玩幾天就能跟上大家的進度，已經很厲害了。好多人操控七星卡牌的時候會非常吃力，我看你操作風暴女神、冰雪女神都挺輕鬆的。」

謝明哲怔了怔，「操控七星卡會很吃力嗎？」他覺得操控七星卡很爽，技能指哪打哪，特別靈活，還以為大家都是這樣。

陳哥笑了笑，點了根菸，一邊抽一邊說：「要不然怎麼會有職業選手和普通玩家的區別？這個遊戲對精神力要求很高，七星卡很難操控，尤其到了賽場上，卡牌一多腦子都亂了。你能輕鬆操控七星卡，等過段時間熟悉了遊戲，你可以試著打打競技場，或者一些民間的聯賽，有沒有興趣？」

謝明哲撓撓頭，也不知道陳哥這話是有意還是無意，他只好答道：「再說吧，我先把代練的工作給做好……對了，那位請假去結婚的妹子，有說過什麼時候回來嗎？」

「度完蜜月就回來。」陳哥道：「你開學之前她肯定能回來。」

「嗯。」那樣正好兩不耽誤。謝明哲準備幹完這個月就辭職，讓那個妹子補上他的空缺。

這時候，池青、龐宇和金躍也都下了樓，大家一起吃過早餐，八點整登入遊戲，直接被陳哥拉去打副本。

【第五章】拍賣會上的土豪

接下來的三天，謝明哲白天跟工作室的人打副本、刷材料，晚上閒下來就繼續製作卡牌。

對謝明哲來說這是很平靜的三天，可是對紅燭、幻月這些人來說卻是非常難熬的三天！

因為系統檢索中「月半」這位作者的製卡量每天都在增加，但是在黑市中卻再也找不到他做的卡。紅燭擔心他做一堆黛玉卡賣給各大俱樂部，幻月擔心他察覺到自己的製卡天賦後不肯加入裁決。發給胖叔的郵件如石沉大海，完全沒有回應。

謝明哲還沒有養成「看郵件」的習慣，也怪這遊戲玩家數量太多，為了防止玩家被各種廣告騷擾，官方設定陌生人不能直接發語音和文字私聊，必須走郵件的形式，互相加了好友才能私聊。他每天一上線就跟陳哥去打副本，沒空看郵件。一天副本下來精神疲憊，回到個人空間就一頭埋進書房抓緊時間畫卡牌，更沒空搭理郵件。他很少去客廳，加上之前嫌客廳的系統提示音太吵，直接關掉了客廳的提示語音，新郵件的圖示閃爍他也一直沒注意到。

就這樣到了週三晚上。

謝明哲吃完飯後顧不上休息，提前上線。晚上的副本九點開始，因此他有一個小時的自由時間。他直接去了拍賣行，想親眼看看有沒有人買他的黛玉卡。

拍賣會場的角落裡坐著一個ID是一串亂碼的青年，頂著一張系統預設的一號路人臉。

謝明哲自然不會注意到這個人。

晚上黃金時段，五層樓的拍賣會現場座無虛席。

謝明哲坐在人群裡，目光緊盯著面前的液晶螢幕。

八點整時間一到，會場大門就被關閉，全場光線熄滅，NPC拍賣師來到舞臺中間，微笑著說：「各位來賓，晚上好，今晚的拍賣會即將開始，首先公布拍賣清單……」

螢幕中列出的全是卡牌，一張滿級七十級七星卡，兩張五十級五星卡，三張四十級四星卡，還有一張最初始的一級一星卡。

拍賣會場中有些人開始竊竊私語。

「怎麼會有一級卡？」

「這人是有多懶，就不能把卡牌升級一下再來賣嗎？」

「垃圾一級卡不賣去黑市，跑來拍賣行做什麼？」

「說不定是屬性特別好，直接拿來拍賣的極品初始卡？」

「出極品卡的可能性很小吧？」

主持人打斷了大家的討論：「接下來我們先拍賣這張一級一星卡牌！這張卡牌的作者是一位新人，第一次在拍賣會拍賣他的作品。他的製卡LOGO也很特別，大家可以看看卡牌的背面。」

一星卡牌的背面沒有任何的花紋裝飾，看上去非常單調。因此，右下角的LOGO就顯得格外清晰——月半。

觀眾們十分茫然，這什麼鬼名字？組合在一起不就是「胖」嗎？

坐在角落裡的唐牧洲微微揚起唇角——等你好幾天，總算出現了啊，胖叔！

看到這個LOGO，裁決公會派去拍賣行的卡牌專家立刻私聊幻月：會長，月半的卡牌出現在拍賣會！

幻月果斷回覆：不論多大代價，拿下這張牌！

風華公會那邊也收到消息：紅燭姐，月半的卡牌出現在拍賣會，我們怎麼辦啊？

紅燭急忙回覆：唐神小號在現場，你們只管看，別添亂！

紅燭心裡非常不安。這個胖子該不會把黛玉卡拿去拍賣吧？薛姐的烏鴉嘴該不會成真了吧？

能出現在拍賣會的卡屬性一般都不錯。因為拍賣行每天都會收取五百金幣的管理費，排隊至少排三天，如果卡牌賣不出好價格，別說賺錢，反倒要賠錢。會把垃圾卡拿來拍賣會的玩家絕對是不懂行情的新手。

因此在看見「月半」這個特別陌生的新人LOGO時，大部分觀眾都不大看好，對這張卡興致缺缺，想讓主持人趕緊走完程序，拍賣其他更珍貴的七星卡。

主持人面帶微笑繼續說：「請大家看看這張卡牌的正面資料！」

所有人的螢幕中，卡牌同時被翻轉——

只見卡牌正面畫著一名身穿長裙的美女，女子容貌清秀，身材纖細，那虛弱的樣子看著都讓人擔心，她手裡拿著些淺粉色的花瓣拋向地面，濕潤的眼眶含著淚水，楚楚可憐，似乎下一秒就要哭出來。

氣質好特殊的美女！很多收藏玩家眼睛都亮了，這張人物卡畫風很有特色，如果價格合適可以把妹子買回家收藏。但大部分熱愛競技的玩家在感嘆過卡面上的妹子挺美之後，重點關注的依舊是卡牌的屬性和技能。

——黛玉葬花（對花卉類卡牌造成重創，百分之三十機率觸發即死效果）

黛玉葬花？現場觀眾一時有些呆，紛紛盯著卡牌看。

然而各大公會派去拍賣行的卡牌專家們看見這張卡，都像打了雞血一樣迅速語音私聊告知自家會長。

「老大老大，拍賣行出現神卡，針對花卉系的即死判定！」

「會長，拍賣行有人賣即死牌，針對花卉的！」

「我擦，賣卡的這位是唐牧洲的仇人吧！」

「老大怎麼辦，有人賣針對花卉系的即死牌！」

唐牧洲：「……」

——胖叔你這就不大友好了啊，不回我們的郵件不說，還把黛玉卡公開拿出來拍賣？

這個消息很快又通過各大會長，傳到了職業選手們的耳朵裡。

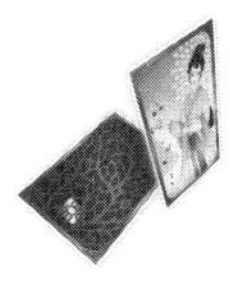

在星卡聯盟職業選手聊天群裡——

鄭峰：哈哈哈，容我笑一會兒。唐神提出即死判定，沒想到有人針對他做出花卉類即死牌！

喬溪：唐神好可憐喔，我們要不要去拍賣行搶這張牌呢？

凌驚堂：此刻，我只想用【微笑】來表達心情。

葉竹：哈哈哈哈哈哈我笑得停不下來！

沈安：你們不要笑我師父！小心遭報應，自己也被針對！

拍賣會現場，主持人道：「這張卡牌的起拍價格是——三千金幣！」

很多觀眾聽到這裡都在吐槽。

「這人是想錢想瘋了嗎？一星卡一般都是五百起拍吧？」

「一星卡賣這麼貴，養到七星的成本不考慮嗎？」

「這卡牌作者是不是太有自信了些？」

但也有很多懂卡牌的人沒有說話，緊張地把手指放在加價的按鈕上準備搶這張卡。

主持人一喊「開始」，大螢幕中的拍賣價格就瘋狂地上漲。

三千五……三千八……四千……半分鐘內，價格漲到五千金幣。

經常關注拍賣行的人都知道，大部分能賣到五千金幣的低級卡都是比較好的卡，因為拍下低級卡還要考慮把它餵到七星的成本，從一星卡升到七星卡要耗費大量的材料。真正有錢的人更喜歡直接買七星卡。

而遊戲裡的中產階級，在出手購買低級卡之前，也會先衡量自己的卡組到底缺不缺這張卡。好

像也不是很缺？這樣一想，本來要出價的人也紛紛停手。

主持人道：「五千金幣一次，五千金幣兩次……」

謝明哲坐在人群裡冷靜地等待著，黛玉卡肯定不止這個價格，打競技場的玩家難道不想買一張即死牌嗎？還是說這種即死判定第一次出現，很多人還沒搞明白？

主持人道：「五千金幣三……」

話沒來得及說完，所有人的螢幕上，突然出現了一個數字。

——一萬。

一萬！直接翻了一倍！

很多觀眾都愣了，這該不會是哪個土豪不小心按錯了加價按鈕？

主持人反應很快，立刻改口：「加價到一萬金幣，還有其他人加價嗎？」

——二萬。

又有人翻倍出價！

直到此刻，不懂戰鬥卡的收藏玩家們才意識到，或許這是一張很好的卡？而懂卡的玩家卻知道，各大公會派來拍賣行的卡牌專家們終於出手了！

果然，卡牌價格又開始新一輪的廝殺！

三萬！四萬！五萬！六萬！

——十萬。

拍到十萬的時候突然停了下來。

觀眾們紛紛瞪大眼睛擺出看好戲的姿勢，認真地盯著螢幕。

各大公會的買手都要瘋了，又立刻用私聊語音跟自家會長對話。

「不知道多少人在搶，一級卡這都拍到十萬了！」

「現場是不是有風華公會的？怕這張卡對唐神不利，所以在死命搶？」

「我們要搶到底嗎？」

「會長！求指示，要不要繼續搶？」

事實上不但唐牧洲親自在場，裁決公會也正按照幻月會長的指令，不計代價要拿下這張卡。因此在各大公會買手私聊會長的這段時間裡，卡牌價格又漲到十二萬。

於是各會長迅速發來指令。

「不缺這點錢，搶！」

「五十萬以內能拿下儘量拿下！」

但也有冷靜的會長說道：「這位作者才拍賣第一張，以後肯定會批量賣，沒必要當這個冤大頭，第一張咱們先觀望。」

拍賣的價格，就像是油門踩到底的跑車，一路狂飆！

十五萬！十八萬！二十萬！二十五萬！

現場觀眾驚掉了一地的下巴，這是有多少人在搶這張卡？

——三十萬。

拍到這個價格的時候裁決公會的買手也慫了，忍不住聲音發顫地跟會長私聊：「老大，我推測風華那邊是下定決心要拿下這張卡，咱們真的要爭嗎？這價格已經很逆天了啊！」

幻月皺著眉頭沉思起來，三十萬的遊戲幣裁決這樣的大公會是不缺的。但這樣下去，胖叔一旦意識到自己做的卡牌能賣到高價，要是不願意來裁決俱樂部當設計師怎麼辦？

對啊！他真是傻逼！居然在拍賣會幫胖叔抬價！

想到這裡，幻月立刻回覆：「停手！」

裁決停手，但還有一些不明真相的公會，想拿下這張針對唐牧洲的即死牌。

——三十五萬。

——四十萬。

拍賣會現場已經被徹底點燃，很多觀眾激動地開啟了錄影系統，紛紛在網上直播這一場拍賣會出價廝殺的盛況，不少進不去拍賣會的網友也紛紛點開直播視頻，激動地見證一星卡價格打破紀錄的歷史性時刻！

各大公會的買手都有些脊背發毛，會長們也不大確定情況。

這是有人在惡意抬價嗎？按道理不該抬得這麼高吧！

照理說一星卡就算再極品，以現在的行情賣到三十萬金幣已經是極限，因為要養成七星卡還需要花費大量的成本。就算即死類技能卡牌第一次出現，也沒必要這麼拚吧？作者又不是只賣這一張，說不定明天的拍賣會還有好多張林黛玉呢？

眾會長都在猶豫。

但唐牧洲毫不猶豫，他微微瞇起眼睛，繼續按下加價的按鈕。

——六十六萬。

螢幕上突然出現了一行數字。

這個數字定格在那裡，就像是無聲地向大家說：「你們繼續加，我勢在必得。」

簡直是自帶氣勢的數字，連謝明哲都愣住了。

哪位土豪？真是666啊！

會場突然安靜下來，主持人清晰的聲音響徹大廳：「六十六萬一次，六十六萬兩次，六十六萬三次——成交！」

隨著錘子落下，坐在會場的謝明哲樂得合不攏嘴。

發了發了！

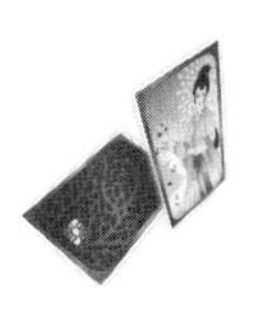

他完全沒想到這張卡能賣六十六萬金幣。

林黛玉是第一張公開拍賣的即死牌，他猜到各大公會互相抬價會讓卡牌價格虛高，他還以為二十萬就頂天了，畢竟只是一張一星卡，而不是版權買斷，他以後還可以做很多張林黛玉……

初始卡賣到六十六萬這就有些恐怖了。

可能是幾家公會競爭抬價，結果玩過頭了？

接下來的拍賣內容謝明哲都沒聽進去，其他卡牌賣了多少錢他都沒心情關注了。

他坐立不安地等著拍賣結束，好在今天的賣場並沒有特別出名的設計師卡牌，反倒是他這張一級卡賣出的價格最高。

到了八點二十分，今晚的拍賣會就全部結束了。

謝明哲興奮地前往拍賣行後臺辦公室，找NPC提取自己可以拿到的金幣。然而他才剛來到拍賣行後臺，NPC就說：「林黛玉卡牌的買家，給你留了一條訊息。」

胖叔你好，拍賣行成交後的百分之十抽成費用我已經幫你繳了，我想從你手裡批量收購黛玉卡牌，如果你願意的話，請到孔雀星域中心廣場北邊的千林餐廳找我，不見不散。

謝明哲詫異地看著這條留言。

拍賣行不會透露買家、賣家的資料，免得引起糾紛。

但成交之後買家和賣家可以通過系統NPC直接留言給對方，至於對方理不理會留言內容，就看個人決定了。

這個人怎麼知道自己叫「胖叔」呢？不可能從「月半」的LOGO就推斷出「胖叔」的名字，莫非是早就認識自己？謝明哲百思不得其解。

他根本沒想到，拍下這張卡牌的人——正是唐牧洲！

而唐牧洲為了等他出現，每一場拍賣會都親自參加，已經等了整整三天。

謝明哲從拍賣行提取了六十六萬遊戲幣，對他來說無疑是一筆鉅款。

這次他沒有急著去星卡銀行賣掉遊戲幣，他的銀行卡裡現在已經有三十萬晶幣的存款，根本不愁吃穿，所以遊戲裡的這筆錢他想暫時存著，作為將來開店鋪的儲備資金。

謝明哲回到個人空間，整理了一下自己的卡牌陳列櫃。

十張全新的黛玉卡整整齊齊地擺在櫃子裡，光是看著都賞心悅目。他心裡其實很清楚，以後的黛玉卡不可能賣到六十六萬的高價，今天是因為黛玉卡第一次出現在拍賣會，各大公會瘋狂抬價爭搶，加上現場有一位勢在必得的土豪，才會被抬高到這樣恐怖的價格。

一旦他拋售的黛玉卡數量增加，價格自然也會迅速下降。

去拍賣行賣卡，這只是他打響名氣的第一步。

接下來，他不會再去拍賣黛玉卡，因為拍賣行光排隊就要排三天，而且由於賣家人數眾多，規定每人每天只能拍賣一張卡牌，就算大量製作黛玉卡拿去拍賣，也太浪費時間了。因此，開店的計畫也必須加快進度。

謝明哲決定明天下午再去趟拍賣行，看看能不能租下一家店鋪。

這時候，耳邊又響起系統提示音：「來自好友殘陽的語音訊息。」

打開語音，就聽副會長殘陽急切的聲音在耳邊響起：「胖叔，聶神邀請你加入裁決的事情你考慮好了沒？已經四天過去了，我們實在是等得著急啊！這麼好的工作，我都有些羨慕你！快答應吧胖叔，我們都很期待你加入裁決俱樂部！」

這位副會長顯然等得很心急，說話的語速飛快。謝明哲禮貌地回覆說：「抱歉，副會長，我有重要的事情走不開，暫時不打算加入裁決俱樂部。」

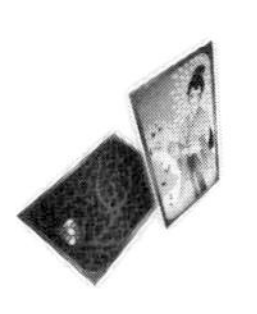

剛發完消息，系統又響起提示：「來自好友幻月的語音訊息。」

緊跟著，幻月會長冷靜的聲音在耳邊響起：「胖叔您好，經過俱樂部的商議，如果您願意加入裁決，老闆答應月薪提高到五萬，直接按照正式設計師的待遇。每設計一張比賽級的戰鬥卡牌，獎金至少五萬起跳，月底和年終還會有俱樂部分紅，年薪輕鬆破百萬，希望您能認真考慮。」

謝明哲：「……」

百萬年薪，裁決俱樂部給他的條件真的不錯，他都忍不住心動了。他做夢都沒想過，有朝一日自己能有這麼多的收入。

但是條件再好也不過是薪資和獎金的提升，對「卡牌版權」這個關鍵問題卻避而不談。謝明哲控制住激動的心情，回覆說：「會長，你們開的條件真的很好，但我因為現實原因不想去俱樂部當卡牌設計師，好意心領了，替我謝謝聶神和嵐神的賞識。」

收到消息的殘陽眉頭緊皺，「他不來裁決，難道是別的俱樂部也邀請了他？」

幻月冷靜地分析道：「我看不像。我們裁決應該是最先拉攏他的，風華肯定還沒來得及行動，不然林黛玉這張卡牌也不會出現在拍賣會。我有種不大好的預感，這個胖叔非常聰明，他很可能意識到自己的天賦，不想加入任何俱樂部，而是要當自由卡牌設計師！」

「自由設計師？」殘陽神色古怪，「沒想到這胖胖居然能紅！論壇關於拍賣會的帖子你看見沒？直接被刷成今日熱門，這下所有人都知道有個做出即死牌的人LOGO叫月半了！」

星卡論壇此時正飄著一個標紅熱門帖「新人製卡師月半的新卡在拍賣會賣出六十六萬天價」，帖子的留言數很快就突破了十位數，被頂成第一高樓，引來大批網友圍觀。

「破紀錄了啊，厲害！」

「這人是誰，沒聽說過？潛力新人嗎？」

「月半不就是胖的意思？這人是個胖子？」

「胖胖我看好你！」

「六十六萬，一級卡，這比當年唐神的藤蔓卡還高啊，太牛了！」

轉眼間這則帖子被廣泛轉發，各大公會都知道了這件事，紛紛去遊戲裡調查「月半」到底是誰。早就知道真相的裁決和風華兩家公會異常安靜，管理員各個心情複雜。

謝明哲並不知道論壇發生的事，回覆完幻月會長的訊息後，他便從個人空間的星系圖直接傳送到孔雀星域，去見那位用六十六萬拍下黛玉卡的土豪。

孔雀星域是遊戲裡的娛樂區，他第一次來，這裡跟真實世界的繁華大都市一樣。晚上八點半，街道上亮起了路燈。燈火輝煌的夜色中，各種酒吧、餐廳、電影院讓人目不暇給。

他按照買家的留言找到中心廣場旁的「千林餐廳」。

這家「千林餐廳」光看門面就很有格調，餐廳前有個造型精緻的音樂噴泉，一進門就能看見餐廳的頂部纏繞著無數綠色的藤蔓，一條條垂落下來，幾乎要垂到人的頭頂。屋裡也養了很多觀賞性的植物，大片的綠葉和花卉將整個餐廳妝點得有如一座花園。

門口的服務生見到他，微笑著道：「胖叔這邊請，我們老闆在二樓等你。」

跟著服務生順著樓梯走到二樓，謝明哲發現二樓非常寬敞，屋頂被小綠葉包裹的燈帶照射出溫暖的光線，屋裡零星擺著幾張木製的小桌以及一看就很舒適的沙發。餐廳的裝修和設計很有格調，不像是供人吃飯的地方，反而像是私人會所。

服務生恭敬地道：「老闆，您等的人到了。」

謝明哲順著服務生的目光看見一位身材修長、穿著休閒裝的男人站在窗邊。

男人回過頭，是謝明哲在街上見過很多的路人臉，顯然這位土豪建立角色的時候懶得調整外觀，直接採用了系統預設的一號人設，土豪的名字叫七四五六七八九，取得很隨意。

在網遊裡用系統預設人物形象的玩家非常多，但這個數字ID卻讓他忍不住聯想到之前開小號找

過他的聶遠道、山嵐兩位大神。這個人該不會也是開小號的大神吧？

「是你買了我的黛玉卡嗎？」謝明哲禮貌地問道。

「沒錯。」對方指了指旁邊的座位，「坐下聊吧。」

聲音也是系統音，聽起來沒什麼情緒起伏。

男人神色自若地在沙發上坐下，謝明哲只好坐在對面，他一向不愛拐彎抹角，直率地開口道：「你說要跟我批量購買黛玉卡牌？是真的嗎？」

「假的。」對方說：「我想請你過來見我，就找了個藉口。」

謝明哲很好奇：「為什麼想見我？」

對方盯著他看了一會兒，這才微笑著問道：「嗯，你有沒有興趣，認一個會指導你製作卡牌的師父？」

「認你當師父？」謝明哲完全沒想到面前的陌生人居然會提議要他「拜師」。還以為對方是跟聶神一樣開著小號要買他的卡牌或版權。

「是的。」男人說著便直接拿出十九張林黛玉卡牌，並排擺在桌面上。

看著一排整整齊齊的林黛玉，謝明哲心中驚駭無比——這是他剛開始還不懂製卡的時候畫的林妹妹。除了人物之外還有樹木、花草等裝飾，即死機率也只有百分之十。

他當初不懂行情，把黛玉卡賣去黑市，確實賣了十九張，但他分別賣給了四個不同的老闆，難道全被這個人給買了回去？

「你把黑市的黛玉卡全部買了回去？」謝明哲不可思議地看著對方。

「嗯，我一直在關注你。」唐牧洲微微一笑，語氣中含著讚賞，「你是第一個做出即死類卡牌的人。」

關於這一點，謝明哲已經從嵐神的口中聽說過。即死類技能是最近才加入資料庫的，但他沒想到居然有人把所有流落在黑市的黛玉卡全給買了回去。

唐牧洲接著說：「植物卡牌按照形象分成樹木類、藤蔓類、花卉類和多肉類，像玫瑰、百合、夜來香這些可以開花的卡牌都被歸納為『花卉卡』。花卉卡在植物卡組中的數量占了百分之二十以上，一旦你手握林黛玉這張卡牌，比賽對手的花卉卡隨時都有可能被你秒殺。」

「你是花卉卡的玩家，擔心這張卡對你不利，所以才全部買回去的嗎？」謝明哲疑惑地道。

「這張卡確實是花卉卡的剋星，但並不是完克。」唐牧洲表情平靜地說：「我並不擔心它會克制我。」

「那你把黑市的黛玉卡全部買回去做什麼？今天還花六十六萬的高價買我改版後的黛玉卡，有這個必要嗎？」謝明哲實在不理解土豪的思維。

「當然有必要。」唐牧洲微笑起來，聲音很是溫和，「因為我想認識你。」

「認識我？」謝明哲一頭霧水。

「嗯。這才是我真正的目的。」唐牧洲道：「以你的天賦，既然能做出第一張人物即死牌，肯定還能做出其他的人物卡，或許你會開創一個全新的人物卡組流派，像你這樣創意出色的製卡師，已經很久沒有出現過了。」

「咳咳，你可真會說話。」謝明哲被他誇得輕飄飄，感覺自己快要飛升成仙。對上男人帶著笑的眼睛，謝明哲急忙收斂心神，道：「你找我過來不會是為了誇我吧？」

「當然不是。我想告訴你一些設計卡牌的技巧，讓你少走冤枉路，儘快做出更多厲害的卡牌。」他將剛剛從拍賣行買下的黛玉卡拿出來，和舊版黛玉卡進行比對，「發現區別了嗎？」

「嗯，舊版卡牌畫了太多的裝飾物，數據很差。新版我只畫了人物和花瓣，初級機率提升到百分之三十，這個機率是一級卡最高的機率嗎？」

「是的。技能判定機率升一級提高一點，初級卡機率百分之三十，升到七十滿級再進化成黑卡

之後，機率就會達到百分之百。」

「原來是這樣。」謝明哲摸著下巴若有所思，「百分之百機率觸發即死，也就是說，不管多強的花卉卡，只要遇到黛玉滿級七星卡，都能被秒殺嗎？」

「這可不一定。」唐牧洲微微一笑，耐心地說：「你沒打過競技場，還不懂即時戰鬥的技巧。不如我親自示範一次給你看，你加我好友，跟我來個人空間。」

兩人互加好友，眼前出現了對方召喚出的個人空間傳送門。

謝明哲在遊戲裡還沒去過別人的空間，這是他第一次去別人的公寓做客。帶著好奇心傳送到對方的個人公寓，只見房間布置得十分簡潔，和他的公寓一模一樣。這明顯是系統預設的三室一廳格局，傢俱、裝修全都沒換，顯然這位土豪對遊戲裡的公寓裝修並不上心。

男人直接帶他走進書房。

書房裡占據三面牆的陳列櫃裡，所有的小格子幾乎都放滿了卡牌和材料。最左邊的陳列櫃放的全是一星到七星的修復石、經驗石、進化星石等材料；中間的陳列櫃是一疊疊「效果命中強化卡」、「暴擊率強化卡」、「基礎攻擊強化卡」等無屬性白卡；最右側的陳列櫃放的都是成品卡牌，其中不乏一些資料非常好的滿星黑卡。

——這位土豪原來是個實驗狂魔！

謝明哲真想把他的陳列櫃全部搬回自己的公寓。

見胖叔站在門口好奇地觀察著陳列櫃，唐牧洲笑了笑，「進來吧。」

謝明哲走進去，唐牧洲從陳列櫃中拿出好幾組經驗星石和進化碎片，然後將拍賣會買下的林黛玉卡牌放在操作臺前，給卡牌投餵材料。轉眼間就餵了幾百萬經驗、幾百個進化碎片，在升到六星的時候，還餵了三張六星卡牌當進化材料。

黛玉卡背面的顏色迅速發生變化，最終變成了帶有金屬光澤的純黑色，而象徵「木系」的綠色花紋如同絲線一般包裹住整個卡背，就連「月半」的作者LOGO也散發出柔和的綠色光效。

這還是謝明哲第一次見到七星黑卡林黛玉。

光是卡牌本身看著都特別漂亮。滿級的黑卡黛玉戰鬥力有多強？他心裡真是期待極了。

唐牧洲將卡牌翻轉，遞給謝明哲道：「給你看看七星卡的數據。」

林黛玉（木系）

卡牌等級：70級

進化星級：★★★★★★★

可用次數：7/7次

基礎屬性：生命640，攻擊0，防禦1000，敏捷85，暴擊率0％

附加技能：黛玉葬花（對花卉類卡牌造成重創，100%機率觸發即死效果）

林妹妹身體虛弱，防禦力也低得可怕，技能卻很變態，有百分之百機率觸發花卉即死。

唐牧洲道：「我們去競技場實戰，看看這張卡的效果。」

謝明哲點點頭，興奮地跟上對方的腳步，從星系圖直接傳送到了鳳凰星域。

鳳凰星是競技星，唐牧洲直接開了間私人對戰擂臺房間。謝明哲手裡拿著黛玉卡，對方手裡拿的卡卻是……七星夜來香？

見到這張熟悉的卡，謝明哲愣了愣，忍不住道：「原來唐神的這張夜來香也被你買去了啊！我當時還參加了那一場拍賣會，記得這張卡賣出了六百六十萬金幣的高價。」

唐牧洲笑了笑，沒有解釋——這張夜來香當然不是拍賣會上的那一張。他是卡牌的作者，可以做無數張夜來香，這是他複製出來的牌，小號這裡正好存了一張。

唐牧洲道：「你試試看，用林黛玉秒我這張夜來香。」

比賽開始，眼前出現倒數計時的數字，謝明哲屏住呼吸，在倒數計時變成零的那一瞬間，他立

刻召喚出林黛玉，想開出技能「黛玉葬花」去秒掉對方的卡。

然而，林黛玉完全不聽使喚，別說去打對方的卡，反而轉身到處亂跑。

謝明哲瞪大眼睛，「怎麼回事？為什麼我的『黛玉葬花』技能不起作用？」

唐牧洲提出一個問題：「如果你帶了衝鋒槍，我帶了把手槍，我們面對面開槍，誰會贏？」

謝明哲推測道：「是衝鋒槍嗎？威力更猛。」

唐牧洲輕笑出聲：「誰先開槍誰贏。」

謝明哲：「……」

沒錯，先開槍的人可以一槍打死對方，不管對方的武器威力有多強，誰先搶到手誰就能贏！

唐牧洲道：「我剛才告訴過你，黛玉葬花對花卉卡針對性極強，但並不是完克。她為什麼秒不了夜來香？關鍵在敏捷——她的敏捷屬性比夜來香低，釋放技能的速度比夜來香慢，在她放出技能之前，夜來香可以先控住她。如果我手裡有其他的攻擊卡，你的林黛玉連技能都沒來得及放就會被反殺，明白了嗎？」

謝明哲如醍醐灌頂！

敏捷，他完全沒在意過卡牌資料裡的這個屬性！

仔細一看，黛玉的敏捷是八十五，夜來香是一百，怪不得雙方對決之下黛玉會被反控。這就是競技對決時搶先手的重要性。不管你的卡牌威力有多猛，搶不到先手、放不出技能，也不過是個靶子罷了。

唐牧洲道：「我們回去把黛玉卡的敏捷強化到一百試試。」

謝明哲發現這位土豪有心指導他，立刻屁顛屁顛地跟了過去。

回到個人空間後，唐牧洲又從陳列櫃裡拿出十五張「敏捷強化卡」餵給了黛玉，黑卡黛玉的敏捷數值從八十五被強行提升到一百。他將強化完成的卡牌遞給謝明哲，道：「遊戲裡所有的卡牌在後期都能強化屬性，但這類強化白卡的產出數量有限，價格非常昂貴。比如這種『敏捷強化卡』一張就要五千金幣。」

也就是說他剛才為了強化黛玉卡，耗費了好幾萬金幣的材料，這位實驗狂魔用材料真是眼睛都不眨一下。

謝明哲接過強化好的黛玉卡，心情複雜地再次跟上他。

兩人又來到鳳凰星域的競技場。

倒數計時結束的瞬間，謝明哲立刻召喚黛玉，並且放出黛玉葬花的技能——只見黛玉伸出纖纖玉手，拋擲花瓣，花瓣一接觸到夜來香幻象，就將滿血的夜來香直接秒殺。

黛玉的技能只要生效，確實是厲害。

第一次來到競技場的謝明哲，深深被眼前的畫面震撼到了。

下一刻，唐牧洲又拿出一張樹木類卡牌——榕樹，枝幹非常粗大的巨大榕樹立在那裡，看著都格外有氣勢，而盛開在榕樹旁邊的夜來香，就顯得很是小巧精緻。

「再來。」唐牧洲道。

「我繼續用黛玉卡秒你的夜來香嗎？」

「嗯，試試看。」

倒數計時五秒，比賽開始。

謝明哲按照剛才的做法在倒數計時變成零的那一刻秒速召喚林黛玉，直接開出「黛玉葬花」技能指向夜來香，幾乎是同一時間，他看見那棵榕樹的枝葉突然展開，足以遮天蔽日的綠葉在周圍形成了一個巨大的淺綠色防護罩，在光線的照射下，這一層薄薄的防護罩如同綠色的大氣泡，看上去漂亮極了。

夜來香好好地被罩在防護罩之內，並沒有死亡。

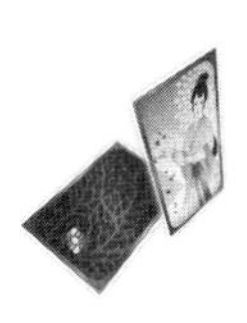

謝明哲很快反應過來：「是榕樹的保護技能擋住了黛玉的即死判定嗎？」

「沒錯。」發現這傢伙一點就通，唐牧洲心中讚賞，語氣也變得溫和許多，「在『神樹護佑』下，範圍內友方免疫一切控制和傷害持續五秒。我的榕樹也是敏捷一百，可以和黛玉同時施放技能，但競技場有特定的技能結算順序，黛玉葬花被榕樹的保護技能給擋住，所以失去了效果。」

「而且，第二局你能秒掉夜來香，是我故意讓了你零點三秒，否則，就算你黛玉卡升到敏捷一百和我單挑，你也不一定秒得了我的花卉卡，因為我的預判意識比你強，出手速度會比你快。在賽場上出手速度和時機非常關鍵，你不會打競技場，還掌握不好這個節奏。」

「……」謝明哲真是長見識了。原來競技場有這麼多規則是他不懂的。雖然他現在的腦子裡有無數新奇的製卡思路，但是對這個卡牌世界的瞭解也不過是「冰山一角」而已。

「即死類卡牌並不是無敵的，高手只要提前預判你的出手時機，根本不會給你放出即死技能的機會。這種即死牌不是直接拿來對決用的，而是在比賽的關鍵時機用來卡住對手的技能空檔，出其不意地秒殺王牌，作為一張戰術牌來使用。」唐牧洲溫言解釋著，「我告訴你這些，是想讓你明白，真正出色的製卡師不僅要有新穎的創意，還必須清楚地知道競技場的各種規則，這樣你做出來的卡牌才會更有價值。」

「我明白了，謝謝大神！」謝明哲的這句感謝是發自內心的。對方今天親自帶他來競技場，讓他明白了很多東西，他的腦洞確實是多得數不清，可是做出來的卡牌不一定管用，想做出極品卡牌，他自己也必須是競技高手。

只有懂卡的人，才能做出好卡！

「走吧，回去聊。」唐牧洲將他帶回千林餐廳，道：「有問題可以問我。」

「卡牌的敏捷屬性是不是跟網遊裡技能讀條的速度差不多？敏捷一百代表能瞬間釋放技能，敏捷越低施放技能的時間就越長，我理解得對嗎？」謝明哲問道。

「對。」唐牧洲帶著微笑說：「即死牌的技能必須瞬發，所以初始敏捷屬性必須達到三十，滿級達到一百，這才是真正合格的即死牌，否則你這張卡在高手面前完全沒有作用。目前你的即死牌被各家公會爭搶，是因為這一類的牌出現得太少，等後期大量流通，這也不過是一張戰術牌而已，價格肯定會暴跌。你可以先做一些即死牌，多學習製卡技巧，嘗試著分配卡牌基礎資料，把敏捷升到最高，以後再試著製作完整的卡組。」

「嗯嗯。」謝明哲很認真地點點頭。這位大神對他的指導可以說是徹底顛覆了他對卡牌價值的認知。他以前一直以為生命、防禦、攻擊力高的卡牌才是好卡，如今看來，像黛玉這種功能卡，生命、防禦完全不用看，關鍵只看兩點：一是敏捷，二是附加技能。

同理，控制類卡牌如果想速戰速決，也是要比敏捷、搶先手，打強控；如果想打消耗戰或者打防守反擊，那就得把血量給堆上去；攻擊類卡牌自然是看輸出，其他屬性不用太高，因為攻擊類卡牌一般會在有保護卡的前提下出手；保護類卡牌血量當然要厚，才能作為卡組裡的肉盾。

保護卡、控制卡、治療卡、輸出卡，還有一些特殊的功能卡、戰術卡……一套出色的卡組，需要平衡各方面的資料。

即死牌只是競技場中一張「出其不意」的戰術牌。距離組建一套完整的卡組，他還有很長很長的路要走，他還得不斷地學習才行。

謝明哲很感謝這幾天遇到的幾位高手——聶神和嵐神坦率地給他說清楚了即死牌的作用，如果不是如此，他不會這麼快就意識到自己的天賦和潛力。而今天這位亂碼數字ID的大神，親自帶他到競技場，讓他明白了敏捷屬性的重要以及卡組設計的概念。

他興奮極了，恨不得立刻回到個人空間去製作更多卡牌。

唐牧洲見胖叔低著頭仔細琢磨，忍不住問：「拜師的事情你考慮得怎麼樣？聊了這麼久，還親自帶你去競技場做示範，我的水準應該夠資格當你的師父吧？」

謝明哲回過神來，撓撓頭道：「唐神說笑了，我怎麼敢拜您當師父。」

唐牧洲：「……」

被當面扒掉馬甲，這種感覺實在是不好！

唐牧洲沉默了片刻，疑惑地問：「你是怎麼猜到的？」

謝明哲微笑道：「系統預設的路人臉、亂碼數字ID、餐廳的裝修風格到處都是藤蔓綠植、對植物系的卡牌這麼精通，打競技場的意識又強得可怕，我能想到的人，也只有木系選手中最厲害的唐牧洲。」

前幾天剛見過聶遠道、山嵐兩位大神的數字ID小號，今天又見到七四五六七八九這位土豪，謝明哲當時就有些懷疑，這會不會也是某位職業大神的小號？

直到剛剛，他才敢確定對方的身分——植物精通、數字ID、頂尖高手、一直在關注自己並且買走了全部黛玉卡，加上他手裡也有一張夜來香，不是唐牧洲還能是誰？

謝明哲直率地說出來，沒想到對方也很坦誠地承認了。

唐牧洲微微笑了笑，「既然你猜到我的身分，我想收你當徒弟你為什麼還要拒絕？有我這樣的師父帶著你，不管將來當專業設計師還是走職業選手這條路，你都會比別人輕鬆很多。」

謝明哲直言道：「謝謝唐神好意。其實，我之前也見過裁決俱樂部的聶遠道大神。」

唐牧洲的眼睛微微一瞇，「老聶找過你？為什麼？」

謝明哲道：「他想邀請我加入裁決俱樂部，我沒同意。唐神收我當徒弟，自然也是要我加入風華俱樂部對嗎？我不同意並不是說我覺得您不夠格當我的師父，相反地，您這樣的大神能看得起我，親自指導我，我覺得非常榮幸。只是，我不想和任何一家俱樂部綁在一起，所以暫時不能認您當師父。」

唐牧洲：「……」

謝明哲繼續說：「很抱歉唐神，您今天教了我許多東西，這份人情我會記下的，但我這個人自由自在慣了，不喜歡受俱樂部各種規章的拘束。」

唐牧洲眯起眼睛看著面前的胖叔：「規章拘束？你是擔心版權問題嗎？」

謝明哲點頭，「唐神可能認為我不識抬舉，但我真的不想加入任何俱樂部，我以後製作的所有卡牌，版權必須掌握在自己手裡。」

雖然胖叔在遊戲裡的形象胖乎乎的，笑容和藹，看上去憨憨的十分親切，但唐牧洲卻從這個人的身上感覺到了年輕人「毫不畏懼」的銳氣。

這個人顯然很有遠見。如果真的天資卓越，有誰會甘心綁在一家俱樂部，把自己製作的卡牌版權全部交給俱樂部呢？唐牧洲的合約是有補充協議的，凡是LOGO為「唐」的原創卡牌版權都屬於他自己。

老聶、方雨、凌驚堂這些大神選手也都和俱樂部達成了版權協定，就算有一天要跳槽，自己的卡牌也可以全部帶走。

但那是第五賽季之前。

第四賽季比賽期間，聯盟發生了一件很不愉快的事情，起因就是版權糾紛。

一位大神選手將俱樂部告上法庭，官司持續了很長一段時間，鬧得沸沸揚揚，也因為這件事，各家俱樂部開始對版權管得很嚴，生怕當時的版權糾紛再次重演。導致第五賽季之後簽約的新人，越來越少人能享有把「原創卡牌版權分離出去」的合約待遇。

近年來崛起的新人，簽的都是卡牌版權歸屬於俱樂部的合約。有原創牌能力的新人本就屈指可數，大部分都是直接使用俱樂部設計師製作的卡牌，所以也不大在乎什麼「卡牌的版權」。

而胖叔顯然很在意。

他無疑是明智的。做長遠考慮的話，他當自由設計師賺的錢能比綁定任何一家俱樂部都要多，

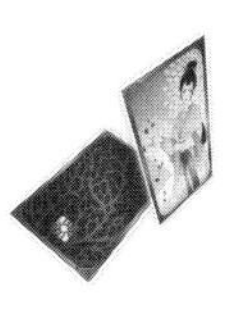

因為他不受俱樂部的管制，就可以充分發揮想像力，設計出各種不同的卡牌。不拘任何俱樂部大腿，而是一個人單打獨鬥，他有這樣的魄力嗎？

見胖叔態度堅定，唐牧洲只好改口道：「既然你不肯拜師，那我們先交個朋友吧。以後遇到卡牌設計方面的問題，可以給我發好友私信，我看到了就回覆你。」

對方一點架子都沒有，還主動指導自己，這樣的「大神朋友」謝明哲求之不得，立刻點頭，「沒問題，唐神不嫌棄我是小透明的話，我們就交個朋友！」

「你很快就不是小透明了……對了，你是不是沒有看郵件的習慣？有空記得看看信箱。」唐牧洲微笑著站起身，說：「俱樂部這邊還有點事，我先下線了。」

「好的，唐神再見。」

面前的男人直接消失，下線下得非常乾脆。看見一個人突然從面前消失，謝明哲還是有些不適應，他愣了一下，這才轉身下樓，想順路去這顆娛樂星球逛一逛。

走到餐廳門口，他發現餐廳的門關著，外面掛了「停止營業」的牌子。

怪不得他和唐神聊這麼久卻沒有任何人打擾。

門口的服務生微笑著道：「胖叔，老闆說您以後有空可以隨時來我們餐廳坐坐。我們餐廳只接待特殊的客人，您已經被加入在可以自由出入的貴賓名單裡。」

謝明哲受寵若驚，「謝謝。」

走出餐廳後，他又回頭看了一眼千林餐廳，「千林」這兩個字被綠色的藤蔓包圍著，周圍還有一些淺藍色的小花朵，小清新風格設計得很有特色。

既然服務生稱呼唐牧洲為老闆，這家餐廳顯然是被唐牧洲租下來經營的。應該沒人閒著在遊戲裡花錢吃飯吧？又不能真的填飽肚子。租個商鋪賣點東西還能賺錢，租個餐廳不會賠本嗎？

謝明哲帶著困惑走向另一條酒吧街。

晚上的酒吧街非常熱鬧，還有一些歌手在唱歌，一路燈紅酒綠，很難把這一幕場景跟遊戲世界聯繫在一起。

謝明哲一邊感嘆著，一邊在酒吧街旁邊找了個空位坐下來，低頭思索。

黛玉卡被唐神以六十六萬高價買走轟動了拍賣會，當時會場很多人在開直播，他猜測「月半」這個製卡師的名字，經過今天晚上應該已經小有名氣了，玩家們對他的第一印象也是第一個「做出即死牌」的作者。

一開始卡牌不能做得太雜，所謂術業有專攻，不如先靠即死牌，在原創界站穩腳跟，等打響了知名度，以後再製作其他類型的卡牌。

即死牌，他目前已經做了武松和黛玉。

武松的版權賣給聶神後不能繼續做，黛玉則可以無限量製作。但他的卡牌店裡，總不能只賣黛玉吧？那樣會讓人覺得他江郎才盡只會做這一張卡。不如再做幾張即死牌和黛玉一起賣。

提起黛玉，他自然想到了《紅樓夢》中另一個女主角：薛寶釵。

既然林妹妹都做出來了，不如再做個寶姑娘？

謝明哲腦子裡靈光一閃——寶釵撲蝶，黛玉葬花！

這是在《紅樓夢》原著中同一章回裡發生的故事。

當時薛寶釵去瀟湘館找林黛玉，正好看見賈寶玉進去，她怕引起黛玉的猜忌就默默離開，路上遇到蝴蝶，玩性大發，拿出扇子撲蝶玩耍。

前有寶釵撲蝶，後有黛玉葬花，這段描寫正好表現了兩位女子截然不同的性格。

撲蝶，當然能把蝴蝶給弄死，就是不知道這個遊戲裡蝴蝶類的卡牌多嗎？

謝明哲摸著下巴，仔細考慮起寶釵卡的做法。

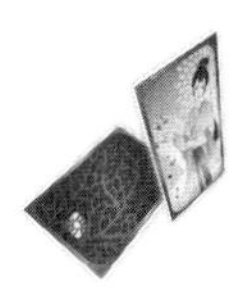

同一時間，暗夜之都俱樂部總部。

葉竹大笑出聲：「哈哈哈，那張牌真被人用六十六萬金幣買走了嗎？笑死我了，唐牧洲上賽季總結大會提出即死理念，結果有人做了花卉類即死牌，拿去拍賣會針對他，哈哈哈！唐神現在一定很鬱悶吧！」

看少年抱著肚子笑得上氣不接下氣，裴景山無奈地拍拍他的肩膀，「小竹，別太幸災樂禍，萬一這個叫月半的作者做出針對你的蝶系卡即死牌，你就笑不出來了。」

葉竹強忍住笑意，擺擺手說：「放心吧裴哥！我的蝶系卡都是超高敏捷，哪有那麼容易被即死判定命中！」剛說到這裡，他突然連打幾個噴嚏，使勁揉鼻子，連鼻頭都給揉紅了。

奇怪，怎麼感覺有人在詛咒他？

想明白怎麼做寶釵卡之後，謝明哲就離開孔雀星域回到了個人空間。

路過客廳，他看見大螢幕上的郵件標誌一直在閃，想起唐牧洲剛才提醒他有空看看郵件，他便走過去打開信箱圖示。信箱裡擠壓了好幾十封郵件，除了官方的各類活動通知外，還有好多郵件都來自一個叫「紅燭」的人。

郵件寫著：胖叔你好，我是風華公會的會長，我們對你做的那張黛玉葬花卡很感興趣，希望你能跟我們聯繫。

紅燭會長連續發了十多封郵件，每天兩封，內容一模一樣。

謝明哲這才意識到不看信箱的壞處。

全息遊戲沒有「陌生人私聊」這種設定，加了好友的話可以語音或以文字私聊，如果不是好友，又不在同一個場景，想要聯繫便只能發郵件。

最近幾天為了專心做卡牌他把客廳的信箱提示關掉，沒想到信箱裡積壓了這麼多的郵件。

謝明哲一條條看下去，把所有官方廣告郵件都刪掉，順手開啟了信箱的系統提示音，免得以後再錯過重要的郵件。做完這一切，他便認真回覆了紅燭的信件：會長您好，很抱歉前幾天關了提示沒有看見郵件。現在時間快要九點了，我約了朋友還有事，等我十一點半左右回來了再找您面談，行嗎？

九點是代練工作室約好刷副本的時間，謝明哲不能缺席。他已經猜到紅燭找他的目的，很可能也是黛玉卡的版權——版權他是不會賣的。但對方主動找他，還發了這麼多封郵件，就算出於禮貌也得親自過去一趟，當面把話給說清楚。

等待好幾天，終於收到消息的紅燭快要吐血：好的好的，我十一點半等您回覆！

她發完郵件立刻轉身去隔壁辦公室，將這消息通知了正在看賽事安排的薛林香和唐牧洲。

唐牧洲剛才就是被薛姐叫下線的，因為出去旅遊的蔓蔓和長風今天都回到俱樂部，薛林香把風華俱樂部四位重要選手叫到一起，商量下個賽季的比賽安排。

——唐牧洲、徐長風、甄蔓、沈安，風華俱樂部的四位當家選手，此時全都在場。

聽到紅燭這話，唐牧洲的眸中浮起一絲笑意，「他果然沒看到郵件吧？」

「是啊！」紅燭十分無語，「我連續發了十封郵件都石沉大海，也不知道他怎麼搞的！」

「師父，這個胖叔真是個製卡天才嗎？」沈安好奇地問。

「嗯，他很有天賦。」唐牧洲毫不掩飾對胖叔的欣賞。

「拍賣會的事情傳得沸沸揚揚，選手群裡好多人都在幸災樂禍。」徐長風拍了拍好友的肩膀，

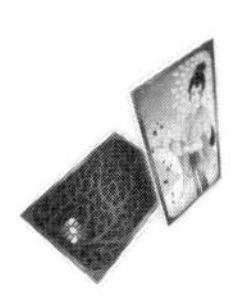

一雙桃花眼裡滿是笑意，「牧洲，你打算怎麼辦？把黛玉葬花那張卡的版權買下來？」

「他會賣版權嗎？」薛林香有些擔心。

「不會。」唐牧洲篤定地說。

「你怎麼確定？」俱樂部唯一的女選手甄蔓冷靜地問道。

「因為我剛剛見過他，他是個很能沉得住氣的人。而且，他跟我提到，聶遠道之前也找過他。」唐牧洲摸著下巴若有所思，「資料庫裡搜到他的製卡量，和我們從黑市買回來的黛玉卡數量一直不對等，還有十幾張卡牌根本沒有線索，如果我的推測沒錯，聶遠道找他的原因也是即死牌。也就是說，這位胖叔除了黛玉葬花之外，還做了另一張即死牌，正好是針對老聶的。」

「……」徐長風收起不正經的笑容，嚴肅地道：「老聶找他，是想拉他進裁決吧？」

「嗯，既然老聶親自出手，裁決那邊開出的條件肯定不差，卻被胖叔拒絕。我的方式比較委婉，本來想先收他當徒弟，慢慢地指導他，然後拉他進風華俱樂部。但是，他很快猜出了我的身分，並且婉拒了我的要求。」唐牧洲有些遺憾地說：「從他的態度來看，他應該更想當一名自由設計師。」

「自由設計師嗎？」甄蔓秀氣的眉頭輕輕皺起，問道：「你確定他背後沒有俱樂部或者大公會的勢力？」

「我確定，他應該是接觸遊戲不久的新人，對很多競技場的規則都不夠瞭解。」唐牧洲分析道：「他不想和俱樂部綁定，一方面是他很有遠見，已經知道了自己獨特的天賦，自由發展對他來說是更好的選擇。另一方面，他對不認識的人戒備心很強，更喜歡獨來獨往。」

「……」薛林香不可思議地瞪大眼睛，唐牧洲只是開小號跟對方簡單見了一次面，居然分析出這麼多關於對方的資訊，她還從沒見過唐神對一個人這麼感興趣。

「那我們接下來該怎麼辦？」紅燭忐忑地問。

「要不要開出比裁決更好的條件，試著招攬他？」薛林香建議道：「比如，讓他直接當正式設計師，獎金翻倍。如果他年齡符合參賽要求，也可以讓他直接進一隊當職業選手？」

「恐怕不行。」唐牧洲搖頭否定，「以我的判斷，他是個很謹慎的人，不會隨便答應任何俱樂部的邀請。他認出我之後，就很禮貌地拒絕了我要他拜師的建議，這說明他並不只看眼前的利益，他看得很長遠。真正有天賦的設計師，自由發展的話，會比簽約任何俱樂部都要吃香。」

「的確，不受俱樂部限制，製作卡牌能更加隨心所欲。」薛林香皺眉道：「但是大部分自由設計師都是設計寵物卡的，戰鬥卡的設計師幾乎全被各大俱樂部簽走了，裁決、風華兩大圈內最出名的俱樂部主動找他，卻被他拒絕，看來，他對自己的實力非常有自信啊！」

「我猜他腦子裡肯定有許多製卡的靈感，很快就能做出更多的卡牌。」唐牧洲說到這裡，回頭看向薛林香，神色認真，「薛姐，這件事你們不要插手，交給我來辦吧。」

「你打算怎麼辦？」薛林香好奇地問。

「現在的他，就像是一塊沒有經過雕琢的璞玉。」唐牧洲目光深邃，唇角帶著笑說：「我想親自雕琢他。」

「……」薛林香和紅燭對視一眼，親自雕琢？唐神這是要親自出馬培養一位頂尖星卡設計師的意思？可是問題在於對方並不打算簽約風華俱樂部，培養他對我們有好處嗎？薛林香搞不懂唐牧洲的思路。

「好了，不討論他，繼續說比賽。」唐牧洲把話題拉回來，「今年的個人賽你們誰想去？」

《星卡風暴》每年的賽事非常多，除了官方職業聯賽會強制所有職業選手必須參加外，還有大量贊助商舉辦的民間賽事，以及明星邀請賽、賞金大賽等等。

唐牧洲在上賽季官方職業聯賽的個人賽項目拿了冠軍，他出道以來，已獲得第五賽季、第九賽季兩次個人賽冠軍。如今第十賽季即將開打，他不想再參加個人賽，以他的推測，聶遠道、鄭峰、

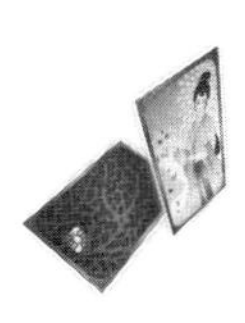

方雨、凌鷲堂這些拿過冠軍的大神今年都不會參加，各家俱樂部會派出更多的新人。

徐長風道：「小安肯定會去吧？我也想去湊湊熱鬧。蔓姐去嗎？」

甄蔓平靜地說：「個人賽我就不去了，我專心準備團賽。」

薛林香很尊重選手們的決定，將安排表給大家看了看，道：「三天內提交報名資訊，八月十三日開始就要打第一輪個人賽，既然小唐和蔓蔓不參加，今年就要靠你們兩個了。」

沈安很自信地舉起手，「薛姐放心，我殺入八強肯定沒問題，爭取拿個獎回來！」

徐長風微笑道：「我也是，冠軍不保證，盡力拿獎。」

薛林香爽快地道：「行！我明天開會讓二隊的人積極報名參加各種專案，多一些歷練。但最後的俱樂部團賽，肯定還要你們四個王牌出手。」

四人都點頭表示明白。

開完會後，大家各自回宿舍。

回去的路上，徐長風突然壓低聲音問：「牧洲，剛才你很確定地說胖叔不會賣版權，其實是你根本不想收購黛玉卡的版權吧？」

唐牧洲微笑，「還是你瞭解我。」

徐長風無奈扶額，「你瘋了嗎？把這張卡批量放出去，到時候各大俱樂部人手一張，對你有什麼好處？」

唐牧洲神色鎮定，「既然即死判定是我先提出來的，那我就不怕被即死牌針對。我真正的目的，是讓這位胖叔充分發揮他的天賦和想像力，做出更多種類的即死牌，最好全部賣出去，大量流通。這樣一來，下個賽季的比賽打起來才會更有趣，也更有挑戰性。」

徐長風：「……」

自己被針對，不如大家一起被針對。

唐牧洲這想法也是夠壞的。

他不收購黛玉卡還親自指導胖叔，原來是這個目的！

徐長風低頭思索片刻，緊跟著問道：「話說，你不參加個人賽，閒下來的時間，你該不會是要開小號，專門去指導這個胖叔，讓他做出大量針對各大俱樂部的即死牌吧？」

唐牧洲微笑著點頭，「我不是說過了嗎？他是塊璞玉，我想親自雕琢。」

【第六章】

月半卡牌專賣店

晚上九點，涅槃工作室的代練們在陳哥召喚下在副本門口集合。

謝明哲現在打各種副本已經很熟練，閉著眼睛都知道什麼時候說放技能，所以在打副本的過程中他也在不斷思考新卡的做法。

寶釵撲蝶這張卡如果能成功實現，那他還有好幾個靈感也可以製成即死牌。

謝明哲一邊打副本，一邊和龐宇私聊：「宇哥，這遊戲裡蝴蝶類的卡牌多不多？」

「當然多啊！蝶系卡是昆蟲類卡牌的重要分支，很受妹子們的歡迎！但開創蝶系流派的其實是個男選手，職業聯盟暗夜之都俱樂部的選手葉竹，特別喜歡蝶系卡，他一手蝴蝶卡，各種顏色、各種技能都有，打比賽的時候，漫天飛舞的蝴蝶看著可漂亮了。葉竹算是風格很特殊的一個選手，超愛蝴蝶，據說他家裡還有很多蝴蝶標本呢。」龐宇熱心地介紹道。

「喔喔。」謝明哲嘴上答應著，心裡卻想：這位葉竹大神，對不起了，我可能會做一張「蝶類即死」的卡牌，你的蝴蝶，恐怕要被我的寶釵秒掉，千萬不要怪我啊！

暗夜之都俱樂部，葉竹一直在打噴嚏。

裴景山無奈地看著他：「你又感冒了嗎？」

「沒有，可能是過敏性鼻炎吧？」葉竹使勁揉著通紅的鼻子，「話說，今年個人賽唐牧洲不參加吧？上賽季剛拿冠軍估計他也不好意思參加了，應該會派他徒弟出馬，我們正好趁機去搶個獎盃回來！」

裴景山問：「你想報名？」

葉竹自信滿滿：「當然！沈安那個小屁孩肯定不是我對手……哈啾！哈啾！怎麼了？有人在詛

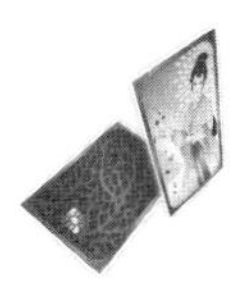

咒我嗎？」

裴景山忍著笑說：「你就是愛說大話，話不要說得太滿！」

一輪副本刷完後，晚上十一點，陳哥讓大家準時解散。

謝明哲回到個人空間，給紅燭發郵件：會長，我回來了，關於黛玉卡，我們約個地方面談吧。

紅燭立刻查看郵件，回覆道：胖叔，您直接來我們公會領地，我給您開了准入許可，在星系導航圖上面就可以找到。

謝明哲來到星系導航圖前，果然看見星系圖上又多出一顆小星球，高亮標注的小星球寫著「風華公會領地」，和旁邊的「裁決公會領地」差不多大小，就是顏色不大一樣。

點擊傳送，遊戲裡的胖叔瞬間來到了風華公會的領地星。

跟裁決公會刷成火紅色的建築風格不同，風華公會在遊戲裡的領地星到處都是花草、綠樹，就連公會大樓的牆壁上也爬滿了綠藤。遠遠看上去綠油油的一片，就像是來到了森林深處。

紅燭給他開放貴賓通道，因此謝明哲進入領地後直接順著貴賓走廊來到了公會大樓前。

他見到一名穿著紅色連衣裙和黑色高跟鞋的女人，ID叫紅燭，女人身材有些矮小，但說話的聲音很清脆俐落：「胖叔來了，我等您很久了，我們去辦公室談吧。」

「好的。」謝明哲跟在她身後，搭乘電梯來到頂樓辦公室。

推門進去時，看見辦公室正中間的牆壁上也掛著一枚圓形的徽章，寫了「風華」兩個頗有藝術設計感的字體，淺綠色的藤蔓纏繞在字體的周圍，徽章中間還裝飾了一些細小的花朵。比起裁決公會利劍穿透火焰字體的霸氣，風華公會的徽章就顯得非常清新文藝了。

謝明哲走進辦公室，看見屋裡還站著一男一女。

女人的身材十分高䠷，穿了身淺灰色西裝裙，頭髮在腦後綰起個俐落的髮髻，一副幹練女強人的模樣。男人斜靠在辦公桌旁，身材挺拔，目測身高超過一百八十五公分，只是被面具遮住了臉，看不清容貌。

紅燭主動介紹道：「這是我們薛姐，風華俱樂部的選手經紀人。這位是風華俱樂部的職業牌手，唐牧洲。」

謝明哲禮貌地打招呼：「薛姐好，唐神你好。」

唐牧洲走到謝明哲面前，微笑著問：「薛姐她特別想買下你黛玉卡的版權，你願意賣嗎？」

大概是職業選手不喜歡露出真容，唐牧洲小號用系統預設路人臉，大號戴著面具，聲音也都是系統音。

謝明哲道：「唐神，你應該知道，我不會賣卡牌版權的。」

唐牧洲聳聳肩，回頭看薛林香，「我就說吧？」

薛林香還是不大甘心，追問：「一百萬晶幣，我是說一百萬現實晶幣也就是一千萬遊戲幣，也不賣嗎？」

謝明哲深吸口氣，沒有被眼前的鉅款打動，很堅定地說：「薛姐，如果你們只是買卡，想要多少張，我都可以賣給你們。但是很抱歉，我的卡牌不會再賣版權。」

唐牧洲耳朵很靈，從他話裡聽到「再賣」這個詞，立刻問道：「你之前賣過其他版權嗎？是賣給老聶？」

謝明哲直率點頭，「嗯，那時我還不大懂行情，加上太缺錢，聶神開的價格我覺得合適，就賣了版權。以後我不會再賣了。」版權在自己手裡，黛玉卡他可以畫一百張、一千張，還可以隨時修改——只要卡牌做得好，顯然是留著版權更加明智。

薛林香都快氣笑了，「不賣版權的話，我從你手裡買一百張黛玉卡又有什麼用！你還可以賣給別人。」

「是啊。所以我這次來，就是想當面跟你們說清楚。」謝明哲認真地道：「我沒有針對唐神的意思，而且我知道，唐神並不怕這張黛玉卡，畢竟以唐神的意識，很多選手在你面前可能連即死技能都放不出來。」

「嗯。」唐牧洲輕笑，「我早說你不會賣版權，薛姐非要當面確認。」

黛玉卡大量流通對唐牧洲很不利，但唐牧洲顯然有應對即死牌的自信，他都說不怕了，她這個當經紀人的瞎操什麼心？薛林香一咬牙，道：「既然小唐都這麼說，那版權的事，先算了吧。」

謝明哲心頭一喜，「謝謝薛姐體諒，我保證以後不再做其他針對植物的即死牌。」畢竟他也不想徹底得罪風華俱樂部，而且唐神對他挺好的，他再做植物即死牌的話就說不過去了。

唐牧洲建議道：「你可以多做一些其他類型的即死牌，比如針對各種昆蟲類、魚類、野象類、飛禽類、妖類、鬼類、符咒類、兵器類，你都可以發揮腦洞，試著做一做即死判定。」

薛林香：「……」

——唐牧洲你是要讓所有人跟著你一起倒楣嗎？

薛林香直到現在才明白唐牧洲在打什麼主意，這是想借助胖叔之手，在牌庫中增加大量的即死牌，改變整個比賽的節奏和戰術思路。

謝明哲聽到這裡，自然也讀懂了唐牧洲的意思。他覺得這位大神挺好玩兒的，居然主動給他指出這麼多陰人的路數，讓他做即死牌來坑這些選手。謝明哲忍著笑道：「唐神考慮的確實周到，你說的這些卡牌種類我都記下了，我會盡力的。」

唐牧洲微笑著伸出手，「期待你做出更多好卡。有了新作品，記得留一張給我，我跟你買。」

謝明哲跟他握了握手，「放心，有新作品我會第一時間通知唐神，感謝你對我的指導。」

唐牧洲道：「那我就不客氣了。以後我是你的VIP客戶，提前預約購買你的即死牌。」

謝明哲爽快點頭，「沒問題！」

薛林香：「⋯⋯⋯」

他倆這狼狽為奸、一起坑整個聯盟的對話方式，怎麼聽著讓人脊背發涼啊？

直到胖叔走後，薛林香才心情複雜地說：「你到底開小號指導他什麼了？我看他整個人都開竅了的樣子？」

唐牧洲聳了聳肩，「也沒什麼，我只是去競技場給他做了幾次示範，告訴他即死牌是一種戰術牌，出手速度必須要夠快，讓他多關注卡牌的屬性，把初始敏捷升到三十。」

薛林香忍不住吐槽：「你繼續指導他的話，全聯盟都要倒楣！」

唐牧洲揚起唇角，「我很期待那一天。」

紅燭：「⋯⋯」

獨自倒楣，不如整個聯盟一起倒楣。

唐神這意識，她還能說什麼？只能給唐神點讚啊。

謝明哲回去之後，整理思路，把唐牧洲說的那些卡牌種類全部記下來。然後他就讓自己的精神力和星雲紙相連，開始製作薛寶釵。

記得賈寶玉說過，男人都是泥做的、女人都是水做的，那就乾脆把屬性設定為水系。

比起林黛玉氣質獨特的清秀驕傲，薛寶釵則有種大家閨秀的端莊，性格也比較開朗豁達。他畫的林妹妹是典型的瓜子臉，看著楚楚可憐。寶姑娘的臉則略圓一些，額頭飽滿，眼睛明亮有神⋯⋯

謝明哲在腦海裡迅速勾勒出薛寶釵的形象，在星雲紙上繪製。

由於有製作林黛玉、武松的經驗，他畫薛寶釵畫得很快，卡牌正面只有人物、團扇、蝴蝶這些重要的元素，也沒有任何多餘的裝飾。

但是，做出來的卡牌資料依舊不夠理想。

跟唐牧洲交流過後，謝明哲知道了這一類戰術卡最關鍵還是看技能判定機率和敏捷屬性，他做出來的薛寶釵即死率有百分之三十，但敏捷只有十五點，升到滿級也只有八十五。

該怎麼改進呢？

謝明哲摸著下巴仔細思考起來。他突然想起當初新手期齊師兄說過的那句話：「星雲紙的等級越高，做出來的卡牌資料也會略好一些，但關鍵還是看天賦……」

對了，星雲紙！

他為了省錢，一直用最便宜的一級星雲紙，一張七金幣。

如今他有了儲備資金，自然不差這些原料錢。於是謝明哲傳送到水瓶星域，來到黑市那位熟悉的老闆面前。那老闆最近一直賣給他星雲紙，看見他就說：「胖叔又要十張一級的星雲紙嗎？」

謝明哲道：「給我一百張最高級的星雲紙。」

老闆：「……」一百張最高級的紙？該不會聽錯了吧？

見老闆發愣，謝明哲接著說：「老闆，最高級星雲紙市場價是五百金幣一張，我是老顧客，您給我個優惠價，我直接買一百張，四萬金幣，以後長期合作，怎麼樣？」

有了大生意的老闆回過神來，立刻點頭，「好好好！」他迅速拿來一疊五級星雲紙，一邊清點一邊說：「胖叔這是發財了啊？怎麼突然買最高級的紙？」

「也沒賺多少錢。」謝明哲低調地說：「我就想試試高級紙做的卡牌資料會不會好一些。」

買下一百張最高級的星雲紙後，謝明哲回到個人空間，開始重新繪製薛寶釵。高級紙的光澤度

比低級紙好上許多，繪製起來耗費的精神力也比低級紙少一些，而且更加流暢。

資料方面果然也有提升，敏捷從十五提升到二十，可還是沒能達到三十的極限。

謝明哲靜下心來仔細思考。

之前黛玉卡、武松卡都是瞎貓碰上死耗子，技能正好符合系統資料庫的即死判定。

如今是他主動嘗試做「即死技能」，他必須同時兼顧卡牌人物的形象、技能的描述以及資料的分配，這相當於「一心三用」，難度明顯增加。

按照星卡世界資料庫的規則，不同類型的卡牌，生命、防禦、攻擊、敏捷等每一項基礎資料都有一個範圍，官方資料庫會掌控這個範圍，在範圍內隨機生成一個數字。

既然是注重出手速度的戰術卡，不如把資料分配得更極端——生命、防禦、攻擊完全不考慮，只把敏捷提升到最高。

謝明哲閉上眼睛思考了片刻，重新連接製卡系統，將精神力集中到極致。

這一刻的謝明哲心無雜念，他的精神世界裡，就只有一張被放大了無數倍的薛寶釵卡牌，人物形象的每個細節都清晰地呈現出來，連一根髮絲都清清楚楚。

卡牌的技能描述、資料分配也像是字幕一樣飄浮在他眼前。

他用精神力嘗試著將卡牌的資料重新分配，然後他看見那些數字按照他的精神支配不斷地發生變化，就像是抽獎的時候不斷跳動的數字一樣，沒有特定的規律。生命、防禦、攻擊、敏捷、暴擊率，所有的屬性都在同時發生變化，他沒理其他屬性，專門盯著敏捷，當敏捷屬性變化到三十的瞬間，他立刻停下思考。

「恭喜，卡牌製作完成！請確認修改並重新審核。」

謝明哲仔細觀察卡牌資料——

薛寶釵（水系）

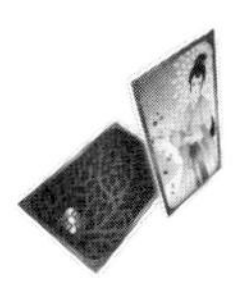

卡牌等級：1級
進化星級：★
可用次數：1/1次
基礎屬性：生命200，攻擊0，防禦100，敏捷30，暴擊率0%
附加技能：寶釵撲蝶（揮舞團扇撲打蝴蝶，對蝴蝶類卡牌造成重創，30%機率觸發即死）

成功了！

三十敏捷，百分之三十機率即死，唐神所說的「真正合格的即死牌」終於製成。

謝明哲興奮地拿起這張卡。卡面上的女子活潑靈動，手持團扇撲打蝴蝶，她的面前是兩隻翩翩飛舞的玉蝶，這幅畫面動感十足，將少女豁達開朗的個性完全展現了出來。

他又拿來一張星雲紙，想將黛玉卡也進行改造。

再次集中精神力，他在腦海中將黛玉卡無限放大，重新分配資料，將黛玉的敏捷提升到三十。

在競技場上，兩個人旗鼓相當的情況下，將即死牌敏捷升到一百，這是最基本的。否則，敏捷九十九的卡放技能的速度就算只比對手慢個零點一秒，即死牌的技能也根本放不出來，完全變成一張廢卡。

哪怕是敏捷一百的高敏即死牌，只要對手意識夠強、預判到位，就可以通過各種手段來避免即死技能的觸發。同樣的道理，只要意識夠強，也可以瞄準對手技能的空檔，出其不意地用即死牌秒掉對手的王牌。

在高手的卡組裡，敏捷一百的即死牌肯定能占有一席之地。

黛玉和寶釵這兩張卡，肯定能讓他在製卡界闖出一點名氣。

謝明哲手裡拿著兩張卡牌，笑得很是開心。

在唐神的指點下，合格的即死牌他已經做成功了。接下來，他要做的就是參加明天的拍賣會，買下一間地段比較好的商鋪，就取名叫「月半卡牌專賣店」。

先當一位賣卡的小老闆，累積足夠的資金。

今天和唐神打了幾局競技場，謝明哲覺得特別有趣。這個遊戲的卡牌競技模式和他以前玩過的任何遊戲都不一樣。等他能做出一套完整的人物卡組之後，他也要去打比賽試試！

不知不覺已經十二點半，謝明哲回到個人空間後就直接下了線。他洗完臉想去睡覺，走到二樓卻發現陳霄一個人正站在陽臺上抽菸。

陽臺上沒有開燈，藉著窗外路燈的光線，男人高大的背影籠罩在煙霧裡，顯得特別疲憊和孤獨。謝明哲沒敢打擾陳霄，偷偷從陳霄的身後溜回宿舍——因為他有種直覺，陳霄可能又想起那位離開的哥哥了。

宿舍裡小胖正在吃零食，這傢伙嘴巴總是閒不住，對自己橫向發展的身材似乎也不介意。

謝明哲坐在他對面，輕聲問道：「我聽陳哥說，這套房子是他哥哥的，你知道他哥哥去哪裡了嗎？」剛開始和龐宇不熟，也不敢貿然詢問，熟悉之後發現龐宇是個沒什麼心機的胖子，對他也很熱情，謝明哲實在好奇就忍不住問了起來。

龐宇聽見這問題，立刻嚴肅下來，道：「剛來工作室的人知道這是他哥的房子，都會好奇他哥去哪了，但當面問他的話，他的臉色會很難看。其實我也特別好奇，問過他一次，他只回答兩個字『走了』。我猜，他哥或許是去世了吧，你可千萬別在他面前提這件事。」

謝明哲想起剛才看見的那個背影，微微有些揪心。

他剛重生的時候因為交不起房租被趕走，是陳哥給了他第一份工作，讓他接觸到星卡遊戲，發現了自己的製卡才能，短短一週內光靠賣卡牌收入就好幾十萬。如果沒有陳哥，這會兒他可能還在四處找工作，他心裡對陳霄這位老闆一直非常感激。

要是陳哥需要他幫忙，他絕對義不容辭。但陳哥不開口的話，他也不好干涉別人的私事。想到

這裡，謝明哲只好暫時壓下心裡的疑惑。

次日，謝明哲比工作室的人早起半個小時，七點就直接登入遊戲。

他將精神力連上遊戲裡的製卡系統，連續做十張改版後的林黛玉，又做了十張薛寶釵。做卡挺耗費精神力，估計同事們快要下樓，謝明哲就摘掉頭盔先下線準備吃早飯。

結果他剛回頭，驀地對上一雙深邃的眼睛，那眼睛正直勾勾地盯著他，謝明哲嚇了一跳，「陳、陳哥！你站我身後幹麼？」

男人的頭髮亂糟糟的如同鳥窩，衣服皺皺巴巴，鬍子也沒刮，很頹廢的樣子。可剛才轉身那一瞬間，謝明哲相信自己沒有看錯——陳霄的目光帶著一種洞悉一切的犀利。

然而，對上謝明哲的視線後，陳霄便笑了起來，走到他面前道：「你天天比我們早起登入遊戲，這麼認真啊？研究遊戲研究得怎麼樣了？」

謝明哲笑著說：「我研究了一下五系生物的特徵，還挺複雜的。」他隨口敷衍兩句，正好見池青也下樓，謝明哲便走過去道：「青姐，我幫妳做早飯吧。」

陳霄看著在廚房裡忙碌的少年，微微揚了一下唇角。回頭看了眼他的頭盔，什麼都沒說。

謝明哲吃過早飯就積極地加入工作室刷副本的隊伍。

上午連續刷五個大副本，刷完後陳霄清點了一下材料，道：「老闆要的七星碎片全部刷夠了。阿青，妳問下客戶在不在，最好能當面交單，免去交易行的手續費抽成。」

池青發去好友訊息，很快收到回覆，說道：「客戶同意我們當面交單，我直接約他來我的個人公寓。」

大家一起進入池青的公寓，她的公寓裝修風格和系統預設的很不一樣，沙發是深藍色，書房的陳列櫃、臥室的床也換成了配套的藍色。

小胖感嘆道：「青姐這公寓裝修得真好看啊！」

金躍問：「阿青以前學過設計吧？裝修得挺專業的。」

池青說：「上大學的時候輔修過這方面的課程。」

就在這時，耳邊傳來門鈴聲。

池青起身開門，只見一位頂著系統預設一號臉、ID是七四五六七八九的男人走了進來，微笑著道：「你們好，當面交材料是嗎？」

這不是唐牧洲嗎？

謝明哲抬頭看向他，唐牧洲顯然也看見了坐在沙發上的胖叔。

兩人對視一眼，很有默契地假裝不認識。

唐牧洲清點完材料，付款給陳哥。離開之前，他朝謝明哲私聊道：「胖叔，你還當代練呢？不覺得浪費時間？」

謝明哲也用悄悄話回覆：「簽了合約總要有始有終。幹完這個月就辭職專心製卡。」

「代練雖然收入穩定，但特別耗時間，別把精力浪費在天天刷無聊的副本上。」

「我知道。」

「新卡做出來了嗎？說好給我留一張的，別忘了。」

大神顯然對他的新卡特別感興趣，謝明哲說：「放心吧唐神，我待會兒就寄一張到你信箱，你順便幫我看一下，如果拿這張卡去賣的話，定價多少比較合適？」

唐牧洲爽快地答應下來：「沒問題。」

片刻後唐牧洲的信箱裡收到一張卡牌。

薛寶釵，技能「寶釵撲蝶」，蝴蝶類卡牌即死，敏捷三十。

唐牧洲忍不住笑出聲：「小竹，昨天還在群裡哈哈笑我，今天看見這張卡估計該哭了。」

收斂住幸災樂禍的表情，唐牧洲嚴肅地回覆胖叔：「如果拿去拍賣會，你這張卡能賣到三十萬，但批量賣的話，定價在十萬左右比較合理。」

物以稀為貴，卡牌一旦多了價格自然會下降，這個道理謝明哲自然懂，他也不想一張張排隊拿去拍賣，不如把黛玉、寶釵一起掛在店裡賣，給自己的店鋪拉拉人氣。

單張十萬左右，這價格和謝明哲一開始估的差不多，看來唐牧洲當初在拍賣會六十六萬搶下黛玉確實是「有錢就是任性」的做法。

從他手裡賺了六十六萬金幣的謝明哲有些過意不去，便說道：「唐神，你在拍賣會買黛玉卡花的錢遠高於市場價，這樣吧，這張寶釵卡我送你，謝謝你的幫助。」

「那我就不客氣了。以後遇到不懂的問題歡迎隨時問我。」這點錢唐牧洲毫不在意，但胖叔主動送一張卡，他沒道理不收，正好能拉近關係，順便坑一坑其他選手不是？

唐牧洲心裡打著壞主意，謝明哲則和工作室的人一起下線。

陳哥爽快地說：「客戶的單子總算是完成了，中午我請大家吃飯！」

出院一週，謝明哲的腸胃已經恢復正常，同事集體活動他當然不能缺席，和龐宇、金躍、池青一起跟上了陳哥。

陳霄請客的地方在帝都大學對面，大飯店頂樓的空中旋轉餐廳看上去特別高大上。

謝明哲站在窗前，透過落地窗看著外面的摩天大樓和空中懸浮車道。這幾天一直沉浸在遊戲世界裡，他都快忘記這個現實世界是和遊戲裡一樣的高科技時代，就是文化的斷層確實挺可惜的。

見少年站在窗邊發呆，陳霄走到他身邊，笑著問：「小謝，你覺得我看起來像個壞人嗎？」

謝明哲回過神來，「陳哥怎麼這麼問？你人挺好的啊！」

陳霄挑眉，「是嗎？我還以為你把我當成那種很陰險的老闆，才不告訴我你的祕密。」

謝明哲心裡一驚，「什麼祕密？」

陳霄拍拍他的肩膀，「等你想說的時候再說吧。如果不想說，我也不會逼你。」

今天的飯局其樂融融。可謝明哲心裡一直挺不安，總覺得陳哥好像發現了什麼。

回到工作室後，謝明哲看著一排整齊的頭盔、座椅和中間的虛擬液晶大螢幕，突然靈光一閃——他是不是忽略了什麼重要的事情？代練工作室的電腦一般都是資料互通的吧？就像網吧老闆那裡有全部電腦的總開關一樣，工作室的老闆是不是也有資料監控什麼的？

想到陳哥中午那番話，謝明哲只覺得脊背發涼，他立刻跑到樓上去找陳霄，結果這男人又站在陽臺上抽菸，只留給他一個籠罩在煙霧裡的背影。

謝明哲尷尬地摸摸鼻子，問：「陳哥，我在遊戲裡的事情，你都知道嗎？」

陳霄吐完煙圈，回頭看他一眼，笑著說：「代練工作室的智慧頭盔和總機連在一起，方便每天晚上清算資料，我發現你做了很多卡牌，但具體情況我也不大清楚，畢竟你的個人空間涉及到你的隱私，我也沒進去看過。」

謝明哲：「……」

陳霄一邊抽菸一邊說：「這個遊戲裡有能力原創卡牌的人並不多，你有這方面的才能，想低調一些不讓身邊的人知道，這種做法挺好，至少你不是單純的小白兔，把自己的底牌全告訴別人，被賣了還要幫著數錢。我們認識不久，你有防備之心很正常。」

對方如此坦率，謝明哲反倒不好意思起來，「咳，我也不是故意防著你，只是剛開始我不確定

我做的卡能不能賣出去，只想隨便賺點零花錢，我是最近兩天才搞明白。」

陳霄道：「如果你願意信我，我可以幫你一把。如果不信，也無所謂，我們只是老闆和員工的關係，你只簽了一個月的合約，到時候想走想留都隨便你。」

謝明哲沉默片刻，抬頭看著陳霄說：「陳哥，我信你。」

對方在他窮困潦倒的時候不嫌棄他是個新人，收留了他。而且，他很多次看見陳霄站在陽臺上獨自抽菸，或者給哥哥留下來的那些多肉植物澆水，臉上的神色很溫柔，似乎在懷念什麼。看得出陳霄是個很重情義的男人，這種人一般是不會出賣朋友的。

再說，陳霄雖然形象有些頹廢，但說話的時候特別坦率，經過這段時間的相處，謝明哲覺得陳霄是個值得信賴的人，小胖、金躍、池青也都挺好的，他願意賭這一把，相信對方的人品。要是信錯了，大不了一個月合約到期後他就離開工作室，也沒多少損失。

想到這裡，謝明哲便說：「我有一些做人物卡的靈感，試著做了幾張，湊巧出現了即死判定。」

陳霄陡然瞪大眼睛，「拍賣會上的那位月半，該不會就是你吧？」

謝明哲也不想再隱瞞，直說道：「是我。」

陳霄皺了皺眉，壓低聲音問：「你知道能做出即死判定的卡牌，意味著什麼嗎？」

謝明哲點頭，「據說我是第一個做出來的，暫時會比較受歡迎，但各大俱樂部的卡牌設計師不是傻子，他們很快也會做出來。所以我想搶這個時間點，先賣即死牌累積一筆資金。」

沒想到十八歲的少年想事情的思路居然這麼清晰。陳霄忍不住對謝明哲刮目相看，贊同地點點頭說：「你的想法沒錯，一種戰鬥卡剛出現的時候供不應求，價格最高，等所有俱樂部都做出來，卡牌大量氾濫，價格就會暴跌，直到下個賽季的聯賽再趨於穩定。目前市場上還沒有出現即死牌，你就算只做出一張林黛玉，都能大賺一筆。」

「黛玉卡的事陳哥也知道嗎？」

「嗯。最近論壇都快傳瘋了，說是拍賣會出現製卡天才，一級卡賣出六十六萬天價，我當時有猜過會不會是你，但只是猜測，沒想到還真的是你。」男人深吸口氣，將菸頭摁滅在菸灰缸裡，回頭看向謝明哲，目光難得嚴肅，「小謝，你這樣的才能，肯定會被各大俱樂部想方設法地拉攏，但我提醒你一句，俱樂部水深，簽約俱樂部就意味著版權買斷，你如果有更多的創意，可別隨便簽這個賣身契，明白嗎？」

陳哥的話讓謝明哲非常暖心，立刻說道：「我明白，我打算當自由設計師。」

男人點了點頭：「說說你的思路。」

謝明哲道：「即死牌只是一種戰術牌，我會先靠即死牌在原創界打響名氣，等大家認可了我的作品，以後我再做其他卡牌就更容易被人接受。我一個人有很多事忙不過來，而且對這個遊戲的瞭解沒有你這麼深，所以，陳哥要是願意的話，不如幫幫我，我們一起合作？」

「你信我嗎？」陳霄很直接地問道。

「當然，沒有陳哥，我根本不會接觸這個遊戲。其實我找工作那天是被房東給趕出來的，要不是你，我那晚可能就要露宿街頭了。」

聽著謝明哲的話，陳霄的心裡很是感觸。他本來不想干涉這件事，但謝明哲清澈的眼睛讓他忍不住想到了一個人，他的心裡突然產生一種極為瘋狂的念頭。

如果小謝真的有很強的天賦，或許，他等的那個人能夠回來！

想到這裡，陳霄的拳頭用力攥緊，深吸口氣穩住情緒，看向謝明哲，儘量溫和地說：「以你一個人的力量確實會很累，你需要背後有團隊支援，既然你在工作室幹了這些天，對大家也比較瞭解，不如就讓我們當你的助力。你以後賺了大錢，給大家一些分成，我想小胖、阿青和金子都會很開心的。」

謝明哲用力點頭，「嗯，我也是這麼想！」

只靠自己一個人，又要製卡、又要開店，還要考慮店鋪怎麼經營，確實有些吃力，如果背後有個團隊幫他，他的時間和精力只放在製作卡牌上，那就太好了。

要是陳哥願意幫他，有現成的團隊，加上他對大家都比較熟悉，那是好上加好。

兩人回到樓下登入遊戲，陳霄帶著謝明哲直接來到了商業街。

「水瓶星域的中心廣場附近，是遊戲裡商業最繁華、客流量最大的路段，我帶你去這裡最大的卡牌店逛逛，看看別人怎麼經營店鋪。」陳哥一邊說一邊走，謝明哲緊跟在他的身後。正對著拍賣行的這條街客流量確實大，中午的時間也熱鬧非凡，行人絡繹不絕。

這條街店鋪種類繁多，其中最醒目的一家就是「戰鬥卡專賣店」，一進門，只見店裡陳設了十幾排陳列櫃，卡牌琳琅滿目，每張卡都標了價格，旁邊的珍品區還有直接組好的套牌……

謝明哲跟著陳哥逛完這條最繁華的商業街，他發現靠一個人的力量經營店鋪實在太難，他需要找些幫手。尤其是後期生意做大，他如果只顧著打理店鋪可能會沒時間做卡。想到這裡，謝明哲便說：「陳哥，我打算下午拍下一間店鋪，具體怎麼經營你也給我些意見吧。」

陳霄點頭贊同，「我陪你去拍賣會，順便幫你看看店鋪的路段。」

兩人準時參加了三點半的那場拍賣會。

今天拍賣的商鋪都是面積兩百平方公尺的大店鋪，上下兩層樓結構，其中有一間位於中心廣場附近，地段非常好，應該是玩家經營不下去才拿出來拍賣的，這樣的店鋪真是可遇不可求。

現場有人出價，很快就加價到八萬。

謝明哲的包裡有六十六萬金幣，完全不缺錢，這間鋪子他很喜歡，陳哥也覺得地段特別好，低聲在他耳邊說：「將來你的生意肯定會越做越大，最開始就租一間大一點的商鋪，免得到時候卡牌放不下，還要換地方。」

謝明哲點點頭，果斷出手，按下價格：八萬五。

現場還有人想跟他搶，謝明哲繼續淡定加價。

——十一萬。

——十二萬。

——十三萬。

——十五萬。

親手按加價鍵的感覺真是不一樣！謝明哲沒想到，有一天自己也會變成在拍賣會出價的土豪，而不是坐在人群裡看戲的旁觀者，這一天來得真是快。

十五萬月租如果經營不善很容易賠本。跟謝明哲競爭的那位玩家大概是考慮到這一點，放棄繼續出價。

商業街兩百平方公尺的鋪面，十五萬金幣月租，成交！

隨著錘子落下，這間商鋪的使用權將會轉交給謝明哲。

謝明哲興奮地和陳哥來到後臺辦理了手續，然後兩人就到商業街看自己的鋪子。

因為有管理許可權，謝明哲可以直接進入，他把陳哥也帶了進去。

被拍賣的商鋪內部已經被清空，有如地球時代的「空屋」，裝修十分簡陋。但鋪子的位置特別好，坐北朝南、光線充足，一樓可以隔間成卡牌展示區、顧客留言區、店鋪公告區等，二樓就專門賣卡。

陳霄提議道：「重新弄一下店鋪的裝修，池青擅長這些，交給她吧。」

裝修交給青姐謝明哲自然很放心。

池青被陳哥叫了下來，知道要幫謝明哲裝修店鋪，她也沒多問原因，很乾脆地道：「你喜歡什麼風格？奢華一點，還是簡潔一點？」

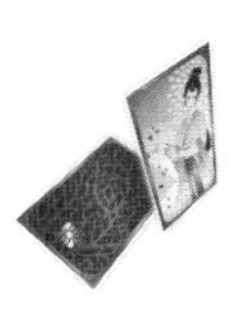

謝明哲道：「簡單大方一點，其他的青姐妳看著辦吧。」

池青問：「溫馨的米色系可以嗎？」

謝明哲點頭，「沒問題！」

池青迅速著手裝修。

「遊戲裡買傢俱都要錢吧？青姐妳記一下帳，我轉給妳。」謝明哲道。

「傢俱這些，就當是我給你的賀禮。」陳霄爽快地說：「阿青直接從工作室的帳戶支付，小謝第一次開店，以後要合作賺錢，我這總得有所表示。」

「謝謝陳哥。」既然是合作，謝明哲也不想太小氣，說道，「陳哥，店鋪的收入我給你們一些分成，你看多少合適？」

「以後你專心製卡，宣傳、管理這些全交給工作室的人，每人抽成百分之二，怎麼樣？」陳哥也沒客氣，直說道。

謝明哲也喜歡和爽快的人打交道，立刻答應下來：「沒問題。」

這點錢不算什麼，關鍵是有個團隊能幫助自己，他以後就可以專心製卡，卡牌升級、強化的材料都不用發愁，這可是大大節約了他的時間和精力。而且將來他一旦去打比賽，所有卡牌都得升到滿級，可能還需要大量的強化材料……靠他一個人，那得累死。

池青真是裝修小能手，不到半小時整個店面就煥然一新，店鋪完全按照謝明哲的設想來裝修，一樓留了一片卡牌展示區，還有店鋪公告板、顧客留言區。二樓則是整整齊齊的十幾排陳列櫃。

謝明哲把店鋪名改成了「月半卡牌專賣店」，然後就把卡牌往店裡擺。

他想了想，提議道：「我想把兩張卡升成七星，不賣，只做展示用，這樣就能讓顧客直觀地看到卡牌升滿級之後的資料，陳哥你覺得呢？」

「這想法不錯。卡牌是什麼屬性的？升級的材料我給你。」

「一張木系，一張水系。」

由於碎片剛剛才交貨給客戶，陳哥拿工作室平時打副本累積的一大堆廢卡來讓謝明哲分解，謝明哲轉眼就分解出幾百組碎片，把林黛玉、薛寶釵升到七十級滿級、進化成七星黑卡。

這些材料的價格肯定不低，陳哥有心幫他，謝明哲也沒計較，反正等卡牌賣掉之後他也會給大家分成。

弄好一切之後，謝明哲看著自己的店鋪，微微揚起唇角。

當老闆的感覺真好啊！

陳哥道：「你打算幾點開業？我去論壇宣傳一下。另外，你在後臺把店鋪設定成『不限流量』模式，第一天開店，來湊熱鬧的人肯定很多，店鋪會擠不下。」

「好的，晚上七點開業吧。」多虧陳哥提醒他，謝明哲立刻修改了模式。

片刻後，星卡官方論壇出現一則帖子，是陳哥親自發的——原創製卡師「月半」的卡牌專賣店今晚七點準時開業！位置：水瓶星域商業區拍賣行後面，秀水路南段三一五號，歡迎大家光臨。

帖子下立刻有很多人留言。

「胖胖賣什麼卡？」

「不會又是林黛玉吧？」

「玩花卉卡的人跟你有什麼仇什麼怨？你前女友特別喜歡花嗎？」

「你要公開批量賣黛玉卡啊？心疼一波唐神！」

「胖胖的店，一定會去看看！」

「你的真名叫什麼啊胖胖？該不會是個胖子吧！」

大家對這位製卡師真是好奇極了，紛紛表示要去店裡看看。

很快地，池青、龐宇和金躍都知道了謝明哲開店的事情。龐宇瞪圓了眼睛，「沒想到啊，跟我

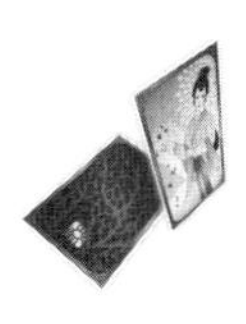

同宿舍的小謝居然是個製作卡牌的天才！我要跟著沾光了嗎？」

金躍笑咪咪道：「當代練的同時還有外快抽成，不錯不錯！」

池青則很冷靜地說：「以後缺什麼材料，一句話，我們幫你刷。」

陳哥總結道：「今天開始，工作室暫時不接單，大家工資照發，我們以後刷的材料直接留給小謝升級卡牌用，先幫小謝把店鋪給經營起來。」

謝明哲很開心，「謝謝大家，以後大家一起賺錢！」

晚上七點整。

人潮湧入月半卡牌專賣店，有很多熟悉的ID出現，像是殘陽、幻月、紅燭，還有一些ID謝明哲不認識，但頭上頂著「ＸＸ公會副會長」、「ＸＸ公會管理」。

這是多少公會的人都來了？

幸虧他聽陳哥的話不限流量模式，店內空間很快就被擠滿，已經迅速分出了十多個複製空間。除了大公會收到風聲跑來搶黛玉卡，當然還有無數路人跑來圍觀。

圍觀群眾一進店鋪，都覺得店鋪的裝修特別漂亮，米白色的牆紙、地板，給人一種就像走進家裡的溫馨感覺。一樓非常空曠，放了一排卡牌展示櫃，但大部分都空著，只有最中間的兩個展示櫃裡放了卡牌。

屋頂燈投射下來的暖色光照在卡牌上，滿級的黑卡看上去精美極了。

兩張滿級黑卡，一張林黛玉「黛玉葬花」花卉類即死，一張薛寶釵「寶釵撲蝶」蝴蝶類即死。展示櫃的旁邊貼著標示：滿級卡牌展示，此卡不出售。

不想買卡的玩家都在好奇地圍觀兩位美女，想買卡的自然是瘋了一樣往樓上衝。

二樓的布置完全不一樣，整整齊齊十幾排陳列櫃，看上去架式挺大的，但大部分都空著，只有第一排櫃子裡放了些卡牌，全是一級卡——左邊十張林黛玉，右邊十張薛寶釵。

走進店裡圍觀的群眾忍不住感嘆：「全是即死牌！」

「一次性放出這麼多張，賣得掉嗎？」

然而，就在圍觀群眾感到疑惑的同時，可怕的一幕出現了。

只見陳列櫃裡的十張黛玉、十張寶釵，瞬間就被一掃而空！

跑來圍觀的群眾震撼地盯著這一幕，還以為自己眼花。

同一時間，職業聯盟選手群——

葉竹：我擦，這個胖胖怎麼做出蝴蝶類即死牌的？還是敏捷三十的初級卡，滿級敏捷就一百了啊啊啊啊啊！

沈安：就說你不要嘲笑我師父，自己也被針對了吧，嘿嘿嘿！

唐牧洲：微笑。

眾人：唐神你笑什麼？

唐牧洲：期待吧，他還會做出更多即死牌。

眾人感到無語。

然後又有人說：月半的卡牌專賣店裡專門騰出一片公告區，寫了這麼一行字，大家感受一下——今日卡牌已完售，謝謝大家光臨。除了黛玉、寶釵之外，明天作者還會有新卡推出，中午十一點三十分開店，不見不散。

眾人再度集體沉默。

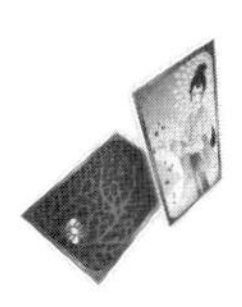

暗夜之都俱樂部。

葉竹在房間裡轉來轉去，不斷地揉著鼻子，「怎麼會出現蝶類即死牌？我的卡組裡蝴蝶牌那麼多，這個人是跟我有仇嗎？這下子直接針對了我整個卡組！」

裴景山見他轉來轉去急得像個陀螺，忍不住上前一步擋住了他，溫言道：「小竹，你不用太擔心，關於這位作者我已經跟公會那邊打過招呼，他們正在調查。而且，月半既然做出了林黛玉這張卡針對所有的花卉牌，那就說明，他並不是單獨衝著你來的。」

葉竹一臉困惑，「那他是衝著誰來的？」

裴景山道：「我猜，月半的目的並不是為了針對任何一位職業選手，但他做的卡牌，有可能針對到所有的主流卡組。所以你不用著急，目前是唐牧洲吃了虧、你吃了虧，後面還有一群人也可能會吃虧，一旦所有人都吃了虧，那就跟所有人都沒吃虧一樣。」

葉竹：「……我不想跟你說話。」

這男人不愧是哲學系畢業的，說個話都要辯證主義觀念，每次跟他說話都覺得智商被碾壓。葉竹乾脆不理裴景山，轉身回到了自己的宿舍。

他的宿舍裡有一整面牆的透明玻璃櫃，裡頭放的不是卡牌，而是各種各樣從星際各地高價收來的蝴蝶標本，其中不乏一些珍貴的、瀕臨滅絕的蝴蝶品種。

自從小時候抓到一隻特別漂亮的蝴蝶，他就對這種生物產生了極為濃厚的興趣，這些年一直研究蝴蝶，花高價收購蝴蝶標本，擺了滿滿一屋子，可以說是到了「癡迷」的程度。

十四歲那年接觸《星卡風暴》，葉竹開始嘗試製作蝴蝶卡。由於家裡收集了特別多的蝴蝶標本，他畫卡牌時靈感真是源源不斷。

當時的官方卡池中，蝴蝶類的卡牌只有可憐巴巴的兩三張。葉竹另闢蹊徑，直接把蝴蝶牌做成了一套卡組，甚至開創了很有特色的「蝶系流派」。

他的卡組中，有用來控制的黑紋蝶、用來追蹤的透明玉蝶、範圍群攻的紅帶袖蝶、群體治療能力極強的碧蝶，還有各種藍閃蝶、鳳尾蝶、粉蝶、斑蝶、枯葉蝶……

葉竹幾乎把他所知道的蝴蝶品種給做了個遍。

聯盟目前卡組防禦力最強的是鄭峰的土系卡，最弱的就是葉竹的蝴蝶卡。

體積小的生物防禦都比較低，聯盟大部分選手都不會選擇將這類小型生物卡牌加入到卡池裡。葉竹最開始做蝴蝶卡的時候大家都不看好，覺得他肯定走不長遠。沒想到葉竹天賦異稟，做出了大量蝶系控場卡，利用幻覺、失明等強控技能打時間差，硬生生在第七賽季打出一片天地，獲得了最佳新人獎。

唐牧洲的徒弟沈安是第九賽季的新人獎得主，葉竹、沈安這兩個人也是聯盟目前最有天賦的少年選手，前者十七歲，後者還不到十六歲。

聯盟大部分老選手對小竹的天賦都十分認可。

尤其是小竹和山嵐的那一場對決，是聯盟這幾年來最經典的對決之一。山嵐很擅長空襲打法，卡組裡各種仙鶴、百靈鳥、鳳凰、白鷹等飛禽，和葉竹鋪天蓋地的蝴蝶對戰，那一場空戰也被稱為「史上最漂亮的空戰」。

也是那一場比賽，讓葉竹和大他幾歲的山嵐成了好朋友。

葉竹在聯盟經過了幾個賽季的磨礪，打法風格漸漸成熟起來。

葉竹對自己非常有信心，他想在第十賽季的個人賽拿一枚獎牌回來，就算拿不到冠軍，拿個銀獎、銅獎，也可以鞏固自己在聯盟的地位。

可是如今，薛寶釵這張即死牌的出現，就如同當頭一盆冷水澆下，讓他格外不安。

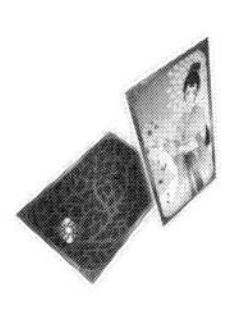

蝶類即死！

那個胖胖跟他有什麼深仇大恨？直接針對了他的一整套卡組！

鬱悶不已的葉竹打開了智能平板光腦，從好友群裡找到山嵐，接通全息視頻通話：「嵐哥，月半的卡牌店裡出現蝴蝶類即死牌，還是滿敏屬性，你知道這件事嗎？我快要氣死了！」

看著畫面裡出現的少年滿臉焦急的樣子，山嵐微笑起來，聲音也很柔軟：「你的蝴蝶卡那麼多，打比賽只能帶一張即死牌，最多秒掉你一張卡，你擔心什麼？」

葉竹一怔，撓撓後腦杓道：「我被氣暈頭了，差點忘了這事！」

回過神的葉竹心情稍微平靜了些，他的卡組裡，蝴蝶卡有三十多張，滅掉他一張又能怎麼樣？但是如果遇上高手，抓準時機秒掉他的黑紋蝶或是追蹤玉蝶，他的節奏就很可能會徹底亂套。

葉竹還是放心不下，問道：「嵐哥，你知道這位做即死牌的月半到底是什麼來歷嗎？」

山嵐道：「他叫胖叔。近期應該會做出很多即死牌，被針對的不只你一個人。所以不用太擔心，即死牌的大量流通至少要等到下個賽季，你還有充分的時間考慮怎麼應對即死牌的秒殺。」

葉竹點點頭：「我知道了，謝謝嵐哥！」

想明白這一點的葉竹關掉視頻通訊，隨手拿起自己的頭盔——他決定開小號親自去月半卡牌專賣店瞧瞧，不是說明天還有新卡嗎？他倒想看看，下一個被針對的會是哪個倒楣蛋！

同一時間，裁決俱樂部。

山嵐剛掛斷視頻通話，就看見聶遠道洗完澡從浴室出來。聶遠道的皮膚是很有男人味的古銅色，穿著浴袍，帶子繫得並不緊，能隱約看見性感的八塊腹肌。

見男人朝自己走過來，山嵐立刻紅著臉移開視線，往旁邊挪了挪，「師父。」

「嗯。」聶遠道低低應了一聲，很坦然地在徒弟身邊坐下，問：「跟誰聊天呢？」

山嵐深吸口氣穩住心跳，儘量忽略從身旁的人身上傳遞過來的熱氣，道：「小竹和我抱怨，說月半的卡牌店裡出現了蝴蝶類即死牌。他居然能在這麼短的時間內做出滿敏屬性的即死牌？我懷疑胖叔是不是有高人指導？」

「有這個可能。」聶遠道的聲音低沉平穩：「他已經摸清了原創卡牌的資料分配，幻月會長今天搶到一張薛寶釵，剛才拿給我看過，做得確實不錯，比當初的武松打虎進步非常多。」

「武松打虎、黛玉葬花、寶釵撲蝶……他到底想做多少張即死牌？」山嵐有些頭疼地按住太陽穴，「早知道，我們當初招攬他的時候，條件應該再開得高一點。」

「沒用。估計是我們買斷武松版權的事正好讓他意識到了版權的重要性。」聶遠道很肯定地說道：「除非讓他自己擁有卡牌的版權，他才會考慮簽約我們俱樂部。」

「可是這樣的話，風險不是太大了嗎？」山嵐也覺得裁決高層不可能同意「版權自由」這樣的條件，「讓他擁有全部的卡牌版權，他隨時都可以帶著他的卡牌跳槽。同時，他還能掌握裁決俱樂部的研究機密，清楚所有選手的卡組，這樣的設計師，哪家俱樂部敢簽他？」

「所以，天賦越突出的設計師，各家俱樂部越不敢釋出卡牌版權。因為這樣的人才一旦跳槽，引發的後果很可能成為俱樂部難以承受的災難。」聶遠道頓了頓，壓低聲音說：「當初，林神不就因為版權的問題跟俱樂部鬧翻嗎？還鬧到法院，打官司打了半年，影響到整個聯盟，導致所有俱樂部集體修改合約。」

聶遠道起身想去倒水，山嵐立刻體貼地跑去給師父倒來一杯水，看向師父的眼神中滿是仰慕和感激，「我知道，自從林神那件事之後，各大俱樂部的合約變得嚴苛許多，把選手製作的卡牌版權也歸屬到了俱樂部名下，師父當年在股東大會上力挺我，還跟裁決簽了整整五年的合約，這才保住

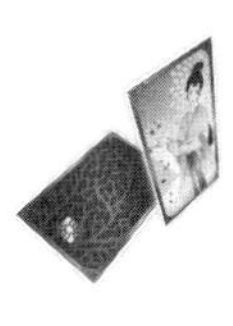

我的卡牌版權，讓我能夠自由地創作。師父對我的好，我一直記在心裡……」

聶遠道打斷他：「不用天天把感激的話掛在嘴邊。我是你師父，照顧你是應該的。」

山嵐的臉微微一紅，目光閃躲，低下頭不說話。

聶遠道疑惑地看著徒弟，「你臉紅什麼？」

山嵐趕忙咳嗽一聲將話題拉回來，「咳，師父的意思是，胖叔因為版權歸屬的問題，所以不會和任何俱樂部簽約嗎？」

聶遠道嚴肅地說：「他不簽約俱樂部也是好事。至少，他不會和唐牧洲、凌驚堂、方雨這些大神聯手起來對付我們。接下來，其他俱樂部注意到他的才華，肯定也會想辦法招攬他，但只要他堅持版權歸屬，就沒有俱樂部敢冒著巨大的風險簽下他。」

「那我們不再繼續拉攏他嗎？」山嵐還是不大甘心。

「靜觀其變吧。」聶遠道站了起來，轉身朝訓練室走去，「你不用太擔心。你的卡組是最難針對的飛禽類，我相信月半就算有高人指導，也不會這麼快就做出針對你的即死牌。」

「……」你這樣說真的好嗎？

昨天葉竹在群裡笑得最開心，今天就被蝴蝶類的即死牌給針對個徹底。師父這句話讓山嵐脊背發毛，總覺得師父這麼一說，胖叔說不定真會做出針對他的即死牌。

山嵐越想越不安。不行，明天中午，他也要去遊戲裡看看胖叔的新卡！

遊戲裡，謝明哲正心情愉快地清點著店鋪收入。

今天的店鋪營業額居然達到了兩百萬金幣。

他第一次賣武松版權給聶神的時候，看見那麼多錢眼睛都直了。

但是現在，看著這麼多個零，他已經沒了第一次看見鉅款時的震撼，反而覺得理所當然——因為他的卡，就值這個價。

新店開張，這只是開始。

他腦海裡還有兩張卡的製作靈感，今晚抽時間再認真做做看，明天還能大賺一筆！

【第七章】

即死牌軍團

由於陳霄中止了代練工作室的接單業務，晚上的時間空了出來，謝明哲可以專心做卡。

八點半後，陳霄就帶著其他人去清點工作室這段時間刷到的材料，準備把材料都留給謝明哲研究卡牌，陳霄的這個舉動，讓謝明哲心裡很感激。他在這個世界沒什麼朋友，但他看得出來陳哥是真心為他好，這幾位小夥伴對他也很熱情。

有團隊的感覺，確實比一個人獨立支撐要強太多了。

回到個人空間後，謝明哲開始思考新卡的做法。

林黛玉、薛寶釵這兩張卡的成功，加上唐神的指點，徹底為他打開了製作即死牌的思路。

既然「黛玉葬花」能做出花卉類即死，「寶釵撲蝶」做出蝶類即死，那麼，只要將人物和特定的動作、場景聯繫在一起，再集中精神力，在製作卡牌時設定「一擊必殺」的效果，其他的卡牌肯定也能出現即死判定。

《紅樓夢》目前只有黛玉葬花、寶釵撲蝶做出即死牌。史湘雲、王熙鳳這些人物他一時找不到做即死牌的靈感，後期可以試著製作成其他控制、輸出類的牌。

星卡世界中卡牌形象和技能不可重複，否則無法通過審核。所以，他就算腦洞豐富，也不能隨便浪費。

文學名著中暫時找不到靈感，謝明哲將目光放到其他人物上。

黛玉、寶釵都是美女，他很快想到了四大美人——西施、王昭君、貂蟬和楊貴妃。

這四位古代美女背後都有一段淒美的故事，由她們的故事中所延伸出來的「沉魚落雁之容，閉月羞花之貌」，甚至成為稱讚女子容貌的著名典故。

謝明哲雙眼一亮，這個腦洞可以試試！

「沉魚」講的是西施。據說西施在河邊浣紗，容貌倒映在河水之中，河裡的魚看見她如此美貌，竟慚愧地沉了下去——這是不是能設計成魚類即死？

謝明哲思考片刻，決定畫出這樣一幅場景：西施在河邊俯身洗滌手中的輕紗，輕紗拂過水中的魚兒，看見如此美貌的人，魚兒們忘記了呼吸，集體沉入水底。

這樣一來，西施手中的輕紗可以設定為她的武器，就像是寶釵的扇子一樣。只要輕紗碰觸到魚類，即直接造成魚類死亡。

想好整個設定後，謝明哲立刻來到書房，將自己的精神力與製卡系統相連。

他集中精神去繪製卡牌，西施、輕紗和魚這三項關鍵要素必須畫得清晰細緻，尤其是武器，謝明哲在西施的臂彎裡畫出了一條柔軟的白色輕紗，小魚也畫得栩栩如生，場景就簡化處理免得影響幻象的生成，河流直接用簡單的波浪線來表示意境即可。

謝明哲將精神力集中到極致，心無雜念地在腦海中構思出西施用手中輕紗弄死魚類的畫面，在繪製卡牌的同時，還要兼顧技能的設定和資料的分配。對一般人來說，腦海中要同時進行這三項步驟幾乎是不可能的。但是謝明哲之前有過成功製作黛玉、寶釵的經驗，「一心三用」對他來說已經不算太難。

謝明哲花了整整十分鐘的時間，仔細在精神世界繪製西施牌。

畫完後，系統提示：「卡牌製作完成，請連接資料庫進行審核。」

謝明哲審核完卡牌，拿起來一看——

西施（水系）
卡牌等級：1級
進化星級：★
可用次數：1/1次
基礎屬性：生命200，攻擊0，防禦50，敏捷30，暴擊率0％
附加技能：沉魚（對魚類卡牌造成重創，30％機率觸發即死效果）

卡牌上的西施身材婀娜，手挽雪白的輕紗，所有魚類看見她都要害怕。

做成了！

謝明哲興奮地收起西施卡牌，緊跟著開始製作王昭君。

四大美女中的「落雁」說的就是王昭君。

昭君當年遠嫁塞外，思鄉情切，獨自一人在塞外彈奏〈出塞曲〉，曲調令人肝腸寸斷。天邊飛過的大雁聽見如此淒婉的樂聲，居然掉落在地上。

謝明哲想好了設定，開始在腦海中勾勒這位美人的形象。

由於遠嫁邊塞，昭君穿的衣服肯定會比較厚，袖口、領口、裙襬都帶上一些毛皮裝飾，再披上一件大紅色的披風，這樣的裝扮很美，還有一種蒼涼之感。

謝明哲先想好人物怎麼畫，然後給昭君畫了一件武器，讓她手裡拿了把琵琶——美女修長的手指撥動琵琶琴弦，彈出的琴音驚落了天邊的大雁。

卡牌畫面中，美人、琵琶、落雁，重點要素突出，構圖也非常完整。

這張卡製作的過程也很順利。十分鐘高度集中精神繪製完成，審核通過的卡牌背面再次打上「月半」的熟悉LOGO。

王昭君（金系）

卡牌等級：1級

進化星級：★

可用次數：1/1次

基礎屬性：生命200，攻擊0，防禦100，敏捷30，暴擊率0%

附加技能：落雁（對大雁類卡牌造成重創，30%機率觸發即死效果）

謝明哲把重點放在敏捷上，集中精神力提升敏捷，其他生命、防禦都是系統隨機生成，數值很

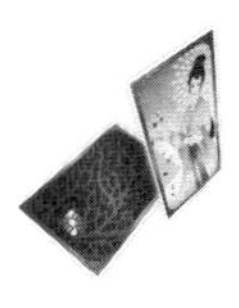

低，但這些都不重要。反正戰術牌只能用一次，生命十和生命一百並沒有什麼區別。

但他注意到卡牌的屬性有了些改變。

王昭君的屬性和他之前做的黛玉、寶釵、西施都不一樣。

為什麼是「金系」？

謝明哲想不大明白，撓著頭仔細觀察這張新鮮出爐的王昭君卡。

正好這時候他收到唐牧洲小號發來的好友語音私聊：「胖叔，看見你的店鋪公告，你說除了黛玉、寶釵之外，明天中午還有新卡？新卡已經做成了嗎？」

謝明哲正好遇到不懂的問題，便說道：「唐神有空嗎？我有問題想問問你。」

唐牧洲道：「好，邀請我到你個人公寓。」

謝明哲聽到這話便發了邀請給他。片刻後，唐牧洲的小號來到謝明哲的個人公寓，謝明哲直接把他帶到書房。比起唐神擺滿研究材料的書房，謝明哲的書房陳列櫃就顯得非常寒酸，他有些不好意思，撓撓頭道：「唐神，我這裡比較簡陋。」

唐牧洲溫和地說：「沒關係，我們先看卡牌。」

謝明哲將剛剛做好的西施、王昭君拿出來給他看。

唐牧洲看見兩張美女卡，眼睛不由得瞇了起來──「西施沉魚」對某位水系的選手很不友好。「昭君落雁」針對的是山嵐那張攻擊速度最快的飛雁牌。

謝明哲道：「我把敏捷屬性按你說的提升到了三十，這兩張即死牌，應該是合格了吧？」

唐牧洲毫不掩飾讚賞的語氣：「做得非常好，沒想到你進步得這麼快。」

這位大神特別喜歡誇他，謝明哲謙虛地笑了笑，說：「這要謝謝唐神的指導，我現在已經弄清楚即死牌的資料應該怎麼分配了，做高敏卡也越來越順手。」

唐牧洲道：「剛才說有問題問我，是哪裡不明白？」

謝明哲指向王昭君這張牌，「我本來是把這張卡設定成水系，為什麼做出來卻變成了金系？」

「因為武器。」唐牧洲看了卡牌一眼便知道了原因，解釋道：「這個遊戲裡所有帶金屬武器的卡牌，比如弓箭、長劍、匕首、大刀等等，都會歸入金系卡組。王昭君手裡的琵琶，上面的琴弦應該是金屬，所以系統把卡牌的屬性自動修改成了金系。」

謝明哲有些疑惑：「可是王昭君彈琴應該屬於音波攻擊吧？又不是直接拿琴去砸人，也必須歸入金系卡牌嗎？資料庫判斷的標準就只看武器？」

「對，這個設定要怪凌驚堂。」唐牧洲說：「凌驚堂第二賽季出道，他是金系卡的鼻祖，做出了一大堆擬人化兵器卡。由於他的金系卡組暴擊太過強勢，後來的整個金系卡都受到他的影響，官方因為他修改了一些資料庫的規則——只要卡牌中出現金屬類的武器元素，都會歸入金系卡組。」

「原來是這樣。」謝明哲恍然大悟。

一個人能影響到整個金系卡組，並且讓官方因此而修改資料庫的設定，這位凌驚堂顯然是很厲害的大神，就如同唐牧洲完善了木系植物卡，聶遠道影響了火系獸卡一樣，凌驚堂大神應該是金系卡組的王牌選手。

「對了，我剛做的西施、王昭君，唐神也拿一張吧。」謝明哲道。

「多少錢？」唐牧洲正準備付錢，卻聽對方說：「不用了。」

「嗯？」唐牧洲有些疑惑地抬頭看他。

「你買黛玉卡花了六十六萬，還教我這麼多東西，跟你收錢就太不夠朋友了。」謝明哲很講義氣地說道：「卡牌我可以隨時畫，這兩張都送你吧。」

「這麼說，我從VIP預約客戶，升級成不用付錢的特殊客戶？」唐牧洲微笑著問。

「只要唐神對即死牌感興趣，以後我畫的即死牌都可以送給你一張。」謝明哲並不是貪財之輩，現在賣卡的收入也很高，兩張卡二十萬金幣，要他跟唐牧洲收錢那也太小氣了。唐神對他的幫

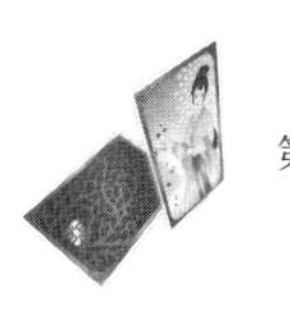

助挺大，他也是真心想交這個朋友。

「謝謝。」唐牧洲接過卡牌，聲音更暖了些，「那我也順便幫你一把，王昭君這張卡，你得改一改。」

「改一改？」謝明哲不明所以，但唐牧洲的話他還是願意聽的，立刻認真問道：「敏捷和即死機率都已達到三十，唐神是覺得這張卡的技能設計有問題嗎？」

「嗯。雁類卡牌的數量非常稀少，落雁這個技能針對的範圍太過狹窄。目前的高端聯賽中，只有山嵐的手裡捏著一張高閃避、高暴擊的飛雁牌，用來秒殺對手的脆皮卡牌。他的飛雁牌攻擊速度太快，你的即死技能會很難命中。其他人又沒有雁類卡，所以你這張王昭君看上去漂亮，實用性卻不高。」

「原來是這樣。」謝明哲對競技場的瞭解不如唐牧洲那麼深，黛玉針對花卉卡、寶釵針對蝶系卡、西施針對魚類卡，所針對的卡牌類型都比較廣泛，這麼看來，只針對大雁的話，昭君的技能確實用處不大。謝明哲問道：「你覺得這張卡牌要怎麼修改比較好？」

「不如改成針對所有飛禽類的卡牌。」唐牧洲建議道：「飛禽是一個相當大的卡組類別，只要是可以飛行的鳥類，像百靈、烏鴉、麻雀、鷹、大雁等，全都歸入飛禽類。王昭君的武器是琵琶，彈奏琴音擊落飛行鳥類，這個設定在原理上是說得通的，你可以試試看。」

「好！」謝明哲雙眼一亮。

當時繪製落雁，他將大雁畫得很清楚，既然要讓技能的針對範圍更廣泛，那就把大雁改掉，畫幾隻分不清是什麼鳥的飛行動物，做出「琴音對鳥類一擊必殺」的效果。

想到這裡，謝明哲閉上雙眼，讓自己的精神力和製卡系統相連。

王昭君這張卡在他的精神世界裡不斷放大，他想像出一幅王昭君彈奏琵琶用音波驚落天邊飛鳥的必殺畫面，同時，他在技能描述中修改了原本的文字資訊。

過了大約十分鐘，卡牌終於修改完成。

謝明哲拿起來看了一眼，其他屬性都沒怎麼變化，技能這一項果然按照他的設想而改變——

附加技能：出塞曲（王昭君彈奏出塞曲，擊落空中飛行物，對飛禽類卡牌造成重創，百分之三十機率觸發即死效果）

成功了！

謝明哲心跳加速，握著卡牌的手指都在微微發顫。

他發現了一件很關鍵的事情。

這個世界由於文化斷層，並不遵循地球時代的規則。地球上原本的典故是王昭君彈奏出塞曲驚落了飛雁，但如今他卻能靠自己的精神力將針對飛雁改為針對整個飛禽類。

也就是說，只要他的精神力足夠強、腦洞足夠大、技能設計在原理上說得通，他就可以適當地運用一些神話傳說、人物故事，製作出他想要達成的卡牌效果。

謝明哲興奮極了，腦子裡又打開了新的製卡思路。

他並不知道，此時的唐牧洲心情也特別好。

西施沉魚，魚類即死，是水系選手的超強剋星，流霜城俱樂部的那幾位水系選手肯定要鬱悶了。昭君出塞曲，以音波擊落飛行物，看到這張即死牌，一手飛行卡、溫柔愛笑的山嵐，估計會笑不出來。

唐牧洲覺得自己非常明智，大家一起倒楣，咱們星卡牌盟才能更加和諧友愛，不是嗎？

明天中午的職業選手群裡，肯定會很熱鬧。

同一時間，裁決俱樂部裡。山嵐剛想戴上頭盔，突然打了好幾個大大的噴嚏……這種不祥的預感是怎麼回事？

唐牧洲離開後，謝明哲繼續畫了十一張王昭君，除了一張用來升級和展示之外，其他的十張他

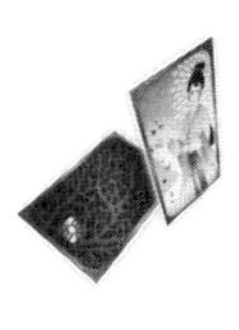

打算明天和黛玉、寶釵、西施一起放在店裡賣。

畫完全部的卡牌已經是晚上九點，謝明哲將升到滿級的西施、王昭君放在店鋪一樓的卡牌展示櫃裡，再把四十張一級初始卡放在二樓的陳列櫃，標好價格，然後就和大家一起下線。

製卡需要消耗大量精神力，他今天連續做了這麼多張卡牌，頭疼得厲害，下線後便直接回了宿舍。躺在床上，謝明哲也不再想製卡的事情，他需要讓大腦得到充足的休息。

大概是太累的緣故，他很快就睡著了，一覺睡到天亮。

次日早晨，謝明哲和工作室的夥伴們一起上線。月半卡牌專賣店此時是閉店模式，其他玩家無法進入，謝明哲設定十一點三十分開店，距離開店還有三個小時，他便和陳哥他們一起去刷副本，把今天的日常任務全部做完。

刷完副本時正好快到店鋪開店時間，眾人一起來到商業街，以管理員的身分進入店鋪，謝明哲繼續開放「不限流量」模式。

中午十一點三十分，月半卡牌專賣店準時開店，幾乎是開門的瞬間，店鋪就被擠爆！謝明哲能清楚地從後臺看見自己的店鋪迅速分出了十幾個拷貝空間，用以容納更多的客人。

更誇張的是，擠進店鋪的客人就像是百米賽跑衝刺一樣，瘋狂地往二樓衝去，到了二樓之後他們也不管陳列櫃裡賣的是什麼卡，生怕搶不到似的，一群人都是毫不猶豫地直接掏錢購買。

沒過半分鐘，二樓陳列櫃上的四十張一級卡牌就被一掃而空。

工作室的夥伴們和謝明哲都在商店的管理空間裡，他們可以看見即時同步的店鋪資料。

看著四十張卡牌瞬間消失，龐宇不敢相信地揉揉眼睛，「開店才半分鐘就賣完了嗎？」

金躍感嘆道：「估計各大公會早就派人在店鋪蹲點，一開店就衝進來買，肯定還有很多人沒有買到。」

謝明哲看著店鋪新增的四百萬金幣，笑瞇了眼睛，「半小時後關店吧，我回去畫卡牌，明天繼續賣！」

離開之前，謝明哲又在店鋪的公告板寫下這麼一行字：今日卡牌已完售，謝謝大家，明天中午十一點三十分準時開店，屆時還會有新卡推出，敬請期待！

眾公會管理員：「……」

期待你妹啊！你這是要讓所有公會不得安寧嗎？

買到新卡的會長們迅速回頭去找自家大神，沒買到的人氣得很想吐血。

同一時間，月半卡牌專賣店一樓。

開著小號跑來遊戲裡的葉竹鬼鬼祟祟地混在人群裡，擠到卡牌展示櫃前仔細觀察新卡。

二樓的卡賣完了，但一樓用來展示的區域依舊是開放的。

卡牌展示櫃裡並排擺放著四張卡牌，全都是美女。

黛玉葬花針對花卉系，寶釵撲蝶針對蝶系，這兩張卡牌葉竹已經見過了。剛開始唐神被針對的時候，他笑得最開心，結果第二個就輪到他倒楣……裴哥說的對，反正除了他之外還會有別人倒楣，葉竹帶著幸災樂禍的心情看向另外兩張今天推出的新卡。

西施，魚類即死。

看到這裡，葉竹心裡忍不住哈哈狂笑，魚類是水族卡牌中的一個大類，流霜城的幾位水系選手卡組或多或少都有魚類卡，胖胖這下是把流霜城給徹底得罪了哈哈哈！

再往旁邊看，王昭君，彈奏琵琶用琴音擊落空中飛行物，飛禽類即死。

葉竹猛地瞪大眼睛——這不是讓嵐哥倒楣了嗎？

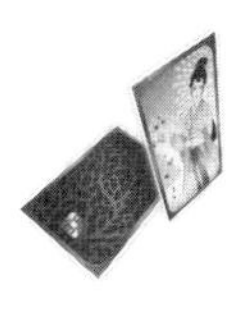

他正琢磨著要不要告訴嵐哥，回頭一看，只見王昭君這張卡牌的正對面站著一位白髮蒼蒼的老頭子，ID是九八七七五二一，沒記錯的話這是山嵐的小號吧？山嵐居然也親自跑來卡牌店嗎？葉竹立刻湊過去，用私聊語音道：「嵐哥，是你嗎？」

耳邊果然傳來熟悉的溫柔聲音：「嗯，小竹你也跑來店裡湊熱鬧？」

葉竹嘿嘿笑著，「我就想看看，接下來會是誰倒楣，沒想到……」

山嵐的聲音很是無奈：「沒想到是我倒楣吧？」

葉竹吐槽道：「只能說這個製卡師太變態了，用琴音擊落飛行物，虧他想得出來！」

山嵐只覺得頭痛欲裂。自從師父昨天一臉篤定地說「放心吧，他肯定不會針對你」，山嵐就一直很不安，總覺得自己要遭殃，結果這種不安的預感果然成真了——今天月半的卡牌店裡就放出了針對飛禽的王昭君！

只能說，師父的烏鴉嘴太過強大。

開著小號的葉竹和山嵐站在卡牌展示櫃面前，看著針對蝶系的薛寶釵、針對飛禽的王昭君，真是難兄難弟，欲哭無淚！

山嵐很快就調整好心態，微笑著說：「沒關係，被針對的又不只我們兩個。」

葉竹也開心起來：「對對對！還有植物系的唐神，以及水系的幾個倒楣蛋！」

此時，流霜城俱樂部。

幾個倒楣蛋水系選手正面面相覷。因為流霜城公會的會長曲流霜拿出了他從月半卡牌店裡買來的新卡。

西施，技能「沉魚」，觸發魚類即死。

流霜城公會一向低調，在遊戲裡也奉行「人不犯我、我不犯人」的原則，組織公會的玩家每天日常打副本、打競技場，看上去非常悠閒。這家公會的口碑在遊戲裡也是最好的，他們雖然不和任何公會結盟，但也不和任何公會結仇，自娛自樂，公會內部的氣氛非常和睦。

曲流霜是公會的「掛名會長」，實際管理公會的人是她派去遊戲裡的兩位副會長。她的真實身分是流霜城俱樂部的選手經紀人，和風華的經紀人薛林香齊名。

只不過，薛姐是雷厲風行的女強人性格，辦事非常乾脆。曲流霜卻是個很溫婉的女人，長髮披肩，面帶微笑，說話細聲軟語，讓人根本沒辦法和她生氣。

在這樣一位經紀人的管理下，流霜城整個俱樂部的氣氛也如同溫柔的流水，讓人感覺不到一絲一毫的鋒芒和銳氣，在競爭激烈的職業聯盟，流霜城的存在，就如同一處與世無爭的世外桃源。

流霜城的創建者叫蘇洋，是整個水系卡組的奠基者。

蘇洋第一賽季出道，他在退役前總共培養了四位徒弟，大弟子方雨，水系亡語流卡組的開創者，第六賽季的個人賽冠軍，是目前水系最強的選手；二弟子喬溪，水毒打法開創者，第六賽季的亞軍；三弟子蘇青遠、四弟子肖逸，都很擅長水系軟控制的打法。

由於蘇洋本身是個很溫柔的人，對徒弟們也特別好，四位師兄弟情同手足，俱樂部的氣氛自然越來越和睦，就像相親相愛的一家人一樣。

然而，當師兄弟四人一致對外的時候，默契也是無人能敵。就連風華俱樂部唐牧洲率領的王牌四人組，和裁決聶遠道率領的獸系卡隊伍，上賽季的團賽也沒能打贏他們。

說起團賽最強，所有人的第一反應就是流霜城。

水系軟控、水毒疊加，四位師兄弟的默契配合能把對手控得抓狂。

除了團賽強，大師兄方雨的個人實力也被聯盟認可。這位選手性格比較冷淡，大概是皮膚太白

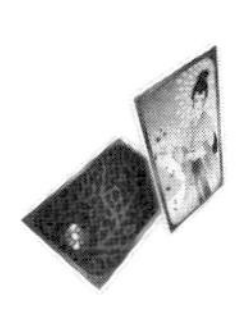

的緣故，容貌看上去有些中性化，他平時話特別少，臉上沒什麼表情，由於他所開創的亡語流派都是獻祭式的打法，很多卡牌會在死亡後觸發特殊效果，因此也被聯盟評為「最難打的刺蝟」。

此時，方雨正坐在沙發上，神色平靜地看著曲流霜拿給他的這張卡牌。

在他旁邊的二師弟喬溪正抓狂地撓著頭髮，「我真是服了！那天群裡說唐牧洲被針對的時候，我不過是跳出來笑了幾句嘛！結果現在倒好，整個水系都被針對！」

小師弟肖逸不客氣地道：「二師兄你不該幸災樂禍，你看那個葉竹，笑得最開心，哈哈哈哈發了一堆，結果蝶系卡也被針對了。」

老三蘇青遠是師兄弟中比較冷靜的一個，微笑著分析道：「剛開始大家都猜這個人是不是和唐牧洲有仇，做出一張花卉類即死牌，還拿去拍賣會公開拍賣。現在看來並不是這樣，所有看唐牧洲笑話的人都被針對了，先是葉竹的蝶系，然後是整個水系，他不像和唐牧洲有仇，反倒像是和唐牧洲聯手了似的。」

喬溪繼續抓頭髮，「也不一定吧？今天放出來的牌還有一張是針對飛禽類的，山嵐又得罪誰了？小嵐的脾氣那麼溫柔，性格那麼軟，他也沒笑話唐牧洲啊？」

眾人熱烈地討論著。

方雨一直沒說話，只是眉頭微皺，仔細觀察著全息螢幕中呈現出來的卡牌。片刻後，他才淡淡地道：「霜姐，關於這個人的身分，有消息了嗎？」

雖然他的聲音並不大，可他一開口，其他三個人立刻安靜下來。

大師兄就是大師兄，幾個人心裡都很尊敬他。

曲流霜聽到這裡，便說道：「我昨天就派人去調查了，已經查到月半在遊戲裡的ID叫胖叔。據說，前段時間黑市鬧出不小的風波，起因就是風華公會和裁決公會瘋狂搜索人物卡。據我的分析，驚動風華公會的應該就是出現在拍賣會的這張林黛玉，裁決那邊倒是不大清楚，他們口風很緊。」

方雨平靜地說：「既然這位作者開了卡牌專賣店，還公開出售針對花卉的林黛玉和針對飛禽的王昭君，說明他和風華、裁決都沒有達成協議。」

曲流霜問道：「那我們要不要開出更高的條件拉攏他？」

方雨搖頭：「風華和裁決他都不去，流霜城他更加不會來。」

喬溪忍不住道：「那怎麼辦？就放任他繼續囂張下去嗎？」

方雨站了起來，淡淡道：「不能拉攏他加入流霜城，但不代表不能跟他合作。」

另外三人面面相覷：「合作？」

蘇青遠微笑著問：「師兄的意思是，提供更多的卡組資料，讓他針對其他的選手做即死牌？」

方雨道：「我對其他選手沒興趣，我想找他合作，協助我們完善卡組。」

蘇青遠雙眼一亮，「讓他幫我們製卡？」

「嗯。」方雨點頭，「既然他開店做生意，有大生意找上門，他沒道理不接吧？」

喬溪和肖逸對視一眼，同時豎起大拇指，「還是師兄想得周到！」

方雨道：「霜姐，帶我去見見這位作者。」

喬溪立刻跟了上來，「我也去看看！」

另外兩人自然不甘落後，正準備起身，方雨回頭淡淡地看了他們一眼：「都別跟著。這麼多人一起去遊戲裡，生怕目標不夠明顯是嗎？」

眾人被他冰冷的目光一掃，只好老老實實地坐了回去。

曲流霜有些好笑，總覺得自從洋神退役後，身為大師兄的方雨就承擔起了監管這三個小朋友的重任。

流霜城能堅持到今天，方雨功不可沒。要不是有他坐鎮指揮，三個小傢伙肯定成不了氣候。

同一時間，職業聯盟選手群——

葉竹：哈哈哈哈哈反正我已經被針對了，繼續笑也不怕，水系的選手你們今天還好嗎？

喬溪：我的心情好極了，好得想把那個作者抓過來打一頓！

蘇青遠：我更想同情一下山嵐，小嵐摸摸頭，你明明那麼乖從來不幸災樂禍，這次怎麼會針對到你？

山嵐無奈道：這要問我師父。師父的烏鴉嘴殺傷力特別強，昨天剛說我的飛禽卡肯定不會被針對，今天，我的卡組就被針對了。

聶遠道無語。

他也沒想到，他不是故意的。

既然小嵐說他是烏鴉嘴，那不如他也用烏鴉嘴害一下別人。

想到這裡，聶遠道便嚴肅地在群裡說：我相信小歸的鬼牌肯定很難針對，畢竟鬼牌是死靈類，本身就是死的。

歸思睿立刻慌了：聶神求放過，不要詛咒我！

聶遠道：老鄭的大象也很難即死，畢竟大象是防禦最高的牌。

鄭峰：我惹你了嗎？

沒被提到的選手立刻冒出來打斷他：聶神，您這是要給全聯盟施加詛咒狀態啊？

聶遠道：昨天不小心詛咒到我家小嵐，試試看我的烏鴉嘴會不會繼續靈驗。

唐牧洲：老聶你繼續，我看好你！

其餘選手紛紛溜了，生怕自己也被聶神的詛咒給命中。

月半卡牌專賣店在中午十二點準時關店。

這次店裡又放出了「明天十一點三十分發布新卡」的公告，謝明哲知道目前即死牌被瘋狂搶購，只是因為他搶占了先機。很快地，各家俱樂部的製卡專家們也會研究出製作即死牌的思路。等即死牌大量流通的時候，他的即死牌就不會這麼受歡迎了，所以要趁著這段時間，儘快多做幾張牌多賺一些錢。

接下來要做的卡，他已經有了思路，就看怎麼設計技能。

謝明哲回到個人空間，一進門就聽到耳邊響起郵件提示，他走過去打開信箱，是一位叫「曲流霜」的人發來的：胖叔您好，我是流霜城公會的會長，給您開了公會領地的准入許可權，我們俱樂部的選手方雨想要見您，有事跟您商談，希望您能抽出一點寶貴的時間來我們公會一趟，如果您不想過來，也可以邀請我們去您的個人公寓詳談。謝謝，期待回覆。

這位會長非常客氣，謝明哲剛想回覆她，這時候唐牧洲也發來好友語音：「你的四張卡炸出了無數高手，聯盟群裡都在討論你做的即死牌，有沒有俱樂部找你？」

唐神真是料事如神，謝明哲回道：「我剛收到流霜城的郵件。」

「不管他們開出多高的條件，你一定要記住，版權歸屬於誰才是最關鍵的問題。」

唐牧洲想著，我挖不到的人，你們也別想挖。就讓他自由自在地做卡，將潛力和天賦發揮到極致吧。當年唐牧洲的師父在面對製卡天賦傑出的少年唐牧洲時，毫不猶豫地傾囊相授，以至於唐牧洲後來取代了恩師的地位，成為了木系的最強者。

唐牧洲現在也是這樣的心態，想親自雕琢這塊璞玉，讓他儘快地成長、強大起來。

「謝謝唐神提醒。」謝明哲冷靜地回道：「裁決和風華的邀請我都沒答應，其他俱樂部再好的

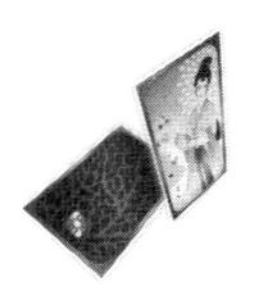

條件也不會讓我動搖。我現在不缺錢，缺的是時間和經驗，我會慢慢做出更多好卡，版權肯定不會亂賣的。」

「你能這樣想最好。」唐牧洲溫言道：「不過，方雨這個人思路和一般人不大一樣，他找你不一定是要簽你當卡牌設計師，或許有別的目的，你可以去會會他。」

「你怎麼猜到找我的人是方雨？」謝明哲疑惑地問。

唐牧洲解釋道：「流霜城的幾個主力選手，方雨是大師兄，想事情比較冷靜。能親自來遊戲裡找你的肯定是方雨。這位選手你可以接觸一下，他跟我同年出道，第六賽季拿過個人賽冠軍，目前是水系最強的選手。」

「我明白了，謝謝唐神！」謝明哲結束通話。

接著給流霜城會長發郵件：會長稍等，我這就過來。

他走到隔壁的星系導航圖前，浩瀚的星系圖中，除了火紅色的「裁決公會領地星」、綠色的「風華公會領地星」之外，此時又多出來一個藍色的「流霜城領地星」。

他的星系導航圖就像在收集各大公會的領地，這都已經三個了！

其實是在拉滿各大公會的仇恨吧？

謝明哲笑著摸了摸下巴，直接點擊流霜城領地星傳送過去。

這家公會的建築風格非常魔幻，所有的建築全都是冰藍色，就連地面都結了一層薄冰，一走進領地星，就像是進入了冰雪雕琢的童話城堡。

遊戲場景效果太逼真，進入流霜城的謝明哲明顯感覺到空氣裡的寒意，他搓了搓手，抬頭就看見一個妹子笑盈盈地朝他走過來，「胖叔您好，我們會長在等您，這邊請。」

去過裁決和風華之後，謝明哲對各大公會的領地結構已經是熟門熟路，搭乘電梯來到了流霜城辦公室。

推門進去，果然看見牆壁的正中掛著公會徽章——圓形的徽章中間繪製著如同冰雪城堡一樣的建築群，再加上「流霜城」三個冰藍色的字體，徽章的設計看上去也十分精緻。

屋裡坐著兩個人，長髮美女的ID「曲流霜」，另一個人ID「雨天」。

曲流霜站起來，用非常溫柔的語氣說：「胖叔你好，這位是我們俱樂部的選手，方雨。」

謝明哲順著她的目光看過去，只見方雨皮膚很白，五官清秀，容貌有些中性化，乍看分不出是男是女，這形象不像是系統預設的，或許是方雨大神自己的帳號？

正疑惑著，就聽耳邊響起方雨的聲音——很清冷的男性聲線，就像是一杯從冰箱裡剛拿出來的冷水滑過喉嚨，能讓人瞬間清醒。

他很平靜地說道：「胖叔，我找你不是要買西施這張卡牌的版權，也不會邀請你加入流霜城俱樂部。我想裁決和風華之前已經邀請過你了對吧？既然你不同意，那我再邀請你也沒有用。」

謝明哲心想這人真是夠聰明，怪不得能成為水系最強的選手。這個男人就像是一池潭水，看似平靜無波的水面下，卻蘊含著難以預料的危險。

謝明哲坦然迎上對方的目光，笑著說：「那方雨大神找我，是為了什麼呢？」

方雨道：「我想跟你合作，找你訂製一張卡牌。」

謝明哲怔住：「訂製卡牌？」

「既然你的製卡天賦這麼出色，或許你能幫我解決這個難題。我把要求告訴你，你按我的設想來製作。做成之後版權你可以保留，只賣給我一張就好，你看這樣的交易怎麼樣？」

這個交易謝明哲完全不虧，反倒是方雨有點虧。訂製卡牌卻讓對方保留版權，謝明哲要是把這張卡拿去賣，那他「私人訂製」的意義在哪？

反正自己並不虧，謝明哲也想聽聽方雨大神的思路，便說：「你要訂製什麼樣的卡牌？」

方雨問道：「聽說過亡語流嗎？」

謝明哲搖了搖頭。

方雨耐心解釋道：「亡語流，可以理解為獻祭式的打法，也就是說，卡牌在死亡的時候才會產生效果，比如分裂、重生、給友方增加有利狀態、給敵方施加負面狀態等等，這種牌都叫做亡語牌。我最近製卡的思路正好遇到了瓶頸，所以想跟你合作訂製一張亡語牌，訂製費五百萬金幣，你可以考慮一下。」

謝明哲：「……」

這可是完全不吃虧的買賣，他沒理由不答應。量身訂製一張牌，直接拿五百萬訂製費，卡牌的版權歸自己，自己還可以繼續使用或者出售這張卡。

方雨大神提出這樣一份訂單，是不是這張卡特別難做？

下一刻他就懂了，因為方雨提出來的要求——真不是一般的難！

只聽方雨淡淡說道：「我的要求是，卡牌帶兩個技能，都在死亡時觸發，其中一個是全體友方獲得增益效果，最好是群體增強攻擊力。另一個是對敵方施加負面狀態，最好是群體恐懼、混亂、虛弱等控制效果，兩個技能必須同時使用，做成亡語系的爆發牌，懂我的意思嗎？」

謝明哲大概懂了，方雨的要求太難，卡牌死亡的時候同時觸發兩個效果，己方攻擊力增強，敵方被控制或者防禦降低，這樣一來，己方卡組就可以趁機打出一波爆發式猛攻，甚至有可能把對手打成團滅。

這樣的團隊爆發牌，以謝明哲現在的實力根本就做不出來。

但謝明哲還是想試一試，也算是給自己一個新的挑戰，不然老是做即死牌也沒意思。他想了想，問道：「這張牌你急著要嗎？要是不急的話我可以仔細想一想。我不保證一定能做出來，但我會儘量試試，要是有了思路，我再聯繫你可以嗎？」

方雨乾脆地點頭，「沒問題，我們先加個好友，我的承諾長期有效，如果你能做出來，隨時聯繫流霜城的管理員。另外，既然是合作，我找你訂製卡牌的事希望你能保密。」

「這是當然。」謝明哲知道做生意也要遵守規則，私人訂製的卡牌在方雨正式拿出來使用之前他不能公布，這也是避免被其他選手提前準備、進行針對。

從流霜城出來之後，謝明哲回到個人空間，低著頭沉思。

方雨給他出了個大難題，顯然方雨自己也是遇到了瓶頸，想做這樣的牌卻做不出來，才會試著讓他這個腦洞清奇的新手製卡師試一試。

可惜謝明哲也是毫無頭緒。

獻祭流、亡語牌，這都是他剛剛接觸到的新詞彙，原來，星卡世界裡除了常規的卡牌，還有這種「死亡後觸發效果」的卡牌啊！真是開了眼界了。

他得好好想想怎麼做這種亡語卡，要是真能做成，他的製卡水準肯定會再提升一個檔次。

在那之前，先把明天的即死牌給做了，這次瞄準哪個卡組好呢？

謝明哲仔細想了想唐牧洲當初提示他的卡組類別，然後愉快地做出了決定。之前一直針對植物和動物，這次，就針對一下鬼牌和妖怪吧！

歸思睿是職業聯盟六大俱樂部之一「鬼獄」的王牌選手，被粉絲們親切地稱為「鬼王」。他是土系流派的奠基者鄭峰的徒弟，第五賽季出道，和唐牧洲同期。

提到土系，粉絲們第一個想到的就是鄭峰的土系防守反擊打法，鄭峰製作的卡牌血量沒有低於十萬的，在賽場上存活的時間非常久，尤其是他的野象類卡牌，皮糙肉厚，防禦極高，二十萬的血量打半天都打不死，簡直讓人絕望。

鄭峰也被比賽解說員戲稱為「打比賽最持久的男人」。

土系卡組的整個製卡理念都受到了鄭峰的影響，後來大部分選手在製作土系卡的時候，也會模仿鄭峰大神，提升卡牌血量，把土系卡作為卡組裡的肉盾、坦克來使用，尤其是打團戰，有土系卡牌頂在前面吸收傷害，會給隊友們極大的安全感。

鄭峰是個特別豪放的男人，說話做事都很爽快，專門製作土系卡，因此吸引了很多喜歡土系卡的粉絲，在星卡遊戲界的人氣也非常高。他除了為土系卡組打下基礎之外，還帶出來一個很有靈氣的徒弟——就是後來的鬼王，歸思睿。

小歸的卡組非常有特色，靠一手暗黑系鬼牌在聯盟站穩腳跟，比如餓死鬼、吊死鬼、紅衣新娘、白衣女鬼、無頭娃娃、厲鬼索命等等，每次看他比賽，就像是看恐怖片。

拿著一手嚇人的鬼牌，歸思睿長得卻一點都不嚇人，反而是鬼獄俱樂部顏值最高的選手，看起來斯文俊朗。

由於他做的鬼牌嚇哭過小朋友，聯盟還對歸思睿提出過一次警告，讓他修改卡牌形象。歸思睿很聽話地把自己的卡牌從頭修改了一遍，去掉所有血腥元素，讓鬼怪不至於太過驚悚。

官方也不想直接廢掉小歸的鬼牌，所以每次輪到他比賽，官方都會把直播角度改成友好的上帝視角，讓觀眾們俯視整個賽場，不至於當面看見鬼怪嚇個半死。

小歸的人氣在年輕一代的選手中非常高，吸引了大批喜歡靈異、恐怖風格的觀眾。

雖然他是鄭峰的徒弟，可他做的土系卡和師父完全不同，他的卡牌不大注重血量和防禦，而是靠技巧和速度取勝，厲鬼這張牌的攻擊在全聯盟裡排得上前幾名，打比賽時節奏極快。

今天在群裡看見聶神的詛咒後，歸思睿就有些擔心，忍不住朝師父道：「我總覺得聶神的烏鴉嘴會奏效，師父，您說那個月半真的會做出鬼牌即死嗎？」

鄭峰笑呵呵地擺擺手，「怕什麼，老聶說的話從來沒準過。而且，鬼牌在設定上來說本身就屬於死靈類，死的還怎麼即死？」

歸思睿：「……」

您這麼一說，真是烏鴉嘴Buff加持，不準也得準了啊！

這時，辦公室的門被推開，鬼獄的另一位當家牌手劉京旭走了進來。

劉京旭如今已經二十八歲，是一位老選手，但他成名的時間卻比鄭峰的徒弟小歸還要晚，屬於聯盟最「慢熱」的選手——他在第三賽季出道，卻直到第八賽季才打出名氣。

他最擅長的是妖族卡牌，例如狐妖、花妖、貓妖等。最初，他的妖族卡總是被聶遠道的獸系卡牌完虐，因為妖族的正面作戰能力根本沒法和聶神的猛虎、雄獅抗衡，他那些小貓、小狐狸在猛獸的面前幾乎不堪一擊。

在大家都不看好他的情況下，劉京旭堅持自我，一直研究和改善自己的卡組，終於在第八賽季研製出「雙形態」妖族卡。目前，他所有的卡牌都有兩種形態，「妖形態」和「人形態」，比如貓妖在妖形態是一隻敏捷的貓，變成人形態卻是長著貓尾巴的美女。

雙形態妖族卡的出現讓劉京旭這位選手終於有了翻身的機會，大器晚成的他，在征戰聯盟整整五年後，第八賽季衝進個人賽的總決賽，一舉拿下冠軍，證明了自己的實力。

對這位選手，大家心裡都很尊敬，畢竟能堅持自己的理念這麼多年挺不容易的，他也是職業聯盟最勵志的一位選手。

聶遠道曾經在被採訪的時候評價過他：「劉京旭的潛力不可估量，雖然他在鬼獄的名氣沒有老鄭、小歸那麼大，但是任何選手都不該小看他。」

劉京旭是個研究狂人，靈感來了，泡在實驗室裡一整天不吃飯都感覺不到餓。

他平時「兩耳不聞窗外事，一心只做妖族卡」，因此月半卡牌店的事情在聯盟群裡鬧得沸沸揚揚，他到現在還是一臉「發生了什麼事？」的茫然表情。

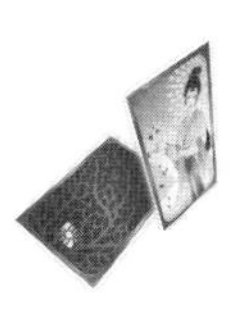

歸思睿看見他，立刻走上前解釋道：「旭哥，有個叫月半的卡牌作者，這幾天做出了大量的即死牌，剛開始是針對唐神的花卉卡，後來又針對小竹的蝶系卡、小嵐的飛禽卡，還有水系占比非常多的魚類卡。」

劉京旭一臉茫然地點點頭，「喔。」

歸思睿無奈扶額，「你就一個喔字？這麼大的新聞你都不關心的嗎？」

劉京旭笑了笑：「反正又不是針對我們。」

歸思睿：「……」

千萬別這麼說，他真是想攔都攔不住……

劉京旭一臉淡定，走到鄭峰的面前：「老鄭，幫我看一下剛做的這張卡。」

兩人開始愉快地研究卡牌。歸思睿很無奈，只能默默祈禱明天中午公布的即死牌千萬別這麼快針對到他們。

謝明哲回到個人空間後就開始製作新的即死牌。

早在唐神提出「鬼牌」的時候他就有了設計靈感，但因為之前已經做了黛玉和寶釵，為了畫風統一，他緊跟著做了西施和昭君兩張美女卡。一進店鋪，看見展示櫃裡整整齊齊的四張美女卡，給人的感覺也比較賞心悅目。

如今，四張美女卡足以成為鎮店之寶，接下來新做的卡牌他不用擺在中間的展示櫃裡，不需要顧慮畫風的問題，卡牌形象不好看也沒關係。

按照古代傳說以及《西遊記》中的描述，人死後會來到「鬼界」變成鬼魂，掌管鬼界的人是

「閻王」，閻王的麾下有四位判官，分別是「賞善司」魏徵，「罰惡司」鍾馗，「察查司」陸之道和「陰律司」崔玨。

其中，罰惡司鍾馗就是懲罰惡鬼的判官，根據惡行的大小將他們打入十八層地獄受苦，服役期滿後再輪迴轉世，要是惡行嚴重，也可以讓他們永世不得超生。

謝明哲根據他記憶中的資料，開始構思鍾馗的畫法。

歷史上曾出現過「鍾馗捉鬼圖」，不少老百姓過春節的時候還會把「鍾馗捉鬼圖」貼在大門上，讓鍾馗嚇走惡靈，以保家宅平安。

民間傳說裡的鍾馗鐵面虬鬢、豹頭環眼，長相很醜，但為人剛直，不懼邪祟，擅長驅鬼逐邪。這樣的一個人物，和謝明哲之前畫的四位美人畫風完全不一致，正好也可以讓關注卡牌店的人知道——月半並不是只會畫美女卡。

謝明哲構思好之後，就把精神力連接到製卡系統，製作鍾馗卡牌。

身材魁梧的男人穿著一身大紅的衣服，頭髮濃密，雙眸怒睜，面露凶相，小孩子見了他都要害怕。但其實鍾馗面惡心善，他只抓那些作惡多端的鬼。

謝明哲先嘗試著製作鬼類即死技能，但系統提醒他「製作失敗」，難道因為鬼本身已經是死亡的形態，不能再次死亡？

謝明哲思考片刻，既然即死效果做不出來，可以讓鍾馗把鬼牌打入地獄廢除所有技能或者把鬼牌給抓起來，這跟「即死」也沒多大區別吧？他按照自己的理解修改技能描述，並且讓鍾馗手裡拿了一個大口袋，很快地，卡牌就製成了——

鍾馗（土系）

等級：1級

進化星級：★

使用次數：1/1次

基礎屬性：生命值200，攻擊力0，防禦力100，敏捷30，暴擊0％

附加技能：捉鬼（鬼界懲惡司鍾馗30％機率將鬼類卡牌捉進乾坤袋，使其喪失行動能力）

弄不成即死效果，但他可以把鬼抓進袋子裡讓鬼牌放不出技能！

乾坤袋是謝明哲給鍾馗設定的武器，鬼不是實體，而是魂魄，把魂魄抓進乾坤袋這在原理上也是說得通的。這張牌和即死牌的效果其實差不多，唯一的區別只是執行方式的不同，即死牌會直接秒殺對手的卡牌，鍾馗則是把鬼抓進袋子裡去。

謝明哲興奮地看著新鮮出爐的卡牌。

又一個靈感被實現，讓他對自己又多了幾分信心。

接下來就是妖類即死牌。

說起妖怪，就不得不提《西遊記》這部作品，裡面的妖怪五花八門，在唐僧取經的路上各種搗亂。官方規定即死牌只能帶一個技能，把孫悟空拿去做即死牌有點大材小用。豬八戒跟即死也聯繫不到一起，倒是沙僧，謝明哲突然想到了沙僧的武器——降妖寶杖！

降妖寶杖也稱「梭羅寶杖」，出自月宮的梭羅仙木，外觀就像一根烏黑的擀麵棍，據說重量高達五千多斤。「降妖寶杖」是沙僧官拜捲簾大將的時候玉帝賜給他的武器，這把降妖寶杖沙僧從不離身，這武器用來打妖怪那是妥妥地好用吧？

謝明哲雙眼一亮，不如先把沙僧做成針對妖類的即死牌。

記憶中的沙僧是個很憨厚的光頭和尚，留著濃密的大鬍子，脖子上掛了串黑色大珠子串成的項鍊，他乾脆按照記憶中的影視形象來繪製卡牌，很快就完成了人物形象的構思。

沙僧（土系）

等級：1級

進化星級：★
使用次數：1/1次
基礎屬性：生命值200，攻擊力0，防禦力100，敏捷30，暴擊0%
附加技能：寶杖降妖（揮動手中寶杖對妖類卡牌造成重創，30%機率觸發即死效果）
製作成功後，謝明哲興奮地拿起兩張卡，私聊唐牧洲道：「唐神，我又做出了兩張即死牌，你要不要來看看？」
唐牧洲幾乎是秒回：「好，拉我去你個人公寓。」
謝明哲邀請他來到自己的公寓，把兩張新做的卡牌遞給唐牧洲看。
唐牧洲：「……」
捉鬼，降妖，這次是鬼獄俱樂部的土系卡集體倒楣了啊！
唐牧洲很想笑，卻又不好意思笑出聲，只能強忍住笑意，故作正經地對謝明哲道：「我再給你個建議，既然你針對了鬼牌和妖牌，不如把土系卡組中最大的Boss也針對一下。」
謝明哲感興趣地問道：「土系卡的大Boss是什麼？」
唐牧洲說：「老鄭的象類卡特別難打，你不如仔細想想，怎樣才能弄死他的大象？」
謝明哲：「……」
大神們可不要怪他，這不是他一個人的錯，是唐神一直在提供他製卡的思路。
唐牧洲才是真正的罪魁禍首！
謝明哲很快就想到了針對大象的方式。
他記憶中能和大象扯上關係的人物，就是三國時期的神童曹沖。
曹沖秤象的故事在民間廣為流傳，他使用的方法其實是後來科學家們很常用的「等量替換法」，把大象放進船裡，用小塊的石頭來替換體積巨大的大象，相當於將大象的重量和體積碎片化

分解，使「大」化為「小」。

謝明哲想到這裡，便說：「我有個主意，就是不知道能不能做出即死效果。」

唐牧洲道：「試試看吧。」

謝明哲將精神力與製卡系統相連，按照自己的設想，先在卡牌上畫了一個可愛的小神童曹沖，然後再畫出一隻縮小版的大象和一艘船，把象放進船裡。

技能設計就叫「曹沖秤象」，物件類卡牌觸發即死。

之前累積的製卡經驗，讓謝明哲很快就完成了這張卡牌。

這次的卡牌審核時間非常久，然後系統彈出提示音：「卡牌無法通過審核，請修改。」

謝明哲有些困惑，回頭看向唐牧洲道：「唐神，這是什麼意思？」

唐牧洲也聽到了剛才響起的系統提示音，他拿起卡牌看了一眼，道：「官方有資料管控，不管是什麼技能，一次性造成的單體傷害，最高不能超過十五萬。」

也就是說，玩家製作的卡牌傷害量有範圍限制，不能隨便做出一張卡就秒掉別人二十萬血量的防禦。

謝明哲反應過來，問道：「那我之前做的即死牌能通過系統審核，是不是因為我所針對的花卉、飛禽、蝴蝶、妖牌，血量都不超過十五萬？」

唐牧洲點頭，「這些卡牌大部分都是攻擊卡，生命值和防禦力都很低，理論上是可以做到秒殺的，我那張夜來香算是木系卡組中血量比較高的卡牌，但也只有十萬血量。象類卡屬於土系，目前有白象、黑象、野象三種，全都是血量十五萬以上的超強防禦卡牌，秒殺技能沒辦法觸發即死，所以，你做的這張卡不能通過資料庫的審核。」

謝明哲看著手裡的卡牌，撓了撓頭，「這麼說，象類卡不能做即死效果，那怎麼辦？」

唐牧洲微微一笑，指了指他做的「鍾馗捉鬼」這張牌，道：「鬼牌也不能做即死效果，你不是用了巧妙的『捉鬼』方式廢掉了鬼牌的技能嗎？秤象這個技能，你也可以按照這種思路修改一下，改成對大象的強控。」

謝明哲腦袋靈光一閃，立刻連上製卡系統進行修改。

五分鐘後，新的卡牌出爐——

曹沖（土系）

等級：1級

進化星級：★

使用次數：1/1次

基礎屬性：生命值100，攻擊力0，防禦力100，敏捷30，暴擊0%

附加技能：秤象（神童曹沖對大象進行秤重，強制大象進入船中，無法移動、無法釋放技能，直到曹沖秤完重量為止）

謝明哲開心地拿給唐牧洲看，「唐神，你看這樣行嗎？」

唐牧洲：「……」

行，太行了！

這腦洞也是夠奇葩的，秒不掉大象，就把大象趕進船裡不放出來是吧？

卡牌裡，可愛的神童手裡拿著一艘小船模型，把大象裝進船裡。唐牧洲心情複雜，要是這張牌明天出現在月半的卡牌專賣店裡，老鄭估計要氣笑了。

咳，不關他的事，他只是指點了一下胖叔，其他都是胖叔自己想的。

另外還要感謝聶神的詛咒。記得今天聶遠道在群裡詛咒了鬼牌和大象牌，這烏鴉嘴的命中率高達百分之百，應該給聶神頒一個「聯盟最佳詛咒獎」。

謝明哲把新做的三張牌各送了唐牧洲一張，唐牧洲也沒客氣，心情愉快地收下了。

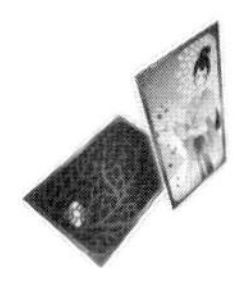

下午的時間，謝明哲就待在個人空間製卡。每製作一張卡牌都要消耗精神力，做的卡牌越多，他的腦力也越來越不夠用，做了二十張左右他就會頭疼，一旦頭疼製作出來的卡牌資料就會出問題，所以他每做一個小時便下線休息十幾分鐘，勞逸結合。

一下午時間很快過去，謝明哲今天做的卡牌也創下了歷史記錄。

他分別畫了十張黛玉、寶釵、西施和王昭君。新卡因為送了唐牧洲一張，要再留一張放在店鋪的展示櫃，所以鍾馗、沙僧和曹沖他各畫了十二張。

頭疼得快要爆炸。

陳霄見他坐在沙發上揉太陽穴，便走過來道：「不要太心急，卡牌可以慢慢畫，你這樣下去對精神力也是一種負擔，時間久了可能會影響到身體。」

謝明哲點頭，「我知道，但是即死牌我已經賣了三天，其他俱樂部的製卡師又不傻，他們肯定也在根據我的思路抓緊時間研究即死牌，這幾天我不能鬆懈，在降價之前，能賣多少是多少吧。」

陳霄輕輕拍拍他的肩膀，「製卡方面我幫不了你，不過，你要的材料我會幫你準備。這次你做的三張都是土系卡，升到七十級七星的土系材料，我們已經全部刷齊了。」

「謝謝陳哥。」幸虧他當時找了陳霄合作，不然，只靠他一個人，光是畫卡牌都累得頭痛欲裂，實在是沒有精力顧及其他。

【第八章】

聯盟最佳烏鴉嘴

次日中午十一點三十分，謝明哲的月半卡牌專賣店準時開店。

店鋪一開門就擠進大批人潮，其中包括各大公會的會長，還有無數看熱鬧的圍觀群眾……當然也包括鬼獄俱樂部的超人氣選手，歸思睿。

歸思睿早就從別人口中聽說月半卡牌店的卡牌有多搶手，所以一進店鋪，他立刻往二樓衝去，靠著職業選手極快的反應和手速，看都沒看卡牌畫的是什麼，直接出手購買。

他的速度實在是太快，居然真的搶購到三張新卡。

然後，他才心滿意足地回到一樓，準備看看滿級卡牌展示櫃裡的新卡技能。

一樓展示櫃的最中間並排擺放著四位美人，林黛玉、薛寶釵、西施和王昭君，四位美女風格各異，卡牌被放大擺在店鋪中間的展示區，確實賞心悅目。

四張美女卡的側後方，放著今天剛出爐的三張新卡，也全部升到了滿級。

歸思睿帶著好奇心走過去看了看——

土系卡牌沙僧，附加技能寶杖降妖，妖類牌即死。

劉京旭昨天還淡定地說「反正針對的不是我們」，果然被打臉了吧！所以這種話你到底為什麼要說出口呢？攔都攔不住啊！心疼一波旭哥。

土系卡牌曹沖，技能秤象，神童曹沖對大象進行秤重，強制大象進入船內，無法移動、無法釋放技能……這什麼鬼？師父的象類也被針對了嗎？雖不是即死判定，可待在船裡不能移動、不能釋放技能的大象，活著和死了有什麼區別？

歸思睿忍耐著把作者打一頓的衝動，繼續往後看。

土系卡牌鍾馗，附加技能捉鬼，將鬼類卡牌捉進乾坤袋，使其喪失行動能力。

歸思睿：「……」

——聶神我真是謝謝你了！你一咒一個準，我們鬼獄被你咒得集體倒楣啊！

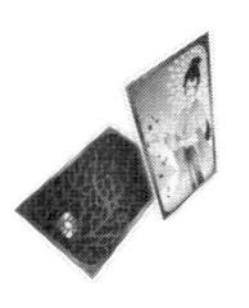

歸思睿欲哭無淚，立刻摘下頭盔，轉身去找師父。

隔壁房間，鄭峰坐在沙發上抱著胳膊看上賽季的比賽回顧，桌上擺著一大盤水果，看上去悠閒極了。

見歸思睿一臉鬱悶地走進來，鄭峰哈哈笑道：「小歸你怎麼了？該不會是那個月半卡牌店真的賣了針對你的卡吧？」

歸思睿苦著臉，很無奈地說：「他做了張卡牌叫鍾馗，倒不是鬼類即死，而是把我的鬼抓進乾坤袋裡。」

鄭峰沒心沒肺地笑起來，「哈哈哈哈，徒弟你這下慘了，萬一你的白衣女鬼被抓走，這很不好打啊！」

歸思睿無語，「有你這樣笑話徒弟的師父嗎？他也針對你了！」

鄭峰繼續笑哈哈，「是嗎？他還能針對我？」

歸思睿打開資料互通的智慧平板光腦，把剛買下的曹沖這張卡放大給鄭峰看。

鄭峰的笑容戛然而止，僵在臉上。

良久後，鄭峰才回過神來，揉了揉僵硬的臉，忍不住爆出粗口：「我擦！把我的大象抓進船裡秤重？還能這樣玩？」

就在這時，一向「兩耳不聞窗外事」的劉京旭走進來。

見師徒兩個神色怪異，他便淡定地說：「不要心急，反正那個月半又沒針對到我們。」

鄭峰：「……」

歸思睿：「……」

大器晚成的劉京旭，在生活中也總是慢半拍，根本不知道他的妖類牌也被針對了。

歸思睿不想說話，無奈地嘆口氣，直接把智能光腦上的三張卡牌拿給他看。

鍾馗捉鬼、沙僧降妖、曹沖秤象……

劉京旭原本很淡定的面部表情，終於慢慢地碎裂了。

劉京旭是一位癡迷於卡牌研究的選手，對八卦消息毫不關注，往往某個新聞傳得沸沸揚揚、人盡皆知，他還一臉「什麼情況」的茫然表情，在聯盟的群裡，他也是長年潛水從不冒泡，只要不惹到鬼獄俱樂部的頭上，別的俱樂部就算鬧翻天也不關他的事。

但是今天，他卻不得不關注最近的即死牌事件，因為沙僧這張牌直接針對了他的整套妖族卡！

妖族卡最強大的地方在於所有卡牌都是雙形態，變幻無常，很難秒殺。

而沙僧的出現徹底改變了這種局面。「寶杖降妖」這個技能不管你是人形態還是妖形態，只要是妖類卡牌，都能觸發即死效果。高手只需要在關鍵的時刻召出沙僧，秒了他的狐妖、貓妖等關鍵牌，就能徹底打亂他的比賽節奏，斷掉他的控制鏈。

劉京旭皺著眉頭，仔細觀察著沙僧卡牌。

歸思睿看他陷入沉思，忍不住道：「旭哥，你有什麼破解的辦法嗎？」

鬼獄俱樂部沒有專門的卡牌設計師，卡牌設計的總負責人就是劉京旭。每次打團戰的時候卡牌怎麼搭配、卡池怎麼設定，都由劉京旭把關，因為他對卡牌的理解更加全面。

只是，這人是典型的慢郎中，做什麼事都慢半拍，他突然陷入沉思，彷彿靈魂出竅了一樣，小歸的話他根本沒聽進去。

歸思睿繼續叫他：「旭哥？聽得見我說話嗎？」

劉京旭低著頭，繼續沉思中……

歸思睿無奈地看向師父，鄭峰有些納悶地道：「我很好奇曹沖秤象到底要怎麼結算技能？這樣吧，徒弟你先把三張牌升到滿星，我們去競技場實戰一下。」

歸思睿也很想試試實戰效果，立刻叫來鬼獄公會的會長直接從公會調用材料，將三張卡全部升

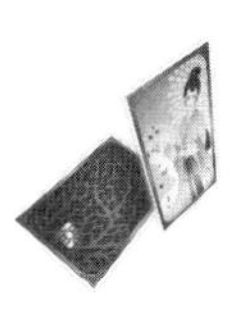

滿。兩人轉身離開，去訓練室的轉椅上坐好，戴上頭盔登入了遊戲。

這時候，沉思中的劉京旭才終於回過神來：「我想到一個方法……欸？人呢？」

他有些疑惑地環顧了一下四周，發現老鄭和小歸都不在。會長看著他茫然的樣子，哭笑不得，「旭哥，他倆去訓練室了，老大說要實戰測試卡牌的效果。」

劉京旭「喔」了一聲，轉身跟上去。

訓練室內，鄭峰和歸思睿在鳳凰星開了競技場，密碼是慣用的七八九五。

劉京旭登入遊戲，從好友列表找到他們的競技場輸入密碼進去旁觀。此時，師徒兩人已經開始對戰，小歸拿著針對師父的曹沖，老鄭拿著針對鬼牌的鍾馗。

小歸先隨便召喚出一張吊死鬼，鄭峰立刻開了鍾馗的捉鬼技能——只見鍾馗打開乾坤袋，把小歸的吊死鬼直接抓進了袋子裡。

旁觀的劉京旭提示道：「殺死鍾馗試試看，袋子裡的鬼會放出來嗎？」

歸思睿也有這想法，立刻召出攻擊力最強的厲鬼一巴掌撓向防禦力極低的鍾馗。緊跟著，大家就看見鍾馗化成一縷青煙，消失不見，口袋裡的鬼也同樣消失不見。

三人面面相覷。

片刻後，劉京旭推測道：「月半設定的這個鍾馗應該是鬼界的使者，捉了鬼之後如果攻擊他，他會帶著自己捉的鬼一起消失，被捉的鬼放不出來，這相當於是即死判定的變種。」

畢竟月半是做即死牌出名的，肯定不會大發慈悲把抓走的鬼再放出來。歸思睿本就沒抱太大的希望，但親眼看著自己的鬼牌就這麼被捉走，他還是有些鬱悶。

鄭峰皺眉道：「試試曹沖。」

滿級的曹沖生命、防禦都不高，攻擊力零，這類卡單看資料就是一次性使用的戰術牌。

對戰開始，鄭峰召喚出白象。體積巨大的白象身高超過三公尺，四條腿就跟石柱一樣粗，奔跑起來連地面都會晃動，氣勢足以震懾無數對手。

歸思睿看見師父的白象出現，立刻使用曹沖的「秤象」技能。

只見小神童手裡的船隻模型突然按比例放大，將鄭峰的白象整個裝進了船裡，白象被「量身訂製」的船給卡得死死的，不能動，也不能釋放技能，然後，曹沖就在船的旁邊蹲下來，很認真地觀察著船身上面的刻度。

三人：「……」

——我們在打比賽，小朋友能不能別鬧？你跑來賽場上秤大象的體重這合適嗎？

鄭峰看到這個奇怪的畫面都快氣笑了，「這個卡牌作者在想什麼呢？讓一個小孩兒拿一艘船去秤我大象的體重？」

劉京旭提議：「擊殺曹沖試試看？」

鄭峰隨便招了隻石靈，一個普攻下去，曹沖防禦太低馬上就掛了。

然而曹沖的船還在，大象也在船裡，出不來。

歸思睿突然想到一個關鍵，「我發現曹沖的技能描述裡有一句話，直到曹沖秤完重量為止。所以，這是還沒秤完嗎？」

鄭峰抓狂：「他要秤多久？」

劉京旭冷靜地道：「你的大象太重，他可能要秤個幾小時吧。」

鄭峰：「……」

所以將來打比賽的時候，別人在旁邊激烈戰鬥，這位曹沖小朋友就用他的船慢慢秤大象嗎？官方也是夠任性的，怎麼會通過這種奇葩設定？

把大象放進船裡不能移動、不能釋放技能，雖然不算即死判定，大象依舊好好活著，而且還滿血量，可是這樣一來就廢掉了大象作為團隊肉盾的作用，活著和死了沒什麼區別。

劉京旭解釋道：「曹沖的這個秤象技能類似於放逐技，就是將指定的卡牌驅逐到賽場之外失去戰鬥效果，也是一換一的戰術牌，我記得眾神殿的首席設計師曾經做過這種牌。」

鄭峰嘆了口氣：「我服了這個作者！」

劉京旭對這位作者很感興趣，回頭問道：「會長，這作者的背景資料調查清楚了嗎？」

鬼獄的會長是個很低調的男人，辦事也喜歡偷偷摸摸地來，聽到這裡立刻說道：「已經暗中查清楚了，月半ID叫胖叔，是從黑市起家的原創卡牌設計師，遊戲裡的形象是個笑起來很親切的胖叔叔，最近開店專門賣即死牌，目前還沒發現他和任何一家公會有關。」

歸思睿撓撓頭，「師父，我們該怎麼辦？」

劉京旭認真地說：「這位胖叔的製卡天賦毋庸置疑，既然他目前還沒有跟其他公會合作，我們可以提出最好的條件試著招攬他，我也很想跟他探討一下製卡的思路。」

研究狂人遇到天賦型製卡師當然是迫切地想跟對方交流。

鄭峰沉思片刻，道：「你說的『最好的條件』應該不只是薪水吧？」

劉京旭點頭，「我想其他俱樂部肯定也拉攏過他，開出的條件不會差，他既然到目前為止還是自由賣卡，說明那些俱樂部開的條件不足以讓他心動。如果我猜得沒錯，他很在意卡牌的版權歸屬，其他俱樂部不敢冒這個風險讓他保留版權。老鄭，就看你有沒有這個魄力了。」

鄭峰沉默片刻，果斷地點頭：「我可以給他放行卡牌版權，但為免他帶著卡牌跳槽、或者洩露俱樂部的機密，合約上需要加一些限制條件，這樣行嗎？」

劉京旭想了想，說：「我覺得可以。這已經和全聯盟最厲害的首席設計師同等待遇了。」

歸思睿擔心地道：「他會同意嗎？」

鄭峰笑著說：「我們給他的可是最好的條件，他應該會同意。」

同一時間，聯盟群裡。

葉竹：哈哈哈哈，這次是鬼獄全體倒楣了啊！給大家看看我在胖叔的專賣店裡看見的三張新卡——鍾馗捉鬼、沙僧降妖、曹沖秤象。

反正他的蝶系卡已經被徹底針對，他現在可以毫無壓力地繼續幸災樂禍。

再過兩天，第十賽季就要開幕，以往每到這個時候群裡都會討論新賽季的規則更改、分組、誰報名個人賽等等，但是今年畫風突變，這幾天群裡一直在討論即死牌的事情。

葉竹是個愛熱鬧的少年，最初幸災樂禍笑唐牧洲，自己被針對後乖乖安靜了一天，然後又開始幸災樂禍笑流霜城和鬼獄。有他盯著卡牌店通風報信，群裡連沒在關注月半卡牌店的人都能第一時間知道店裡出了什麼新卡。

看著今天的三張新卡，大家都在私底下笑瘋了，老鄭好可憐，大象被裝進船裡秤重，小歸和京旭也是慘，一個鬼牌被捉，一個妖牌即死。

鄭峰無奈地道：老聶在嗎？你不打算出來說兩句？

被點名的聶遠道發來語音，聲音低沉平靜：「我能說什麼？恭喜三位中獎？」

恭喜個屁！還不是你這烏鴉嘴害的！

鄭峰翻了個白眼：你這烏鴉嘴一咒一個準！昨天你說鬼牌和大象不會被針對，今天就出了鬼牌和象牌的針對卡！

歸思睿附和：沒錯。聶神你是不是和胖叔合夥，在給胖叔提供思路？

從來不在群裡冒泡的劉京旭，今天難得說了句話：我也覺得，聶神很可疑。

聶遠道：「……」

天地可鑑！他和胖叔怎麼可能是一夥的？早在很久之前，他就最先被針對了好嗎？

一群人開始圍攻聶遠道，山嵐心疼師父變成了靶子，忍不住站出來澄清：「大家別誤會，我師父並沒有和胖叔合作，不然我的飛禽卡為什麼也被針對了？」

溫柔的聲音在耳邊響起，讓大家迅速冷靜下來。

也對，如果聶遠道真的和胖叔合謀，不至於直接坑了自己的徒弟。山嵐也是慘，王昭君的音波攻擊針對的可是他的整個飛禽卡組。

鄭峰疑惑：所以，老聶你只是隨口說說，然後就詛咒成功了嗎？

山嵐無奈：應該是的，那天師父也是隨口說我的飛禽不會被針對呢。

聶遠道輕咳一聲，無法反駁。

歸思睿：聶神的烏鴉嘴厲害了啊！快詛咒一下別人，不能光是我們鬼獄吃虧！

鄭峰：沒錯，老聶快說，下一個是誰？

葉竹也跟著起鬨：聶神繼續說啊，還有誰？

唐牧洲突然插話：我來總結一下，風華俱樂部的花卉、裁決俱樂部的飛禽、流霜城的水系魚類、鬼獄的土系牌、暗夜之都的蝶系卡，全都被針對了，還差哪家呢？

葉竹忍不住點讚：唐神記得好清楚啊！

歸思睿：最後一句交給聶神說吧，畢竟聶神的詛咒功力是最強的。

鄭峰：老聶，壓軸臺詞就交給你了。

在大家的鼓勵之下，聶遠道只好果斷地開口下咒：還差眾神殿沒被針對過。畢竟眾神殿的卡大部分是金系卡，可不是那麼好針對的，胖叔肯定想不到怎麼針對金系卡組。

凌驚堂簡直震驚到說不出話了。

凌驚堂：老聶，我想給你的嘴巴貼個封條。

眾神殿最強選手，金系卡鼻祖凌鷲堂也終於出現，是被聶遠道的詛咒給炸出來的。

聶遠道很平靜地說：我只是在陳述事實，大家說對不對？

除了眾神殿之外的選手集體豎起大拇指贊同。

「對對對！」

「聶神說什麼都對！」

「只有眾神殿還沒被針對喔！」

「胖叔肯定做不出針對金系的卡！」

大家紛紛給聶神的詛咒給予Buff加持。

聯盟實力最強的六大俱樂部，如今只有眾神殿偏安一隅，沒有被胖叔給盯上。說不定，明天的卡牌店裡就會有針對金系的卡牌出現。

聶神的烏鴉嘴，到底會不會奏效呢？

默默觀察的唐牧洲在心中表示：老聶，你先替我揹一會兒鍋，我這就去找胖叔！

謝明哲的店鋪中午十二點準時關門。

今天店鋪裡依舊寫了「明天十一點三十分發布新卡」的公告，因為謝明哲心裡已經有了些想法，打算利用下午的時間再畫兩張新卡。

關了店鋪後他下線去吃午飯，順便讓自己的大腦充分休息。等吃完飯再次上線時，他聽到耳邊傳來了系統提示音：「您有新的郵件。」

謝明哲走到客廳打開信箱，看見了一封郵件。

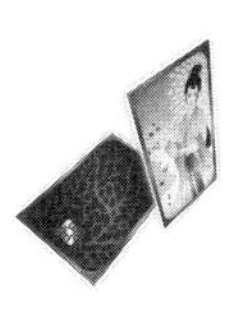

郵件來自一位ID叫「鬼火」的人：胖叔您好，我是鬼獄公會的會長，我們俱樂部幾位選手有重要的事情想找您商談，我已經給您開了鬼獄公會領地的貴賓准入許可權，您有時間的話，可以隨時過來做客，期待您的光臨。

謝明哲轉身來到星系導航圖，果然發現又多了一顆公會的領地星。

鬼獄的領地星是純黑色，星球的周圍鬼氣環繞，真是很有「陰曹地府」的風格。

他這兩天查了不少俱樂部的資料，對於幾大俱樂部的特色大概有些瞭解，鬼獄是土系卡為主，鄭峰大神的防守反擊、歸思睿的鬼牌、劉京旭的妖牌都非常有名氣。

其中，老鄭是第一賽季出道的老選手，如今三十多歲，很受新一代選手們的敬重。

歸思睿是年輕一代選手中人氣非常高的一位，靈異恐怖風格吸引了不少死忠粉。

劉京旭第八賽季拿過冠軍，是研究型狂人，典型的「大器晚成」選手。

這家俱樂部的實力也很強，不論個人賽、雙人賽、團賽都收穫了不少獎盃。

鬼獄突然找自己是為了什麼？他今天一口氣推出了三張牌，鍾馗、沙僧、曹沖，全是針對鬼獄的，該不會是大神們要找他興師問罪吧？

想到這裡，謝明哲便回覆道：會長，如果你們找我是為了罵我，那我還是不去了吧？

鬼火回道：胖叔您想多了，我們找你是有重要的事情和您商量。

重要的事情？難道是像方雨大神那樣找他訂製卡牌？還是像聶神那樣想要買版權？

不論如何，既然人家客客氣氣地找上門來，謝明哲還是決定走一趟。反正公會領地是安全區域，不能PK，總不至於會在鬼獄公會被圍攻吧？

他從星系圖傳送到了鬼獄公會。

鬼獄的建築風格和他之前去過的任何一家公會都不一樣。風華、裁決等公會都是地面上的建築，鬼獄卻是一座龐大的地下城堡。有點像他在電視上看過的「陰曹地府」場景，昏暗的環境，環繞著黑色邪氣的地下建築，連環境音樂都變了，陰森森的十分嚇人。謝明哲以前很愛看靈異小說，恐怖片也看過不少，因此，鬼獄的公會領地設計非常合他的心意。

會長親自來入口接他，很客氣地帶他去辦公室。兩人搭著電梯一路向下，進入巨大的地下城堡，感覺就像是親自來了一趟地府……

只不過，把辦公室設在地下十八層，數字不大吉利啊！

這個世界大概沒有傳統文化中「十八層地獄」的說法，否則，也不會把重要的辦公室設在地下十八層吧。

辦公室的門上畫著個骷髏頭，謝明哲推門進去，在正中間的牆壁上看見了俱樂部徽章，鬼獄的徽章是一個類似「地下深淵」的圖案，深淵的中心寫著黑色的「鬼獄」兩個字，字體的周圍黑氣環繞，徹底展現恐怖風格，特色非常鮮明。

辦公室內並排坐著三人，不用猜肯定是被他針對的三位選手。果然，會長主動介紹道：「這三位，是我們俱樂部的歸思睿、劉京旭和鄭峰大神。」

謝明哲走到他們面前，笑得十分親切，「幾位大神找我過來，不是為了興師問罪吧？」

鄭峰率先開口：「那倒不至於，你又不是只針對我們。」

歸思睿也道：「放心，我們沒那麼小氣。身為職業選手，卡組被針對再常見不過。我們找你，是有別的事情想跟你商量。」

劉京旭主動站起來走到他面前，認真地道：「胖叔，你這三張卡牌設計得很好，我很欣賞你的製卡才能，想和你交個朋友，一起研究怎麼製卡。這次約你見面，是想邀請你加入鬼獄，來我們俱樂部當卡牌設計師。」

謝明哲笑著撓頭，「謝謝您的好意，我不想去俱樂部當卡牌設計師。」

鄭峰道：「先聽聽我們的條件吧，別急著拒絕。小歸，把合約拿給他看看。」

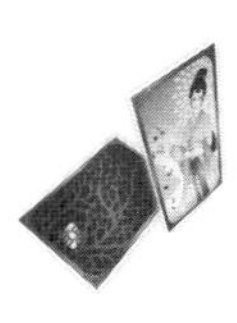

老鄭辦事特別爽快，居然連合約都準備好了。謝明哲從小歸手裡接過合約仔細看了看，有些意外：「在俱樂部工作期間，設計的卡牌版權歸我，俱樂部只保留優先使用權？」

鄭峰乾脆地點頭，「對。這個條件怎麼樣？」

謝明哲沒想到，鬼獄居然真敢把卡牌版權給他，就不怕他帶著卡牌跳槽嗎？往下一看——設計師在簽約期間跳槽或洩露俱樂部研發機密，賠償違約金十倍。

果然是有限制條款，但簽約期間不跳槽、不洩密，這是設計師本就該遵守的職業操守，如果謝明哲真的想當設計師的話，這份合約便是他能拿到的最好條件了。

年薪百萬起，設計好卡有獎金，年終能拿分紅，卡牌版權歸自己，俱樂部只保留優先使用權，這待遇估計是全聯盟頂尖了吧？

見對方沉默，鄭峰緊跟著問：「之前也有俱樂部找過你吧？」

謝明哲點頭，「是的。」

鄭峰耐心地道：「目前聯盟金字塔頂端的一流俱樂部當中，裁決那邊規章制度非常嚴苛，放行卡牌版權給設計師是不可能的。風華不缺設計師，唐牧洲製作原創卡牌的能力在聯盟屬一流水準，並不需要冒這麼大的風險簽你。」

「你擅長的人物卡和暗夜之都俱樂部的昆蟲、蟲蟲很難搭配；流霜城是水族生物，師兄弟四個主打水系，你也很難融入；至於眾神殿，他們家的卡牌設計師是全聯盟最強的原創設計師，跟選手們關係特別好，你過去會威脅到他的首席地位，眾神殿也不會花費如此大的代價來簽你——所以，只剩下我們鬼獄。」

鄭峰顯然是真心實意想簽下謝明哲，把所有俱樂部的詳細情況分析得清清楚楚。他說到這裡便站了起來，走到謝明哲面前，語重心長道：「胖叔，一個人單打獨鬥，在星卡世界不可能走得長遠。就算你天賦異稟，其他俱樂部也有很多像你一樣有天賦的選手和設計師。你只是在即死牌的設

計上搶占了先機，真的設計全套卡組，你肯定比不上唐牧洲、聶遠道、凌驚堂這些大神，比不上眾神殿那位首席設計師，你甚至比不過我們俱樂部的小劉。」

「設計卡組，需要大量的實戰經驗，不是光憑想像就可以的。我打比賽整整九年，見過無數很有天分卻沒能走下去的新人。聯盟的競爭激烈得超出你的想像，如果你的背後沒有任何依靠，你在原創界註定只是曇花一現。」

「你最好的出路，就是簽一家俱樂部做後盾。鬼獄俱樂部的老闆是我堂兄，他只負責投資，俱樂部的事情由我說了算。我們是很有誠意地邀請你加入，所以給你的合約可以保留原創版權，這樣的合約，自從第四賽季的版權糾紛案之後，就極少出現了。」

歸思睿也附和道：「是啊胖叔，師父給你的條件真的是聯盟首席設計師才能拿到的待遇。我們想簽你，除了你很有天賦外，還有個原因是旭哥非常喜歡你，他是個熱愛研究卡牌的試驗狂人，你們倆在一起肯定會有很多共同語言。而且你的人物卡和我們鬼牌、妖牌都特別好搭配！」

劉京旭緊跟著說：「我的妖族牌有人形態，小歸的鬼牌也是人類形態，在我們的卡組中加入你的人物卡，確實會很好搭配。老鄭跟你分析這麼多，你應該感受到了我們的誠意。聯盟的一流俱樂部中，鬼獄確實是你最好的選擇。」

謝明哲：「……」

三個人的輪流勸說，讓他確實有些心動。有頂尖俱樂部的支持，還能保留卡牌的版權，只要他不出賣俱樂部的機密、不隨便跳槽，簽約期間不但待遇高，還能毫無壓力地自由設計卡牌，而且這些頂尖牌手的實戰經驗，可以提供他大量設計卡牌的思路。

可是，想起之前跟陳哥說的話，謝明哲還是堅定地拒絕了。

他看向鄭峰，很客氣地說：「謝謝三位大神，我沒想到你們能給我這麼好的待遇……但是，非常抱歉，我已經找了幾位夥伴，打算自己創業，我不能說話不算數。」

鄭峰皺眉，「你那幾個夥伴，專業能力比得上正規的俱樂部嗎？」

肯定是比不上的。但是謝明哲有種奇怪的直覺，總覺得自己不該簽俱樂部。當年的版權糾紛案他雖然沒有經歷過，最近卻多次聽人提起，讓他心中隱隱覺得，簽約俱樂部，哪怕對方給的條件再好，那也是給人打工。

打工就要聽老闆的話。萬一哪天理念不合，跟俱樂部鬧僵，從沒聽過胳膊能擰得過大腿的，他一個人和俱樂部發生矛盾的時候，吃虧的肯定是他吧？

他既然有這麼強的天賦，為什麼要給別人打工？為什麼不自己當老闆？

陳哥的代練工作室雖然業務能力比不上大型俱樂部，但也是當了好幾年代練的人，對遊戲的熟悉程度不輸於職業選手。大家合作這麼長時間，也比較有默契。與其簽約其他俱樂部，不如自己創建一個俱樂部。

謝明哲知道，他這樣想別人會覺得他癡人說夢，野心太大。可他真的不甘心就這樣簽到鬼獄，哪怕鬼獄給了他最好的條件，他也覺得心裡缺點什麼。

大概是自由慣了，不喜歡聽人號令？

聶遠道找他買過版權，他和唐牧洲的關係是平等合作，方雨找他訂製亡語卡牌，這都建立在他是一位自由設計師的基礎上。一旦他簽了鬼獄，這些事都不可能再發生。

他早就想好不會為任何俱樂部打工。

人物卡就必須加入你們的卡組，去配合你們嗎？那我為什麼不製作一套完整的原創人物卡組，自己配合自己呢？

想到這裡，謝明哲心中更加堅定，他看向三位大神，禮貌地道：「真的很感謝你們對我的賞識，也謝謝鄭峰大神為我分析了這麼多的利弊，我知道您是真心為我好，想給我一個最好的發展平

臺。但是很抱歉，我不會加入鬼獄，也不會加入任何俱樂部。你們就當我太固執吧，這是我的堅持，再好的條件都不會動搖。」

鄭峰猛地怔住，他忍不住問道：「你本人並不是一個中年胖叔叔吧？」

謝明哲笑了笑：「您這麼坦白，我也不好意思瞞您，我確實不是個胖叔叔。」

劉京旭和歸思睿還想再勸，鄭峰卻伸出手攔住了兩人。他走到胖叔面前，道：「這麼看來，以後我們只能在賽場上相遇了？」

謝明哲認真地說：「或許吧？如果我有這個運氣的話。」

鄭峰爽快地拍了拍他的肩膀，「好，我也不勉強你，以後有緣再見。」

謝明哲跟三人再次道過謝，這才轉身離開了鬼獄。

等他走後，劉京旭忍不住道：「老鄭，為什麼不繼續勸一勸？」

鄭峰搖搖頭，「勸不了。」

歸思睿疑惑道：「這麼好的條件，他都不動搖嗎？」

鄭峰像是想起了什麼往事，輕嘆口氣，說：「這九年來，我見過很多設計師，有些人要麼目光短淺，葬送自己的前程；要麼野心和實力不對等，太過高估自己。但是，這個人跟我見過的那些人都不一樣，或許他會是一個最大的變數。他讓我想起了第五賽季的唐牧洲，聯盟在第五賽季的那次大洗牌，就是因為唐牧洲這位天才牌手的出現。」

劉京旭也經歷過第五賽季，忍不住道：「你是說，他要像唐牧洲一樣親自創建俱樂部，成為原創職業牌手，自己去打比賽？」

鄭峰嚴肅點頭：「我有種預感，他會是以後賽場上所有人的勁敵。職業聯盟很可能會在下個賽季，出現第二次大洗牌。」

歸思睿和劉京旭對視一眼，面面相覷。

剛才那位胖叔，形象看著親切和藹，但說話時的堅定，卻根本不像一個中年胖叔叔。

他究竟是個什麼樣的人？

從鬼獄出來後，謝明哲回到個人空間製作新卡，就在這時，唐牧洲發來好友語音：「胖叔，新的即死牌有想法了嗎？需不需要我過來幫你？」

有唐神指導，謝明哲當然求之不得，很乾脆地發去邀請。

片刻後，唐牧洲的小號出現在個人空間。

兩人來到書房，謝明哲沒有急著做卡，而是先跟唐牧洲討論製卡思路：「唐神，你之前跟我說，眾神殿的凌驚堂大神開創的是金系的兵器卡。按照設定，兵器並不屬於生物，不能直接判定死亡對吧？」

「是的。遊戲裡可以做出死亡判定的一般都是植物、動物、人類這些生靈。」

「我可不可以參考『鍾馗捉鬼』的設計，把指定的兵器卡給收走？雖然不是即死判定，效果也差不多吧？」

「沒錯。」唐牧洲微笑道：「這只是技能描述上的區別，實戰效果其實也是即死。你可以試著讓你的人物帶一些特殊的武器，直接廢掉凌驚堂的兵器牌。」

「嗯，我再仔細想想。」

冷兵器一般都是金屬，能吸走金屬的當然是磁鐵類物體。拿著這一類「吸走武器」法寶的人，謝明哲想到了《西遊記》裡的一位角色——太上老君。

太上老君的法寶很多，例如七星劍、紫金紅葫蘆、金剛鐲等。而金剛鐲這件法寶，是用一種特殊的金屬「鋸鋼」煉造而成，此寶祭出可收諸天下一切寶物、兵器——這不是正好能克制凌鷲堂大神的兵器牌嗎？

謝明哲記憶中的太上老君有一頭雪白的長髮，眉毛、鬍子都是白色，身穿道袍，看上去仙風道骨。人物形象畫起來並不難，謝明哲很快就想好了設定。

關鍵在於武器，太上老君平時出場的時候，手中都會帶著拂塵，既然要針對金系的兵器牌，這次就讓他帶上法寶「金剛鐲」——那是一只圓形的金色鐲子，可以瞬間放大，再強的兵器都會被它給套走。

想好這些設計，謝明哲立刻讓自己的精神力連上製卡系統。

一位仙風道骨的神仙形象很快就在他的腦海裡生成。

繪製人物、設定技能、分配資料……一心三用的過程他已經無比熟練，這次他只用五分鐘就把太上老君這張卡畫完了。

謝明哲將製作好的卡牌連上資料庫審核，然後拿給唐牧洲看——

太上老君（金系）

等級：1級

進化星級：★

使用次數：1／1次

基礎屬性：生命值100，攻擊力0，防禦力100，敏捷30，暴擊0%

附加技能：金剛鐲（拋出手中金剛鐲，收納指定兵器類卡牌，使兵器類卡牌喪失作戰能力）

唐牧洲讚道：「不錯，這個技能可以把金系的兵器牌收走，相當於即死判定的變種。」

謝明哲看到新卡也特別開心。成功做出克制金系的卡牌，這樣一來，聯盟各位大神對他的仇恨值會不會稍微減輕一些？

畢竟六大俱樂部全都被針對，主流卡組無一倖免，以後打比賽就能相對平衡。他的即死牌會在月半卡牌專賣店公開販售，誰都能買到。你讓我的卡即死，我也可以廢掉你的卡，當大家都有即死牌的時候，比賽的輸贏，關鍵還是看選手的意識。

正想著，就聽唐牧洲說：「其實，眾神殿還有一個類別的卡組，是特別難針對的。」

謝明哲好奇地問：「什麼類別？」

唐牧洲道：「神族卡。」

星卡世界裡的卡牌小類別非常多，但大類別只有六種——植物、動物、亡靈、物靈、人類以及神族。

人物卡牌從第一賽季就出現了很多不同的卡牌，但真正形成一套完整的人物卡牌體系並且靠人物卡牌拿下冠軍的選手，至今還沒有出現過。因為，同樣是人類形態，還有一套卡組比人類強大無數倍，那就是神族卡。

唐牧洲給謝明哲簡單介紹了卡牌分類，又列舉出幾張神牌，「神牌卡組有眾神之王奧丁、邪神洛基、海神波塞冬、大天使米迦勒、墮落天使路西法等，戰鬥能力都很強。神族卡會免疫死亡類判定，所以不容易設定即死效果。對付神牌，可以粉碎幻象或者直接封印本體。」

謝明哲：「……」

這些不是北歐、希臘傳說中的神話人物嗎？難道西方神話並沒有隨著地球毀滅？為了確定，謝明哲便問道：「唐神，路西法、米迦勒這些神話故事，你聽說過嗎？」

「聽說過，但瞭解並不多。」唐牧洲道，「眾神殿有位選手叫許星圖特別喜歡這些神話故事，專門做過神話研究，據說還發表了不少關於神話傳說的論文。不過，他只是知道這些神話故事，神族卡牌並不是他製作的。具體的技能設計是他們俱樂部的設計師完成的。」

謝明哲怔了怔——唐牧洲既然聽說過路西法、米迦勒這些人物，那就說明，西方神話並沒有在

這個世界消失，反倒是東方文化出現了斷層。

謝明哲恨不能把腦海中的故事全部寫成小說，讓大家瞭解古老的東方文明。可惜他的文筆實在太差勁，無法寫出那些故事精彩之萬一。

遊戲裡既然有西方神話，那理論上來說，東方神明也是可以存在的。

例如《西遊記》裡的玉皇大帝、觀世音、如來佛祖，還有神話故事中的女媧、伏羲、神農……真把這些神話人物做成卡牌，神仙打架，誰輸誰贏還不一定。

剛才做的那張「太上老君」本該屬於神牌，但謝明哲查看了一下卡牌的分類，果然被系統自動歸類到「人物」，畢竟系統是不知道這些東方神仙的，歸類的問題具體該怎麼處理謝明哲目前還想不到辦法。

像他這樣的小透明，就算直接找到官方總部，跟人說「我設計的這些是神牌，來自東方神話傳說」，肯定沒人理他，說不定還會把他當成神經病給趕走。

或許很久以後，等他有足夠的名氣，能在星卡世界裡說得上話，他才可以要求官方增加東方仙牌的分類，將這些人物歸到新的卡組。但目前，只能委屈太上老君先歸到人物卡組了。

見胖叔低著頭沉思，唐牧洲還以為他在想怎麼針對神牌，忍不住提示道：「你可以參考曹沖這張卡的技能設計，試著用封印的效果，也就是『放逐技』，將指定的某一張神牌放逐出賽場。」

謝明哲回過神來，「好，我再想想。」

封印神牌？

對了，《封神演義》！

小時候看過哪吒鬧海的動畫片，中學時期看過《封神演義》整本原著，翻來覆去看了很多遍，裡面的主要角色像妲己、姜子牙、哪吒、楊戩等人物都讓他印象深刻。

謝明哲仔細搜索腦海中的記憶。

《封神演義》中他最愛的是三太子哪吒，他記得哪吒的師父是太乙真人，用蓮花為哪吒重塑了肉身，並傳授給哪吒許多厲害的法寶。如果要設計「封印神牌」的技能效果，那麼太乙真人「九龍神火罩」無疑是很合適的一件法寶！

九龍神火罩威力巨大，使用法寶時可將敵人從頭到腳徹底罩住，罩子裡面火焰升騰，並且有九條火龍盤旋，火龍口中噴出三昧真火，可將神火罩內的任何活物給燒成灰燼。

按照五行相克的原理，火克金，火焰可以融掉金屬。神當然不會被隨便燒成灰，但用九龍神火罩來封印他們讓他們喪失行動能力，這總可以吧？

謝明哲想到這裡，便決定下一張卡牌畫太乙真人。

在腦海中構思好之後，謝明哲開始製作太乙真人的卡牌。

這是他目前為止製作過最複雜的一張牌。

畫了整整十分鐘都還無法完成。

武器太難畫，表面盤旋的九條火龍對作者的精神力也是極大的考驗。

其實謝明哲完全可以忽略這些細節，隨便畫個簡單的金色罩子也能做出封印效果，但謝明哲並不想這樣敷衍了事。他腦海中的記憶是華夏文明的瑰寶，除了用來製卡之外，他也想讓這個世界的人們瞭解那些失傳已久的人物故事，如果隨意篡改的話，就違背了他製卡的初衷，對原作者也很不尊重。

總不能因為這個世界的人不知道那些故事和人物他就隨意瞎改，讓林黛玉一拳打死一頭牛，讓王昭君放火燒死全部植物——這種設計就算他畫出來沒有人懷疑，他也會良心不安。

製卡的時候，技能可以根據星卡世界的對戰規則進行設計，但卡牌中的人物形象、武器、法寶等等，儘量尊重那些人物和故事，這是他的堅持。

九龍神火罩是一件很精緻的法寶，隨便畫個金罩子可不行，他一定要畫得儘量和原著中的描述貼近。

謝明哲集中精神繪製卡牌。

這次製卡的時間很長，過了整整十五分鐘他才睜開眼睛，然而，面前的星雲紙卻被粉碎，顯然是精神力凌亂導致製卡失敗。

唐牧洲有些意外，上前一步，關心道：「怎麼回事？」

謝明哲苦著臉撓頭，「設定的武器太複雜，畫的過程中，精神力很難完全集中。」

唐牧洲問：「是因為同時畫武器和人物，沒辦法兼顧？還是武器不好縮小？」

謝明哲道：「兩方面的原因都有。」

唐牧洲溫和地建議道：「你別著急，如果武器太複雜，你可以對設計的卡牌進行分解處理，先單獨把武器畫在一張星雲紙上，然後在另外一張星雲紙上畫出你要畫的人物。最後再用精神力，將兩張星雲紙進行融合。」

謝明哲愣住：「還能這樣？」

唐牧洲微笑起來：「當然。複雜的卡我們一般都是分解處理。比如我那張千年神樹，枝幹、樹葉，多得數不清，你以為我能一口氣全部畫完嗎？我當初是畫了整整十張卡，最終合併起來的。」

卡牌的細節可以分解，這就好辦了。謝明哲雙眼一亮，立刻集中精神力，把想像中的九龍神火罩畫在一張卡上，然後再用另外一張卡畫出太乙真人。

兩邊都完工後，他將兩張卡牌放在一起利用精神力進行合併。在他腦海中，精緻的九龍神火罩不斷地縮小，變成嬰兒的拳頭大小，然後被太乙真人牢牢地握在手中。

這樣一來，卡牌的形象完工，緊跟著設定數據和技能……

又過了五分鐘，謝明哲睜開雙眼，聽到耳邊響起熟悉的提示音：「恭喜，卡牌製作完成，請連接資料庫進行審核。」

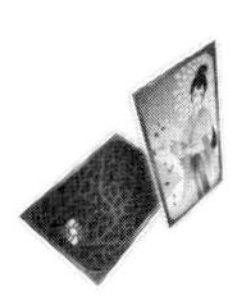

謝明哲把完成的卡牌拿給唐牧洲看，「唐神，你看這樣可以嗎？」

唐牧洲接過卡牌，只見卡牌的表面畫著一位白髮蒼蒼的老者，眉眼間含著笑意，很親切慈祥的樣子，老者的手裡拿著只小巧的火紅色武器，雖然那武器只有小孩的拳頭大，可細節的繪製完成度卻達到了滿分。

仔細一看，那武器是個「罩子」形狀，周圍盤旋著好幾條火紅色的龍，龍的嘴巴朝下，口中噴出濃烈的火焰，每一條龍都畫得栩栩如生。除了龍之外，罩子的周身還有很多精緻的花紋。罩子的頂端，鑲嵌著一顆透明的珠子，珠子內部火光流轉，精緻漂亮。

這設計都可以拿去參賽了吧？

唐牧洲在心裡給卡牌的精細度點了個讚，緊跟著看向卡牌的資料和技能描述——

太乙真人（火系）

等級：1級

進化星級：★

使用次數：1/1次

基礎屬性：生命值100，攻擊力0，防禦力100，敏捷30，暴擊0%

附加技能：九龍神火罩（拋出手中法寶，將指定的神族卡牌封印在九龍神火罩內，使神族喪失行動能力）

這位胖叔的製卡靈感，真的是取之不盡、用之不竭嗎？

唐牧洲讚賞道：「這張卡確實不錯，不但技能設計針對了整個神族，還有它的精細程度是你目前完成的所有卡牌中最好的一張。不過，你這武器是怎麼設定的？看上去像金屬，如果是金屬的話應該被歸入金系卡。」

謝明哲道：「我為了避免系統把卡牌歸入金系，所以畫武器的時候沒用金屬元素，九龍神火罩帶火焰傷害，所以歸入火系。不是說火克金嗎，這樣應該更好命中對方的神牌吧？」

唐牧洲微笑著點頭：「看來你已經摸清了資料庫的規則，這個武器設計得確實很棒。」

謝明哲很開心能得到唐神的讚賞，興奮地問：「今天做的兩張卡都是針對金系，還有別的卡組需要針對嗎？」

唐牧洲道：「目前你已經針對了植物、動物、亡靈、物靈和神牌，針對面覆蓋了大部分主流卡組。即死牌的加入只是豐富戰術而已，每次比賽只能帶一張，做這麼多已經足夠了。」

謝明哲從他的話裡發現了疏漏，忍不住道：「還有人物卡組沒被針對過吧？」

唐牧洲道：「你隨便畫一張卡牌，試試『人物即死』能不能通過審核？」

謝明哲隨手畫了個沒名字的小孩，技能詛咒，效果是人物即死……果然被系統給打了回來：「技能描述無法通過審核」，他想起「即死」這種描述，只能針對小類別，於是改成「人物男性即死」，再次被系統打回來，繼續改「人物女性即死」，依舊是同樣的結果。

謝明哲疑惑道：「怎麼回事？人物不能做即死判定？」

唐牧洲微微笑了笑：「不是不能做，而是已經有人做了出來，技能重複。」

謝明哲很是意外：「是其他俱樂部的設計師嗎？」

「應該是的，實際是哪一家做出來的我也不清楚。」唐牧洲頓了頓，接著說：「但人物即死牌肯定被錄入資料庫了，技能衝突，所以你的即死描述會被系統駁回。這說明，你製作即死牌的事情，已經引起了其他設計師的關注。」

謝明哲恍然大悟。唐神讓他做即死牌其實是「拋磚引玉」的做法。他先做出針對六大俱樂部的即死牌，引起全聯盟的關注，各家俱樂部當然會爭先恐後地研究即死牌，這樣一來，就能造成即死牌的大量流通，豐富聯賽的戰術。

這位大神不動聲色地在幕後當推手，謝明哲不知道唐神為什麼這麼做，但他有種直覺——這並

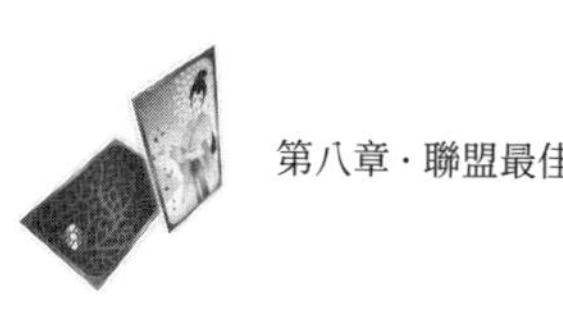

不是壞事，等即死牌全面流通，以後的比賽應該會更加好看吧？

這一系列的即死牌足夠自己在原創界打響名氣並累積資金。也多虧唐牧洲透露卡組資料並加以指點，讓他在如此短的時間內連續做出了九張即死牌。

謝明哲主動伸出手，道：「唐神，謝了。」

唐牧洲跟他握手，「不客氣，合作愉快。」

沉默幾秒，唐牧洲又問：「你以後有什麼打算？」

謝明哲道：「我這段時間每天做卡牌，精神力消耗嚴重，頭疼得厲害，正好趁機休息幾天，好好想想以後的出路。這些即死牌足夠我賣一段時間，累積一些資金總不會錯。」

唐牧洲微笑起來：「你說得對，連續做了九張卡，你也辛苦了。這次合作雖然結束，但以後我們可以繼續保持聯繫。即死牌是你搶占了先機，資料庫中這方面的技能完全空缺，很容易就能通過審核，所以你製卡會相對容易。但是一旦脫離了即死牌，做其他類型的卡牌，你可能會遇到極大的困難，到時候需要幫忙的話再找我。」

謝明哲點頭，「好的。」

唐神的話說得很有道理，即死牌是最近才提出並加入資料庫的，他正好把握住這個先機大賺一筆。如果是製作其他卡牌，有這麼多俱樂部的牌手和設計師，資料庫中已經有了極為豐富的卡組，再想創新，就沒那麼容易了。

他也該緩一緩腳步，好好想想接下來的發展。

次日中午，遊戲裡各大公會的管理員不約而同地圍在月半卡牌店門口。

十一點三十分開店的那一瞬間，數不清的人群再次如潮水般湧入月半卡牌店，一路衝到二樓瘋狂搶卡。

這畫面比大商場裡的促銷搶購還要壯觀。

今天二樓的陳列櫃裡果然又出現了新的卡牌。

左邊是太上老君，右邊是太乙真人。兩位都是白髮蒼蒼的老人家，衣服、髮型、容貌都不一樣，手裡拿的武器也不同。但針對的卡牌卻全是金系卡。

同一時間，職業聯盟選手群裡，一直開小號盯著月半卡牌店的葉竹，在十一點三十分的時候準時冒出來，將拍攝到的兩張新卡發到群裡。

葉竹：聶神咒得好準！眾神殿，今天倒楣的是你們金系，哈哈哈哈！

凌驚堂也看到了。

葉竹在遊戲裡拍攝的兩張卡牌，極為清晰地呈現在大家面前。

太上老君，白髮蒼蒼的老爺爺手中金剛鐲可收納兵器。太乙真人，同樣是位白髮老爺爺，手中的九龍神火罩可以封印神族。兩個老頭並肩站在一起，看上去一個比一個笑得慈祥、和藹，可技能就很不友好了，金系卡組全都沒能倖免！

聶遠道看到這裡，有些意外：我真的猜中了嗎？

——管理員凌驚堂對聶遠道進行禁言懲罰。

——管理員聶遠道解除了自己的禁言懲罰。

看戲的選手們：「……」

兩位大神這是要做什麼？公開吵架嗎？

聶遠道挑眉：敢禁言我？忘了我也是管理員？

凌驚堂無奈道：我誰都不服，就服你的烏鴉嘴！老實交代，你是不是暗中勾結了胖叔，在群裡

下完詛咒，就偷偷去給胖叔出餿主意針對我們？

山嵐趕忙站出來幫師父澄清：我師父不是這種人，凌神千萬別誤會。

聶遠道也說：我和胖叔不熟。再說我昨天只是陳述事實，確實只剩你們眾神殿沒被針對過。

凌驚堂道：我覺得咱們群裡絕對有內鬼，不然胖叔怎麼一家一家地輪番針對？他很清楚我們所有人的卡組嗎？

聶遠道把矛頭指向唐牧洲：小唐，是你吧？畢竟你是第一個提出即死理念的人。

唐牧洲微笑著說：怎麼可能是我？我的花卉卡是第一個被針對的，還被胖叔拿去公開拍賣，現在，你們各大俱樂部人手一張林黛玉，我才是最慘的好嗎？

聽他說得有理有據，聶遠道只好皺了皺眉，轉移目標：那是誰？

鄭峰舉手澄清：不是我，我的大象被曹沖拿去秤重了。

葉竹緊跟著澄清：不是我，我的蝴蝶被薛寶釵撲死了！

喬溪也冒出來：不是我們流霜城，我們的魚類卡被西施弄沉了！

歸思睿：也不是我，我的鬼牌被鍾馗抓走了！

凌驚堂感到無語。

看來最近大家都很倒楣啊！

唐牧洲微笑著說：這時候應該讓哲學系的裴老師出來發表演講。

於是裴景山出來說道：胖叔只針對一家俱樂部，可以說是針對。針對所有的俱樂部，那就不是針對了。大家說對不對？

眾人一陣沉默，心中同時想著：對你妹！每次聽他說話都好想打他！

最終，鄭峰蓋章認定：不管幕後推手是誰，反正老聶的烏鴉嘴是坐實了。

凌驚堂：申請聯盟發一個最佳詛咒獎給老聶。

歸思睿：附議！

葉竹：附議！不如大家聯名提議！

聶遠道摸了摸嘴巴，覺得自己十分無辜。罪魁禍首唐牧洲心情愉快地想：六大俱樂部齊全，即死牌的大量流通應該能給下個賽季帶來更多新鮮有趣的戰術思路，接下來，就該好好準備新的賽季了。

這幾天忙著幫胖叔做即死牌，差點忘了明天就是第十賽季的開幕式，所有俱樂部的職業選手必須出席。想到這裡，唐牧洲便在群裡提醒道：明天開幕式，我請大家吃飯。

聶遠道疑惑：突然請吃飯，該不會是心虛吧？

唐牧洲一點也不心虛：好久不見，大家一起聚餐敘敘舊。聯盟那邊會安排晚宴，我就請大家吃午飯吧。中午十二點帝華飯店頂樓包場，想來的朋友都可以來，還請各位賞臉。

畢竟坑了這麼多人，也該請吃飯補償一下大家了！

【第九章】

陳霄的祕密

謝明哲吃過午飯便回到個人空間繼續做卡。剛做了幾張黛玉卡，耳邊突然響起提示：「來自好友殘陽的語音訊息。」

謝明哲點開收聽，就聽殘陽副會長急切地說：「胖叔你好！我們聶神想找你商量點事情，不知道你現在有沒有時間？方便的話來一下我們公會，聶神在等你。」

謝明哲回覆：「如果是加入裁決俱樂部的事就算了吧，替我謝謝聶神！」

殘陽道：「不是加入俱樂部的事，聶神說，是關於武松這張卡牌版權的事。」

卡牌版權？武松的版權不是已經轉讓給裁決了嗎？謝明哲帶著疑惑轉身來到星系導航圖前，直接傳送去裁決公會領地。殘陽副會長親自來門口接他，一路將他帶到辦公室。

謝明哲推門進去，看見兩個熟悉的亂碼ID，是聶遠道和山嵐的小號。

山嵐的聲音依舊跟記憶中一樣溫柔，走到謝明哲面前微笑著道：「胖叔好久不見，沒想到短短幾天時間，你居然能做出針對各大俱樂部的十張即死牌，真是厲害。」

「嵐神過獎。」謝明哲直率地問道，「你們找我，是版權出了什麼問題嗎？」

聶遠道坐在旁邊不說話，山嵐就繼續語氣溫和地說：「是這樣的，我當初也說過，師父買你的武松卡版權並不是怕你這張卡，而是想認識你，邀請你加入裁決俱樂部。既然你現在已經確定不會加入裁決俱樂部，所以，師父想把這張卡牌的版權歸還給你。」

「……」謝明哲回頭看向聶遠道，不敢相信這樣的好事，「聶神不是在開玩笑吧？」

「我從不開玩笑。」聶遠道低聲說。

「其實，師父把版權還給你，還有個原因。」山嵐解釋說，「目前大部分主流卡組都被你針對了，但師父的猛獸卡組還沒被針對過，所以全聯盟都在懷疑我師父，覺得是他在暗中指導你。大家並不知道武松這張牌的存在，我們也不好解釋。把武松卡還給你，明天你掛在店鋪裡賣，就可以間接替師父洗清嫌疑。」

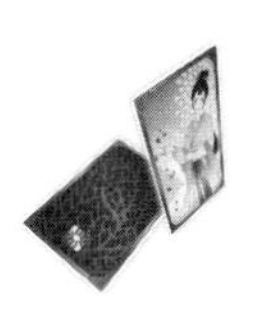

謝明哲有點想笑，可憐的聶神這是幫唐牧洲揹黑鍋了吧？

聶遠道從沙發上站起來，將一張武松卡遞給謝明哲：「這是我改版後的武松，你看一下。」

謝明哲仔細一看，他記得最開始做的武松生命、攻擊和防禦都是三百點左右，聶神得到卡牌版權之後修改了卡牌資料，如今的武松卡和其他即死牌一樣將重點屬性「敏捷」提升到了三十。更關鍵的是，技能描述也被聶神修改了。

對「猛虎類」卡牌造成重創，改成對「猛獸類」卡牌造成重創。

只改一個字，針對範圍就從單獨的老虎變成全部猛獸。

聶遠道顯然不知道「武松打虎」的典故，是按他自己的理解改的。卡牌畫面中的老虎被他模糊化處理，改成一群猛獸的影子，健壯的男人一拳砸向猛獸頭部，做出猛獸類即死判定，系統也審核通過了。

只是，他為什麼自己改卡針對自己？

謝明哲困惑道：「聶神，你這樣一改，不就把自己的卡組全部針對嗎？」

聶遠道平靜地說：「即死理念是唐牧洲率先提出來的，我當時也非常贊同。作為即死牌推廣的支持者，我怎麼能漏掉自己的卡組？」

謝明哲：「……」

大神的意識就是不一般。

山嵐看了眼師父，接著說：「胖叔，我師父釋出針對猛獸的即死牌，說明他根本不怕即死判定。賽場上瞬息萬變，即死牌只能秒掉對手一張卡，並不能完全影響戰局。武松這張牌就拜託你賣給各大俱樂部，以後到了賽場上，別人手裡有針對我和師父的牌，我們也有針對別人的牌，這樣才算公平。」

對方主動歸還版權，謝明哲沒道理不收，問道：「版權價格呢？」

山嵐道：「還是按三百萬金幣算吧。」

謝明哲怔了怔：「這怎麼行？我當初三百萬賣給你們的卡牌只針對了猛虎，聶神修改之後，這張牌能針對整個猛獸系，範圍擴大了這麼多，價格還維持原樣嗎？」

山嵐溫言道：「沒關係，我們把卡牌還給你又不是為了賺錢。這張卡本來就是你的創意，我們拿著也沒什麼意思，你掛在自己的店鋪裡賣吧，正好湊足十張即死牌。」

對方的態度這麼友好，謝明哲沒再糾結，乾脆地道了聲謝，和殘陽副會長當面交易三百萬遊戲幣，去版權中心拿回了武松卡的版權。

回到個人公寓後，謝明哲把改版後的武松複製一張發給唐牧洲：「唐神，當初跟你說過賣給聶神的卡，就是這一張，他今天又還給我了。」

唐牧洲很快回覆：「老聶這樣做很明智，就算他不把卡牌還給你，別的俱樂部馬上也會針對他做出猛獸系的即死牌，還不如把這個功勞給你。而且，這幾天群裡確實在懷疑他和你合作，他這樣也能洗清嫌疑。」

謝明哲好奇道：「就沒人懷疑是你跟我合作嗎？」

唐牧洲的聲音帶著笑意：「我藏得很深。你可別說出去，不然我要完蛋。」

謝明哲：「……」

突然很想說出去，讓大家看看這位大神的真面目。

謝明哲趕走腦海裡這種不大友好的想法，轉移話題道：「當初賣掉武松的版權我一直很後悔，現在好了，十張即死牌全部湊齊，夠我賣一段時間的。」

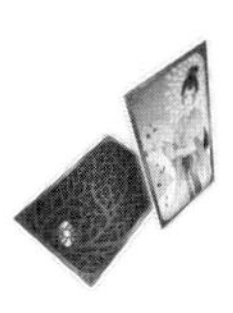

唐牧洲問：「暗夜之都找過你嗎？」

正說著，謝明哲耳邊就聽到系統提示：「您有新的郵件。」打開一看，居然真是暗夜之都發來的：胖叔您好，我是暗夜之都公會的會長，有時間的話請您來我們公會做客，我們家裴神和小竹都很想認識你。

唐牧洲真是預言家，剛一說完對方就找上門來了。

謝明哲道：「他們剛發郵件找我，唐神覺得他們找我是想做什麼？」

唐牧洲道：「以我的推測，小裴大概會找你買卡。他是一個對新鮮事物接受度很高的人，每次出了新卡，他都要第一時間買回去研究。」

暗夜之都的情況，謝明哲之前查資料的時候也瞭解過一些。暗夜之都是六大俱樂部中最年輕的一支，第七賽季才成立，但發展勢頭很猛。葉竹的蝶系卡和裴景山的蠱蟲卡都很出名，他們的卡牌雖然防禦低，但勝在輕盈靈巧，機動性極強，由於葉竹有一張非常變態的隱形追蹤蝶，這對雙人組合的暗殺能力在全聯盟排第一。

對於裴景山的蠱蟲卡，唐牧洲沒有建議他製作專門針對的即死牌，關鍵在於蠱蟲卡在死亡後會分裂、重生，甚至有些卡還能爆發蠱毒反擊對手，和方雨大神的亡語系卡組一樣，是很克制即死判定的。

謝明哲來到星系導航圖前，點擊新出現的小星球，傳送到暗夜之都。

暗夜之都的建築全是深紫色，路上也鋪滿了紫色的晶石，整個公會的領地有點像是魔幻世界裡的神祕古堡。謝明哲跟著接待妹子走進辦公室，發現他家的徽章設計很別致，圖案是一座魔幻古堡，頂端寫著「暗夜之都」四個大字，紫色光效環繞在字體周圍，神祕感十足。

辦公室裡坐著兩人，其中一位成年男人站了起來，很溫和地道：「胖叔你好，我叫裴景山，是暗夜之都的職業選手。這位是喜歡蝶系卡的選手葉竹。」

謝明哲直接問道：「兩位找我有什麼事嗎？」

裴景山道：「我想從你手裡預訂卡牌，畢竟你的店鋪太多人蹲守，一張一張地買，我們會長也買不齊，所以才想直接跟你本人預訂。你現在應該畫完全套即死牌了吧？優先賣我四套，價格比你店鋪的翻一倍怎麼樣？」

果然是想買卡回去研究，看來唐神對這位對手非常瞭解。

謝明哲爽快點頭，「沒問題。不過四套卡牌工作量太大，我明天再給你們行嗎？」

裴景山很禮貌地說：「多謝胖叔。」

葉竹走過來看著謝明哲，好奇地問道：「胖叔，把我們的卡組透露給你的人到底是誰？是不是聶神啊？」

謝明哲微笑：「沒有人給我透露卡組，是我自己查的資料。」

葉竹懷疑地看著他，「是嗎？我總覺得是聶神，不然他的烏鴉嘴怎麼會這麼準？」

謝明哲：「……」

可憐的揹鍋俠聶神，明天就幫你洗清嫌疑。

謝明哲吃過晚飯再次上線時，池青私聊了他，直接發給他一份清單。清單上有每一張卡牌的銷售記錄，以及店鋪每天的收支帳務和這幾天的總收入，池青道：「看你太忙，我幫你整理了店裡的帳務，以前工作室的帳務也是我整理的，做起來比較熟練。」

謝明哲道：「謝謝青姐！」

他看了眼清單，光是這幾天賣卡的收入就達到一千萬遊戲幣，加上明天再賣出的一批即死牌，

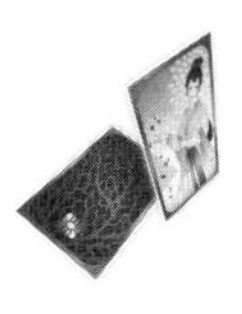

以及裴景山說要以翻倍價格預訂的那四套即死牌，這一週的收入，應該能輕鬆突破兩千萬遊戲幣。這麼多的錢，換成以前他做夢都不敢想。

可是如今，他看著這些數字，心裡卻並不滿足。

自從認識唐牧洲後，他瞭解到很多關於聯盟和卡組的事情，也見過好多大神的小號，那些人的意識是現在的他還遠遠比不上的。豐富多樣的卡牌、競爭激烈的聯賽、豪門俱樂部、性格各異的大神們……無一不在吸引著他繼續探索這個世界。

只會做即死牌還不行，只開店當老闆也遠遠不夠。

他想完善整個人物卡組，他想成立屬於自己的俱樂部，他想將那些璀璨的華夏文明介紹給這個世界的人。

十張即死牌的收入能讓他一輩子衣食無憂，但這只是起點而已。

謝明哲深吸口氣，從店鋪取出一千萬遊戲幣掛在星卡銀行。片刻後，他的手機就開始收到銀行短信瘋狂刷屏，金幣成功售出換成了現實貨幣，他卡裡的餘額從最開始的兩百晶幣，變成了現在的一百三十萬晶幣。

謝明哲心情愉快地道：「明天中午我做東，請大家吃飯！咱們好好吃一頓大餐！」

次日中午十一點三十分。

天天蹲守卡牌專賣店的葉竹又一次在聯盟群裡冒出來：給大家看看胖叔店裡的新卡，武松打虎，居然是針對整個猛獸卡組的！聶神你還好嗎？

鄭峰：這麼說，我們冤枉老聶了嗎？

凌鷺堂：真不是你？

聶遠道很淡定：嗯，都說了我和胖叔不熟。

山嵐緊跟著附和：我師父和胖叔確實不大熟，胖叔先針對了我的飛禽，然後是師父的猛獸，他怎麼會和我們裁決有關係？

知道真相的唐牧洲：我猜，胖叔應該是調查過賽場上的主流卡組，然後趁著即死技能剛加入資料庫，迅速做出一批即死牌拿來賣。這對大家來說其實是好消息。

葉竹：他昨天確實是這麼說的！

裴景山：牧洲說得也有道理，他既然是自由設計師，就不會讓某家俱樂部獨自吃虧，所以他做的卡牌針對了全聯盟，以示公平。

即死牌事件算是告一段落，到底有沒有人和胖叔合謀，大家也不想繼續深究。如裴景山所說，既然大部分卡組都被針對，那就不算是針對。

目前更應該做的，是迅速熟悉這種新增的戰術牌，看看怎麼把戰術牌融入到自己的卡組，同時也該考慮怎麼破解對手的秒殺技。

唐牧洲迅速轉移話題：快十二點了，我在飯店頂樓等你們，大家小心別引來記者。

葉竹：吃飯這種事我最積極了，我和裴哥已經在酒店大廳，馬上就來！

山嵐：我跟師父還在路上，很快就到。

鄭峰：我剛剛把車停好，看見老凌的車也在車庫，今天人還挺多的啊？

凌鷺堂：有人請吃飯，不來白不來嘛。

鄭峰：咳，別這麼直接！

群裡熱熱鬧鬧地聊著天，唐牧洲此時已經在頂樓等候，風華俱樂部的選手們全都在場，薛林香則帶了幾位保全去飯店大廳，一方面是接待前來的大神們，另外也是要盯著門口，別把狗仔記者放

進來。

同一時間，謝明哲和代練工作室的夥伴們也來到了帝華飯店。這家飯店距離他們工作室只有一公里路程，是附近評價最好的高檔餐廳，大家直接步行過來。

五人邊走邊聊，很快就來到帝華飯店門口。一名穿著淺藍色連衣裙的長髮女孩一見大家就跑了過來，「陳哥，胖子，金躍，姊！好久不見！」

龐宇和金躍顯然很激動：「瑩瑩？妳怎麼在這啊？」

池青道：「昨晚我問了一下瑩瑩，她正好回來了，小謝就讓我把她也叫過來認識一下。」

這位女生就是之前請假去結婚的池瑩瑩，也是因為她的暫時離開，工作室刷副本的人手不夠，陳哥才會招聘一位臨時員工，被謝明哲湊巧碰上。

謝明哲主動上前一步，「瑩瑩妳好，我是工作室的新成員，謝明哲。」

池瑩瑩雖然是池青的妹妹，但姊妹倆容貌完全不同。池青是很俐落冷淡的女生，身高超過一百七十五公分。池瑩瑩長得小巧玲瓏，身高在一百五十五公分左右，臉上笑咪咪的十分可愛。聽說她二十五歲，已經結了婚，但光看長相就像十八歲的小女孩似的。

池瑩瑩友好地跟謝明哲握了握手，「小謝是吧？你的事情我姊已經跟我大概說過了，真是厲害啊！我特別好奇你做的那些卡，回頭能不能拿給我看看？」

謝明哲道：「當然沒問題。」

陳霄扭頭問她：「怎麼這麼快回來？」

池瑩瑩道：「我先生請的婚假本來就只有兩週，辦婚禮用掉一週，蜜月只剩一週。他今年當住院總醫師，醫院那邊事情特別多，很難走得開。」

陳霄了然：「喔，以後再讓劉醫生給妳補上。」

池瑩瑩笑道：「沒關係，反正我們認識這麼多年，想去旅行隨時都可以。」

池青平靜地說：「你們要站在門口聊天嗎？先進去吧。」

一行六人走進大廳，就在這時，一個身材高䠷、綰著髮髻的幹練女人帶著幾位保全從電梯裡出來，女人戴著大大的墨鏡遮住了半張臉，穿著一身都市女白領的職業西裝裙，腳踩黑色高跟鞋，走路的姿勢雷厲風行。

她從眾人的身邊走過，走到門口，驀地停下腳步，回過頭：「等等。」

對方的聲音很清脆，聽著似乎有些耳熟，謝明哲以為她在叫別人，便沒有理會。但是很快地腳步聲就在背後響起，像是一路小跑，而這時候，陳霄、池青眾人已經進了電梯，按下關門鍵。

在電梯即將關上的那一刻，謝明哲從門縫裡看清了對方的臉。

女人摘掉墨鏡後的臉很漂亮，一雙眼睛明亮有神，正瞪大了盯著他們看，似乎人群裡有她認識的熟人。

謝明哲和她目光相對，怔了怔，想按開門鍵，可電梯門已經徹底關上了。

超快速的電梯轉眼間就升到了高空，謝明哲疑惑地撓撓頭，道：「剛才那個女的，是不是有話要跟我們說？她好像是追過來了。」

龐宇哈哈笑道：「不會吧？你們誰認識她嗎？」

金躍：「不認識。」

謝明哲看向陳霄，發現他正背過身看著透明電梯的觀景窗。謝明哲問：「陳哥認識嗎？」

陳霄聲音平淡：「不認識。」

謝明哲也沒有多想，以為只是個誤會。

六人在最頂層停下來，走出電梯，剛想往前走，就看見大螢幕上打出一條公告：「今日頂樓自助餐廳已被包場，沒受到邀請的客人請止步。如果想用餐，十六樓的特色餐廳歡迎您的光臨。」

謝明哲怔了怔：「包場？」

龐宇有些不甘心地低聲吐槽：「這家是附近出名的高檔餐廳，平時沒那麼多人，今天是什麼日子啊？頂樓自助餐廳那麼大，好幾百個座位，居然被包下來，這是開會還是辦婚禮？」

金躍無奈道：「看來是我們來得不大湊巧。」

出來吃飯就是為了跟大家好好聊聊，既然自助餐廳不巧被人包了下來，也沒必要因為這點小事影響心情。謝明哲笑著建議道：「要不我們去十六樓的特色餐廳吃飯吧？同一家酒店，味道應該也差不到哪去。」

陳霄乾脆地點頭，「走吧。」

眾人剛要往前走，旁邊另一部電梯門突然打開，是剛才踩著高跟鞋的那位女人追了上來，她來到陳霄面前，深吸口氣穩住情緒，道：「小陳，果然是你嗎？」

陳霄皺眉：「您認錯人了。」

這時候，又一位少年從自助餐廳的方向過來，他的頭髮是引人注目的淺金色，眼睛是天空般的藍色，像個洋娃娃似的，就是身高有些矮，高度才到謝明哲的胸口。

少年跑到女人面前說：「薛姐，師父讓我告訴妳一聲，聶神那邊不小心被記者給追上，正在想辦法甩開狗仔隊，大部分人會改道從後門進來。」

薛林香「嗯」了一聲，轉身看向陳霄，「今天小唐做東請客，你不想見見他嗎？」

陳霄的臉色十分冷淡，「我不知道您在說什麼，您真的認錯人了。」他說罷便轉身走進電梯裡，謝明哲和工作室的人面面相覷，只好跟上他。

今天的陳霄依舊沒怎麼打扮，頭髮有些凌亂，垂下來遮著眼睛，一雙黑眼圈非常明顯。衣服剛才出門的時候隨便換了一件，但也只能算乾淨而已。

電梯裡大家都沉默著，氣氛有些古怪，謝明哲聰明地沒有多問。但小胖是個沒什麼心眼的人，很疑惑地問出聲來：「陳哥，這女的一直追著你，她是誰啊？該不會是你前女友……」

金躍用力捅他的腰，小胖這才意識到說了不該說的話，立刻閉嘴。好在陳霄並沒有生氣，他的神色出奇地平靜，淡淡地道：「我都說了不認識，大概是認錯人了。」

這解釋很牽強，那個女人追他一路，不像是認錯人的樣子。情況明顯不對勁，但陳霄不想多說，大家也不方便繼續追問。

謝明哲注意到剛才那位少年對女人的稱呼是「薛姐」。

他總算想起來她的聲音為什麼耳熟。當初他在拍賣會上拍賣黛玉這張卡，風華公會找他過去，當時薛姐和唐牧洲都在場。薛姐很想買下黛玉卡的版權，還開出一千萬遊戲幣的高價。

遊戲裡的那個女人也是穿著一身職業化的西裝裙，容貌大概進行過修改，和真人看著有些差別。但是遊戲裡薛姐的聲音，和剛才的女人一模一樣！

果然是風華俱樂部的選手經紀人薛林香吧？

她提到「今天小唐請客」，那麼，她口中的「小唐」是不是風華俱樂部的職業選手唐牧洲？剛才那個金髮少年，是傳說中唐牧洲的徒弟沈安？

頂樓直接包場，大概是聯盟有什麼活動。

謝明哲好奇極了，薛林香怎麼會認識陳霄？陳哥和她到底什麼關係？

飯店頂樓，自助餐廳內。

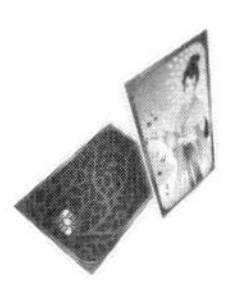

聶遠道和山嵐一前一後走進來，唐牧洲迎上前去，「兩位怎麼會被記者跟上？」

「可能因為今晚有開幕式，我們剛從裁決俱樂部出來就被記者盯上了。」山嵐抱歉地笑了笑，說，「師父開車換了條路甩掉狗仔，讓大家等這麼久，實在不好意思。」

「客氣什麼，還沒開飯呢，快進來吧。」唐牧洲招呼兩人走進大廳。

大廳裡居然來了上百人，唐牧洲在聯盟的號召力可見一斑。見人來得差不多，唐牧洲便朗聲說道：「謝謝各位賞光，我想大家都餓了，先吃飯吧，今天一定要吃得盡興！」

「謝謝唐神請客！」

「那我們就不客氣了！」

餓壞了的眾人立刻拿著餐盤開始挑選食物，餐廳裡頓時變得十分熱鬧。比起聯盟官方正式的晚宴，大家更愛這種私下的聚會，畢竟沒有聯盟的高層在，大家也可以暢所欲言。

唐牧洲拿起餐盤剛要挑些吃的，就見薛林香走進大廳。她的臉色似乎有些蒼白，唐牧洲走上前去，關心地問：「薛姐妳臉色不大好，發生什麼事了嗎？」

薛林香深吸口氣，似乎在猶豫要不要告訴對方。片刻後，她才下定決心，道：「我剛才看見陳霄了。」

唐牧洲的眼睛陡然瞇起來，壓低聲音：「妳確定是陳霄？」

薛林香點頭，「小陳變了很多，但我還是能認出來，我跟他打招呼，他卻說我認錯人……」

唐牧洲輕輕皺起眉，「他現在在哪裡？」

薛林香道：「說要去十六樓的餐廳吃飯，你想去找他嗎？」

唐牧洲平靜地說：「不用了。以我對他的瞭解，既然遇見了妳，知道自助餐廳今天有聯盟選手聚會，為免撞上其他熟人，他肯定不會留在這家飯店——我想，他已經離開了。」

薛林香怔了怔，神色有些失落，「他裝作不認識我，大概也不想見到你吧……」

這時候沈安跑了過來，道：「師父，聶神他們叫你過去聊天。」

唐牧洲輕輕拍了拍薛姐的肩膀，以示安慰，轉身和沈安一起離開。

電梯內，陳霄果然按下一樓，顯然不想去十六樓吃飯。他像沒事人一樣笑著提議道：「我知道附近還有一家環境很好的燒烤店，小胖不是愛吃肉嗎？不如我們去吃烤肉吧。」

謝明哲知道他是有意避開薛林香，立刻給他臺階下，「沒問題，這家自助餐廳我們以後再來，今天就去吃烤肉。」其他人當然沒意見。

眾人在陳霄的帶領下過了馬路，來到對面的一家燒烤店。

陳霄找服務生要了間包廂，大圓桌帶八個座位，每個座位面前都有燒烤盤，智慧自動加熱，不會產生煙霧，烤出來的肉鮮美可口，灑上祕製香料後，就連對食物頗為挑剔的龐宇都嘖嘖稱讚：「好吃！超好吃！陳哥，這麼好的地方以前怎麼沒聽你介紹過？」

陳霄笑道：「怕你這吃貨知道以後天天嚷著要來。」

龐宇咳嗽一聲：「你真瞭解我！」

眾人邊吃邊聊，龐宇笑咪咪地看著謝明哲說：「小謝，你真厲害，一週時間做出十張原創卡，你哪來這麼多稀奇古怪的想法？」

金躍緊跟著問：「小謝，你做的卡畫風都很特別，是學過美術嗎？」

謝明哲道：「我從小學畫畫，今年剛考上帝都大學的美術學院。」

龐宇佩服地伸出大拇指：「有想法還會畫畫，怪不得能做那麼多原創卡。照我說，你也別去念什麼美術學院，你光是畫卡牌賺的錢，都比得上很多人幾十年的收入了……」

陳霄打斷胖子的話，看向謝明哲：「別聽小胖瞎說，這件事不急著決定。其實，我覺得你更好的出路是原創型職業牌手，如果你有這方面的興趣，我再幫你慢慢籌劃。」

陳哥的話正合謝明哲的心意，他立刻點頭：「陳哥，不瞞你說，我確實想過當職業牌手。」

眾人聽到這裡，齊齊抬頭看向謝明哲。

謝明哲說：「我能做這麼多即死牌，只是運氣好占了先機，這些卡牌最多賣一個月價格肯定會跌。不管多有錢，總有一天會坐吃山空，不如我們好好計畫一下將來該怎麼辦。」他回頭看向陳霄，認真地問：「陳哥，如果我們自己成立俱樂部，你覺得可行嗎？」

陳霄有些意外，片刻後才低聲說：「成立俱樂部可沒你想的那麼簡單。」

謝明哲道：「我知道不簡單，但我想確定一個目標先朝這方向努力。如果我能做出一套完整的人物卡組，就去打比賽試試，成績好的話再成立俱樂部。如果不行，咱們就退一步，專門賣卡賺錢也可以。」

陳霄笑了笑，眼含讚賞：「你倒是挺有想法。不過，像你這樣自創俱樂部，聯盟也曾有過先例，一位是第五賽季的唐牧洲，創建了風華。另一位是第七賽季出道的裴景山，創建了暗夜之都。但這兩人後臺都很硬，唐家是商界巨頭，裴家在政界很有威望，他們很容易拉到投資，加上自己也拿過冠軍，成立俱樂部後發展得很好。而你，應該沒那麼大的後臺吧？」

謝明哲道：「你們就是我的後臺啊。」

他這句話說得很輕鬆，反倒讓在場的大家都愣了愣。

謝明哲微微一笑，接著說：「有錢有勢的人創建俱樂部確實會輕鬆很多，但我想大部分選手的家境都比較普通，打比賽又不是拚家世背景，關鍵還是自身實力。只要實力足夠，一切都好說。」

如果實力強大到能拿下冠軍，根本不用發愁投資的問題，而且還會有很多選手慕名而來。只不過，聯盟競爭激烈，他真的有這樣的實力嗎？

陳霄仔細看著面前的少年，低聲問：「小謝，能不能告訴我，你父母是什麼工作？你這些稀奇古怪的製卡創意到底是從哪來的？」

謝明哲重生一次，帶有地球時代的記憶，這件事萬一被人知道很可能給他帶來無數麻煩。今天是陳霄開口詢問，以後肯定還會有很多人好奇地問這種問題，他昨晚就仔細地想好了應對的方法。

「其實我騙了大家，我沒有家人，我是個孤兒。」謝明哲說。

「孤兒？」眾人瞪直眼睛，不敢相信每天樂呵呵的傢伙居然是個孤兒。

「沒錯。」謝明哲神色坦然地解釋道，「我從小就在孤兒院長大，今年六月參加考試，被帝都大學美術系錄取，我來帝都打工本想攢一些大學的生活費，結果去面試工作的時候不小心從三樓摔下來，摔破頭變成植物人，在帝都大學的附屬醫院躺了一個月。」

到此為止他說的全是實話。但這經歷實在是有些玄乎，大家都半信半疑。陳霄覺得很不可思議：「所以，你之前說的住院，是摔壞腦袋，變成了植物人？」

「是的。」謝明哲補充道：「我從小愛幻想，想到好玩的片段就畫下來練筆。這次在醫院昏迷了一個月，醒來後精神力反倒比以前更強，腦子裡畫畫的靈感也一直沒有斷過。」

以後如果出名了，他的來歷、背景肯定會被扒得清清楚楚。他把真真假假結合在一起說，變成植物人住院的紀錄清晰可查，孤兒、帝都大學美術系學生，這些身分都是真的。別人就算起疑心也找不到任何漏洞。

池瑩瑩聽到這裡忍不住插話道：「我聽我老公說過，他們醫院的神經外科曾經有位姓謝的植物人，昏迷了一個月，前幾天突然甦醒，已經建康出院，他還說這是醫學上的奇蹟。那個人該不會就是你吧？」

謝明哲很是意外，「這麼巧？妳先生是附屬醫院的醫生？」

池瑩瑩笑道：「他是心內科的，就在神經內科的樓上。據說植物人甦醒的例子極為少見，你出

院的事情好多醫生都知道，他說像你這種深度昏迷的病人，甦醒的機率不到百分之一。」

池瑩瑩的老公正好是那家醫院的醫生，這下謝明哲也不用多解釋了，池瑩瑩就是他的間接證人。瑩瑩這麼一說，在場眾人也立刻打消疑慮，紛紛表示小謝真的是運氣好，摔成植物人不但能醒來，沒變成傻子反倒比以前更機靈了，這不就是上天的眷顧嗎？

陳霄拍拍謝明哲的肩膀，很是感嘆地道：「你一個孤兒這麼多年也不容易。放心，以後有我們幾個，我們會把你當成家人一樣看待。」

謝明哲主動舉起酒杯，誠懇地道：「遇到大家也是我的運氣。要不是當初陳哥肯給我機會，我根本不會接觸《星卡風暴》這個遊戲，更不會發現自己的製卡天賦。陳哥，你們是我的貴人，我敬大家一杯！」

陳霄爽快地舉起杯，「好，既然你都這麼說了，那從今天開始大家就是自己人。希望大家齊心協力，全力協助小謝！」

眾人很激動地舉起酒杯，一飲而盡。

謝明哲喝完紅酒，立刻切入正題：「既然決定合夥，今天也跟大家商量一下分潤的事情，陳哥之前說店鋪的收入每人抽成百分之二，大家有什麼意見？」

龐宇聽到這裡眼睛都亮了：「沒記錯的話，光是今天中午店鋪的收益就有六百萬金幣，給我百分之二那就是十二萬金幣，比得上以前半個月的收入了，這也太高了吧？」

陳霄道：「小胖說得對。我當初跟你說百分之二，但沒想到店鋪的收入會這麼高，還以為你只做幾張牌，一個月最多賺幾十萬。以目前的收入來看，你給百分之零點五都很高了。」

謝明哲笑著說：「真正齊心的團隊不是有錢就可以請到的，就按百分之二算吧。」他想找幾個真心實意願意幫他的夥伴，不管將來發生什麼，至少在他的背後還有這幾個人願意支持他。

錢可以再賺，但信任的夥伴卻千金難求。

陳霄嚴肅地看著謝明哲，「把這麼大的利潤分給大家，你真的願意？」

「為什麼不願意？」謝明哲爽快地說：「給大家分潤，大家也會更有動力。雖然我們的小店才剛剛開業，但我很有信心。」

海量人物素材存放在他的腦子裡，以後他肯定會做出更多的卡牌，他為什麼不能把眼光放得長遠一點去開創一番事業？以前是孤兒的時候，再糟糕的情況他都經歷過，又有什麼好怕的？

陳霄看著少年坦然自信的模樣，心裡頗為震撼。既然謝明哲如此自信，又有原創卡牌的天賦，看來，自己的計畫也該提前準備……

陳霄低下頭沉思起來。

眾人興奮地在外面玩了一個下午，直到晚上天黑才回去。

謝明哲洗完澡來到二樓陽臺，又一次看見陳霄站在陽臺抽菸。猜到陳哥有話要說，他便推開陽臺的門走進去：「陳哥還不睡嗎？」

陳霄轉過身，認真地盯著謝明哲的眼睛。

平日裡吊兒郎當的頹廢青年，難得一臉嚴肅的表情。他的目光格外深沉，用獨特的沙啞嗓音問道：「小謝，既然你真的打算在原創卡牌這條路上走下去，那我有件事想要幫你，也可以說，是請你幫我。」

「你幫我，又請我幫你？」謝明哲被他說懵了，「到底什麼事啊？陳哥。」

「我想帶你去見一個人。」陳霄頓了頓，「本來不該驚動他，但我覺得他肯定可以幫到你。」

只是陪著去見一個人，陳哥的態度卻如此慎重，顯然是很重要的人。謝明哲點頭答應下來，「沒問題，是去見誰？」

陳霄沉默片刻，才帶著一絲懷念的語氣說：「我哥哥，陳千林。」

哥哥？謝明哲還以為他哥哥已經不在了……等等，千林這個名字怎麼有些耳熟？

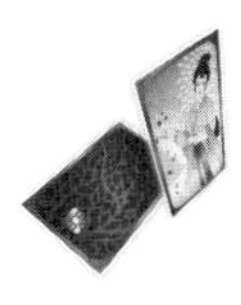

謝明哲突然想起來，唐牧洲在遊戲裡開的那家餐廳就叫千林餐廳，會不會和陳千林有關係？今天薛姐明顯認識陳霄，這麼看來，陳霄的哥哥和唐牧洲有關係的機率非常大。

謝明哲強忍住好奇，問道：「見你哥哥，什麼時候去？」

「明天吧，這件事不能再拖了。」陳霄走過來，鼓勵地拍拍謝明哲的肩膀，低聲說，「我哥是真正的製卡天才。如果他肯指導你的話，你肯定能更快地掌握戰鬥卡的製作技巧。只是他離開聯盟很久，也不大……喜歡見到我。」陳霄的眼中閃過一絲失落，但很快振作起來，微笑著說：「我會儘量說服他收你當徒弟，你先休息吧，明天早點起來，我們九點出發。」

看見男人臉上複雜的神色，謝明哲很聰明地沒有多問，點點頭：「好，陳哥晚安。」

宿舍裡，小胖四肢大開，躺在床上睡得十分香甜。

謝明哲放輕腳步來到床邊，打開抽屜拿出了自己的那臺筆記型電腦。

沒有當面問陳霄關於他哥哥陳千林的事情，是怕對方尷尬，不好開口。謝明哲決定自己查。他在搜索網站輸入「陳千林」三個字，結果瞬間出現了幾千萬條的搜索結果，謝明哲嚇了一大跳——這流量都比得上地球時代娛樂圈的當紅明星了。

星卡聯盟超高人氣選手陳千林因卡牌版權問題將聖域告上法庭……

陳千林與聖域俱樂部版權糾紛案即將在十二月二十五日開庭審理。

陳千林敗訴，聖域要求陳千林賠償八千萬違約金！

夏季全明星賽結束，陳千林宣布退役。

第五賽季職業聯賽開始，十八歲新人唐牧洲個人賽連勝三十場，打破個人賽最高連勝紀錄，據

知情者爆料，唐牧洲真實身分為陳千林的親傳徒弟！

謝明哲猜到陳千林和唐牧洲有關，但沒想到居然是唐牧洲的師父。所以遊戲裡那家「千林餐廳」是陳千林自己開的嗎？他帶著疑惑繼續往下看——

唐牧洲連勝破五十場，誰能擋住天才少年連勝的腳步？

陳千林愛徒唐牧洲擊敗土系老選手鄭峰，進入四分之一決賽！

唐牧洲擊敗裁決首席牌手聶遠道，進入二分之一決賽！

唐牧洲擊敗金系鼻祖凌驚堂進入總決賽！

唐牧洲擊敗水系代表蘇洋獲得個人賽總冠軍，他是職業聯盟史上年紀最小的冠軍！

新人唐牧洲斬獲個人賽冠軍，公開感謝恩師的培養，頒獎禮上陳千林並未露面！

謝明哲看著這一條條觸目驚心的新聞，幾乎能想像五年前席捲聯盟的那一場驚濤巨浪。

唐牧洲，一個剛出道的新人，個人賽連勝五十場，將無數大神斬落馬下，以勢不可擋的氣勢一舉拿下總冠軍。

而唐牧洲出道的那個賽季，正好是他師父陳千林退役的時候。

從論壇、新聞中的各種資訊可以發現，星卡聯盟一直有個說法叫「五系鼻祖」。早在第一、二賽季的時候，星卡聯盟曾出現過五位非常出色的職業選手，金系兵器牌的開創者凌驚堂、火系野獸卡組的開發者聶遠道、土系防守反擊打法的鼻祖鄭峰、水系控制流蘇洋，以及木系植物卡組的創始人陳千林。這五個人是星卡牌盟職業聯賽的奠基者，如果沒有他們，就不會有後來那麼多豐富多樣的卡牌流派出現。

當時，這五位大神的人氣都很高，陳千林也有無數的粉絲，所以他那場官司糾紛鬧得沸沸揚揚，幾乎驚動了整個職業聯盟和星卡遊戲官方，最後官司敗訴，引發軒然大波，他的粉絲們集體圍攻聖域俱樂部，將聖域的網站灌爆癱瘓，而接下來陳千林的退役也徹底改變了聯盟的格局。

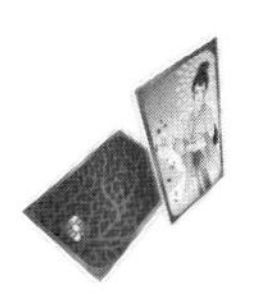

由於這次版權糾紛案，使得聯盟所有俱樂部重新修訂選手合約，好幾位選手因合約跳槽，整個聯盟動盪不安。各大俱樂部開始重視版權問題，以後的合約也越來越嚴苛。

第五賽季，星卡聯盟個人實力最強的是來自流霜城俱樂部的水系奠基者蘇洋。除了蘇洋外，火系聶遠道、金系凌驚堂、土系鄭峰也都是非常強的大神。相對來說木系卡組整體低迷，加上陳千林退役，整個聯盟用木系套牌的選手屈指可數。

就是在這樣木系卡牌被整體唱衰的情況下，唐牧洲橫空出世。

十八歲的鋒銳少年，一手原創植物卡組打得全聯盟心驚膽戰，就連聶遠道、鄭峰這些老選手都忍不住讚賞這位後輩選手的天賦。

少年容貌英俊，微笑起來彬彬有禮，乍看之下根本沒法從他的身上感覺到威脅，可是一旦到了賽場上，這位少年的打法卻極為果斷狠絕，千年神樹的範圍絞殺，各種藤蔓的捆綁連結，也成了賽場上一道獨特的風景。

在拿下個人賽冠軍後，唐牧洲接受了採訪，他面對鏡頭微笑著說了很長的一段話：「千年神樹這張牌是為了感謝我的恩師陳千林而做的，所以卡牌的名稱中加入了他姓名裡的『千』字。但我並不是為他復仇而來。師父是個淡泊名利的人，退役是他自己的選擇，他也不會希望我帶著復仇的心態去打比賽。我來到聯盟，只是因為我很喜歡這片賽場，我會繼續豐富自己的卡組，給大家帶來更多精彩的比賽。師父已經決定離開，不再關心聯盟的事，他找到了更適合自己的生活，也請大家不要再去打擾他。以後木系卡組，有我。」

——木系卡組，有我。

簡單的幾個字讓所有對木系卡失望的玩家們重新燃起了信心！

那時候的唐牧洲只有十八歲，卻能說出這樣的話，讓無數前輩大神都忍不住讚賞。也是從那天起，陳千林徹底退出遊戲舞臺，木系則有了唐牧洲這位更加可怕的選手。

拿下冠軍的唐牧洲並沒有簽任何俱樂部。他自己帶著經紀人薛林香和風華公會的會長紅燭，親自成立了風華俱樂部，並且在合約上加了一條「所有唐字LOGO的原創卡牌版權皆歸屬唐牧洲」的補充協議。

當時的風華只有他一位選手，直到第六賽季他才招攬了一些志同道合、喜歡木系卡的同伴，如今的風華俱樂部已經能跟裁決、流霜城這些老牌俱樂部抗衡，可見唐牧洲除了個人實力頂尖，帶隊的能力也是一流。

唐牧洲如今的地位，已經能和聶神、鄭峰、凌驚堂這些老前輩們比肩，他還親自帶出來一位天才小徒弟沈安。但是不管人氣多高，唐牧洲從不掩飾對恩師的感謝。他甚至說過這樣的話：「在我心裡，師父永遠是最優秀的職業選手。」

可惜，陳千林再也沒有露過面。或許是因為當年的官司敗訴對他打擊太大，讓他不想繼續留在聯盟，又或者他只是厭倦了。

謝明哲翻了好幾十頁的新聞，關於陳千林的消息就只在他退役的那一刻戛然而止。

退役之後去了哪裡？在做什麼？沒有人知道。

他就這樣消失了將近五年。

看完這些新聞後，謝明哲的心情久久不能平靜。

他沒有來得及參與第五賽季的那一場動盪，但他能從留下來的文字、圖片中，清晰地感受到當年陳千林的心灰意冷，以及少年唐牧洲勢不可擋的鋒銳。

這對師徒是星卡聯盟的傳奇人物，沒想到自己居然會和兩個人扯上關係。

謝明哲總算明白唐牧洲為什麼會耐心地指導他，因為他的出現和當年唐牧洲在黑市發跡的歷史非常相似。五年前，懵懂無知的少年唐牧洲，幸運地得到了大神陳千林的教導，所以在看到謝明哲這樣有天賦的新手時，唐牧洲才會順手幫一下，也算是對恩師的一種紀念。

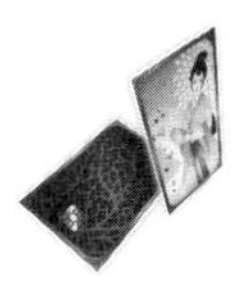

謝明哲本以為自己和唐神只是遊戲裡的朋友，在現實中不會有任何交集，沒想到他所在的代練工作室老闆陳霄的哥哥，居然正是唐牧洲的師父。

他湊巧加入陳霄的代練工作室、又湊巧做出針對唐牧洲的黛玉葬花卡、在黑市賣卡引起風華公會關注、拍賣會上的黛玉卡被唐牧洲高價拍下、千林餐廳初次相見……

無數條線將他們連接在一起，最終指向同一個終點——陳千林。

大概這就是緣份？

他在遊戲裡和唐牧洲成了朋友，明天他還會見到唐牧洲的師父陳千林。

唐牧洲已經夠厲害的了，這位師父到底有多厲害謝明哲根本無法想像。如果陳哥真能說服這位傳說中的「木系鼻祖」收他當徒弟，對謝明哲來說絕對是天降甘霖。

陳霄在床上輾轉反側，一直失眠到凌晨三點才迷迷糊糊地睡著。

夢裡又回到哥哥離開的那天，陳千林的目光就像在看一個從未相識的陌生人，他就這樣冷冷地看著陳霄，聲音平靜地說：「既然你已經十八歲成年了，以後我不會再管你，也不想再見到你。這套房子、還有卡裡的存款，就當是我給你的成年禮物吧。」

他放下房子的鑰匙和一張有數百萬存款的銀行卡，提著行李轉身離開。

陳霄飛快地追上去，猛地拉住他的胳膊，緊張得臉色一片慘白，聲音都在發顫：「哥，你別走，我錯了，我昨晚喝醉酒，神志不清，胡說八道的那些話你別放在心裡，你別不理我啊，我真的錯了……」

陳千林打斷他，「這些年我一直把你當弟弟看待，沒想到你會有這樣的心思。撫養你到十八

歲，我已經盡到了兄長的責任。陳霄，從今天起我們各過各的，不要再聯繫了。」

他的眼睛就像是冬天的湖面結了層冰。

陳霄僵在原地，喉結上下滾動，卻說不出一句話來。

陳千林就這樣離開了。

如果說官司的敗訴對他是巨大的打擊，那一向疼愛的弟弟在這個時候告白，便是壓死駱駝的最後一根稻草，讓他徹底心灰意冷。

陳霄本來也不敢的，只是心情煩悶喝了點酒，腦子發熱，一看見哥哥難過，就抱住哥哥說自己喜歡他……

記得當初被陳家收養的那天，陳千林蹲在他的面前，輕聲說：「別怕，以後這裡就是你的家，我是你的哥哥，你跟著我姓，叫陳霄好不好？」

髒兮兮的他第一次見到那麼漂亮的人，不禁看呆了。

那時候，他才七歲，陳千林十五歲。

少年把髒兮兮的小孩抱去浴室洗了澡，給他換了身嶄新的衣服。他眨著眼睛看著面前漂亮的少年，試探地叫出聲：「哥哥？」

陳千林摸了摸他的頭，「乖，有哥哥在，以後沒人會欺負你。」

小時候一直很喜歡哥哥，長大了，這種喜歡慢慢變質，成了暗戀。

陳霄把對兄長的愛慕偷偷藏在心裡，一直不敢說出口。喝醉酒表白之後他也後悔得要死，恨不得抽自己一巴掌。陳千林是真的把他當親弟弟看待，他這樣突然告白換成任何人都不會接受，反倒把哥哥氣走，真是個大傻逼。

夢醒的陳霄胡亂抹了把臉，來到洗手間，用冷水沖了個澡，對著鏡子認真地刮掉鬍子，再把頭髮好好地梳理整齊。

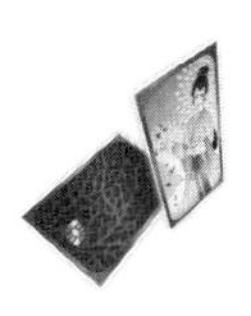

果然，收拾過後露出硬朗的輪廓，整個人也顯得精神了許多。

陳霄轉身來到陽臺，窗外天還沒亮，此時才凌晨五點，他只睡了兩個小時就被惡夢驚醒。

陽臺上有一盆多肉植物，居然在根部長出了一顆小小的嫩芽，看著特別可愛。

以前他不懂怎麼養花，總覺得定期澆水是件很麻煩的事，自從哥哥離開後，陳霄專門去查了每一種植物的養植攻略，按時澆花，把這些小東西照顧得特別好。

快五年了，陳千林留在花架上的十盆多肉植物一盆都沒有死，反而越長越旺盛。

陳霄本來想建立工作室累積資源，下個賽季去打比賽，等他有了些成績，或許哥哥會願意見他，到時候他再好好道個歉，說不定能緩和兩人的關係。然而，計畫趕不上變化，謝明哲湊巧來到工作室，這個少年的天賦完全不輸當初的唐牧洲。他把計畫提前，除了為謝明哲考慮，也是為自己找一個提前見到陳千林的藉口而已。

謝明哲八點起床，洗完臉後來到客廳。

他看見一個年輕的男人從樓梯走下來。

映入眼簾的是一雙筆直的大長腿，男人身材挺拔，目測超過一百八十五公分，穿著修身的西褲和擦得一塵不染的黑色皮鞋，襯衫熨燙得就像是剛買的一樣，領口解開了一顆扣子，露出健康的膚色。再往上看，一頭短髮清爽俐落，鬍子刮得乾乾淨淨，五官英俊硬朗，尤其是一雙濃眉，特別有男人味。

這人怎麼從二樓下來了呢？

謝明哲怔在原地，「請問你是誰？」

對方不大高興地看著謝明哲，「認不出來嗎？我是陳霄。」

謝明哲一臉的不敢相信，「陳哥？」

都說人靠衣裝，但這差距也太大了吧？之前的陳哥頭髮亂如鳥窩，總是頂著黑眼圈一副沒睡醒的樣子，愛抽菸，衣服更是皺皺巴巴如同破布完全沒法看，簡直是放棄治療的深度頹廢青年。可是面前的男人卻容光煥發，英俊挺拔，整個人就像是脫胎換骨一樣！

謝明哲揉揉眼睛，完全無法把面前的帥哥和記憶中的頹廢青年連結在一起。

就在這時，小胖和金躍也下樓了，昨天喝太多有些頭疼，兩人走路的時候不斷地按著太陽穴。剛走到樓梯口，驀然看見大廳裡穿著西裝的陌生男人，小胖差點摔一個跟頭，金躍忙扶住他，小胖這才站穩，揉揉眼睛問：「這位先生是誰啊？大清早來找人嗎？」

金躍也道：「小謝，這是你朋友？」

陳霄沒好氣道：「我是陳霄！你們一個個都睡失憶了嗎？」

金躍推了推眼鏡，迅速跑下樓仔細觀察他：「陳哥？」

聲音挺像的，但這打扮完全跟兩個人似的。

龐宇也跑下樓，激動地道：「真是陳哥啊？」

謝明哲、龐宇、金躍並排站在一起圍觀陳霄，如同圍觀一隻從動物園裡放出來的大猩猩。對上三人觀察珍稀動物的目光，陳霄尷尬地咳嗽一聲，解釋道：「咳，我平時是……稍微不大注重儀表。早上起來換了身衣服，順便刮刮鬍子，你們有必要這麼驚訝嗎？」

你那叫「稍微不注重儀表」？你那是「徹底放棄治療」好嗎！謝明哲心裡吐槽著。

「陳哥打扮得這麼帥，是要去約會啊？」龐宇八卦地問。

「去見一個人。」陳霄的耳朵微微發紅，但他很快維持住鎮定，道：「阿青和瑩瑩待會兒就過來，今天我有事帶小謝出門一趟，你們四個留在工作室，幫小謝看一下店鋪。」

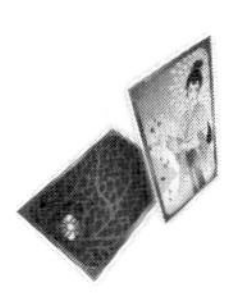

「放心吧陳哥。」金躍明顯比胖子靠譜得多，也沒問陳霄是去見誰。龐宇開口想問，被金躍用力捅了下後腰，只好閉嘴不再多話。

四人圍著餐桌簡單吃了早飯，池青和池瑩瑩正好也回來了，看見陳霄這身打扮，池青疑惑道：「穿這麼整齊，你是有事出去嗎？」

陳霄點頭：「嗯，和小謝出去一趟。」

兩人走後，龐宇立刻感嘆：「我認識他兩年，從來沒見過他穿得這麼正式！」

金躍也感嘆起來：「原來陳哥是潛力股。平時不收拾，一打扮還挺帥的，我差點沒認出來。」

池青冷靜地道：「都別八卦了，上線去幫小謝整理店鋪！」

陳霄從地下車庫開了輛跑車出來，黑色的懸浮跑車在空中車道上飛馳，就好像在天空中飛翔一樣。謝明哲打開車窗，興奮地感受著當空中飛人的刺激快感。

坐在駕駛座的陳霄戴了一副墨鏡，開車的樣子還挺酷的。

謝明哲真心覺得他這樣打扮一下順眼多了，之前那個亂如鳥窩的頭髮實在是太耽誤他的顏值。也不知道他怎麼想的，就算當遊戲代練，也不至於把自己弄成那副頹廢模樣吧……

陳霄知道謝明哲肯定在吐槽他，也沒理會，直接進入正題道：「我哥陳千林的故事你應該已經知道了吧？你昨晚沒問我，我想你可能自己去查了。」

謝明哲笑著說：「我怕當面問你有些話你不好開口，所以就上網查了查，新聞裡都說林神是因為官司敗訴，心灰意冷才離開的。當初的官司到底怎麼回事，方便告訴我嗎？」

「我正打算告訴你。」陳霄深吸口氣，整理好思緒，低聲說道：「十年前星卡聯盟第一賽季，我哥和邵博一起創立聖域俱樂部，我哥負責製作卡牌打比賽，邵博就負責俱樂部的管理和經營。邵博是他的童年玩伴，他們一起長大，後來又是大學同學，我哥對那個姓邵的特別信任。我哥天賦突出，連續三個賽季都拿了獎，俱樂部當然賺得滿滿當當。但第四賽季開始，邵博見我哥人氣越來越高，就私下把他的卡牌拿去拍賣，一張卡隨便賣幾萬晶幣，複製上百張，光是賣卡的收入一天就能賺好幾百萬……」

陳霄嘆口氣繼續說道：「我哥當時忙著打比賽不知道這些事，等他發現的時候，他的卡牌已經被俱樂部私下複製賣出去幾百張。我哥很不贊同，想把卡牌版權收回來。但是合約上並沒有明文規定卡牌版權屬於他自己，反而有一條寫著：選手在俱樂部期間的所有盈利按照俱樂部百分之三十、選手百分之七十的比例分潤。邵博拿著這一條大做文章，說我哥原創卡牌的行為也屬於簽約期間的盈利……當初一起創建俱樂部的時候，姓邵的多次口頭承諾我哥可以自行處置卡牌，因為我哥很相信他，口頭承諾又沒有錄音，在法庭上根本不能作為證據。按照合約，我哥並不占理，邵博作為俱樂部經理，把他的卡牌拿去賣掉也是合法的。」

陳霄皺了皺眉，很不甘心地說：「姓邵的咬死這一點，官司最後沒能打贏。」

「……」這是被好兄弟狠狠插了一刀吧？謝明哲能想像當時陳千林的憤怒和心寒，從小一起長大、很信任的朋友，卻給他挖了個大坑，換成是謝明哲，估計想打死對方的心都有。謝明哲有些心疼陳千林的遭遇，忍不住問：「林神當初是木系卡的鼻祖，在聯盟應該很有地位吧？聯盟那邊就沒有人幫他嗎？」

「聶遠道、鄭峰這些跟他私交比較好的大神都在想辦法幫他，但法律和人情是兩回事，合約就這麼寫的，我哥拿不出有力的證據，大家也沒辦法。」

謝明哲的心情很複雜。不是法律專業的人簽合約確實會面臨被坑的風險，在地球時代他就聽過無數版權糾紛案件，陳千林錯在對好友太過信任，那個姓邵的也真不是個東西。

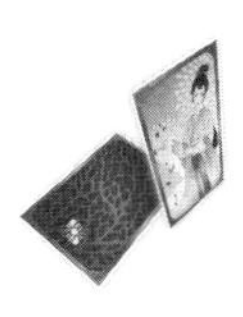

被好友背叛的打擊加上官司敗訴無法收回卡牌版權，也難怪陳千林會退役了。

謝明哲不知道說什麼才好。良久後，他才在心底嘆口氣，道：「唉，你哥的遭遇確實挺讓人難受的，他當時官司敗訴賠了很多違約金嗎？」

陳霄道：「是啊。而且卡牌的版權收不回來，我哥製作的很多好卡，如今版權還留在聖域俱樂部呢。」

謝明哲忍不住爆粗口：「我操！那個聖域還沒倒閉啊？」

陳霄聳肩，「只要有錢，多的是選手願意跟他們簽約。不過我哥和俱樂部鬧翻的事情影響太大，真正有實力的選手不會去聖域俱樂部，聖域這幾年一直在走下坡路，如今也不過是靠著我哥製作的卡組，培養了幾個二、三流的選手，被唐牧洲虐得在賽場上連一分鐘都活不下去的那種。」

謝明哲讚道：「唐牧洲很爭氣啊！就算聖域保留了你哥的卡牌版權，可如今木系最厲害的選手都在唐牧洲創建的風華俱樂部，真夠打臉的。那個姓邵的臉皮也是夠厚，還在繼續用你哥的卡？」

陳霄冷笑一聲，「他們俱樂部的選手根本沒有自己做卡牌的實力，只能吃老本，一直用我哥的卡組。可惜星卡官方不斷更新資料，我哥的很多卡牌放在現在都不實用了。上個賽季，聖域別說是拿獎，連決賽輪都沒打進去，真夠丟人的。」

這也算是因果報應。

邵博其實很沒有遠見，如果他當初退一步把版權歸還給陳千林，別到處瞎賣陳千林的卡，留住陳千林這位大神，說不定唐牧洲也會追隨師父簽到他們俱樂部。有了陳、唐這兩位天才選手，聖域就可以在聯盟金字塔的頂端長年屹立不倒。

結果，邵博貪圖眼前小利逼走陳千林，失了人心，還樹立了唐牧洲這麼可怕的敵人。短期內賺再多的錢，也比不上留住一棵搖錢樹吧？真是夠傻的。

謝明哲心裡罵了幾句，轉移話題道：「陳哥，我們以後可不能像你哥和邵博那樣反目成仇。為了避免這種情況出現，將來要是成立俱樂部咱們就把所有的條款都寫進合約裡，權利、責任、抽成等全都規定好，每一條都仔細推敲，再找專業律師好好把關。有合約約束，大家也更放心。」

陳霄乾脆點頭，「這是肯定的，親兄弟明算帳，我也不希望跟你鬧矛盾，齊心才最重要。待會兒見到我哥，你不要再提起版權的事情。我把你介紹給他，主要是想讓他指導一下，讓你儘快做出適合打比賽的卡組。他如果肯收你當徒弟，你願意認這個師父嗎？」

謝明哲道：「當然。他願意收我的話，絕對是我的榮幸！」

【第十章】江東副本隊

跑車在空中懸浮車道上飛馳了幾個小時，謝明哲察覺到兩側的高樓大廈變少，來來往往的車輛也明顯減少，反而是高大的樹木越來越多。

這應該是郊區，但周圍並沒有破爛的廠房、危樓，反而是大片的農田、樹林，房屋也全是兩三層樓的精緻小建築，跟高樓林立的現代化都市相比，這裡的居住環境有點像是遠離城市喧囂的世外桃源。

車子在一處寬闊的空地停下來，兩人先後下車。

走了大概一百多公尺，經過一個轉角，就看見一棟小別墅出現在眼前。

別墅的造型非常簡單，上下兩層樓結構，尖尖的屋頂搭配雪白的牆壁和木製的圍欄，透著濃濃的田園風情。別墅前方還有一片占地面積很廣的花壇，一大片潔白如玉的花朵競相開放，空氣裡傳來淡淡的香氣，並不刺鼻，反而帶著一絲清雅，非常好聞。

走過花園，謝明哲看到了大片藤蔓，這些藤蔓長得很好，一條條纏繞、盤旋，形成了純天然的綠色屏障，給路過的行人遮擋陽光。

謝明哲走在藤蔓形成的陰涼下，忍不住道：「你哥哥真的很愛植物啊。」

陳霄微笑：「當然，我哥大學就是植物學系畢業的，他知道的植物有好幾千種。」

每次提起哥哥，陳霄都是很敬重、很崇拜的語氣，完全一副「小迷弟」模樣。

謝明哲心裡也不禁感嘆，陳千林不愧是木系卡的鼻祖，居然認識幾千種植物。謝明哲能清楚叫得出名字的花卉根本不超過十種，專業的就是不一樣。

陳霄和謝明哲走到門口，一個管家機器人攔住他們，用機械音道：「抱歉，我家主人不接待訪客。」它的後面還有幾個機器人在工作，有的努力除草，有的給花澆水，還挺熱鬧。看來林神退役後生活得很是悠閒，天天跟這些機器人作伴，養了這麼多花花草草，都快變成與世無爭的神仙了。

陳霄沒理機器人，逕自上前一步按響門鈴。

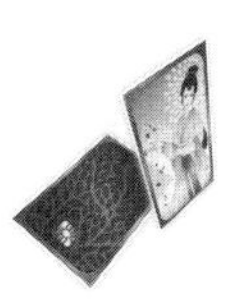

面前出現一個螢幕，類似於地球時代的貓眼，可以將客人的形象投射進屋內。

陳霄低聲說道：「哥，是我。我有重要的事情找你，開一下門，好嗎？」

這聲音溫柔到了極致，讓謝明哲幾乎不敢相信說話的是陳霄。扭頭一看，陳霄已經摘掉了墨鏡，目光緊緊地盯著螢幕，眼神帶著一絲期待，又十分忐忑，就像是請求家長滿足自己心願的小孩一樣。

屋內良久都沒有回應。

陳霄繼續對著螢幕說話：「哥，我帶了一個很有天賦的新人過來見你，你一定會對他做的卡牌很感興趣的。就幫他看一下，好不好？」

過了幾秒，一道聲音在耳邊傳來：「我已經退役了，卡牌方面的事情不要來找我。」

謝明哲怔了怔，這是他聽過最特殊的聲音。不是成年男人的低沉渾厚，反而像是從山間流下來的泉水，沒有一絲一毫的雜質，清澈卻又冰冷。

陳霄沮喪地垂下頭道：「哥，以前的事是我太衝動，對不起。我知道你不想見我，但今天不是我一個人來的，我帶來的人很有才華，並不比唐牧洲差，他也是真心想認你當師父……要不這樣吧，我不進去了，單獨讓他進去見你，可以嗎？」

謝明哲決定幫陳哥助攻一下，於是開口道：「林神您好，我是陳霄的好朋友謝明哲，我剛接觸這個遊戲不久，做了一些人物卡牌，要不，您先看看我做的卡？」

陳霄立刻打開平板光腦，將謝明哲做的人物卡投影在螢幕中。

全息螢幕中出現了整整齊齊的十張人物卡牌，技能皆具有即死判定。

陳霄道：「哥，你看看，這些卡都是小謝在一週之內完成的……」

說到這裡，門突然從內打開。

一個男人出現在門口。他的皮膚很白，穿著纖塵不染的白襯衣，配一條修身咖啡色長褲，五官清雋，身高居然比陳霄還要高上幾公分。男人的氣質非常獨特，就像他養的花一樣，整個人透著一種脫離塵世的淡漠和清冷。

最引人注意的是他的眼睛——他的瞳孔顏色很淺，晶瑩剔透的眼睛就像是名貴的寶石。黃種人一般都是深棕色的瞳孔，他的瞳孔顏色淺得剛剛好，清清淡淡，讓人一眼難忘。

林神原來是氣質如此特殊的美男子，也怪不得當年人氣那麼高。

謝明哲眼睛一眨不眨地看著他。

陳千林對上少年明亮的眼眸，沉默了幾秒，才冷冷道：「進來吧。」

陳霄滿臉驚喜，立刻拽著謝明哲進屋。

屋內的陳設很簡單，傢俱都是很素雅的顏色，謝明哲眼尖地發現，餐廳的旁邊還有個畫室，裡面擺著很多畫架，畫布上有一些沒完成的作品，大概是陳千林自己畫的。

兩人在沙發上坐下，陳霄殷勤地把智能光腦遞給陳千林：「哥，你仔細看一下吧。」

陳千林掃了一眼螢幕中陳列出的十張卡牌，看向謝明哲問：「這些全是你自己做的？」

謝明哲點頭，「嗯。」

陳千林道：「這些都是針對各大俱樂部主流卡組的即死判定卡。有人在背後教你吧？」

謝明哲也不想隱瞞，說道：「是唐牧洲給了我很多建議。」

陳千林聽到這個名字，微微皺眉：「你跟小唐是什麼關係？他為什麼教你？」

謝明哲解釋道：「我們是遊戲裡認識的朋友，沒見過面。唐神指導我做即死牌，是想推廣即死牌的流通。」

陳千林看向陳霄：「你把他帶來見我，還讓我收徒，是忘記我已經退役了嗎？」

陳霄尷尬地咳嗽了一聲，臉頰微微發紅：「我知道不該來打擾你，可是小謝真的特別有天賦，他想當職業牌手。哥，你能不能稍微指點他一下？」

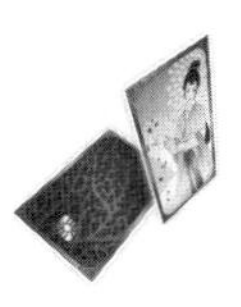

陳千林道：「帶他去找唐牧洲，小唐肯定願意指導他。」

謝明哲和陳霄對視一眼，面面相覷。片刻後，謝明哲才解釋道：「唐神之前確實提過收我當徒弟，但是我不想加入風華俱樂部，當時就拒絕了他。我跟他沒見過面，況且他是職業選手，新賽季開幕，應該沒時間管我吧……」

陳霄也道：「哥，小謝想自己打比賽，不好直接認唐牧洲當師父和風華俱樂部牽扯在一起。要不你就收他當徒弟吧，他一定不會給你丟臉。」

謝明哲點頭如搗蒜，很認真地說：「是啊！您帶出了唐牧洲這個天才徒弟，再帶我一個，我一定加倍努力，爭取拿個冠軍回來。這樣的話，您就是兩個冠軍的師父了。」

陳千林：「……」

吹牛倒是挺有一套。

陳千林回頭看向謝明哲，對上少年明亮的眼睛。

他的眼中滿是誠懇，臉上帶著燦爛的笑容，很期待地看著自己。活力十足、信心滿滿的少年，讓人不忍心拒絕……何況他確實有些天賦，是個難得的好苗子，能在短期內做出這麼多人物卡的設計師很少見。

陳千林不得不承認自己對這個少年很感興趣，他在心底輕嘆口氣，說道：「只會做即死牌，你不過是剛剛邁進原創卡牌的門檻而已。想做出資料庫裡不重複的戰鬥卡，以後只會越來越難。」

謝明哲擺出認真聽講的姿態：「我知道很難，做完即死牌之後我也有點迷茫，不知道具體該怎麼製作完整的人物卡組，正好陳哥跟我提到您，所以我才冒昧拜訪，想請您指導。接下來我應該做哪種類型的卡牌？」

陳千林沉默片刻，建議道：「你試著做一張打副本的人物卡，做成功了再來找我。」

謝明哲一怔：「打副本的卡牌？」

他要去競技場打比賽，做一張副本卡幹什麼？

陳千林說：「大部分玩家都要打副本，這是每天必做的日常。官方提供的副本卡牌五花八門，你能在繁多的技能中進行創新，這才能證明你的天賦比其他人更加出色。」他頓了頓，又補充道：「功能越簡單的卡牌，想要創新就越難，這個道理你應該懂。」

謝明哲如醍醐灌頂，猛地清醒過來。

看上去越簡單的東西，越難做得與眾不同。

每位玩家都會打副本，可是如何做出一張真正有用、技能與眾不同、全新的副本卡，這對所有製卡師來說，都是個極大的挑戰。

遊戲裡願意花高價買即死牌的只有職業選手、各大公會以及高端競技場玩家。但遊戲裡幾乎百分之九十五以上的玩家每天都要打副本，如果自己能做出一張真正有用的刷副本卡牌，那絕對會比即死牌還要受歡迎。

最簡單的東西，要怎麼去創新，怎麼做到真正的「有用」？

陳千林不愧是唐牧洲的師父，幾句話就讓謝明哲打開了全新的思路。他不該急於求成，他應該打好扎實的基礎，從最簡單的卡牌嘗試創新，這樣才能摸透資料庫製卡的規則。

想到這裡，謝明哲深吸口氣，恭敬地道：「我明白了，我回去就試著做副本卡。」

陳千林點頭，「做好了再來找我。」他沒說收徒，但他肯鬆口指點自己，謝明哲已經很滿足了。總之，先完成林神交代的任務再說吧。

陳霄瞭解哥哥的脾氣，如果對謝明哲沒有興趣，他連門都不會開。既然開門讓他們進去，看了謝明哲製作的人物卡牌，並且提示謝明哲去做一張最普遍的副本卡，這說明他已經動搖了。只是，他想考驗一下謝明哲，看看謝明哲是不是真的有天賦，再決定收不收徒。

時間快到十二點，事情也商量完，本來陳霄應該麻利地帶著謝明哲走人，但陳霄還是厚著臉皮

留了下來，「哥，要不我去做飯，我們吃過午飯再走吧，你和小謝多聊聊。」

陳千林不好當著謝明哲的面趕人，就給陳霄留了些面子，交代道：「冰箱裡有吃的，你隨便做兩道菜吧。」

陳霄「嗯」了一聲，興奮地挽起袖子去廚房做飯。

陳千林起身去書房拿了本厚厚的筆記過來。筆記本的封面看上去很陳舊，紙張泛黃，顯然有些年代了。他把筆記本遞給謝明哲，道：「我當年入門時寫的關於五系技能分析，你拿去看看，這些只是基礎。」

謝明哲感激地接過來，「謝謝林神！這是你親自手寫的嗎？」

陳千林點頭，「我習慣手寫筆記，手寫可以加深大腦的記憶，和畫畫一樣，親自動筆畫過的圖像，永遠比電腦裡製作的印象更加深刻。」

謝明哲好奇地問：「您也會畫畫嗎？我看見書房的隔壁還有個畫室。」

「業餘愛好，隨便畫些花草。」陳千林說：「你先看筆記吧。」

「好。」謝明哲翻開筆記本，發現陳千林的字跡端正得就像印刷體，記錄了很多五系的不同技能。尤其是木系，光是控制技能的分析他就寫了幾十頁……

謝明哲如獲至寶，看得津津有味。

陳千林發現少年低下頭很認真地翻筆記，態度特別端正，心裡也不由生起一絲好感。

當初寫這個筆記的時候他才剛入門，帶著學習的心態把各種技能都記錄得特別詳細，他的筆記裡除了寫五系技能設定外，還寫了很多自己的見解。有些浮躁的年輕人會看得不耐煩，但謝明哲卻看得很投入。看到關鍵重點，少年時而撓著腦袋若有所思，時而點點頭如小雞啄米，認真讀書的模樣還挺可愛。

陳千林輕笑了一下，沒有打擾他，起身走到廚房。

廚房裡，陳霄正挽起袖子做菜，他如今已是身材高大的成年男人，整個人的氣質都變了，但眉眼間依舊是記憶裡熟悉的模樣。

發現陳千林在身後，陳霄立刻緊張起來：「哥，你怎麼進來了……」

陳千林平靜地道：「這裡就我們兩個人，你也不用找那些藉口。你來見我，不只是為了謝明哲的事吧？」

陳霄的脊背微微一僵，片刻後才說：「這些年我一直很後悔，當初喝酒後神志不清，對著你說了很多胡話，我想當面給你道歉，正式跟你說聲對不起……」

「你以為我只介意這個？」陳千林的聲音很冷淡，質問道：「你還瞞著我做了一件蠢事，需要我提醒你嗎？」

「……」陳霄的臉色十分尷尬。

「為什麼跟邵博簽約？」陳千林很直接地問。

「……」陳霄狼狽地移開視線，恨不得回到過去抽自己一巴掌。被哥哥冷靜的目光注視著，他脹紅了臉，低聲說：「我當初想法太單純，邵博跟我說，只要我簽到聖域俱樂部，他就讓我提前出道，跟哥哥一起去打比賽。」

「聯盟會在第五賽季增加雙人賽項目，當時哥哥還沒有好的搭檔，我就想著，如果我能加入聖域，就可以和哥哥一起去打雙人賽，我們兄弟配合起來一定很有默契……」

「所以你就瞞著我跟他簽了選手合約？」陳千林不悅地打斷他。

「……」陳霄低下頭懊悔不已，他簽約的時候哥哥和邵博還沒鬧翻，他根本沒想到會有合約陷阱，一心只想和哥哥一起打比賽，邵博是哥哥最信任的人，加上對方說得很好聽，他就乾脆地簽了，瞞著不說是想給哥哥一個驚喜。結果他自以為是的「驚喜」反而給哥哥帶來了極大的麻煩，陳霄沒好意思告訴謝明哲，是他幼稚的決定讓哥哥陷入了被動的境地。

陳霄察覺到自己犯了大錯，不該瞞著哥哥私下做決定，可那時候他也不知道該怎麼彌補。哥哥走了，他對聖域俱樂部恨之入骨，只能暗中發誓不給聖域賺一分錢。

第五賽季一開始，邵博讓他按照合約去打比賽，他在賽場故意輸，輸得不動聲色，很多對手都沒察覺到這個少年是故意的，只覺得他總是在關鍵時刻掉鏈子，把握不好時機。

連續輸了十場，陳千林的粉絲都看不過去了，紛紛留言罵他。

「這就是林神的弟弟？好菜啊！」

「真比不上你哥的萬分之一！」

「這蠢貨居然還簽了聖域俱樂部，我要是林神我得氣到吐血！」

「林神那麼好的人，怎麼會有這麼傻逼的弟弟？真是親弟弟嗎？」

在無數負面評價中，陳霄在賽場上遇到了唐牧洲。

同樣是第五賽季出道的新人，唐牧洲是勢不可擋的天才少年，陳霄則是只會給哥哥丟臉的蠢貨。唐牧洲十連勝，對上陳霄十連敗，非常諷刺的一局比賽，最終結果也如觀眾們所料，陳霄在關鍵時刻總是跟不上節奏，被唐牧洲完虐，零比二輸得特別乾脆。

比賽結束後，唐牧洲走到他面前，用只有兩人才能聽到的聲音在他耳邊說：「你輸得很逼真。聯盟只有我知道你的實力有多強。今天的比賽在我心裡不算數。等有一天你回來，我們再來一次真正的對決。」

陳霄沒有回答，他和唐牧洲私下關係很好，唐牧洲瞭解他，早已看穿他在演戲，也知道他這樣演戲只是想儘快脫離聖域俱樂部的掌控。

但大部分觀眾和邵博並不知道陳霄真正的實力，大家以為陳霄是爛泥扶不上牆，於是邵博就不怎麼管他了。陳霄趁機提出請求：「邵總，我打比賽實在沒天賦，我還是回去念書吧。你也不用給我發工資了，我們乾脆解約怎麼樣？」

邵博皮笑肉不笑地道：「你回去念書沒問題，但已經簽下的合約沒道理隨便解除……工資我照發，一個月一千五百塊錢底薪，算是看在你哥的面子上，給你一些讀大學的生活費。」陳霄雖然很菜，但他還是很忌憚這個少年，畢竟陳千林曾經提過，弟弟的天賦並不比自己差。

陳霄強忍住把男人揍成豬頭的衝動，平靜地說：「好，那合約就有勞邵總替我保管。」他儘量平靜地離開聖域俱樂部，去大學讀書。簽約期內他不想給聖域賺一分錢，更不想打贏比賽引人注意。等合約到期，卡牌版權回到自己手裡，他才會以陳霄真正的實力重返賽場。

本來打算下個賽季才開始打比賽，謝明哲的出現讓他的計畫不得不提前啟動。

看著弟弟臉上懊惱、悔恨的神色，陳千林的聲音略微溫和了些，說道：「今天帶謝明哲來見我，你是終於做好決定，打算明年和謝明哲一起殺回聯盟？」

「是的。」陳霄道，「哥你放心，我怕自己做的卡牌版權會歸到聖域俱樂部，這些年我沒做過一張牌。邵博很謹慎，但我也掩飾得很好。我私下想了很多卡牌的製作方案，整套卡組都已經在腦子裡設計好了，等合約一到期，我就開始製作卡牌。」

「你最好和邵博簽一份正式的書面解約協議，別又被他捏住把柄。」陳千林建議道。

「當然，我連律師都請好了，過兩天就去見他。」

兩人沉默片刻，陳霄才轉移話題，柔聲說：「哥，我對你一直很敬重，當年我只有十八歲，感情方面……有些懵懂，說的胡話你別放在心裡。我們以後只做兄弟好不好？不該說的話我再也不會說，你就原諒我吧。」

他忐忑地看著兄長。五年沒見，他們之間的關係已經降到冰點，陳霄希望能漸漸回暖，哪怕以後只做兄弟，也比再也見不到對方要強。他當初太急，突然告白換成誰都會生氣。以後只要有相處的機會，他再慢慢試著打動哥哥，或許還有希望呢？

似乎是相信了他的話，又或者只是願意給他這個臺階下，陳千林微微閉了閉眼，道：「跟聖域

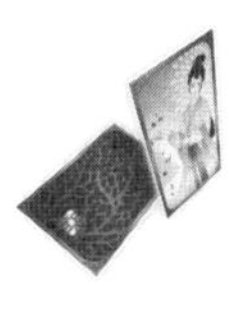

的解約協議正式完成之後，你再做一套卡組，拿給我看看吧。」

陳霄又驚又喜，激動得手指都在發抖，「好！」

回去的路上，陳霄整個人都神采奕奕，就像考試成績很好得到家長獎勵的小孩兒一樣。

謝明哲不知道他們兄弟之間的過節，但兩人能和好，謝明哲也替他高興。

陳千林住的地方太遠，回到工作室時已經是傍晚，池青彙報了一下情況，店裡的卡牌全部完售，今日入帳一千萬遊戲幣。此外，這段時間累積的材料倉庫裡已經放不下了。

陳霄聽到後便說：「這樣吧，材料全放阿青那裡也麻煩，我們自己建立一個公會，開公會領地，弄一棟倉庫專門放材料用。」

眾人都很贊同。

謝明哲問道：「公會名字叫什麼？」

小胖舉手提議：「叫涅槃怎麼樣？咱們工作室就叫涅槃啊，簡單好記。」

陳霄看向謝明哲：「小謝覺得呢？」

謝明哲爽快地點頭，「就叫涅槃吧，我也覺得挺好！」

工作室的名字「涅槃」是陳霄取的，正好也符合謝明哲的經歷。

對陳霄來說，年少時犯下的錯誤已經沒有辦法彌補，涅槃，意味著拋下過去，重新開始。而對謝明哲來說，上輩子在地球的生活已經結束，穿越重生到異世界，也算是重新開始。

兩人一拍即合，一起來到水瓶星域服務中心，交納遊戲幣建立了涅槃公會。

會長的位置陳霄本想給謝明哲，謝明哲又轉給了池青，說：「我沒那麼多時間管理公會，還是青姐來吧。」

他的信任讓池青心裡微暖，認真地點點頭，「我和瑩瑩、小胖還有金子一起管，給大家都設個副會長。」

至於領地星球的顏色，大家在討論一番後，決定設成白色。

目前的大公會裁決是紅色、風華是綠色、暗夜之都深紫色、鬼獄純黑色、流霜城冰藍色，據說眾神殿是金系卡組的金色。白色不跟六大俱樂部撞色，而且謝明哲覺得白色可以包羅萬象，也象徵著「清零重來」。

謝明哲的星系導航圖上，開啟了第六顆領地星。純白色的星球，周圍環繞著漂亮的柔光。這才是真正屬於他自己的公會領地——涅槃公會！

有了公會的感覺就是好，大家可以直接從星系圖傳送回領地。

只不過，剛建的公會是一大片荒地，所有建築都要玩家自己設計。

好在池青是裝修達人，在妹妹池瑩瑩的幫助下，兩人從商城購買各種建築材料，鋪地板、造房子、搞綠化……忙得不亦樂乎。

池瑩瑩問：「目前公會就我們六個人，需要招人進來、開公會任務嗎？」

龐宇道：「公會任務都是十人以上的大型團本，雖然很難做，可是獎勵比日常副本要豐富。最關鍵的是，公會任務掉會落強化卡，這可是市面上很難買到的！」

金躍也說：「如果開公會任務，以後帶副本就交給我和胖子，每人帶一團，後期的強化卡就不用愁了。」

池瑩瑩道：「我負責宣傳招人吧。」

謝明哲很詫異地看向陳霄，沒想到陳哥代練工作室招攬來的人各有所長，這原本就是衝著建公會去的吧？這麼看來，自己誤打誤撞加入涅槃工作室，真是撿了個現成的大便宜。

陳霄乾脆地點頭道：「瑩瑩先去寫宣傳方案，我們只招滿級會打副本和競技場的精英玩家。第一批控制在五十人以內，招滿就開公會任務。」

公會的事情交給其他人處理，謝明哲就回到個人空間思考怎麼做卡。

今天下午詳細看了林神的心得筆記，謝明哲獲益良多。針對群攻卡牌他想做一張火系卡。按照官方規定的卡牌資料範圍，能把群攻傷害提升到最高值的就是火系。

而提到火系，他立刻想到了三國時期的周瑜。

當年的赤壁之戰，孫劉聯盟大破曹軍，江東都督周瑜火燒曹軍數十萬，自此奠定了三分天下的局勢。這是周瑜的成名之戰，也是歷史上最有名以少勝多的戰役之一，這場戰役最關鍵的元素就是「火」。當年的周瑜，簡直是有才又有貌的男神級人物。

謝明哲思考片刻，決定把周瑜畫成指揮曠世之戰的大將軍。鎧甲、戰袍這些元素會讓周瑜更有英氣，但他又不是單純的魯莽武將，作為江東大都督，他很有才華，平時還會和小喬一起彈琴看書，更是歷史上出了名的美男子。

想好周瑜的形象後，謝明哲就用精神力連上製卡系統，試著製作周瑜卡。

卡牌形象很快就描繪完成，技能也做好設定。謝明哲連上資料庫耐心地等待審核，五分鐘後，他聽到系統提示音：「抱歉，卡牌審核無法通過，技能重複。」

謝明哲看了眼自己設定的技能，二十公尺範圍內火系群攻傷害，這種技能很容易跟其他卡牌重複。於是他修改了一下描述，繼續審核。

然而，這次製卡的過程中，謝明哲遇到了前所未有的考驗。

「抱歉，卡牌審核無法通過，技能重複。」

「抱歉，卡牌審核無法通過，請修改技能描述。」

連續被系統打回十次之後，謝明哲終於意識到，林神為什麼會說「越簡單的東西，想要創新就越難」。

火系群攻卡，是遊戲裡最為常見的副本卡。資料庫中，各種火系群攻技能早已氾濫成災，他剛開始設定的「二十公尺範圍內火系傷害」被系統無情駁回，修改成「直線火系傷害」、「扇形火系傷害」、「指定範圍內火系傷害」也全被駁回！

做即死牌太容易，給了他一種「做卡很容易」的錯覺。

其實他只是撞到好運，正好趕上即死牌剛加入資料庫，由於即死類技能非常少，他的卡通過審核會比較容易。可一旦脫離了即死牌資料庫，去做別的副本卡、戰鬥卡，那可就難了。

創新，火系群攻技能到底該怎麼創新？

謝明哲頭痛欲裂，連續粉碎二十張星雲紙全部失敗後，他決定緩緩腦子，下線找靈感。

陳霄也下線了，不過他是在二樓勤快地收拾臥室。

謝明哲上樓見他在整理那間空著的主臥室，忍不住問：「陳哥，你收拾這屋子，是想接你哥回來住嗎？」

陳霄的眼裡滿是笑意，很開心的樣子，「提前收拾一下總沒錯，或許他願意回來住呢？我哥的房間我一直保持著原樣，所有擺設都沒動過。」他鋪好床，回頭看向謝明哲問，「你的副本卡做得怎麼樣？」

謝明哲苦著臉：「人物想好了，但技能設計一直被系統打回來，說是重複。」

陳霄走過來拍拍他的肩膀：「別著急，資料庫已經有了大量的群攻技能，你想創新並不容易。我教你個小竅門——雙技能的卡，會比單技能的卡更容易通過審核。」

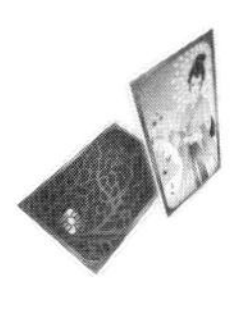

謝明哲怔了怔，「這是怎麼算的？」

陳霄解釋道：「資料庫判定是卡牌和卡牌進行對比，比如一張卡是『水系群攻』加『群體減速』雙技能，另一張卡是『水系群攻』加『群體冰凍』雙技能，嚴格來說技能就不算重複，因為功能不同，系統是可以讓你過關的。關鍵在於，遊戲裡的控制、群攻技能就這麼多，各種搭配組合都已經被人用爛了，你想做出全新的組合方案，這才是真正的困難點。」

謝明哲恍然大悟。他之前做的全是單技能即死牌，雙技能的卡還沒做過。資料庫在審核的時候會搜尋是否有重複技能的卡牌。雙技能組合的卡牌，完全重複的機率自然比單技能要低。可就算如此，要製作一張全新的組合技能卡也不是那麼容易。

謝明哲苦思冥想，依舊沒什麼好主意。

夜深了，謝明哲走到陽臺，看著牆壁上的一盆綠蘿出神。

大概是養了太多年，綠蘿長得特別旺盛，從牆壁垂落到地上之後，它沿著地面一路爬行，繞了陽臺一圈，在窗簾的位置停下來，又開始往上爬，在屋頂爬了一圈，把整個陽臺都妝點成綠色，讓人看著都心情愉悅。

陳霄把哥哥留下的植物照顧得很好，這綠蘿都快成精了吧！

看著看著，謝明哲的腦海中突然靈光一閃——

對了，如果大火遇到這種植物，是不是可以順著枝條一路燒下去？

當初讓他們打得很煩躁的木系團隊副本裡也有很多藤蔓類植物，走幾步就被藤蔓綁住，一趟副本下來被綁了好幾回。這些藤蔓植物，不是正方便傳導大火嗎？

赤壁之戰之所以能成功，關鍵是曹操的部隊不熟悉水戰把船全部連在了一起，所以周瑜才能借助風勢和火攻，一次性把數十萬大軍給燒傷大半。

——導火線！

火能燒得旺盛，關鍵還要靠傳導。

設計一個可以傳導的火系技能，或許能重現當年赤壁之戰火燒曹軍戰船的景象？

想到這裡，謝明哲立刻激動地跑下樓，一路衝到座位前戴上頭盔。

此時已經快要凌晨兩點，謝明哲卻精神抖擻。他迅速登入遊戲，將精神力連上製卡系統，隨著他的精神力注入星雲紙，紙上的人物也越來越清晰——

男子穿一身帥氣鎧甲，身後的披風颯颯飛揚，年輕的將軍容貌英俊，目光堅定而鋒利，他挺直脊背眺望著遠方，唇角掛起一抹微笑，鎮定從容地指揮著這一場曠世之戰。

「恭喜，卡牌製作完成，請連接資料庫審核您的卡牌……」

熟悉的聲音響起，謝明哲立刻連上資料庫審核卡牌。他祈禱著這次一定要審核過關，可千萬別再聽到「抱歉」兩個字，他今天聽系統「抱歉」了一個晚上，頭都大了！

三分鐘……五分鐘……

十分鐘過去，耳邊終於「叮咚」一聲，熟悉的聲音說道：「恭喜，卡牌審核通過！」

謝明哲簡直想哭，這聲音真是天籟啊！他之前做即死牌都是半小時內搞定，但周瑜這張卡，他苦思冥想了整整八個小時。

從晚上六點開始想，想到凌晨兩點。腦袋快要炸裂，才終於想到了一個好主意。

謝明哲小心翼翼地從操作臺取下了這張卡牌，看向卡牌上的數據——

周瑜（火系）

等級：1級

進化星級：★

使用次數：1/1次

基礎屬性：生命值500，攻擊力300，防禦力150，敏捷10，暴擊10％

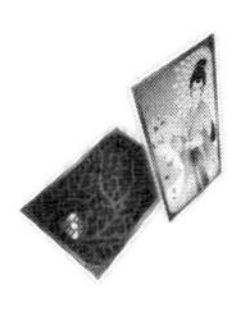

附加技能：鐵索連環（以可燃燒的鏈條，將前方範圍20公尺內所有敵對目標連結在一起；冷卻時間10秒）

附加技能：火燒赤壁（對前方20公尺範圍內敵對目標造成100%群體火屬性傷害，若被攻擊目標以任何方式和其他目標相連，火屬性傷害將持續傳導，傳導傷害隨目標的增多而增加，最高增加至130%；冷卻時間45秒）

技能描述的內容很長。系統審核那麼久顯然是智慧資料庫在幫他把關一些資料上的細節，比如最後加上的冷卻時間。

鐵索連環只是連結目標，不造成傷害，所以冷卻的時間很短，十秒就能繼續使用。火燒赤壁的群攻傷害比較高，傳導後越燒越旺，冷卻的時間也非常長，需要四十五秒。

兩個技能單獨看，似乎都不算特別強大，但這是在只有一張周瑜卡的情況下。

如果把五張以上的周瑜卡放在一起呢？大家一起「鐵索連環」，可以瞬間連起全場的小怪。緊跟著開「火燒赤壁」，火勢就可以大範圍地進行傳導，越燒越旺，或許能達到全場秒殺的效果！

謝明哲心跳加速。

他成功了，他做出了一張原創火系雙技能副本卡！

不知道這張卡拿給林神看，算合格嗎？

製成周瑜卡時已經凌晨兩點，謝明哲卻毫無睡意。在副本卡牌已經氾濫的情況下，他能做出全新的技能組合，並且通過系統的審核，讓他對自己的腦洞更有信心了。

不過，這張周瑜卡還有很大的改進空間。為了通過審核，他剛才將全部的精神力集中在卡牌的

技能設定上面，並沒有太注重卡牌的基礎資料。

周瑜不是功能牌，算是範圍輸出牌，敏捷屬性對他來說並不是重點，關鍵在於攻擊力和暴擊率。攻擊、暴擊堆得高，周瑜才能打出更高的火系傷害。

謝明哲集中精神連上製卡系統，這次換成了最高級的星雲紙。在把人物形象繪製得更加精細的同時，謝明哲將關注點放在卡牌的資料上。眼前的數字不斷變化，他嘗試用精神力重新分配……

五分鐘後卡牌修改完成，攻擊和暴擊都有了明顯提升，但謝明哲還不確定這算不算完美。

就在這時，肩膀被人輕輕拍了一下。謝明哲摘掉頭盔，轉身一看，是陳霄站在身後，用略帶沙啞的聲音問道：「半夜兩點了，你還不睡？是研究出新卡了嗎？」

謝明哲笑著反問：「陳哥你怎麼也沒睡啊？」

陳霄輕咳一聲：「我睡不著，來，我倆一起打會兒遊戲。」

兩人戴上頭盔進遊戲，謝明哲直接把他拉到自己的個人空間，將新做的周瑜卡遞給他：「陳哥，新卡我已經做成了，但我現在不大確定這張卡的資料怎樣分配才算完美？」

陳霄看到卡牌技能，眼神猛地一亮：「你這卡，絕對是刷副本的神卡！」

他的肯定讓謝明哲非常開心，緊跟著問：「資料還要改嗎？」

陳霄仔細想了想，提出建議：「你再調整一下，把基礎暴擊率調到百分之三十，生命值分出來兩百點加到攻擊上，儘量把基礎攻擊堆到五百點以上。」

謝明哲立刻連上製卡系統重新調整。

雙技能的卡調整資料比單技能的困難多了，對製卡師的精神力絕對是極大的考驗。這也是為什麼高水準的製卡師那麼受歡迎，兼顧技能創意、卡牌形象繪製、資料調整而且精神力還要很高的人，本來就是極少數的。

謝明哲連續失敗三次，每次做出來的卡不是敏捷差一點就是攻擊差很遠。

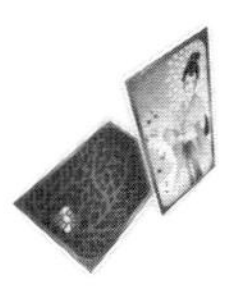

陳霄鼓勵道：「別急，雙技能的卡本來就很難做到完美，你休息一下再試試。」

謝明哲揉揉太陽穴，休息片刻又重新開始。

半小時後，新出爐的周瑜終於達到陳霄的要求——基礎攻擊超過五百，基礎暴擊率百分之三十！

然而陳霄緊跟著說：「接下來你再調整技能範圍，把二十公尺調整成二十三公尺。」

初始卡二十三公尺，升十級加一公尺，升到七十級就是三十公尺的最大範圍。在控制好基礎資料的同時，還要調整兩個技能範圍，這也是一項大工程。

又過了半小時，謝明哲終於長長舒口氣，將最終調整好的卡牌遞給陳霄。

陳霄讚賞地點頭，「很棒，現在的這張卡就是完美屬性的初始卡了。」

謝明哲興奮地道：「我們把它升到七十級看看！」

兩人傳送到涅槃公會領地，給周瑜餵了大量經驗石和進化碎片後，謝明哲再次拿起七十滿級的黑卡周瑜。

純黑色金屬質感的卡牌背面，出現了紅色的火焰圖案，看著格外精美。而卡牌的正面，滿級的周瑜基礎資料也有了飛躍式的提升——

周瑜（火系）

等級：70級

進化星級：★★★★★★

使用次數：7/7次

基礎屬性：生命值8000，攻擊40000，防禦8000，敏捷75，暴擊率100%

附加技能：鐵索連環（以可燃燒的鏈條，將前方範圍30公尺內的所有敵對目標連結在一起；冷卻時間10秒）

附加技能：火燒赤壁（對前方30公尺範圍內敵對目標造成170%群體火屬性傷害，若被攻擊目標以任何方式和其他目標相連，火屬性傷害將持續傳導，傳導傷害隨目標的增多而增加，最高增加至200%；冷卻時間45秒）

陳霄看到這張卡也很激動，立刻拉著謝明哲道：「我們去實戰看看。」

由於副本有人數限制，最低五個人才能開啟，他倆便來到了白鷺星的野外。

凌晨三點半，低級洞穴裡一個人都沒有。

謝明哲看到前方密密麻麻的小怪，果斷召喚出周瑜，先用鐵索連環將前方範圍內小怪全部連起來，緊跟著開二技能火燒赤壁——只見大火先是點燃了前方範圍內的小怪，一次性造成五萬傷害，緊跟著，火勢迅速順著鏈條進行傳導，隨著傳導目標的增多，火焰越燒越盛，燒到後來每跳一次都是六萬的傷害！

熊熊烈火照亮了漆黑的夜空，範圍內所有小怪全被不斷蔓延的大火燒成了灰燼！

謝明哲：「……」

周瑜這張卡，簡直就是小怪們的災難啊！

陳霄摸了摸鼻子，笑道：「小謝，我本來以為你最多做出一張能刷副本的普通卡牌，沒想到，你這個鐵索連環傳導火系的技能搭配效果會這麼強。這張周瑜卡如果拿去賣，絕對比即死牌的收入還要高。」

謝明哲倒不是很在意賺多少錢的問題，他更在意的是，這張卡能不能被林神認可？他迫切地想做一套可以打競技場的卡組，但他對卡組的設計一頭霧水。只要這張卡能被林神認可，林神願意收徒指導，那他就可以加快做戰鬥卡組的步伐。

陳霄似乎看出了他的想法，鼓勵道：「別擔心，我哥他只是想考驗你。你能做出全新的副本卡，這已經很難得了，他不會故意為難你的。」

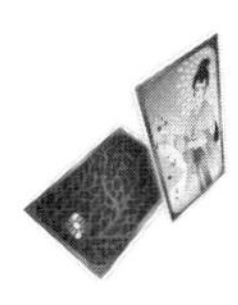

有陳哥這句話，謝明哲放心很多，他想了想，道：「我記得打副本都有卡牌數量的限制，周瑜防禦太弱，被小怪圍攻很容易死，刷副本不能只帶周瑜，必須有別的卡牌保護才行吧。」

陳霄道：「那是當然。不過保護類的卡牌我們手裡有很多。比如，拉怪用的犀牛、群控用的冰雪女神、治療用的治癒女神，等他們幾個睡醒了，我們再試試副本實戰的效果。」

謝明哲點點頭：「好！」他看了眼時間，這都已經四點了，他做卡耗費這麼多精神力睏得要命，便放下卡牌，說：「陳哥我們先睡吧。」

陳霄也不想通宵，兩人摘掉頭盔，回到二樓各自睡下。

謝明哲一直睡到次日下午兩點才醒，得到了充足的休息，精神充沛，靈感也如同泉湧一般根本擋不住。既然做出周瑜卡，怎麼能少了黃蓋老將軍？

周瑜的生命和防禦都很低，容易被小怪打死。如果有黃蓋保護的話，周瑜在副本裡就相對安全了吧！想到這裡，謝明哲立刻來到樓下，戴上頭盔進遊戲做卡。

他對這張牌的設想是讓黃蓋來協助周瑜，首先要將黃蓋設計成坦克型的卡牌，血量一定要夠高。要是不夠皮厚，保護不了周瑜自己先掛掉豈不是很尷尬？

他想將黃蓋定義為土系卡，因為資料庫中血量能做到最大值的卡牌一般都是土系，在資料方面肯定會偏向提升防禦和血量，這不用多想。

關鍵在於技能設計。

保護類卡牌在遊戲裡多如牛毛，如何創新技能不跟其他的卡牌重複呢？謝明哲低著頭沉思片刻，心裡有了些想法。

既然在《三國》裡黃蓋和周瑜配合了一場苦肉計，黃蓋被打得遍體鱗傷，那不如把黃蓋設定成「自殘式」卡牌。

比如主動掉血觸發效果，這種自殘式輔助卡，在遊戲裡應該也有，但不會太多吧？

確定好設計方向後，謝明哲打開了製卡系統。

隨著精神力的注入，星雲紙上漸漸地生成一幅畫像——

只見一位赤裸上半身的老將軍，滿身都是鞭痕，一條條鞭痕撕裂了他的皮肉，血肉模糊的身體看上去慘烈極了，老將軍的頭髮略顯凌亂，臉上的皺紋一看就是飽經風霜，但是他的神色卻無比果敢，身上的傷再多，他好像也不覺得疼似的，脊背依舊挺得筆直。

謝明哲連上系統資料庫，片刻後耳邊響起聲音：「恭喜，卡牌通過審核！」

黃蓋（土系）

等級：1級

進化星級：★

使用次數：1/1次

基礎屬性：生命值2000，攻擊力0，防禦力1500，敏捷5，暴擊0％

附加技能：苦肉（鞭打自己的身體，對自己造成基礎生命值20%、40%、60%、80%、100%的傷害，提升指定隊友20%、40%、60%、80%、100%的攻擊力；冷卻時間10秒）

附加技能：忠誠（主動消減自身20％血量，給指定目標施加同等血量的土系護盾，護盾存在期間目標免疫一切控制，護盾破損時，回復目標50％基礎生命；冷卻時間30秒）

自殘式輔助，還有個保護性的治療技能，給殘血隊友套上護盾，不但能保護隊友一段時間，護盾被打破的時候，還可以讓隊友瞬間回一半血。

有了老黃蓋這張卡，帶著和周瑜一起打副本，就完全不怕死了吧？

同一時間，陳霄和工作室其他幾人正帶著周瑜卡打日常副本做實驗。

今天的日常副本是木星的「紫竹林」，這個副本非常簡單，沒有Boss只有大量的小怪，是深受玩家們喜歡的「經驗本」，小怪掉落的經驗石非常多。

這種小型的經驗本有限制，隊伍最多只能帶五張卡牌入場。

由於小怪特別密集，為免卡牌被圍攻致死，通常副本隊都會帶一張治療卡、一張高防禦衝鋒卡、三張群攻卡，把小怪拉到一起速刷。

今天陳霄他們的配置也是如此，由龐宇的犀牛拉怪、池瑩瑩的治癒女神加血，剩下三人拿三張周瑜群攻。

周瑜的火攻非常給力，一輪副本很快就打完了。

池瑩瑩道：「比我們平時打副本快了很多啊！以前是五分鐘，今天只用了四分鐘。」

龐宇道：「傳導火系群攻確實厲害！尤其是小怪密集的時候，傳導目標越多，火勢越旺！」

金躍則更關注資料問題，說道：「七十滿級的副本小怪血量都是十萬起步，周瑜暴擊一次能打掉四到五萬的血，傳導三次基本就能把小怪燒死。這張卡拿去賣肯定能大賺一筆。」

就在這時，陳霄收到私聊：「陳哥我又做了一張卡，你們打完了幫我看看！」

陳霄立刻帶著夥伴們來到謝明哲的個人空間。

謝明哲把黃蓋卡拿給他看：「土系的高血量卡，打副本應該可以保護周瑜。」

陳霄心裡有些驚訝，「自殘式輔助？」

這種自殘流的卡牌並不多見，最出名的當然是流霜城的亡語系開創者方雨，他手裡有一張最強的獻祭治療牌，自殺後可以幫全團瞬間回滿血。

謝明哲做的這張黃蓋其實也可以自殺。

第一個技能「苦肉」主動扣血一定比例，為隊友提供傷害加成，如果主動扣血百分之百的話，為隊友的傷害加成提升到最大化，黃蓋也就相當於自殺了。

第二個技能「忠誠」，是自己扣血生成土系護盾，幫隊友套護盾可以讓隊友免疫控制，護盾破損還能回血，用來保護己方核心牌會相當好用。

陳霄忍不住道：「你這張牌打副本、競技場都可以用，在競技場保護己方輸出核心，自殘加護盾這個技能真是漂亮。」

謝明哲嘿嘿笑道：「我這樣設計本來是想讓它保護周瑜打副本的，畢竟周瑜太脆，很容易死。這麼看來，在競技場它還可以保護其他的友方目標，使用範圍更廣。」

陳霄笑著點頭：「其實周瑜這張卡在競技場同樣能用，只不過，一般對手不會傻到被你的周瑜給連起來，單人賽沒什麼用，但是一旦到了卡牌數量比較多的團賽，或許能發揮出奇效。」

謝明哲好奇地道：「團賽的話，場上同時存在的卡牌能有多少？」

陳霄道：「頂級團賽中，四位選手每人操控五張卡，最多能同時存在二十張卡牌。如果你的周瑜在恰當的時機召喚出來，在對方站位比較集中的時候，鐵索連環放一把火，傷害也會很給力。」

謝明哲興奮地道：「等以後做出了足夠的卡組，陳哥帶我去競技場試試吧！」

林神要求他做副本卡，他做出這種「副本競技場兩用」的卡牌也算是意外收穫。

日常小副本每天可以刷五次，這次謝明哲也跟著去打副本，把池瑩瑩換出來，讓她專心去寫公會的宣傳稿。

龐宇的犀牛繼續負責拉怪，三張周瑜開群攻，黃蓋看哪張周瑜血殘了就給他加個護盾，在安全

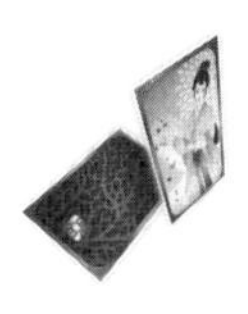

的狀態下還能主動扣血給周瑜加攻擊。

這次副本只用三分三十秒就打完，比之前又快了三十秒，主要是黃蓋在保證隊友不死亡的情況下還能給隊友加攻擊，加快副本推進的速度。

看著面前被燒成灰的植物們，陳霄忍不住笑出聲來：「周瑜和黃蓋一起打副本，簡直是副本收割機，對付這種小怪密集的經驗本真是太好用了。」

龐宇道：「我覺得我的犀牛卡混在裡面，畫風很不對勁啊！」

眼前的畫面確實不大和諧。

三張周瑜卡生成的幻象，都是高大挺拔的美男子，滿身傷痕的黃蓋老將軍也是人類，一頭蠢笨的大犀牛混在其中，感覺怪怪的？

金躍忍不住建議：「小謝，你的腦洞那麼多，要不乾脆做一張可以範圍拉怪的人物卡吧？這樣一來，以後打副本的時候，全是人物卡，看著也比較協調。」

陳霄擔心謝明哲太累，說道：「小謝昨晚熬夜到凌晨四點，今天一起床就做新卡，精神力消耗已經夠嚴重了。打個副本而已，用犀牛卡拉怪也一樣，不用勉強繼續做新卡。」

金躍察覺到自己的建議有些不合適，忙改口道：「陳哥說的對，犀牛卡在副本裡面很普遍，大部分玩家都人手一張，反正刷副本關鍵是速度，卡牌好看不好看是其次。」

然而謝明哲卻把金躍的話放在了心上。他也想著，五張打副本的卡牌，一張黃蓋、三張周瑜，一張犀牛，怎麼看都很不和諧！

要是五張都是人物卡就好了。如果他能做出一整套人物副本卡，林神會不會對他刮目相看，收他為徒指導他製作完整的卡組呢？

想到這裡，謝明哲便低著頭沉思起來。陳霄見他站在旁邊發呆，替他收拾了副本掉落的經驗石，問道：「小謝，你有新的想法了嗎？」

謝明哲回過神：「我覺得金躍哥說得很有道理，既然副本卡是一套五張，黃蓋、周瑜已經占了四張，我不如再做一張能拉怪的人物卡，畫風比較統一，以後還可以五張卡打包一起賣。」

陳霄笑著說：「想法不錯，商業街最好賣的就是搭配好的卡組，像是植物卡一套五張，猛獸一套五張，你如果能做出一套五張人物牌，肯定會很受歡迎。」

卡組好賣，這一點謝明哲跟著陳哥開店的那天就注意到了。

遊戲裡天天刷副本的固定隊伍肯定很多，直接五張一套打包賣給固定隊伍就能大賺一筆。更何況將來公會的副本隊，可以用自家公會製作的卡牌去刷副本，說出去也更有面子不是？

謝明哲從副本出來，回到個人空間後就仔細思考起這個問題。

周瑜和黃蓋都是三國時期吳國的著名人物，他想著要不再做一張吳國的人物卡，湊個吳國副本隊。跟周瑜關係比較好的……孫策！鐵哥們！

歷史上還把周瑜和孫策稱為「江東雙璧」。

兩人年少的時候一見如故，成了摯交好友，後來遇到大喬、小喬，還分別娶了這對姊妹花。可惜孫策英年早逝，臨終之前把孫權託付給周瑜，對孫權說出「外事不決問周瑜」這種話，可見他對周瑜發自內心地信任。

孫策太過年輕氣盛，很會拉仇恨，得罪了不少人，被刺客暗殺死得很是可惜。如果把小霸王孫策做成卡牌，正好可以設計一個群拉仇恨的技能。

這樣一來，孫策拉仇恨，周瑜放火，黃蓋在旁保護，刷副本肯定會很有效率。

謝明哲想好人物之後立刻開始構思人物的形象。

孫策的容貌應該是充滿陽剛之氣的，一雙濃眉，深邃眼眸，穿一身戰袍，再騎一匹駿馬，英姿颯爽。騎著馬的江東小霸王，馬蹄所過之處敵軍皆聞風喪膽！

既然是拉仇恨，當然要穩穩地拉滿全場，技能其中之一就設計成範圍性群嘲，騎馬跑著拉仇恨

速度比較快；另外，孫策的武力值超高，天不怕地不怕，再給他一個無敵霸體類的技能。這樣的卡牌，不但打副本很好用，在競技場上也可以攪亂對手的節奏。

謝明哲腦洞大開，構思好人物和技能，就將精神力連上製卡系統，開始繪製孫策。

隨著精神力的注入，星雲紙上出現了一個陽光帥氣的年輕男人。男人身披戰袍，騎著駿馬，眉眼間淨是傲氣，彷彿多強的敵人都不能讓他產生絲毫畏懼。

孫策（火系）

等級：1級

進化星級：★

使用次數：1/1次

基礎屬性：生命值1500，攻擊力200，防禦力1500，敏捷5，暴擊10%

附加技能：策馬揚鞭（孫策騎著駿馬衝入敵軍陣營，吸收所經過路線周圍23公尺內全部仇恨，強制敵人攻擊自身；冷卻時間15秒）

附加技能：江東小霸王（孫策進入霸體狀態後，能免疫一切控制和傷害，持續5秒；冷卻時間60秒）

這就是騎著戰馬衝鋒殺敵，一統江東勢不可擋的小霸王孫策。

以後，孫策、周瑜、黃蓋組成一套五張刷副本的卡組——就取名叫做「江東副本隊」！

【第十一章】

兄弟破冰釋前嫌

孫策這張卡牌能通過系統審核，對謝明哲來說是意外的驚喜。

看到卡牌上順利印下月半的LOGO，謝明哲立刻給陳哥發去消息：「陳哥，我做了張範圍拉仇恨的人物卡！」

沒想到他還真的做出來了。陳霄迅速來到謝明哲的個人空間，謝明哲迎上前說：「我還以為不會通過審核，這個技能不容易重複嗎？」

陳霄看了眼卡牌，道：「關鍵應該在駿馬，遊戲裡並沒有人物騎著駿馬衝鋒拉仇恨的設計，系統大概是判定這一點創新，加上技能描述不同，才通過審核。」

「也就是說，技能原理類似但卡牌設計和描述差別很大的話，也可以通過審核？」

「嗯，這是為了避免功能類卡牌被某位製卡師壟斷，比如眩暈效果、冰凍控制，這些技能如果完全不能重複，那做出第一張卡牌的人就可以享有全部收益，其他人不能再做類似的卡，競技場卡牌種類就會太過單一。」

謝明哲恍然大悟，看來是這匹馬幫了他。他把孫策卡遞給陳哥，道：「陳哥你再幫我看一下資料，有沒有需要調整的？」

「正想跟你說。」陳霄把黃蓋卡也拿過來，道：「黃蓋這張卡還需要微調。他的技能機制是消減自身百分比血量，給隊友加護盾，因此這張卡的血量才是最重要的屬性。你把防禦降低一點多分配到血量上，爭取把滿級黃蓋血量提升到十六萬。」

「明白。」謝明哲立刻照做，把防禦分出一部分到基礎生命上。

陳霄看著改進後的黃蓋卡牌，滿意地點點頭，道：「孫策這張牌，我再仔細看看。」

他拿起孫策牌，低著頭觀察資料，琢磨片刻，建議道：「這樣吧，不如把孫策設計成戰士型仇恨卡，能打能抗的那種。」

謝明哲其實也是這樣想的，江東小霸王武力值超高，單純當坦克有點屈才。他認真問道：「陳

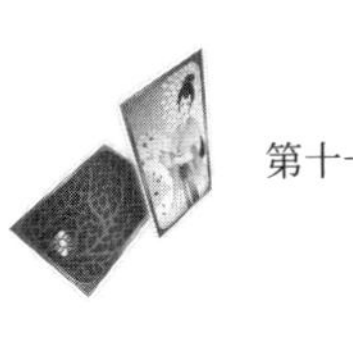

哥的意思是，第一個技能在拉仇恨的同時，順便造成範圍內的普攻傷害？」

「嗯。一技能可以衝鋒干擾，不加攻擊太浪費。你給他一把武器，資料數值分一些到基礎攻擊和敏捷上，增強他的攻擊力和靈活性。」

「好！」謝明哲仔細想了想，古代將軍們的武器不外乎是槍、矛、劍，但是這類型武器放在星卡世界裡就會變成金系卡。由於周瑜是火系，考慮到後期卡組的搭配，孫策最好也設定成火系。不用冷兵器的話，可以用皮鞭。技能「策馬揚鞭」是用鞭子抽戰馬讓戰馬跑得快，同時鞭子也可以拿來抽敵人。

想到這裡，謝明哲立刻調整孫策的形象，給他手裡拿了條霸氣的長鞭，順便把資料也重新分配一下，降低血量，加一些到基礎攻擊和敏捷。

到時候孫策騎著戰馬衝進人群，不但能強制吸收仇恨，還能揮舞長鞭把對方的脆皮卡牌抽成殘血。對方要是集火孫策，孫策就開霸體，等無敵時間截止，黃蓋再給他上個護盾，好不容易打破護盾又會回復百分之五十的血量……肯定會讓人很頭疼！

這樣的戰鬥力，才符合江東小霸王的人設！

謝明哲修改完卡牌，順便拿材料把孫策升到滿級。黑卡孫策的基礎血量在八萬左右，攻擊力達到了一萬，這點攻擊比起周瑜一次六萬的群攻差得太遠，肯定打不動血厚的卡，但打那些碎皮的輸出卡還是很爽的。

陳霄看著調整好的孫策道：「你把孫策召出來，試試看實戰效果。」

謝明哲在個人空間召喚出孫策，開啟一技能，然後意外地發現……孫策居然騎著馬慢悠悠地在屋子裡散步？

謝明哲看著散步的孫策，很是懵逼。

陳霄哈哈笑道：「你這個孫策騎著馬就跟走路一樣慢，看來你必須在技能裡添一句移動速度加

成，這樣系統才能讓你的人物跑起來。」

謝明哲頭疼道：「戰馬怎麼可能跑這麼慢啊？」

陳霄疑惑：「戰馬是什麼馬？我只見過動物園裡飼養的小白馬。」

謝明哲：「……」

他差點忘了文化差異。騎著戰馬衝鋒殺敵那是幾千年前的事，如今的高科技社會軍用設備都是什麼智慧機甲的，誰會知道孫策騎個馬是想做什麼？這個世界的人們，見過的都是家養的溫順寵物馬，見人騎著馬第一反應就是騎馬散步。

謝明哲哭笑不得，只好重新設定技能。

良久後，孫策的形象、技能描述全都修改成他理想中的樣子——

策馬揚鞭：孫策揮舞手中長鞭，驅使駿馬衝向指定方向，移動速度增加百分之五百持續八秒，期間吸收所經過路線周圍二十三公尺內全部仇恨，強制敵人攻擊自身，並對範圍內敵人造成百分之百普攻傷害；冷卻時間三十秒。

滿級孫策的仇恨範圍可以達到三十公尺的上限，拉仇恨的同時還能進行範圍普攻。

陳霄看著最終敲定的設計，非常讚賞，「這樣一改，系統會在你開啟技能的時候增加移動速度。但因為你加了攻擊屬性，系統把你的冷卻時間也增加了一倍。」

三十秒刷新一次技能，全範圍拉仇恨，還有無敵霸體，已經很厲害了，不然上了競技場其他人根本沒得打。打副本的時候也特別好用，一波範圍群嘲能配合周瑜、黃蓋把小怪全部秒掉。

謝明哲滿心期待江東副本隊的實戰效果，立刻拉著陳哥去副本做實驗。

金躍滿臉的不敢相信，「我就隨口一說，你還真的做出來了啊？」

龐宇讚道：「好帥！這樣畫風就統一了。」

由於小胖每次打副本都是負責操控拉仇恨的卡牌，謝明哲就將孫策交給他使用。

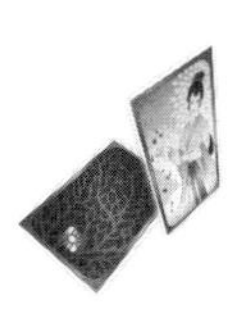

紫竹林副本開啟。

龐宇召喚出孫策，準備讓孫策去拉怪。

只見帥氣的江東小霸王，揮著鞭子騎著駿馬就衝了出去，移動速度快如閃電。

耳邊很快響起系統提示：「卡牌脫戰，孫策已陣亡。」

氣喘吁吁跟在後面追不上的眾人：「……」

龐宇滿臉鬱悶，「我靠，這孫策跑得也太快了！」

謝明哲也很無語，這是脫韁的野馬收不住了嗎？五倍速度原來這麼快，直接跑脫戰了。

陳霄哈哈笑出聲來建議道：「小胖，你操作慣了笨重的犀牛，孫策這張卡牌可不是純肉型坦克，他是衝鋒型的戰士。你不及時控制的話他瞬間就跑沒影了，反應要快，讓他別跑直線，要跑曲線繞回來。」

龐宇點頭，「明白！」

剛才孫策速度太快超過預期，龐宇一時沒跟上，陳霄提醒過後小胖就謹慎了許多，把陣亡一次的孫策重新召喚出來。

這回小胖可不敢大意讓孫策掛掉，所以他一直盯著孫策，靠精神力調整走位，迅速把前方的小怪全給拉過來——孫策拉怪簡直牛逼，跑得快不說，仇恨還特別穩！

等小怪全部集中在面前，陳霄道：「打！」

謝明哲、金躍和陳霄的三張周瑜卡立刻同時開技能——鐵索連環、火燒赤壁！

看著密密麻麻的竹子精被迅速燒成灰，謝明哲開心極了。

通關時間三分零一秒。

池青說：「剛才小胖不失誤的話，我們的用時應該能控制在三分鐘以內。」

小胖很不好意思：「怪我怪我，跑速這麼快的拉怪卡我還沒用過。」

陳霄笑道：「刷個副本而已，沒事，我們再刷一輪試試。」

這輪小胖沒失誤，大家配合得也比較好，在兩分四十五秒刷完已經遠高於大部分玩家的平均用時。池青想到一件事，突然道：「對了，我記得這個小副本的世界紀錄是二分二十五秒吧？」

聽到這裡，金躍立刻打開副本資訊清單查了查，說：「紫竹林的時間紀錄是裁決公會保持的二分二十五秒三三，用的卡組是一張黑犀、一張神龜和三張焰龍，從時間來看應該是分成三批的打法，每批拉怪四十隻。」

謝明哲問道：「黑犀？和我們用的犀牛差距很大嗎？能那麼快速地拉住四十隻小怪？」

陳霄解釋道：「獨角黑犀是聶遠道的王牌卡之一，全身純黑色的獨角犀牛，技能『野蠻衝撞』範圍內群嘲。牠體型大，移動速度百分之四百，比你的孫策要慢一些，但因為黑犀的技能設定比較特殊，受到傷害後會累積怒氣，怒氣值越高攻擊越強，可以打出不錯的傷害，能大大節省殺小怪的時間。」

池青道：「小謝這套卡組黃蓋也可以加傷害，我們認真一點的話時間還能縮短。」

胖子興奮地道：「要不我們也衝擊紀錄試試吧！」

金躍道：「從原理上來說，這套卡組刷副本並不比裁決公會的那套卡組差。」

眾人看上去都興致高漲，陳霄反正也閒著，便說：「行，我們試試！」

紫竹林副本二分二十五秒三三的時間紀錄，開創於第一賽季，由裁決公會保持，至今無人打破。關鍵在於聶遠道這位天才牌手的出現。

第一賽季是獸卡發展最快的一個賽季，聶遠道全面性地豐富了獸系卡組，黑犀、神龜、焰龍就

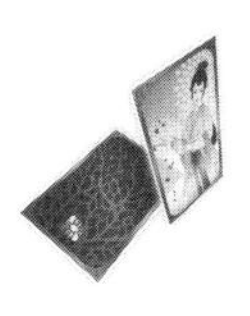

是他為了打副本製作出來的卡組。黑犀的野蠻衝撞拉怪速度極快，神龜的輔助技能特別給力，而焰龍的群攻，是至今為止所有火系群攻卡牌中，單次群攻瞬間爆發力最強的卡。

單張焰龍卡火系群攻係數極高，何況副本裡玩家的卡牌還可以重複，三張焰龍卡放在一起，同時開大招，足以毀天滅地，秒殺一大波小怪。

後來沒有人能打破紫竹林的紀錄，也是因為焰龍卡的群攻實在太強——紫竹林這個副本沒有Boss，幾乎沒什麼技巧可言，就是看群攻傷害量高不高，能不能瞬秒小怪。

想要破這個紀錄，除非做出一張可以取代焰龍的火系群攻神卡、一張可以媲美犀牛的拉怪神卡，以及一張能有狀態加成的輔助卡，在保證隊友卡牌不會死亡的前提下進行群拉，秒殺小怪。

周瑜這張火系卡的出現讓陳霄覺得打破紀錄很有希望。

焰龍強在瞬間爆發力，一次性火系群攻造成的傷害極高。

周瑜強在持續性傳導輸出，用時雖然比較長，但是小怪越多，傷害加成也會越高。

兩張卡都是群攻神卡，只是機制不同，所以打副本的方式也要有所調整。

「這個副本的小怪總共一百二十隻，裁決當年是分三批拉怪，一批四十隻，開焰龍的群攻技瞬間群死，等技能冷卻結束後再殺下一波，卡好節奏，兩分二十五秒殺光了全部小怪。」當年裁決打副本的過程在論壇上有錄影記錄，陳霄記得很清楚。他琢磨片刻，道：「我們改改思路。周瑜殺群怪的速度比不上焰龍，技能冷卻時間也比焰龍要長。但是當小怪數量更多的時候，周瑜火攻的持續傷害總量肯定能高於焰龍的瞬間爆發。孫策跑速比黑犀快，黑犀使用一次範圍群嘲最多拉四十隻小怪，孫策可以拉更多。裁決分三批，我們分兩批，只有這樣才有可能破紀錄。」

陳霄的分析清晰合理，謝明哲聽到這裡便說：「不過，一百二十隻小怪只分兩批的話，一批要拉六十隻，孫策壓力會非常大吧！剛才那一輪副本，宇哥只讓孫策拉了四十隻小怪，血量就掉得嘩啦啦的……」

「所以要卡好技能釋放的時間，孫策的霸體，拉兩波小怪放兩次，開霸體能頂住一波傷害。我們把路徑提前規劃好，儘量別浪費時間。」

龐宇撓撓腦袋，直說道：「一次拉六十隻我可拉不穩，要不孫策這張牌給陳哥操作？」

「好。」陳霄點點頭，「進副本後先往東邊走，把那裡的六群小怪一次性拉過來，半血左右我會開霸體，無敵一結束黃蓋立刻給我加護盾，你們在這段時間內把小怪全部殺光。」

「第二批重複之前的技能，不過黃蓋在第二輪不用給孫策護盾，我會想辦法撐住，黃蓋直接開自爆給周瑜加傷害，節省時間。明白了嗎？」

「明白！」眾人紛紛點頭表示理解。

「小謝，你來操作黃蓋。」陳霄道。

謝明哲怔了怔，「我？」他製卡是能手，但是刷副本的專業程度肯定比不上龐宇、池青這些當了兩年代練的人。

陳霄把這麼重要的任務交給他，謝明哲受寵若驚，結果下一刻陳霄就說：「我相信你能卡好時間，盯著孫策身上的狀態，第一輪無敵一結束立刻加護盾。」

陳哥如此信任，謝明哲自然不會推辭，果斷把黃蓋接了過來。

眾人分配好卡組，陳霄操控最難控制的孫策，謝明哲拿黃蓋，其他三人用周瑜群攻。

以前打副本都是閉著眼睛放技能，因為不用在意通關時間，隨便打打都能過關。今天既然是試著打紀錄，那所有操作就必須達到極限，一絲一毫的差錯都不能有，謝明哲心跳快得厲害，也感覺到隊友們都挺緊張，平時愛嘮叨的胖子都安靜了，瞪大眼睛站在旁邊不說話。

陳霄笑道：「沒事，我們只是試試，能破自然最好，破不了也無所謂，大家別有壓力。」

副本開始，眾人迅速走到小怪刷新點。

謝明哲是第一次見陳哥如此認真，也是第一次被這個男人可怕的操作技巧給嚇到了——只見孫

策手中的長鞭俐落地揚起，騎著馬就開始飛奔，帥氣的江東小霸王以風馳電掣般的速度衝進怪堆裡，以巧妙的S形曲線走位將六群小怪一隻不漏地拉到了場地的正中央！

這拉怪的技巧簡直牛逼！

孫策的高速、機動性，被陳哥的操控發揮得淋漓盡致！

被密密麻麻的小怪包圍起來的孫策血量開始瘋狂往下降，在半血左右時，孫策的身上突然冒起一團火光——無敵，免疫一切傷害。

陳霄道：「快打！」

池青、龐宇和金躍果斷開出周瑜連招——鐵索連環、火燒赤壁！

只見密密麻麻的鎖鏈將前方範圍內的小怪全部連接在一起，大火開始瘋狂傳導，越燒越旺，瞬間照亮了整片天空。火系傷害不斷地提升，小怪們全被燒成了灰燼！

孫策的無敵效果正好結束，百分之五十血量，身上套著個護盾。

陳霄連氣都沒喘一下，緊跟著走向下一個目的地。

此時，算上走路、拉怪、群怪的全部時間，副本用時已經是一分十一秒。

周瑜剛燒死一波小怪，群攻技能還在冷卻中。

陳霄一邊往前走，一邊心算資料等待周瑜技能刷新。

一分三十五秒，大家來到下一批小怪集中點。

孫策再次騎著戰馬衝入小怪群，揚起長鞭的男人縱馬馳騁，以極快的速度蛇形走位將剩下的小怪全部拉到中間，護盾破碎回血百分之五十，孫策滿血。三張周瑜技能正好冷卻結束，立刻鐵索連環，將全部小怪連接在一起。

緊接著，黃蓋自爆，身上血量全部清空，給其中一位周瑜攻擊力大幅度加成！

周瑜的大火再次燒了起來，這次燒得更加旺盛！

一分四十三秒，被六十隻小怪圍毆的孫策血量瘋狂下降，轉眼就下降成危急的殘血。

如果孫策陣亡，所有小怪仇恨清空，到處亂跑只會前功盡棄。

孫策在只剩一絲血皮的時候，驚險地開出了霸體！

看到他身上的紅光，隊友們都長長鬆了口氣，五秒無敵時間足夠大家把小怪都打死。

大火肆無忌憚地燃燒，火系傳導蔓延傷害的數值不斷地在小怪們的頭頂跳動，過了幾秒，一批又一批的小怪被燒成灰燼，隨著最後一隻小竹精倒下，眼前的火光終於熄滅。

同一時間，全服公告——

恭喜涅槃公會打破紫竹林副本世界紀錄，用時一分五十五秒三三！

全息遊戲裡大部分官方廣告都會發郵件給玩家，但是像這種破世界紀錄的大事件，以及職業聯賽總決賽之類的重點通知，則會在玩家頭頂的通知區懸掛文字公告持續五秒。

雖然只有五秒，但因為是全服通知，所有在線的玩家都看到了！

眾人一臉茫然，紛紛開始議論。

「紫竹林？是今天的日常紫竹林嗎？全是小怪沒有Boss的那個最簡單的經驗本？」

「涅槃公會是哪來的？聽都沒聽過啊！」

「這個副本我記得是火系獸卡裁決公會保持的紀錄吧！」

「臥槽，能破聶神的紀錄，真牛！來看看用的是什麼卡組……」

無數好奇的人點開了通知列表。

然後，大家看見了副本隊成員的名字：陳哥、胖叔、青青草、宇宙星辰、金子。

卡組使用：孫策、黃蓋、周瑜、周瑜、周瑜。

所有人的腦袋瓜都是一串問號。

孫策？黃蓋？周瑜？

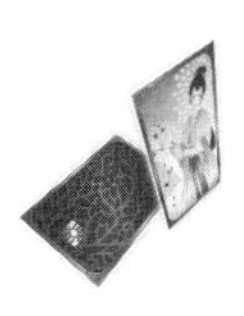

這些人物卡牌從來都沒有見過啊！

論壇上立刻出現八卦帖子：紫竹林紀錄被破，孫策、黃蓋、周瑜人物卡組也能碾壓副本？

無數好奇的玩家跟帖回覆留言，論壇上討論得格外熱鬧。

裁決公會一片兵荒馬亂，幻月會長都要頭疼死了，因為公會聊天房裡很多人在討論這件事情，他真是無奈，只好跑去找聶神，「有個叫涅槃的新公會，把紫竹林的副本紀錄給刷新了！副本隊成員有胖叔，肯定又是他做的卡！」

聶遠道意外地挑了挑眉：「焰龍卡組的紀錄被破？」

那是十年前創下的紀錄，焰龍這張卡的群攻資料非常極端，他當初製作這張卡的時候，在火系群攻中加入了「傷害穿透」的設定，傷害穿透會無視對方的防禦，所以，焰龍的群攻砸下去，傷害能達到最大值，三張焰龍瞬間爆發能直接秒殺全部小怪。

如果黑犀能做到一次拉十二群小怪的話，焰龍也能秒，只是小怪之間距離太遠，黑犀一次最多拉四群，分三波擊殺。

從時間上來看，要能縮短這麼多秒數，估計他們應該不是分三批打小怪，而是分成兩批。能瞬間群殺兩批小怪，這是不可能的事，官方資料庫有群攻技能最大資料限制，他的卡牌資料絕對做不到跟焰龍一模一樣。

除非，他的群攻是機制特殊的持續性傷害。

聶遠道感興趣地道：「把胖叔用的卡組資料儘快查清楚。」

怪不得這幾天月半專賣店裡的即死牌數量明顯減少，也不出新卡了，聯盟的大神們都挺無聊的，好奇胖叔怎麼不繼續針對我們其他的卡牌了呢？結果，胖叔這是研究副本卡去了！

下一刻，聯盟群裡熟悉地冒出來一個人──

葉竹：哈哈哈哈！孫策、周瑜、黃蓋把紫竹林的副本紀錄給刷了！胖叔又開始搞事，大家有什麼想法？

之前被胖叔針對過的眾人立刻出來發表感言。

鄭峰：我在想曹沖為什麼拿船秤我的大象，我真想幫幫這小孩兒，給他個電子秤。

歸思睿：胖叔不針對我們了嗎？安靜幾天結果去針對副本小怪？有點不習慣呢。

喬溪：我想同情一下副本小怪，小怪們招誰惹誰了？

聶遠道平靜地說：你們不準備比賽，又開始討論胖叔，看來都很喜歡這個胖叔？

凌驚堂笑道：是想把他抓過來打一頓的那種喜歡。

眾人紛紛附議：凌神說得對！

唐牧洲看見大家的討論，並沒有在群裡出聲，他只是很疑惑——胖叔這次的卡牌可不是他指導的，他這兩天忙著給徒弟搭配個人賽的卡組。

能打破副本紀錄，顯然胖叔把卡牌的資料做到了極限，到底是誰在指導呢？

遊戲裡，謝明哲激動得說不出話來，沒想到按照陳哥的方法居然真的成功破了紀錄，而且一次性提升這麼多，可以說是孫策、周瑜、黃蓋聯手的功勞。

拉怪速度極快的孫策，持續性傷害爆炸的周瑜，能自殘加Buff、加血的黃蓋——他製作的江東副本隊，刷掉了獸系卡保持多年的經驗副本時間紀錄，真的是「一戰成名」！

龐宇和金躍興奮得幾乎要跳起來：「破紀錄了啊啊啊，我從來沒想過，有一天我的名字能掛在世界公告上！」

金躍也道：「小謝，你這卡組，簡直就是副本收割機吧！」

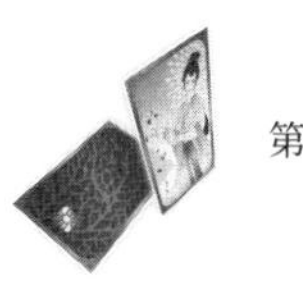

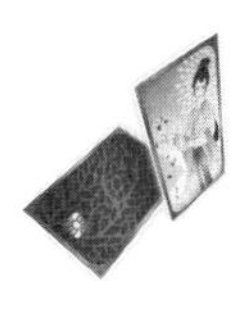

陳霄心情很好，聲音裡滿是笑意：「瑩瑩的宣傳稿看來要改一下，咱們涅槃公會，是能用人物卡組打破世界紀錄的公會！」

池瑩瑩知道這個消息特別開心：「你們幾個也太帥了吧？今晚一定要吃大餐慶祝！」

池青冷靜地說：「這下胖叔這個名字是真的出名了，不但會做即死牌，還能做副本卡組，估計明天的月半卡牌專賣店又要被擠爆。」

陳霄回頭看向謝明哲，道：「孫策、周瑜、黃蓋這些卡先不要賣。明天我們還有更重要的事情，知道吧小謝？」

謝明哲會心一笑，「知道！帶著這三張卡，去拜見林神！」

由於「胖叔」的名字上了全服公告，謝明哲的信箱再次塞爆，除了認識的幾家公會會長態度和氣地找他打聽卡組之外，還有不少陌生人發訊息給他，甚至有人表示：胖叔我是你的粉絲，加油！超愛你的人物卡！

謝明哲有些意外，他居然有粉絲了嗎？

這兩天他的專賣店不出新卡，只能賣之前做的即死牌，人氣已經有了下滑的趨勢。對即死牌不感興趣的玩家看過一樓的卡牌展示櫃之後自然不會再來。

而各大公會已經收齊了全套的即死牌，不用像之前那樣瘋狂搶購，因此會長們也不再光顧。從池青給他的後臺數據資料上，很直接地反應出這一點——店鋪客流量在走下坡。

是時候出新卡刺激一下大家了。

當然，這一切都要等到見過林神之後再說，但提前準備總沒錯。

次日他訂了七點的鬧鐘醒來，下樓的時候陳霄已經收拾好了。

陳霄今天換了套休閒裝，不像第一次去見陳千林時一身西裝革履的跟面試一樣正式。穿上休閒裝的他顯得更加年輕英俊，臉上的笑容藏都藏不住，顯然心情超好。

謝明哲走過去問：「陳哥，這麼早就出發嗎？」

「我哥住的地方太遠，我們早點走吧。」陳霄心裡想著，早點到的話就可以多待一會兒。

工作室其他幾人還沒睡醒，兩人吃過早餐就出發了，上午十點的時候順利抵達陳千林的住處。

陳霄帶著謝明哲來到哥哥門前，按響了門鈴。

陳千林一句話都沒問，直接給他們打開門。兩人走進屋，發現陳千林正在畫室裡畫畫。

陽光透過窗簾照進畫室，灑在他柔和清俊的側臉上，氣質出眾的男人皮膚白得近似透明，顏色很淺的眼眸認真地盯著面前的畫板，修長的手指握著畫筆，正一筆一畫地仔細描繪著一株植物。

他畫畫的樣子實在太過認真，謝明哲和陳霄很有默契地停下腳步，都不敢打破屋內的寧靜。陳千林的眼睛依舊看著畫，道：「稍等一分鐘，我快畫完了。」

男人清冷的聲音平靜得沒有任何情緒起伏，但是聽在耳裡就是特別舒服，彷彿在天氣炎熱的時候端起了一杯微涼的水，涼水滑過喉嚨，讓人通體舒暢。

陳霄一副小迷弟的樣子站在畫室的門口看哥哥畫畫，哥哥安靜地坐在溫暖的光線下認真畫畫的樣子，是他這些年來夢裡經常出現的片段，如今親眼看到，陳霄心情無比複雜，一時間有些恍惚，好像又回到了年少的時候和陳千林獨處的那段時光。

謝明哲見陳霄沒有挪腳的打算，只好站在他的旁邊跟著一起看。

畫布上是一株栩栩如生的植物，青翠欲滴的綠葉襯托著一朵花卉，謝明哲沒有見過這種花，也不知道是什麼品種，只覺得層層疊疊的白色花瓣非常漂亮。

陳千林為最後的一片葉子上完顏色，這才將筆放下，起身把畫布拿去陽臺上曬乾，轉身回到客

廳，說道：「過來坐吧。」

陳霄和謝明哲立刻走過去坐下。

陳千林看向謝明哲：「你們來找我，是已經做成副本卡了嗎？」

陳霄拿出隨身帶的平板光腦，道：「哥你看一下，小謝做的卡，絕對會給你驚喜。」

光腦啟動，面前的全息螢幕中出現了三張卡牌。

陳千林一向冷淡的眼裡，驀地閃過一絲驚喜。

之前讓謝明哲做一張副本卡，是想看看這個傢伙能不能對最簡單的副本卡進行創新。結果，謝明哲居然超額完成任務——直接做出一套副本卡組！

老師出一道題，他卻舉一反三，解出三道題。陳千林終於對面前的少年刮目相看。

這三張卡牌，從創意和技能設計上來說，謝明哲已經達到了優秀製卡師的標準。

製卡師最難得的就是思維的拓展和轉化。光是死腦筋盯著系統資料庫裡的技能進行搭配設計，是永遠做不出好卡的。如果能理解資料庫中技能的特色，再賦予卡牌自己的創意，這樣的製卡師，靈感將會源源不斷，製作的卡牌也會越來越豐富。

謝明哲見陳千林仔細觀察著三張卡牌，便謙虛地道：「林神，孫策的第一個技能是在陳哥的建議下做了些修改，增加移動速度和範圍普攻。周瑜和黃蓋的技能是我自己想的。資料方面，三張卡都有陳哥幫我把關。」

三張牌並不是他獨立完成，他也不想獨攬功勞。其實不用他說，陳千林也知道陳霄肯定幫著改了資料和一些細節，否則卡組不會這麼完美。

弟弟的製卡天賦並不輸於唐牧洲。如果不是當年合約的事，或許，現在的陳霄會是職業聯盟金字塔頂端的高手。因為合約的問題，陳霄荒廢了近五年的時間……

想到這點，陳千林心底輕嘆口氣，輕聲問道：「小謝，你願意認我當師父嗎？」

謝明哲和陳霄都愣住了。

本來以為要好好求這位大神，準備了一肚子的臺詞，結果準備的臺詞一句都還沒用呢，陳千林居然主動開口問謝明哲願不願意拜師？

陳霄回過神，立刻捅了捅謝明哲的胳膊。發愣的謝明哲總算清醒過來，激動得聲音都在發顫，「願意願意！能認您當師父，我真的太榮幸了！」他站起來，走到陳千林的面前，九十度鞠躬，聲音清脆，「師父好！」

對上少年滿是笑意的明亮眼眸，陳千林難得微笑起來，覺得這傢伙挺可愛的。

比起唐牧洲，謝明哲顯然要單純許多。

唐牧洲滿腹壞水，表面上帶著溫和的笑容，實際卻心思深沉，笑容只是他的偽裝。陳千林其實不大喜歡看見唐牧洲笑咪咪地說話，總覺得他每次瞇起眼睛一笑，就有人會倒楣。

但小徒弟謝明哲笑起來就很陽光，很純粹，完全感覺不到他有什麼壞心眼。直率、爽朗的少年讓人忍不住心生親切。

陳千林站起來，拿了一臺全新的平板光腦遞給謝明哲，道：「這是師父給你的見面禮。」

謝明哲受寵若驚——沒想到拜個師還有禮物拿？

陳霄給他使眼色，「快收下。」

「喔。」謝明哲急忙接過來，「謝謝師父！」

謝明哲擁有這個世界的記憶，所以，他一看就知道這臺智能平板光腦有多麼昂貴。這臺光腦可以綁定身分證、連上所有的聊天軟體、用全息視頻通話。光腦還能下載專用APP連接《星卡風暴》的個人空間，查閱卡牌資料。

比如和好朋友一起去喝咖啡，每人都戴個頭盔也太奇怪了，而這種光腦的存在正好讓所有星卡玩家可以隨時打開個人空間向好友展示卡牌，也是各大俱樂部開會的時候人手必備的。

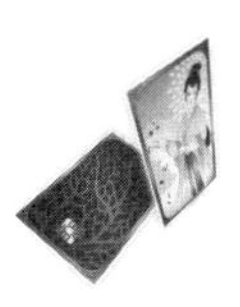

一臺這樣的光腦要十萬晶幣，陳哥就有一臺，謝明哲早就想買了，這幾天忙著製作卡牌耽誤了計畫，沒想到師父居然給自己送了一臺，實在是意外之喜。

謝明哲撓了撓頭，不大好意思，「師父給我送這麼貴重的東西，可我沒給師父準備禮物……」

陳千林道：「不用，你能做出好的卡牌，就是給我的最好禮物。」

謝明哲心裡暖洋洋的，不知道說什麼才好，只覺得這個師父認得真是太對了。

陳千林道：「你們跟我來。」

他帶著兩人來到書房，打開了自己的智慧光腦，進入資料中心。

謝明哲和陳霄都被眼前的畫面給震撼到了。

只見資料中心有一排又一排的卡牌陳列櫃，如同圖書館一樣壯觀，陳列櫃裡擺放著數以萬計的滿級黑卡，並且按照不同的俱樂部進行分類。

謝明哲從來沒見過這麼多的黑卡！裁決俱樂部、流霜城俱樂部、風華俱樂部……甚至還有很多他聽都沒聽過的二流俱樂部的卡牌！

陳霄震撼地問道：「哥，這些是？」

陳千林說：「聯盟所有選手從第一賽季到第九賽季，所有在賽場上使用過的卡組，我都複製了一份圖像，保存下來。」

兩人面面相覷，沒想到陳千林居然整理出如此龐大的資料庫！那麼多選手，整整九年，無數場比賽，數以萬計的卡牌，而這一切居然被陳千林全部紀錄了下來！

前四個賽季他自己就是職業選手，紀錄卡牌資料用來研究很正常。可是，第四賽季季後賽階段他經歷了那麼多事，心灰意冷地宣佈退役，應該對這個遊戲徹底失望了才對。

換成一般人，可能都不想再接觸卡牌。陳千林為什麼還會把第五賽季到第九賽季的資料也全部記錄下來？難道這些年來，每一場比賽他都沒有錯過？每一位職業選手，他依舊在關注？他這麼做到底是為了什麼？

謝明哲想不明白，陳霄更不明白。

然而下一刻，陳千林便給了兩個人答案，他看著弟弟說：「這些資料都是給你準備的。」

陳霄脊背一僵，不敢相信地睜大眼睛：「給、給我？」

陳千林平靜地道：「我一直在等你合約到期的這一天，等你徹底想明白，對將來做好打算。如果你不想再碰這個遊戲，這些資料我就留作紀念。如果你決定拿出自己真正的實力來，認真地去打比賽，那麼，這些資料，就是我給你的禮物。」

「……」陳霄的眼中猛地湧起熱淚，他狼狽地移開視線，強忍住想哭的衝動，顫抖著問道：「哥，你、你不怪我嗎？」

「我只怪你瞞著我私下做決定，不跟我商量。合約的事其實我也有責任，過去的就不要再提了，目前最重要的是儘快跟邵博解約。」

「好。」陳霄聲音哽咽。

謝明哲一臉茫然，聽不懂兩人在說什麼，難道陳霄也跟邵博有合約糾紛？

對上他疑惑的目光，陳霄尷尬地脹紅臉，「我那天沒好意思跟你說，其實，我當初腦子進了水，也跟那個姓邵的簽了選手合約，而且跟我哥的合約一樣，沒有明確規定卡牌版權的歸屬。」

謝明哲道：「那你合約到期了嗎？」

坑了哥哥不說，還想坑弟弟，那個邵博也是夠狠的！

陳霄點頭，「我今天就去聖域俱樂部找他，正式簽一份書面解約協議。」

謝明哲有些擔心：「他應該不會為難你吧？」

陳霄道：「不會的，他並不知道我真正的實力。」

謝明哲突然想起自己當初和陳霄簽的代練合約，萬一被那個姓邵的查到，那豈不是陳霄在簽約

期內瞞著他成立了代練工作室？更可怕的是，謝明哲算是陳霄雇傭的員工，真要扯皮，說不定謝明哲在代練這一個月時間內做的卡牌也能被歸到聖域俱樂部去！

想到這裡，謝明哲脊背發毛，趕忙說道：「陳哥，我們倆當時也簽過代練合約，得趕緊把合約毀掉！」

陳霄笑著說：「放心，這一點我早就想到了。我工作室的所有合約都沒有錄進網上的合約中心，只是做個樣子讓你們放心而已，我早就燒掉了。」

燒掉了？還好陳哥機智！

謝明哲剛放下心來，結果陳千林突然道：「昨天的紫竹林世界紀錄，可能會留下把柄。」

紫竹林世界紀錄被破的事早已傳得沸沸揚揚，只要關注這個遊戲的人大部分都知道，陳千林知道這一點並不奇怪，只是，他所謂的把柄，到底指的是什麼？

陳霄很快反應過來，「哥你是說，我開小號的事情可能連累到小謝？」

「嗯。」陳千林看向陳霄，「你還是不夠謹慎，遊戲裡所有的帳號都跟玩家的身分證綁定，陳哥這個名字又很容易引起聯想，萬一邵博懷疑之下去查這支副本隊伍，把你的真實身分給查出來，你在簽約期間開小號成立工作室，還打破紫竹林的世界紀錄，他可以用你違約、消極比賽的理由把你告上法庭，懂嗎？」

陳霄脊背一陣發冷。昨晚打世界紀錄的時候他沒想那麼多，現在看來確實處處都是把柄。

「這件事我幫你處理。」陳千林果斷地說：「你馬上登入遊戲把你身分證綁定的所有角色都刪除，我開個小號和小謝再打一遍紫竹林，把副本紀錄給刷掉。」

遊戲裡每個副本的時間紀錄都只顯示前三名的隊伍，目前紫竹林的副本紀錄榜單上第一名就是陳哥、胖叔他們幾個昨晚打出來的一分五十五秒三三，第二名和第三名都是聶遠道當年研究焰龍卡組的時候打出來的二分二十五秒左右。陳千林要想把「陳哥」這個ID給刷下去，就必須連破三次紫竹林紀錄。

如果能做到，陳霄再把小號刪掉，那麼「陳哥」這個ID就會從遊戲世界裡徹底消失，再無任何痕跡。邵博就算懷疑陳哥和陳霄有關，也查不到證據。

陳霄的指尖微微發顫，他沒想到，哥哥會主動幫他解圍。

還以為陳千林當年會離開是因為很討厭他。如今看來，陳千林的離開，除了是對他隱瞞自己私下簽合約太過失望之外，更重要的是想讓他儘快獨立長大、成熟起來。

哥哥一直都是對他最好的人，這些年也一直在關注聯賽，留下這麼多資料，就是在等他意識到自己的錯誤，以全新的姿態重新回歸……

陳霄實在愧對陳千林對他的這份兄弟之情。

見陳霄紅著眼睛不說話，一副快哭出來的樣子，陳千林輕嘆口氣，拍拍他的肩道：「好了，犯了錯就要儘快彌補，把你在遊戲裡的所有痕跡都抹掉，簽了解約協議再重新開始，別給邵博留下任何把柄，明白嗎？」

「嗯！」陳霄用力地點點頭。

陳千林這裡有好幾個頭盔，其中還有第一賽季的紀念頭盔。

陳霄戴上頭盔登入遊戲，果斷按下角色刪除鍵。

系統提示：「一旦角色刪除，個人空間陳列櫃中的卡牌、材料將全部刪除，確定刪除嗎？」

他的陳列櫃目前一張卡牌都沒有，材料也早就放去了公會倉庫。這個遊戲裡玩家強大與否完全看卡牌，而卡牌是可交易的，角色本身沒有任何的裝備，只要角色空間內的卡牌被清空，刪除角色是非常容易的。

十分鐘後，系統審核完畢，「陳哥」這個角色徹底從遊戲世界裡消失。

陳霄這才鬆了口氣，回頭看向哥哥，「我已經刪了，但想把世界紀錄裡『陳哥』這個名字去

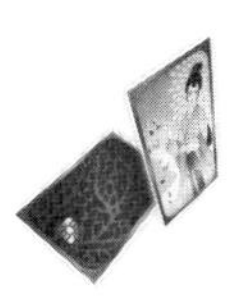

掉，就要連破三次紀錄，我們昨天打紀錄時所有的操作都已經到了極限，時間還能再縮短嗎？」

陳千林點頭：「可以，因為小謝的三張牌還能再加強。」

他打開自己光腦裡的資料庫，翻開風華俱樂部的那一排陳列櫃，調出兩張卡牌的資料，道：「既然收了小謝當徒弟，今天也教你一些技巧。卡組設計有個很關鍵的要素，叫做連動技能。」

謝明哲愣了愣：「連動技能？」

陳千林耐心地解釋說：「連動技是我在第四賽季的時候研究出來的，靈感來源於現實中植物的嫁接，把一種植物的枝條接到另一種植物的枝幹上，使兩種植物的特徵彼此融合，產生雜交後代，這是植物界最常用的人工繁殖方法。我把它用到卡牌世界裡，就變成了連動技能，原理是兩張以上關聯的植物卡，在某種特殊的情況下擁有連動技能，可以繼承彼此的一些特徵、或者給予彼此一些增益狀態。」

他把兩張藤蔓卡和花卉卡的畫面放大，仔細說明道：「例如這兩張卡牌，花卉卡的效果是失明，藤蔓卡是範圍絞殺，一旦花卉卡陣亡，觸發連動技能，藤蔓上面就會開出相應的花朵，擁有花卉的失明效果，變成讓敵人無法察覺的隱形藤蔓。這是在我的指導下，你師兄唐牧洲設計的一組植物連動技能。」

謝明哲：「……」

他簡直是大開眼界！

林神不愧是植物學專家，居然把現實中植物的嫁接原理設計成遊戲裡的植物卡組連動技能！唐牧洲的設計也非常出彩，失明效果的花卉陣亡後，把自己的技能特徵給予藤蔓，讓藤蔓繼承「失明」的效果達到隱形攻擊。

居然還能這麼玩？

陳千林接著道：「連動技在第四賽季通過大會的提議後，官方為了避免職業選手們濫用，做了幾項規定。第一，連動卡必須同類別、同屬性；第二，設計成連動技的卡牌，必須是有羈絆關係的兩張卡，比如黑狼和白狼是同族連動，狼和綿羊是天敵連動，具體的技能設計選手可以自由發揮，但資料會由官方把控，單屬性增幅不得超過百分之五十。」

同族連動，增強戰鬥力；天敵連動，觸發特殊效果。放在動物界、植物界任何相關的品種都可以做成連動卡；鬼牌、神牌、蝶系卡、水族生物等各種卡組的連動效果，需要職業選手們充分地發揮腦洞。而放在人物卡組，自然也可以按照這種思路做出連動技能！

師父的解釋讓謝明哲腦洞大開。

孫策和周瑜年少時代就是好友，孫策去世後，周瑜替他守了東吳整整十年。那麼，可不可以設計成周瑜存在時增強孫策戰鬥力，而孫策犧牲時增強周瑜戰鬥力呢？

想到這裡，謝明哲立刻戴上頭盔登入遊戲，將孫策、周瑜兩張卡牌一起進行修改。

隨著精神力的注入，他腦海中同屬火系卡的孫策和周瑜，卡牌的正面漸漸發生了變化。

只見孫策的卡牌右下角和周瑜的卡牌右下角同時出現了一個象徵連動的標記，孫策這邊是半個火焰，周瑜那邊同樣是半個火焰，合在一起，就是完整的火焰形狀。

孫策，附加技能三：江東雙璧（連動技），當場上有周瑜存在時，孫策進入激昂狀態，提升移動速度百分之五十。

周瑜，附加技能三：江東雙璧（連動技），當隊友孫策陣亡時，周瑜陷入悲憤狀態，永久提升自身攻擊力百分之五十。

看著設計完成的卡牌技能，謝明哲激動極了。

遊戲裡允許出現卡牌連動，原理就是卡牌之間的羈絆關係，這應該是高端競技場上設計卡組的關鍵。而可以做出連動效果的人物，他腦子裡的素材多得數不清！

謝明哲摘掉頭盔，將製作完成的孫策和周瑜導入到剛剛拿到的智能光腦，給陳千林看。

陳千林點點頭道：「這樣設計正好能提高打副本的效率，百分之五十的增幅，資料也符合官方規定，你可以拿去審核了。」

由於能做成連動卡組的卡牌本來就比較少，對於孫策和周瑜增加的連動技，系統審核也沒有為難謝明哲，「江東雙璧」這個連動技很快就出現在孫策、周瑜兩張卡牌上。

如此一來，孫策和周瑜各自擁有兩個獨立的技能，並且共用「江東雙璧」的技能連動。連動就意味著兩個人同時在場的時候才可以觸發，這樣的設計也正好體現了孫策和周瑜多年摯友的情誼。

陳千林也坐在旁邊登入了遊戲，加了謝明哲的胖叔為好友。

小徒弟取個名字叫「胖叔」這件事陳千林完全不介意，他給謝明哲發去條私聊，道：「拿這套新卡去刷掉紫竹林的副本紀錄，知道怎麼做嗎？」

謝明哲興奮地道：「嗯！有周瑜在場的話，孫策的速度會增加，肯定能減少拉怪的時間；第二波打小怪的時候，讓孫策在適當的時候陣亡，觸發連動技，周瑜悲憤狀態攻擊力加成，還能再節約時間！」

真是一點就通，陳千林讚賞地點點頭，「走吧，帶上有連動技的卡牌，重新刷一次紀錄。」

陳霄刪掉自己的小號後，就讓池青他們登入遊戲和謝明哲組隊。池青沒多問，直接加進謝明哲的隊伍，大家意外地發現隊裡有個陌生的面孔ID叫「枯木逢春」。

龐宇是個直腸子，很乾脆地問出聲來：「小謝，你跟陳哥在哪啊？這位枯木逢春是？」

謝明哲笑道：「是我師父！」

陳哥之前說過要帶謝明哲去找一位高手，看來這位高手是決定收謝明哲為徒了，大家都很替小謝高興，紛紛恭敬地跟陳千林打招呼：「大神好！」、「大神，我們是小謝的朋友。」

本以為大神是世外高人，結果耳邊響起的聲音非常年輕，如同清澈的流水一般：「你們好，我是陳霄的哥哥。」

眾人面面相覷——原來陳霄的哥哥沒去世嗎？

帶著疑惑的心情，大家跟陳千林、謝明哲一起進了紫竹林副本。

陳千林的操作可以說是冷靜到了極致。增加百分之五十移速的孫策，到了他的手裡，拉怪的速度讓眾人根本沒法看清楚。只覺得轉眼之間，一大批小怪就聚集在了一起！

陳千林：「打。」

他的指揮可不像陳霄那樣熱血，反而冷靜得毫無情緒。

眾人立刻開打，過程和昨天差不多，只是孫策的速度加快後，整個副本的推進效率也有了提升。打第二波小怪時，陳千林操作著孫策故意吃了傷害，在小怪血量還剩四分之一時陣亡，連動效果觸發，周瑜狂暴，火攻殺傷力極強，小怪瞬間被秒！

——恭喜涅槃公會打破紫竹林副本世界紀錄，用時一分五十秒三一。

這次的通關名單裡沒有陳哥，多了個枯木逢春。線上的玩家們都一臉茫然：又破紀錄了？又是涅槃公會？還是胖叔那個隊伍？

第二次副本陳千林卡住連動技的釋放時間，讓孫策在小怪血量剩三分之一時陣亡。

——恭喜涅槃公會打破紫竹林副本世界紀錄，用時一分四十九秒三一。

又過了片刻，世界上再次彈出一條公告。

——恭喜涅槃公會打破紫竹林副本世界紀錄，用時一分四十八秒三一。

所有線上玩家：「……」

這是哪來的大神？連破三次紀錄，你們把遊戲裡的副本當成扮家家酒一樣玩兒呢？

職業聯盟群裡，葉竹再次跳出來：我擦！胖叔狂刷紫竹林紀錄，紫竹林的小怪跟他有什麼仇！

鄭峰也冒了出來：胖叔應該是在研究卡組吧？可能他的卡牌資料又有了一些提升，紀錄時間比昨天只多了幾秒而已。

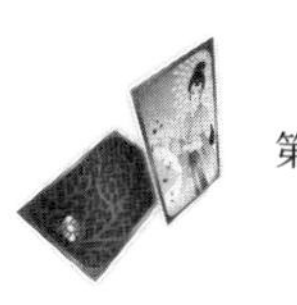

眾人熱烈地討論著。

謝明哲心裡格外震撼，師父的操作他真的不知道怎麼形容才好，每次提高一秒鐘，時間卡得簡直絕了。對於這位木系鼻祖、影響了整個木系卡組的前輩、因為植物嫁接的靈感而率先開創出卡牌連動設計的高手，謝明哲真是打心底裡地佩服。

三條紫竹林的新紀錄被寫在系統排行榜上。

通關隊伍：胖叔、枯木逢春、青青草、宇宙星辰、金子。

這樣一來，所有玩家都會覺得通關紫竹林是胖叔的功勞，畢竟用的卡組全是由他設計的人物卡。至於隊裡原來有個叫陳哥的玩家，不特意關注的話根本不會注意到。就算去查，也已經「查無此人」。

陳哥這個ID和角色，自此從星卡世界徹底消失。

洗清過去，重新開始。

陳霄相信有哥哥的指導，小謝一定會進步飛快。而屬於他們自己的、再也不會有版權糾紛的俱樂部，很快就能創立起來！

唐牧洲正忙著為沈安搭配參賽卡組，但是群裡討論熱烈，唐牧洲也不得不關注這件事。

裴景山分析說：從時間來看，小怪分了兩批，胖叔的卡組中應該有能一口氣拉住六十隻小怪的嘲諷卡。世界紀錄顯示的卡牌陣容是孫策、周瑜、黃蓋，應該是孫策拉怪？

凌驚堂問道：我記得老聶當初打紀錄用的拉怪卡是獨角黑犀吧？

聶遠道：嗯，黑犀的移速並不是最快，有可能孫策的移速超過了黑犀。

提起移速，擅長空襲流的山嵐最有發言權：我的鷹隼移動速度百分之六百五十，是聯盟目前移速最快的卡。一般空中飛行動物的移速都比較高，但是胖叔打副本用的是人物卡，他該不會做出一個會飛的人類？

凌驚堂道：會飛就是神族了，有翅膀的神可以飛。人類會飛，這個設定系統不可能通過審核。

葉竹忍不住吐槽：難道孫策騎著一隻會飛的鳥在拉怪嗎？

聶遠道指出關鍵：騎陸地動物，再加上連動技的移速加成，或許可以做到。

唐牧洲沒有參與討論——他直接去問胖叔，誰叫他跟胖叔比較熟呢？

胖叔，聽說你破了紫竹林的紀錄，用的是什麼卡組，能不能給我看看？

謝明哲有些意外地看著七四五六七八九的小號，他跟唐神好幾天沒有聯繫，還以為唐牧洲專心準備比賽不登入小號了。沒想到對方這時候突然發訊息過來。既然唐牧洲對副本卡組感興趣，謝明哲也懶得隱瞞，直接在副本內截圖把最新的卡組資料發給唐牧洲：用的是這套卡。

孫策拉怪，黃蓋輔助，三張周瑜群攻，其中孫策和周瑜之間有卡牌連動。唐牧洲看著卡組，微微眯起眼睛：連動技？這是誰教你的？

謝明哲看了陳千林一眼，問：「師父，唐牧洲找我要破紀錄的卡組資訊，還問是誰教的，我要告訴他嗎？」既然已經拜了師，唐神現在算是他的師兄吧？

陳千林說：「先別驚動他。最近正在比賽，如果知道我回來，小唐肯定會來找我，沒必要讓他分心。你就說是一位懂資料的高手在指導你，具體身分不方便透露。」

謝明哲點點頭，原話回覆唐牧洲。

高手？怪不得你進步這麼快。

唐牧洲笑了笑，沒再多問。他想或許是聯盟哪位大神發現胖叔的天賦後順手指導了一下，完全沒想到指導謝明哲的人正是消失了近五年的恩師陳千林。更沒想到，遊戲裡的這個胖叔，已經變成了自己的小師弟！

結束和唐牧洲的對話後，謝明哲和陳千林一起摘下頭盔，因為陳霄叫他們吃午飯。

陳霄廚藝不錯，做的幾個家常小菜色香味俱全，葷素搭配，完全比得上專業廚師。

吃過飯後，陳霄一邊收拾碗筷一邊說：「小謝你下午留在這裡跟我哥聊聊天，我有點事情出去一趟，晚飯之前再回來接你。」

謝明哲疑惑：「什麼事？需要幫忙嗎？」

陳霄道：「跟聖域俱樂部解約，我約了律師下午去找邵博。」

陳千林看向弟弟，提醒道：「別跟他解釋太多，多說多錯。你就說畢業以後想自己找工作，合約到期了想正式解約。將來等你出道的時候，如果你水準太強引起他的懷疑，到時候我會出面幫你解決。」

陳霄心裡一暖，低聲說：「哥你放心，我知道怎麼做。」

陳千林點頭，「去吧。」

陳霄走後，謝明哲心裡好奇得要命，卻又不好意思問。陳千林察覺到他的疑惑，便解釋道：「陳霄並不是我親弟弟，他的父母早已去世，從小在孤兒院長大，後來才被我們家收養。由於我爸媽忙於工作，陳霄是我一手帶大的。邵博家跟我們家就住在隔壁，我和他從小一起長大，所以對他非常信任。」

謝明哲點點頭，「陳霄也是因為信任邵博才簽的合約吧？」

陳千林的目光閃過一絲冷意，「嗯。如果不是陳霄當時年紀太小，瞞著我私下簽合約，他現在

已經是跟小唐一樣的一流選手了。」

「陳哥和唐牧洲認識？」

「他們私下關係不錯，以前還經常一起討論卡牌的設計。」

這麼一說陳霄確實挺可惜，因為合約問題荒廢五年。但也不算晚，解約之後獲得版權自由，下賽季重新開始，只要有實力，不怕打不出成績。

就在這時，謝明哲的智慧光腦突然彈出訊息：您的個人空間收到新的系統通知，請儘快查收。

下載星卡APP跟遊戲綁定後平板光腦會即時把玩家個人空間裡的郵件及收到的好友私聊同步過來，這樣就不用擔心錯過重要訊息了，師父送他的智慧光腦確實好用。

謝明哲指紋解鎖點開信箱，就見裡面是一封字體標紅的系統通知。

親愛的製卡師您好，您的卡牌孫策、周瑜連動技能江東雙璧已經通過系統的初步審核，您可以將卡牌帶入副本和野外場景。如果想把卡牌帶到競技星域參加比賽，必須完善卡牌的百科資料，並通過官方專業分析師的複審。

謝明哲愣住——他之前做的卡牌都是一次性審核過關，怎麼現在還有複審？

陳千林解釋道：「連動技能因為涉及兩張以上的卡牌，為了保證競技場的公平性，連動卡都需要通過複審，完善卡牌的詳細資料。」

孫策和周瑜「江東雙璧」的連動技在謝明哲看來很容意理解，但是這個世界的人並不認識孫策和周瑜，如果不寫清楚卡牌的設計思路，官方不會允許玩家把連動卡帶上競技場。

想到這裡，謝明哲便說道：「師父，能不能給我看一下眾神殿的卡組？他們的神牌連動技能具體是怎麼設計和描述的，我好參考一下。」

陳千林調出眾神殿的神牌卡組：「你可以看看路西法和米迦勒的連動設計。」

眾神殿的卡牌畫風精美，路西法背後長著純黑色的惡魔翅膀，擁有一雙懾人的血紅色雙眸，純

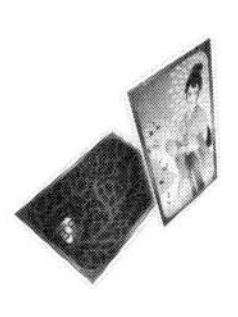

黑長髮，容貌英俊，微微揚起的嘴角透著絲邪氣，將魔王的氣質展現得淋漓盡致。

米迦勒的氣質則完全相反，天空般的碧藍色眼睛，背後是純白色天使翅膀，外型看上去俊美又聖潔。

謝明哲看見卡牌正面右下角用很小的字體寫了一段注解——

卡牌百科：路西法本為天國中最強大的天使長，但因拒絕臣服於聖子，率領三分之一的天使軍發動叛變，成為墮落天使，魔王之首；米迦勒是上帝身邊的首席戰士、天使軍最高統帥，曾奉命征戰路西法；兩人為敵對關係，彼此的宿命緊密相連。

連動技能光與暗：當米迦勒在場時，路西法受聖光籠罩，防禦力降低百分之五十，仇恨狀態攻擊力增強百分之百；當路西法攻擊敵對目標時，米迦勒受黑暗魔咒蠱惑，百分之五十機率觸發協同作戰，與路西法攻擊同一目標。

這故事簡介確實夠簡單，連動技的設計也算合理，路西法沒叛變之前，兩人可以協同作戰；叛變後，米迦勒一出現，路西法就狂暴，降防禦、加攻擊……

官方規定連動技單屬性最高提高百分之五十，但主動降防禦之後，攻擊可以提高為百分之百，也算合理。

謝明哲好奇地問道：「師父，這就是卡牌百科嗎？」

陳千林道：「這只是放在卡牌正面的簡略版。真正的卡牌百科官方規定要儘量詳細，背景故事、創意描述，至少要五百字以上的介紹。」

看來當個製卡師還要學會寫小作文？

謝明哲苦惱地撓著腦袋，他前世是理科生，雖然愛看小說，可會看和會寫是兩碼事，就他那小學生文筆別說復原精彩的故事，寫個人物百科都有困難。官方規定帶入競技場的卡牌要完善設計資料，周瑜和孫策的卡牌百科簡介他得好好琢磨該怎麼寫。

陳千林見他愁眉苦臉的樣子，道：「別急。沒通過複審的卡，只是不能帶進競技場打比賽而已，打副本並不影響，你可以慢慢想。」

謝明哲回過神來，道：「我文筆不大好，如果有文筆比較好的人，我把故事大概寫出來，讓他幫我修改潤飾一下就好了。」說到這裡，謝明哲突然雙眼一亮，「對了，瑩瑩不知道行不行，我回頭問問。」

池瑩瑩這兩天正負責公會的招聘宣傳，聽小胖說，她好像是文學系畢業的才女，寫這些文案、廣告之類的宣傳詞特別拿手，不如回頭跟她聊聊，讓她幫自己改一改措辭描述。

【第十二章】東吳縱火大隊

陳霄和約好的律師一起來到聖域俱樂部樓下。

他摘下墨鏡，看了眼這棟熟悉的大樓，深吸口氣，和張律師一起走進大廳，坐著電梯直奔頂樓的總經理辦公室。

邵博正在打電話，嘴裡說著「張總您過來我做東請您吃飯」之類的客套話。

同樣是三十多歲的年紀，陳千林身材精瘦，氣質出眾，容貌依舊年輕，臉上一絲一毫歲月的痕跡都看不見。

但是面前的男人卻是油頭粉面，頭頂的髮際線高得可怕，露出半個光禿禿的頭頂，身材發福，一看就是天天大魚大肉的結果，肚子鼓得像是裝了顆西瓜。

典型的中年暴發戶模樣，完全不像小時候記憶裡和哥哥一起打籃球的鄰家大哥哥。

陳霄原本一肚子火，看見邵博這副模樣反而有點想笑。

此時的他和陳千林站在一起，就已經輸得徹底，偏偏他自我感覺還非常良好。

陳霄禮貌地走上前，等對方掛完電話，這才伸出手道：「邵總，好久不見。我的律師應跟您打過招呼了吧？我過來正式簽一下解約協議。」

邵博笑咪咪地道：「小陳啊！確實好久不見。」

陳霄平靜地將律師提前寫好的解約函遞到邵博面前，「跟聖域簽約期間，我因為實力不足，沒法在賽場上取得好成績，所以在經過邵總的同意後，回學校去讀書了。」

邵博道：「嗯，你在學校還順利吧？我都忙得沒顧上你。」

「我打遊戲的水準不如我哥，但讀書還行，已經順利畢業了，打算自己找份工作。」

「要不要來我們聖域俱樂部工作？當個公會管理什麼的？」邵博皮笑肉不笑地建議道。

「謝謝邵總。我在學校讀書期間您照常給我每個月一千五的薪水，我們彼此都沒有違反過合約的規定，如今合約到期，希望能和平解約，麻煩邵總簽一下字。」

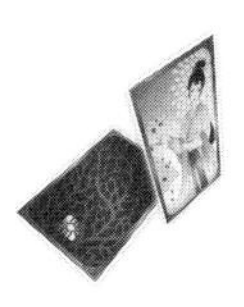

邵博微微皺了皺眉，總覺得面前長大之後的陳霄雖然目光平靜，態度也很禮貌，可挺直脊背站在自己面前的樣子卻有種奇怪的氣勢，讓坐在老闆椅上的他彷彿矮了對方一截，這讓他很不舒服。

旁邊張律師道：「邵總，合約條款我們已經仔細核對過，裡面有一條，如果到期之前一個月內雙方不以書面的形式簽署解約協定，合約將自動續期一年。陳霄的合約是九月一日正式到期，所以我們提前半個月提出解約要求，也符和合約的規定，希望您能履行承諾。」

邵博挑了挑眉，「小陳你還帶律師過來？這是不放心我嗎？」

陳霄微笑：「我不懂合約，帶律師也是為了更專業一些，希望您不要介意。」

邵博其實也懶得繼續留陳霄，陳千林明明說過弟弟很有天賦，誰知道這傢伙爛泥扶不上牆，打比賽每次關鍵時刻都掉鏈子，想到這裡，邵博拿起筆很乾脆地簽下字。

陳霄把合約交給律師看過，沒問題了才微笑著說：「邵總，好聚好散。」

邵博笑咪咪地道：「也祝你新工作順利啊。」

陳霄轉身離開。

在轉過身的那一刻，陳霄深邃眼眸中的銳利之色，連律師看著都心驚。

走出聖城俱樂部後陳霄才壓低聲音問：「錄音都備份好了？」

張律師道：「放心，書面解約協議有法律效力，錄音我給你一份，我這裡也會備份，他親口承認的事，親筆簽下的字，想反悔都不行。」

陳霄揚起嘴角：「好，辛苦了。」

開車回去的路上，陳霄感覺壓在心上多年的石頭終於被徹底挪開，整個人都變得無比輕鬆。邵博大概做夢都不會想到小時候那位衝動、莽撞的少年，居然會藏得那麼深，一藏就是五年。更加想不到，對那位少年來說，哥哥是比自己的命還要重要的人。

如果你只是欺負他年紀小、不懂事，他或許不會記仇，只能自己認栽。可是，你對他哥哥的背叛和傷害——他這輩子都不會忘記。

等著吧，總有一天讓你十倍奉還。

陳霄一腳油門踩下去，黑色的懸浮跑車在空中車道上如同利劍一般猛地竄出，瞬間消失在了車流中。

陳千林和謝明哲一直在聊卡牌設計，師徒兩個聊得投入，陳霄回來時看見的正好是這幅畫面。他很久沒見哥哥臉上露出過這樣的笑容，顯然，小謝很討師父喜歡。

陳霄微微笑了笑，推門進去，把順手買來的水果洗乾淨端到客廳裡。

陳千林關心道：「事情辦完了？」

陳霄把簽好的協議遞給他：「邵博沒有為難我。」

謝明哲鬆了口氣：「那就好！陳哥你接下來是要重新創建一個小號嗎？」

陳霄點頭：「嗯。我們先把公會發展起來，瑩瑩會在論壇正式發公會招人宣傳，到時候你的卡牌店裡也可以趁機展出孫策、周瑜和黃蓋的滿級卡，拉一波人氣。」

陳千林說：「時間不早了，你們也該回去了。」

陳霄依依不捨地看著哥哥，用儘量平靜的語氣問道：「哥，你那間臥室我一直給你留著，你要不要搬回來住？」

謝明哲立刻助攻：「師父，你一個人住在這裡太遠了，不如搬回去住吧？陳哥把你的臥室打掃得特別乾淨，你留下的那些多肉植物也養得很好。以後我有問題的話也方便找你交流……」

陳千林道：「我喜歡清靜，你有問題可以直接給我發視頻。」

謝明哲的理由不能成立，只好無奈地看向陳霄。後者倒也沒有勉強，笑了笑說：「好吧，哥你喜歡怎麼樣就怎麼樣，大不了我以後天天過來看你。」

陳千林皺眉，「你不用天天來。」

陳霄立刻改口：「那我隔天再來看你。」

陳千林：「……」

沉默片刻後，陳千林才說：「這樣吧，我先處理完手頭上的一些工作，下個月再搬過來。」既然陳霄和謝明哲決定下個賽季聯手去打比賽，住在一起的話確實方便隨時指導。

陳霄激動得差點跳起來，聲音微微發顫：「真、真的？」

「嗯。」陳千林道：「我還有幾幅畫沒完成，就不留你們了，你們先回去吧。」

陳霄乾脆地帶著謝明哲走了。

回去的路上陳霄興奮得一直在哼歌，心情好極了。

回到工作室後，龐宇很好奇地湊過來問謝明哲：「你真的見到陳霄他哥了？」

金躍也小聲問：「他哥是什麼樣的人啊？」

謝明哲沒來得及回答，陳霄一巴掌拍向兩人後背，「都別八卦了，你們很閒嗎？」

池瑩瑩道：「陳哥，我宣傳已經寫好了，你看下行不行？」

陳霄湊過去一看，她寫的宣傳詞簡潔俐落，重點突出，要發論壇的帖子還配了打破紫竹林世界紀錄的配圖，非常吸引人，謝明哲也豎起大拇指，「一看就很專業！」

陳霄道：「明天中午發宣傳，到時肯定很多人來申請加入公會，收人的事情就交給阿青來把關。另外，明天把孫策、周瑜、黃蓋也放去卡牌店展示吧，順便幫公會做一下宣傳。」

謝明哲點頭，「我想不如一樓就做成卡牌展覽館，每一張卡牌下面寫上詳細的簡介，以後店鋪長期開放，就算二樓沒有賣新卡，感興趣的人也可以來一樓欣賞卡牌。」

人物卡展覽館，這是謝明哲最想做的事情。將那些經典的人物製成卡牌進行展覽，讓這個世界的人，認識他們，喜歡他們。

池瑩瑩也非常贊同：「卡牌展覽館，這在遊戲裡還是第一次出現！小謝，其實我特別好奇你設計的這些人物故事，我想，和我一樣好奇的人肯定還有很多！」

謝明哲笑著說：「這些人物的故事和設計思路，我先簡單寫一下，再請瑩瑩姐幫我修改潤飾，可以嗎？」

池瑩瑩立刻點頭：「沒問題！」

謝明哲打開光腦，開始寫每一個人物的卡牌百科。

百科的寫法不像是寫小說。小說是用劇情慢慢推動故事發展，百科則是站在上帝視角總結這個人物的大概性格、經歷。

謝明哲不可能記清楚每個人物的詳細經歷，但說個大概還是沒問題的。

次日中午，月半卡牌專賣店準時開店。

胖叔連破三次紫竹林紀錄的事早已在論壇傳得沸沸揚揚，因此卡牌店一開店，就有無數人湧進店裡，想看看破副本紀錄的卡組到底長什麼樣子。

眾人一進店鋪，發現所有卡牌的下面都有詳細的「卡牌百科」，不由紛紛感嘆。

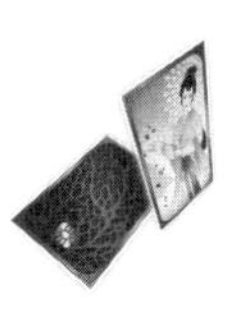

「就像進了卡牌博物館！」

「曹沖秤象原來是等量替換法，用石頭代替大象，這個小孩兒好聰明！」

「王昭君遠嫁他鄉，太過悲傷才彈琵琶的嗎？真是可憐……」

「金陵十二釵是什麼？除了黛玉和寶釵還有別人？」

「說沙僧是三師弟，他還有大師兄和二師兄嗎？」

大家紛紛討論著卡牌的背景故事，不少人還激動地拍照截圖。而新出現的三張卡孫策、周瑜、黃蓋，也引起了玩家們的廣泛關注。

除了黃蓋是個老人家，孫策和周瑜一個比一個帥，還有連動技江東雙璧！

今天的店鋪公告裡寫著這麼一行字：歡迎大家光臨月半卡牌專賣店，希望大家喜歡這些人物卡牌。孫策、周瑜、黃蓋是打破紫竹林副本紀錄的卡組，若想獲得這套卡組，可以加入涅槃公會以會員積分來兌換。歡迎固定隊伍和散人玩家加入我們的公會，有很多福利喔！

眾人：「……」

加加加！我們加還不行嗎？

反應快的人立刻轉身跑去公會管理員處搜索涅槃公會申請加入，而池瑩瑩在論壇發的公會宣傳招募貼文此時已經被頂帖翻了幾十頁，大量玩家申請加入涅槃公會，差點把遊戲裡的公會申請面板給刷癱瘓。

池青這邊的後臺不斷冒出新的申請名單，她有些頭疼地道：「已經有一千多人申請……」

話音剛落，又改口：「兩千……三千！」

涅槃公會的人氣，瞬間竄到當日熱門公會前十名，簡直是勢不可擋。

新成立的公會能做到這一點的，也只有第五賽季唐牧洲建立的風華，和第七賽季裴景山建立的暗夜之都，而這兩家公會後來都成了職業聯盟的頂尖俱樂部。

網友們紛紛感嘆——涅槃公會，這是要幹大事的節奏啊？

謝明哲以前玩網遊的時候，如果公會沒福利、沒組織，玩家們沒有歸屬感，一盤散沙，很快就會沒落。想從競爭激烈的大公會中打出一片天地，一定要把會員管理這一塊做好。

所以謝明哲決定把這套打破世界紀錄的東吳副本卡當成是公會內部會員的福利，會員們通過做任務、打公會副本、上交材料，都可以獲得積分，達到一定的積分就能兌換福利卡牌。為了換孫策、周瑜，大家肯定會積極參與公會任務。

其他大公會都有自己研製的福利卡牌，涅槃公會當然不能落後。以破紀錄卡組的吸引力，還怕涅槃公會發展不起來嗎？

「大家好！看見申請名單有好幾千人，我居然能擠進來，真是不敢相信！」

「胖叔我是你的粉絲，求孫策，求周瑜！」

「胖叔看我一眼，我想買林黛玉，一直沒買到。」

加入公會的人明顯都是衝著胖叔來的，這也是涅槃公會目前的宣傳賣點——我們公會有很會製作人物卡的胖叔，他製作出來的卡組打破了世界紀錄。

謝明哲熱情地發語音跟大家打招呼：「大家好，青青草是會長，大家以後聽青姐指揮！」

眾人紛紛跟青姐問好，生怕會長一不高興把自己踢出去。

池青冷靜的聲音在大家耳邊響起：「我剛才放進來的都是滿級老玩家，按申請時間先後順序批准，大家先看一下公會規章，待會我們分五個團進行週間任務。」

聽到這裡，眾人紛紛翻開公會面板查看公告。

做公會任務、打公會副本、捐獻材料都可以得到積分。積極的會員一個月就能攢夠一萬分。孫策這樣的刷副本神卡自己去買的話沒有幾萬金幣一定買不到，而如今，只要完成一個月份的任務就可以免費兌換神卡……試問哪家公會能有這麼好的福利？

看到這兌換規則，大家激動得恨不得去跑個幾圈——在幾千人的申請中，第一批加進涅槃公會的人簡直是中了彩券！

這天正好週五，公會副本每週五更新重置，陳霄選在這個時間招人也是為了進來的人能立刻打公會副本，幫助公會增加建設度。

池青把一切都安排得井井有條，很快就分批帶人去打副本了。謝明哲深深覺得陳哥把公會交給青姐管理是最正確的選擇。

陳霄突然私聊道：「小謝你過來，我倆快點升級去吧。」

謝明哲這幾天除了做卡就是做卡，目前人物等級才四十級。打副本人物等級高低無所謂，反正打副本是大家組隊，每人只要帶一兩張牌就好。但是競技場不一樣，限制人物必須滿級才能進入。

於是，四十級的謝明哲帶著剛剛滿十級的陳霄小號一起去白鷺星的野外刷經驗。

接下來的幾天，池青那邊忙著帶會員做任務，謝明哲和陳霄就組隊一起刷經驗升級。到了週日，兩人的人物等級終於升到七十級。

卡牌遊戲，人物滿級之後所有玩家的屬性都一樣，不需要去打造裝備，卡組才是玩家之間對比實力的唯一參照。休閒型的玩家可能只養一些可愛的寵物卡，在遊戲裡看看風景就很滿足了。但想去打競技場的玩家，卡組就是重中之重。

隨著胖叔人物滿級，信箱裡又是一大堆的系統通知，謝明哲粗略地掃過郵件，一鍵領取滿級獎勵，將無關緊要的郵件全部刪掉，只留下最重要的字體標紅郵件。

——來自鳳凰星域的邀請！

打開郵件，只見裡面寫著：親愛的玩家你好，恭喜你達到七十級滿級，解鎖星卡世界全部玩法。競技星鳳凰星域對你發出誠摯的邀請，只要擁有七張七十滿級的黑卡，你就可以進入鳳凰星域，正式參加星卡排位賽了！

星卡排位賽的級別分為七個階段，從低到高依次是：星卡學徒、見習星卡師、實習星卡師、初級星卡專家、中級星卡專家、高級星卡專家和星卡大師。

如果你天賦突出，可以成為最高段位的星卡大師，那麼，你就擁有了星卡大師邀請賽的准入門票，每年一月份開始的大師邀請賽是通往職業聯盟的唯一途徑。在大師賽表現出色的選手，可以獲得聯盟的註冊資格並簽約各大俱樂部，成為真正的職業選手！

新的征途即將開始，期待你在排位賽獲得好成績！

謝明哲進入遊戲以來看過無數的官方郵件，這是最讓他激動的一封了。

競技星的邀請函！

他曾經跟著唐牧洲去過一次競技星，當時是唐牧洲自己建了個擂臺房間為他示範林黛玉即死牌的效果。

但想要真正進入正規的鳳凰星域排位賽，就必須達到人物七十級滿級，並且擁有至少七張滿級黑卡的准入條件。

鳳凰星域和其他星域相對獨立，這裡只舉辦各種賽事，包括參與人數最多的「星卡大師邀請賽」以及水準最高端的「星卡聯盟職業聯賽」。

七張滿級黑卡，只是競技星的准入門檻。真正打到大師段位的高手，怎麼可能只有七張牌？可惜謝明哲現在連七張牌都沒有！

即死牌不能算數，因為即死牌每場比賽只能帶一張。

目前他能拿去打排位賽的競技卡牌只有孫策、周瑜和黃蓋，連一套基礎卡組都無法建立，他必

須加快腳步再做一些適合打競技場的卡牌才行。

不如請教一下師父該怎麼搭配卡組？

想到這裡，謝明哲便打開好友清單想給師父發訊息。

結果心有靈犀似的，陳千林也用小號給他發來了一條語音訊息：「小謝，我看你滿級了，要不要去打競技場排位？」

「當然想去！但是我的卡牌還不夠，師父我正想找你呢。」

「拉我去你的個人空間。」

陳千林的小號「枯木逢春」來到謝明哲的個人空間。

師父的小號用的是系統預設路人臉，和本人的氣質差很遠，聲音倒是本音，聽起來清澈悅耳，他很直接地說道：「給我看一下你目前的卡組。」

謝明哲帶他走進書房，介紹道：「我做了十張即死牌，還有就是孫策、周瑜、黃蓋。」

陳千林問：「你知道即死牌每場比賽只能帶一張吧？」

謝明哲點頭，「嗯，唐神跟我說過。」

陳千林道：「其實低端競技場大部分玩家的卡組都比較雜亂，根本用不到即死牌。到了星卡專家以上的段位才會有比較規則的卡組，到時候你再針對性地選用即死牌。你現在要從最低階的段位開始打，最好做一套萬能卡組。」

他用修長的手指將孫策、周瑜和黃蓋挑出來，道：「這三張牌可以用，你還需要再做四張競技牌。光一個周瑜卡攻擊力根本不夠，你放群攻技能，對方治療回血，等於白打。不如再做一張群攻卡，最好也做成火系，配合你的周瑜組建火系套牌。」

副本可以三張周瑜一起放火，但競技場的卡牌不能重複，光周瑜一個輸出肯定不夠。師父的建議很有道理，如果是雙火系群攻卡，一套技能砸下去，對方不死也殘。

陳千林提示道：「另外，你還缺一張控場輔助卡，單控或者群控都可以，要做出暈眩、沉默、冰凍、石化、昏迷之類的控制效果，廢掉對方卡牌的戰鬥力。」

謝明哲若有所思地摸摸下巴，問道：「師父，黃蓋這張卡拿去打競技場的話，加血會不會加不過來？」

打副本的時候，黃蓋只需要盯著孫策的血就行，可競技場一套卡組七張牌，他自滅百分之二十的血只能給一個隊友加護盾，遇到群體掉血的局面會很無力。

陳千林道：「黃蓋加攻擊、加護盾都要自己主動扣血，對方很可能趁他殘血直接秒他，你再做一張治療卡穩住局面。」

謝明哲點頭，「要做群體治療卡嗎？對方放高傷害群攻的時候我可以開群加，有群療卡穩住血線也能增加容錯率。」

陳千林讚賞道：「是這個道理沒錯，競技場基本上人手一張群療卡，也因為這樣，官方對治療類卡牌要求沒那麼嚴格，很容易通過審核，只要描述不跟別的卡牌完全重複就行。」

先想想火系的群攻卡該怎麼做。

謝明哲撓著頭仔細思考片刻，眼神猛地一亮。

既然做了一套江東副本隊，那乾脆做一套東吳競技隊吧！吳國的名將多得數不清，做出七張套卡還是綽綽有餘的。

周瑜的火燒赤壁是火系群攻，吳國還有一個跟「火」關聯緊密的人。

——陸遜，字伯言，吳國後期最重要的軍事家。

如果說周瑜的赤壁之戰確立了魏、蜀、吳三分天下的局面，那陸遜在夷陵之戰的火燒連營，也替孫權執掌的東吳政權立下了汗馬功勞。

有周瑜的「火燒赤壁」，怎麼能少了陸遜的「火燒連營」呢？

而說到陸遜，不得不先提呂蒙這個人。

呂蒙所策劃的「江陵之戰」是三國歷史上最經典的「奇襲戰」之一。

關羽當時名氣很大，駐守荊州，一方面還配合蜀軍攻打曹操，連贏幾場戰役，頗有勢不可擋的趨勢。吳國想收回荊州，但呂蒙知道正面打不過關羽，就跟孫權獻計說不要正面打，主動示弱讓關羽放鬆警惕。

孫權採納呂蒙的建議。

呂蒙裝病，讓陸遜代替自己擔任軍事總指揮。關羽沒聽過陸遜這樣的小透明，以為呂蒙一病吳國肯定不敢打荊州，自然不再防備東吳。呂蒙抓準機會，派士兵偽裝成商人騙過荊州守軍，長驅直入，白衣渡江，兵不血刃地奪取了荊州。

這就是「關羽大意失荊州」的歷史典故。

關羽迫於無奈敗走麥城，最終在麥城去世。這一場戰役大大挫傷蜀國元氣，劉備很生氣，發誓要幫二弟報仇。於是劉備不顧屬下的勸阻，親自率領大軍準備奪回荊州。

孫權力排眾議，派出上次的小透明陸遜作為這場戰役的指揮。

陸遜堅守陣地不出戰，烈日炎炎，蜀軍補給不足，士兵們都很疲憊，劉備為了讓士兵們舒服一點，就讓大家在山林裡面找陰涼的地方安營紮寨。結果寨子太過密集，陸遜看準時機，讓一批部下帶著茅草去放火。

又是一把大火！

在周瑜赤壁之戰火燒曹軍數十萬之後，陸遜在夷陵之戰中火燒蜀軍連營八百餘里！

陸遜是「小透明逆襲成功」的典範。他前期忍辱負重，不管多少人質疑他都不會跟人爭辯，最終以實力證明了自己出色的軍事指揮天賦，狠狠打了那些人的臉。

陸遜和呂蒙，都可以製作成火系卡。

在人物設計上，謝明哲不想讓陸遜穿鎧甲、披戰袍，那樣會和周瑜太過相似。不如把陸遜設計成斯文一些的形象，突出他謙遜儒雅、忍辱負重的性格特質。

呂蒙則設計得神祕一些，戴上帽子遮擋面部，偽裝成商人模樣。

謝明哲在腦海中漸漸勾勒出陸遜的形象。

容貌清俊的男子，穿一身墨綠色儒生長袍，頭頂插著素雅的髮簪，一頭烏黑長髮隨意披在腦後，手中握著一卷竹筒製成的書籍，就像是一位溫和、謙遜的書生。這便是他心目中的陸遜。看似溫和，實則善於謀略，目光長遠，最終才能變成孫權的心腹重臣。

陸遜（火系）

等級：1級

進化星級：★

使用次數：1/1次

基礎屬性：生命值1000，攻擊力500，防禦力150，敏捷10，暴擊30%

附加技能：火燒連營（對前方23公尺範圍內敵對目標造成150%群體火屬性傷害，若目標身上有火系傳導傷害，則讓該傷害必定觸發暴擊並使暴擊效果增加200%；冷卻時間30秒）

附加技能：溫雅謙遜（陸遜無視敵方強制嘲諷技能，不受任何嘲諷類技能影響）

謝明哲看著製成的卡牌，激動之情難以言表！

第一個技能完全是配合周瑜量身打造的。周瑜鐵索連環、火燒赤壁，這時候所有目標處於連鎖狀態並且有火系的傳導傷害，陸遜再開火燒連營，造成大量傷害的同時，還可以給周瑜的大火再添一把油，讓火勢暴擊傷害加成翻倍。

周瑜和陸遜聯手放火，簡直就是毀天滅地的火災了。

這兩人可以組個隊叫「江東縱火隊」，燒了曹操、燒了劉備，沒有他們燒不贏的戰役。

第二個技能，謝明哲是按照陸遜的個人特質來設計。陸遜本來就是個溫和謙遜的人，別人罵他，他不急，嘲諷他，他更是不理——所以他無視嘲諷。

沒想到還真的通過審核了！

當對方放出嘲諷卡，想要保護脆皮殘血隊友的時候，陸遜可以無視嘲諷而開群攻收割，這個技能就保證了陸遜的輸出絕對可以打到對方全部卡牌，成為競技場神技！

呂蒙的形象設定是一身白袍、頭戴斗笠的神祕人。他的整個面容都隱藏在碩大的斗笠之下，技能設計一個叫「白衣渡江」，一個叫「兵不血刃」，都是來自江陵之戰的典故。

呂蒙（火系）

等級：1級

進化星級：★

使用次數：1/1次

基礎屬性：生命值1000，攻擊力100，防禦力1000，敏捷20，暴擊0％

附加技能：白衣渡江（前方23公尺範圍內敵對目標失去視野持續3秒；冷卻30秒）

附加技能：兵不血刃（前方23公尺範圍內敵對目標攻擊力、防禦力降低50％，持續3秒；冷卻時間30秒）

謝明哲立刻將卡牌拿給師父看，邀功一般興奮地問道：「師父，你看這樣設計行不行？」

陳千林的眼裡閃過一絲讚賞：「技能設計不錯。」

能這麼快做出競技場卡牌，小徒弟的天賦絕對不輸大徒弟唐牧洲。

只是謝明哲目前對資料還一知半解，不知道各種類型的卡牌具體怎麼分配資料。陳千林親自過來個人空間指導，也是想幫他好好把關一下卡牌的資料。

陳千林將現有的五張卡拿起來，仔細地跟謝明哲分析道：「呂蒙這張卡有兩種調整方案。第一種是滿敏一百，採極速先手打法，開場放呂蒙的控制技讓對手失明，立刻接群攻輸出，一波把對方打死打殘；第二種方法是把他的敏捷調整到低於孫策、高於周瑜的中間值，開局先出孫策，讓孫策群體嘲諷擋一波傷害，等對方交出了關鍵技能，你再後手開呂蒙的失明控場，接上輸出……明白我的意思嗎？」

謝明哲認真聽著，很快就反應過來：「明白！也就是快速先手和慢速後手的區別對吧？」

陳千林點頭：「嗯。另外周瑜的敏捷控制在七十左右，陸遜在六十八左右，比周瑜慢但差距不能超過二，不然到了高端比賽當中，技能銜接不上會被對手強行打斷。」

兩點的敏捷換算成讀條時間也就零點二秒左右，這都能被對手打斷，可見高端競技場對資料的要求有多麼嚴苛。

調整資料方面陳千林是專家，謝明哲才剛剛入門，他可以靠腦洞做出各種稀奇古怪的卡牌，但不是技能設計得好卡牌就會給力，資料糟糕的卡牌根本發揮不出技能的效果。

卡組的關鍵還是卡牌之間的配合，這就需要資料上的精細調整。

這是一門很高深的學問，謝明哲會跟著師父認真學習。但他不可能一兩天就學會，知識是要慢慢累積的，謝明哲並不急。

目前還是先把卡組做完，他才能去競技場累積實戰經驗。

還差最後兩張卡牌，他的東吳縱火大隊就可以去征戰競技場了。

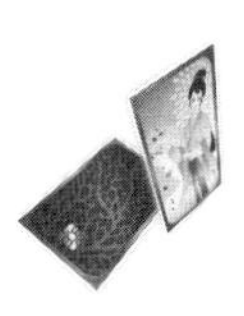

最後兩張怎麼做才好？

謝明哲仔細想了想，很快確定思路。不如就做大小喬吧！孫策和周瑜都上陣了，這對好姊妹怎麼能閒在家裡呢？

將大喬和小喬做成卡牌，總不好跟著夫君去放火，謝明哲想把她們做成輔助、治療類卡牌。但卡牌屬性的設定讓謝明哲十分糾結。

目前，他的卡組孫策、周瑜、陸遜和呂蒙四張都是火系卡。如果把大喬和小喬設計成火系治療量會很低。但如果大喬、小喬不做火系，他的火系套卡就湊不齊五張……

陳千林見他低著頭思考，便開口問：「有什麼不明白，可以跟我說說。」

謝明哲立刻把自己的想法告訴師父：「我構思了兩張人物卡，想做成輔助、治療卡牌，可是如果做火系治療的話，治療量會不會太低了？我記得師父那本筆記裡有寫到，火系很少會做成治療卡，大部分都是做攻擊卡牌。」

陳千林點頭，「五系卡牌的各項資料都有一個範圍限制，火系治療量確實非常低，大部分高手的卡組中純治療卡通常是木系、水系或者金系。木系基礎治療量最高；水系治療速度慢，但回血穩定，通常做回血Buff；金系是走暴擊治療路線，適合提升暴擊率。」

他乾脆從資料庫中找出幾張典型的治療卡截圖給謝明哲仔細觀察。

木系基礎治療量最高。水系卡每秒回血，技能無冷卻時間，持續回血強，適合慢節奏消耗戰。金系基礎治療量不高，但暴擊很高，觸發暴擊的瞬間群療能力最強。

土系卡回血都是靠護盾或者賣血，火系很少做治療卡，裁決的火系治療卡是特例，很多是靠獸牌連動治療。

謝明哲撓撓頭道：「我這兩張治療卡要是做成木系或金系，就湊不齊套牌了。」

陳千林道：「套牌問題不用太擔心，競技場可以帶七張牌，除了找五張同系的卡牌湊成套卡之外，另外兩張的屬性可以隨意。五加二是最常見的卡組搭配方式，很多職業選手也是這樣搭配，你把卡組做成五火、二金也是可以的。」

謝明哲又頭痛起來：「那還差一張火系，師父覺得我做什麼類型的比較好？還是乾脆把黃蓋直接調整成火系？」

陳千林建議道：「黃蓋還是土系比較好，血量高，但黃蓋打競技場跟你目前的卡組並不是很搭配，他更適合防守反擊或者亡語流的打法。周瑜、陸遜都是火系群攻，不如另外做張單體火系攻擊的卡牌來配合他們。」

謝明哲點點頭，覺得師父的說法很有道理。

火燒赤壁、火燒連營，兩個群攻打下去，萬一打不死人，那就很尷尬了。他倆的群攻技能冷卻時間都比較長，總不能一波打完，打不死對手就在那裡傻站著吧？

必須有一張牌能在周瑜、陸遜雙人火攻的基礎上，另外補傷害收割殘血。這樣的牌，單體爆發輸出一定要高，要保證一出手就能立刻秒掉對方的關鍵卡。

單體火系，爆發攻擊，該做誰呢？

謝明哲仔細想了想，突然想起吳國還有一位很出名的女人。

她就是孫策、孫權的妹妹，東吳郡主孫尚香。

赤壁之戰時，為了鞏固孫權和劉備兩大勢力聯盟，在周瑜的建議下，孫權把自己的妹妹孫尚香嫁給了劉備。

由於孫尚香性格剛烈，從小就愛舞刀弄槍，連身邊的侍婢都隨身帶著武器，老百姓把這位剛強勇猛的夫人稱為「梟姬娘娘」。

婚後過了三年，劉備打算離開荊州去蜀地，孫劉聯盟出現裂痕，孫權察覺到這一點立刻派遣大船去接回妹妹。

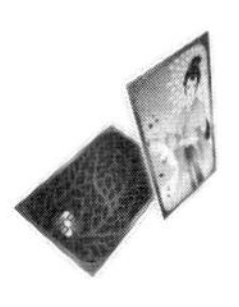

孫尚香回到東吳家鄉，跟劉備的短暫政治聯姻也徹底結束。以這樣性格剛烈的妹子做成單體暴擊卡牌，輸出肯定爆炸！

謝明哲迅速在腦海裡勾勒孫尚香的形象。

周瑜、陸遜都是古裝美男，為了畫風統一孫尚香自然也穿著三國時代的古裝。這位吳國大小姐是出了名的「不愛紅妝愛武裝」，她穿的當然不是溫柔賢淑的大家閨秀衣服，謝明哲打算給她設計一身瀟灑的戎裝，頭頂紮個俐落的馬尾，巾幗不讓鬚眉。

孫尚香的背上經常背著一把弓，被吳國人叫做「弓腰姬」，弓箭就是她的武器。如果把武器畫成金屬，就要被歸入金系卡。謝明哲決定修改一下設計——木製的長弓，再用木頭削一枝鋒利的箭，箭頭用火點燃，這樣就跟金屬無關，反而變成了「火系傷害」，正好能跟周瑜四人組成火系套牌。

東吳縱火大隊，從此就多了一位手持長弓射火箭的妹子。

在腦海中構思好設計後，謝明哲便以精神力連接製卡系統，開始製作孫尚香。大概是「點著火的木箭」這項設計比較新穎，這次很容易地通過了系統審核。

卡牌正面出現了一位英姿颯爽的女子，她穿著一身俐落的戎裝，頭髮高高束起，如同男兒般瀟灑，一隻手穩穩地握著長弓，另一隻手拉開了被點燃的木箭。她明亮的眼睛緊盯著前方，冒著火苗的弓箭蓄勢待發，似乎誰敢惹她，吳國大小姐就能一箭把對方給射死！

孫尚香（火系）

等級：1級

進化星級：★

使用次數：1/1次

基礎屬性：生命值200，攻擊力700，防禦力200，敏捷20，暴擊30%

附加技能：弓腰姬（孫尚香拉開長弓，將點燃的火箭射向23公尺內指定目標，對目標造成200%單體火屬性傷害。若成功擊殺目標，則隨機朝其他敵對目標追加一次傷害；冷卻時間30秒）

附加技能：回歸故里（孫尚香被兄長接回家鄉，可在開啟技能3秒內無視一切控制效果，瞬移回到指定隊友的身旁；冷卻時間30秒）

一技能是典型的單體爆炸輸出技能，要是一招秒掉對方的殘血還可以繼續追加攻擊，要是追加的時候又秒掉一個，那就再追加。如果對方全部被周瑜、陸遜打殘，這時候把香香放出來將會打出恐怖的「收割」效果——大小姐一箭射死一個，統統都活不了！

第二個技能的設計是保證孫尚香的靈活性及生存能力。

這種單體輸出爆炸的卡牌很容易被對方重點關照，香香本就防禦低，萬一被控制很可能被集火秒殺。而有了「回歸故里」的瞬移技能，在對方要控制她的時候她就可以立刻溜走，回到周瑜、陸遜這些隊友的身邊。

周瑜、陸遜的大範圍火系群攻，加上孫尚香的單體火系利箭，東吳縱火大隊走到哪裡燒到哪裡，還怕燒不死敵軍嗎？

至於大喬、小喬是三國時出名的美女，姊妹倆很少在公眾面前露面，但傳言見過她們的都驚為天人，說是看見了仙女，兩人分別嫁給孫策和周瑜，美女配英雄也是一段佳話。

在卡牌人物的形象設計上，謝明哲打算把大喬畫成端莊的美女，小喬則畫成靈動的妹子，姊妹倆顏值都很高，氣質上卻有明顯的區分。大喬和小喬都精通音律。姊妹兩人的武器可以設定為樂器「古琴」，輔助技能就用琴音來發動。

他想把大小喬做成彼此搭配的輔助卡，一個單體治療、一個群體治療，再各自帶個單控和群控，然後加一個「連動技」設計，這樣一來不僅是江東縱火隊可以讓大小喬做輔助，以後製作魏國、蜀國的套卡，缺治療的時候也能把大喬、小喬給調過去。

這樣的姊妹輔助組合可以說是百搭，任何卡組都能選用。

周瑜是群攻，謝明哲打算把小喬做成群體治療。

第一個技能是增益效果的琴音，瞬加群體回血，可以在關鍵時刻穩住全團血線；第二個技能是相對不大友好的琴音，使敵對目標群體陷入被控制狀態。

小喬要彈哪首曲子？自然是夫君周瑜親自作詞作曲的《長河吟》。

可惜星卡世界的系統不可能呈現周瑜的原曲，謝明哲也沒那個本事把周瑜的曲子給譜出來。小喬放技能的時候系統肯定會隨便生成琴音，但技能描述上可以多下點功夫。

想好一切設定後，謝明哲就連接製卡系統製作小喬卡牌。

隨著精神力的注入，卡面上漸漸出現一個身材曼妙、眼神裡透著靈氣的小美女，她一頭長髮，雙手抱著一把古琴，嘴角彎彎，笑起來的時候臉頰上還有可愛的酒窩。

小喬（金系）

等級：1級

進化星級：★

使用次數：1/1次

基礎屬性：生命值700，攻擊力400，防禦力200，敏捷20，暴擊30%

附加技能：初嫁（小喬彈奏古琴發出歡喜的旋律，周圍23公尺範圍內所有友方目標受琴音鼓舞，群體回復小喬基礎攻擊力100%的生命，暴擊加成200%；冷卻時間30秒）

附加技能：長河吟（小喬感嘆夫君生命短暫，壯志未成，琴聲悲痛欲絕，周圍23公尺範圍內敵

對目標聽聞琴聲後集體陷入沉默狀態，無法釋放技能持續3秒；冷卻時間30秒）

兩個技能，不同的琴音，反應了小喬不同時期的心態。

小喬這張卡是典型的群體回血、群體控場輔助卡，放在任何卡組都可以使用。

接下來就剩最後一張大喬。

妹妹是群療、群控，姊姊就單療、單控吧！

強力的單加技能可以在危急情況下拯救關鍵隊友。治療技能很好設計，指定目標回血就行，關鍵是單控技能該怎麼做？

呂蒙的群體失明、群體降防禦，小喬的群體沉默，兩個大群控技能可以給我方爭取足夠的時間，讓周瑜、陸遜和孫尚香聯手秒人。大喬再做重複的沉默、暈眩等單體控制完全沒必要。

不如來一點新鮮的招數。

他想到了一段傳聞，據說大喬因為夫君去世前讓她「照顧幼弟」，因此一直盡心盡力地幫助弟弟孫權，在孫權登基稱帝之後，她認為自己完成了孫策的遺囑，孫權身邊人才很多已經不需要她幫忙了，於是她獨自離開，隱居起來，從此青燈古佛為伴，終老一生。

——讓某張卡離開戰場，這個技能很像之前做過的「曹沖秤象」，是一種放逐技。

但單體放逐跟單體即死一樣被歸入「戰術牌」的範疇，每場比賽限帶一張，大喬做單體治療就不能再做放逐技，必須改一改設定。

讓對方卡牌隱居，相當於放逐對方的卡。那換一種思路，讓我方卡牌隱居呢？

自己把卡牌收起來不算是放逐吧？如果這技能可以通過審核，在我方某張卡牌殘血快死的時候，大喬來一個隱居，把卡牌給收回來，對方好不容易把卡打殘卻發現那張卡牌不見了，豈不是要氣死？

想到這裡，謝明哲的雙眼驀地一亮。他激動地連上製卡系統繪製大喬。漸漸的，星雲紙上出現

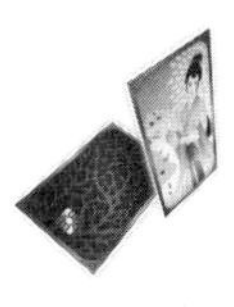

了一個端莊溫柔的女子，跟小喬穿的是姊妹裝，手裡同樣抱著古琴武器。

大喬（金系）

等級：1級

進化星級：★

使用次數：1/1次

基礎屬性：生命值700，攻擊力400，防禦力200，敏捷20，暴擊30%

附加技能：賢助（大喬遵從夫君遺願協助幼弟，彈奏古琴發出柔和的旋律，給指定目標回復大喬基礎攻擊力150%的生命，暴擊加成200%；冷卻時間15秒）

附加技能：隱居（大喬厭倦戰爭，指定我方任意卡牌從戰場退隱，將卡牌收回操作者的手中；冷卻時間30秒）

設計完成後，謝明哲心情忐忑地讓大喬連接資料庫進行審核。

剛才小喬三分鐘就審核完成，但是大喬審核的時間非常久，整整過了十分鐘。

謝明哲還以為系統要說抱歉無法通過，結果就在這時，他突然聽到耳邊響起系統提示音：「親愛的胖叔，您設計的卡牌大喬已經通過審核。技能隱居類似於卡牌復活技，遊戲裡復活技能的冷卻時間必須控制在六百秒以上，系統已替您修改冷卻時間。」

謝明哲愣了愣，仔細一看，果然大喬第二個技能的冷卻時間被系統強行改成六百秒——這是他見過最長的冷卻技能，十分鐘才可以放一次，相當於一場比賽最多只能放一次。

陳千林站在旁邊，也聽到了系統提示，有些疑惑地走過來看謝明哲做出來的新卡。

小喬，算是比較常規的輔助卡，群療群控。

大喬的技能很奇怪，隱居這個技能是針對己方卡牌的，把自己的卡牌收回手中……這就有點賴皮了。

比如對方好不容易把周瑜打成一滴血，眼看就能秒殺，這時大喬來一個隱居，殘血的周瑜直接遠離戰場回到操作者手裡，過段時間召喚出來又是一條好漢。

這算是復活技，而且還不影響卡牌使用次數。

一般的競技場復活技都是卡牌死亡之後再復活，但大喬的「隱居」技能是卡牌還沒死、只剩絲血的時候就可以發動。收回卡牌待會兒再召喚，少死一次，能省很多修理費。

陳千林對這樣新穎的設計十分讚賞，聲音也難得溫和了些，問道：「小謝，你現在七張牌已經齊了吧？」

謝明哲興奮地道：「嗯！還差最後的一步，大喬小喬的連動技！」

周瑜和孫策的連動技叫「江東雙璧」，兩位夫人的連動技就叫「國色天香」好了，畢竟這兩姊妹是國色天香的大美人。

大喬，連動技能國色天香：若妹妹小喬在場，姊妹合奏，琴音增強己方全體隊友50％攻擊力持續10秒；冷卻60秒。

小喬，連動技能國色天香：若姊姊大喬在場，姊妹合奏，琴音增強己方全體隊友50％防禦力持續10秒，冷卻60秒。

姊妹兩人一起合奏，全體隊友加攻擊、加防禦，算是多了一張狀態輔助卡。

謝明哲心滿意足地將審核通過的七張牌全部交給師父，興奮地道：「師父，我的第一套卡組就用這七張行嗎？你看看還有哪裡需要修改的？」

陳千林看著手裡整整齊齊的一套卡牌。全是服飾特殊的人物卡，很亮眼的一套卡組——孫策、周瑜、陸遜、呂蒙，不同風格的帥哥；孫尚香、大喬、小喬，不同氣質的美女。

算是顏值相當高的一套人物卡組了。

孫策是目前放在整個聯盟裡也不算差的嘲諷卡，騎著馬移速加成，跑得特別快，能在最短的時

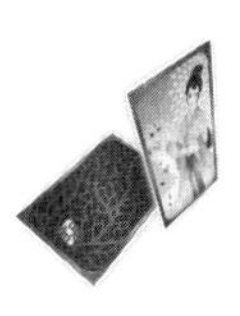

間內嘲諷對手強制吸收範圍傷害，關鍵時刻頂住火力保護身後的隊友。

周瑜、陸遜，兩個大範圍火系群攻技能卡，互相配合著砸下去，能大幅度消減敵方的血量。

孫尚香，單體收割卡，單體暴擊傷害極高，瞄準殘血的對手就可以一直射箭，打出恐怖的連續射擊收割效果！

呂蒙群體失明、群體降防禦，小喬友方群療、敵方群體沉默，大喬單體加血、單體友方卡牌隱居復活。

陳千林完全沒想到，謝明哲居然能做出這樣完善的卡組。

這套卡組，別說是拿去打競技場的低端排位賽了，就是拿去打「大師邀請賽」都會讓觀眾們眼前一亮。

整套陣容攻守兼備，遇到任何卡組都有不小的勝算。

現在的關鍵就是調整卡組資料，讓謝明哲儘快熟悉所有卡牌的技能、冷卻時間和出手速度。

不是說做出一套好的卡組就一定能打到高階段位，玩家還要非常熟悉卡組的操作流程，反應速度跟不上的話一切都白搭，遇到高手或許連技能都放不出來。

陳千林修長的手指拿起七張卡牌，將卡牌並排放在操控臺上，道：「這套卡組你想先手打快攻流，一波打崩對手，還是後手慢慢打消耗？」

謝明哲道：「當然是先手快攻！」一波秒掉對手，感官上會比較爽吧。

陳千林點點頭，道：「那你按照我說的次序重新調整卡組的敏捷數值，從高到低依次是呂蒙、孫策、周瑜、陸遜、小喬、孫尚香、大喬。」

謝明哲仔細琢磨了一下師父安排的卡組順序，這樣一來，就是呂蒙先手直接開白衣渡江、兵不血刃，讓對手群體失明、降防禦，孫策頂在前排隨時準備強拉仇恨，周瑜、陸遜聯手火攻，待群攻技放完剛好失明控制解除，敵方全部殘血，為免對手強開治療，小喬立刻跟上群控，施展長河吟集

體沉默，孫尚香緊跟著出手收割殘血，大喬放在最後可以提高容錯率、保護我方殘血卡——非常完美的控制輸出鏈！

師父的意識果然厲害，這麼一搭配謝明哲的腦子也立刻變得清晰起來，這七張卡如果控制鏈、輸出鏈能夠銜接得好，對方幾乎沒有出手的機會，直接把對手按在地上摩擦！

然而，謝明哲還沒高興完，就聽陳千林很平靜地說：「這樣密集的連控操作，對操作者的精神力和賽場意識要求很高，你師兄應該能做到，你目前還做不到。」

謝明哲立刻蔫了，知道你大徒弟厲害，就不能鼓勵鼓勵小徒弟嗎？

陳千林緊接著鼓勵：「沒關係，明天開始去打競技場，慢慢練。接下來你再按我說的，微調一下這幾張卡的攻擊、防禦資料，這套卡組就可以拿去打排位了。」

謝明哲笑起來：「好的，師父！」

他真是迫不及待，現在就想去競技場試一試東吳縱火大隊的威力！

謝明哲做了個好夢，次日大清早七點就精神抖擻地爬起來。結果陳霄也容光煥發地從臥室出來，兩人在二樓的陽臺撞見，謝明哲笑著打招呼：「陳哥早啊！」

陳霄也笑道：「我就猜你肯定要早起去打競技場，做好卡組是不是特別激動？」

謝明哲很直率地說：「當然，我沒去過競技場，昨晚做夢還夢見自己十連勝呢！」

早上七點十分，兩人洗漱完畢來到餐廳，陳霄順手從冰箱裡拿來池青早就準備好的麵包和牛奶，跟謝明哲一起邊吃早飯邊聊天。

陳霄道：「競技場的規則你都知道吧？」

「我只知道升級規則，其他的還沒來得及去查，待會兒去查查看。」

「其實很簡單，我直接跟你說吧。第一到第三階段的星卡學徒、見習星卡師和實習星卡師水準普遍偏低，有一套好的卡組就很容易贏，採用的比賽模式是明牌模式。」

「明牌模式？就是開場就亮出整套卡組嗎？」

「嗯。開局的時候對戰雙方一次性亮出七張卡牌，亮出哪七張就直接用哪七張，雙方卡牌七比七正面對決，所有卡牌都不能替換。」

謝明哲心想，低段位採用這種「明牌模式」顯然是官方考慮到低段位的玩家手裡的滿級卡牌數量不多，就算讓他們調整陣容也沒多少卡牌可以替換，還不如以七張牌直接亮明對抗，簡單粗暴。

「從第四階段的星卡專家段位開始，排位賽就會變成更有趣的暗牌模式。在這種模式下，開場雙方同時亮出的卡牌中有五張是明牌、兩張是暗牌，對手看不到暗牌，而且暗牌可以替換，雙方都有三十秒的時間可以調整陣容。在高端職業聯賽和各種獎盃賽中，都採用這種暗牌模式，選手之間的心理戰也是一大看點。」

謝明哲了然地點點頭。

在暗牌模式下，選手可以臨場調整兩張暗牌，如果選手的卡池夠深，就能針對賽場現況調整陣容。比如在賽場上遇到土系選手鄭峰大神，看見他的明牌中有二十萬血量的大象，那自己的暗牌就可以把曹沖換上場，專門去克制他的大象。

同樣的道理，鄭峰大神如果擔心大象被針對，可以將大象藏在看不見的暗牌中，對手這時候就會很為難，到底要不要上曹沖？如果上，對方沒上大象的話豈不是白白浪費一個位置？

暗牌模式不但考驗卡組卡池，選手心理戰、分析推理、排兵佈陣的能力也非常重要。兩張暗牌的替換戰術，挑戰選手對競技場各種套路的掌握度，死腦筋只用一套陣容肯定行不通。

謝明哲目前只有東吳縱火隊這一套陣容，如果去打暗牌模式，遇到聯盟那些大神，肯定會被按

在地上摩擦。但是沒關係，他現在還是個新手，經驗可以慢慢累積，卡牌也可以再做，距離下賽季還有半年時間，足夠他豐富自己的卡組。

陳霄也說道：「不用心急，先熟悉這七張牌的技能釋放，慢慢來吧。」

謝明哲點點頭：「嗯，我待會兒就去實戰看看。」

兩人吃過早餐後來到水瓶星域的版權中心，謝明哲將孫策、周瑜、黃蓋這三張公會福利卡的複製許可權交給陳霄，讓陳哥幫忙複製公會福利卡。辦完手續後他就回個人空間，早上八點，謝明哲從星系圖直接傳送去鳳凰星域。

謝明哲帶著激動的心情來到排位賽大廳。雖然是早上八點的時間，大廳裡卻已經人滿為患。他剛走進大廳，就聽見耳邊響起系統提示音：「親愛的胖叔，歡迎進入鳳凰星域排位大廳，您目前的段位是第一戰階．星卡學徒一級，正在根據您的戰績匹配對手，請稍等……」

只等了三秒，眼前就彈出提示：已為您找到對手，是否立刻進入競技賽場？

這匹配速度簡直可以用「閃電」來形容了，可見遊戲裡玩排位賽的玩家基數相當大，像謝明哲這種剛進競技場的菜鳥也是多得數不清。

謝明哲用手指點擊進入。

歡迎進入競技場排位賽，玩家資訊載入成功。

隨機生成競賽地圖為：噴泉廣場。

請在卡組面板設置對戰卡組，倒數計時十、九、八……

面前彈出七個空格，可以把自己的卡牌放上去。謝明哲迅速把吳國的七張牌放上去，並按下確認鍵。

——檢測到你的卡組中有五張火系卡牌，符合競技場套牌組建要求。請從以下選項中選擇火系套牌加成屬性：生命值、攻擊力、防禦力、暴擊傷害、治療效果、控制時間。

套牌加成效果會在競技場自動開啟，謝明哲既然要打一波流，自然是選「暴擊傷害」這個套牌屬性，他的卡組中陸遜的火攻和孫尚香的收割都需要暴擊，秒不掉人就是白搭。

——即將展示雙方卡組，倒數計時二十秒後正式開始比賽，請準備。

這條訊息之後，面前的螢幕中就出現了雙方卡組。

上面一排是謝明哲的七張牌，下面一排是對手的七張牌。

謝明哲的卡組看上去真是賞心悅目，四個帥哥三個美女，光靠顏值就能秒殺對手。

對手的ID叫「笨笨熊」，卡組就有些一言難盡。

謝明哲發現他的卡組非常雜亂，一張動物、一張植物、兩張妖牌、三張鬼牌。如此雜亂的卡組顯然是個純新人。

笨笨熊被胖叔整整齊齊的七張人物卡嚇到了，他還沒來得及看技能，光顧著看孫策、周瑜、大喬、小喬這些人的顏值。

結果，人物的臉都沒看完，比賽就正式開始了！

【第十三章】死忠粉絲是位鬼牌少年

噴泉廣場是遊戲裡最簡單的對戰地圖，場地中間有座噴泉，因為噴泉並不會阻擋玩家的視野，所以雙方能清楚地看見對手的位置。

滿級玩家精神力的系統初始值為二百四十，召喚一張七星卡需要消耗三十點精神力。理論上一次性召喚七張卡消耗共兩百一十點，還剩餘三十點，不會出現精神力不夠用的情況。

明牌模式對謝明哲來說非常有利，雙方所有卡牌同時出場，正好讓周瑜、陸遜聯手放群攻。

此時笨笨熊身邊出現了三張鬼牌、兩張妖族卡、一張動物卡和一張植物卡。他的反應速度明顯不夠快，看見胖叔瞬間召喚出一大堆人物卡，笨笨熊完全懵逼，不知道該打哪一張。

然而，就在他猶豫的這一秒，謝明哲率先出手。

白衣渡江，兵不血刃！

頭戴斗笠、身披白袍的呂蒙直接開出群控技能，笨笨熊的眼前瞬間一片黑暗。

——群體失明強控！

眼前一片黑什麼都看不見，笨笨熊完全慌了。

同時操控七張卡牌本來就很難，一旦被失明控制，笨笨熊完全不知道該怎麼辦。等再次睜開眼時，笨笨熊看見了極為震撼的一幕。

只見自己的七張牌被一種很奇怪的鎖鏈連在一起，所有的卡牌身上都在冒火。熊熊烈火不斷燃燒，卡牌血量飛速下降，火焰越燒越旺，還觸發了暴擊傷害。

此時，謝明哲的周瑜、陸遜火系群攻連擊已經放完。

在失明控制的三秒內，連續放出鐵索連環、火燒赤壁、火燒連營三個技能，對謝明哲這種有網遊經驗的人來說並不難。更何況這一套連招他在腦海裡演練過無數遍，早就爛熟於心。

笨笨熊見自己的七張牌全部殘血就有些著急，立刻打開植物卡的群體治療技能。

然而，沒反應是怎麼回事？

——小喬，長河吟！

奇怪的琴音在耳邊響起，群體沉默，範圍內卡牌無法釋放任何技能持續三秒。

笨笨熊根本開不出治療技能。

這時候，孫尚香出手。

謝明哲讓孫尚香瞄準七張牌中血量最低的鬼牌——紅衣女鬼。

笨笨熊的卡組中的主力輸出應該就是這張紅衣女鬼，血量和防禦都不高，非常脆皮，被周瑜、陸遜一套火攻連招砸下去，此時只剩下一千點的血量。

女鬼的血條閃著紅光，岌岌可危。

孫尚香拉開了長弓，帶著火苗的利箭「嗖」的一聲直直射向殘血鬼牌——瞬間秒殺！

鬼牌化為一縷青煙從賽場消失。

孫尚香的「弓腰姬」技能，一旦擊殺目標，會隨機追加一次攻擊！

隨機六選一，孫尚香正好選中了鬼牌旁邊的妖族卡。小狐妖此時也是殘血，剩下三千左右的血量，孫尚香一箭射出。

再次秒殺！繼續觸發追擊！

一箭，兩箭，三箭，四箭，五箭……

孫尚香這張牌有多強？看她在殘血局面時的收割威力，簡直會讓對手絕望。

轉眼間笨笨熊的七張牌就只剩下最後兩張，其中一張是血量最厚的動物牌，沒被秒掉，另一張是有「抵抗暴擊傷害」效果的鬼牌。

局面莫名其妙從七打七變成了七打二……

笨笨熊還沒反應過來怎麼回事，就被孫尚香一通連射收拾掉五張牌，絕望的笨笨熊直接按下了投降，心想自己肯定遇到了大神，超級大神！

比賽結束，系統結算資料，本場MVP卡牌毫無疑問是孫尚香。

——恭喜您獲得競技場首勝，排位積分增加五分。

——是否開啟下一局對戰？

謝明哲昨晚睡著之後，夢裡一直在模擬這套卡組的打法，這是他第一次實戰練習，東吳縱火大隊果然很厲害，技能的搭配只要能打出完美的控制鏈，對手幾乎沒什麼反擊的機會。

剛才這位笨笨熊就很懵逼地直接被秒掉了五張卡。

輸在這套卡組的手裡並不算冤，畢竟是謝明哲製作的全新人物卡組，而且資料方面有陳千林大神親自把關調整過，技能銜接起來特別的流暢。

謝明哲深吸口氣，按下「開始下一局」按鈕。

系統重新匹配對手，依舊是三秒匹配完成。

這次匹配到的對手ID叫「豆豆」，是個很軟萌的妹子形象。

謝明哲毫不留情又是一套連招轟下去，豆豆也是完全沒反應過來就被打得一臉懵逼。

開局眼前一片黑，等恢復視野的時候她就發現自己放不出技能，而對面那個叫孫尚香的，則用帶著火苗的利箭一箭又一箭地射過來，把她的整套卡組都給秒了！

連射七箭，這科學嗎？

豆豆忍不住打字：我擦！你是哪位大神，來新手段位虐菜啊？

謝明哲道：我不是大神

實際上他也是新手，只不過他是個腦洞清奇，並且有高人指導的新手。

豆豆很想吐血。

這種根本無法還手、被按在地上摩擦的感覺太糟糕了。說他不是大神，誰信啊？這一套卡組搭配得簡直絕了！

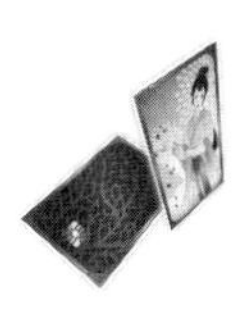

——恭喜您獲得競技場勝利，二連勝，排位積分增加七分，目前積分十二分。

——是否開啟下一局比賽？

謝明哲越打越熱血，立刻進下一局。

第三局、第四局、第五局……

謝明哲對卡組的操控越來越熟練，贏得也越來越順利。

一個小時的競技場打下來，謝明哲轉眼間居然十連勝了！

剛開始打比賽的時候，謝明哲的段位是「星卡學徒一級」，連勝十局後已經變成了「星卡學徒三級」，升級速度飛快，等到了星卡學徒五級就能去打晉級賽。

再接再厲！

謝明哲繼續按向「下一局」的按鈕。

第十一局遇到的對手ID叫「狼魂」，戰績記錄已經打過十局，也是十連勝。

謝明哲立刻警惕起來。顯然他剛才連勝次數太多，積分獎勵越來越高，系統在他十連勝的時候就為他匹配了一位同樣是十連勝的對手。

這位「狼魂」的卡組一看就比之前遇到的萌新們專業得多——七張整齊的動物牌，用的是火系獸卡體系，可能是聶遠道大神的粉絲。

謝明哲迅速觀察他的卡組，發現他的卡組當中有一張靈狐，技能「靈動」能為全體友軍敏捷屬性加成百分之二十，攻速加成百分之二十。

——這是全體加速的增益輔助卡。

也就是說，只要靈狐這張卡牌在場，狼魂的卡組行動速度會比自己快。

這樣一來，呂蒙搶先手肯定搶不到，對方有可能直接快速集火秒掉自己的關鍵卡。怪不得他能打出十連勝，看來是有兩把刷子。

謝明哲深吸口氣，用短暫的時間整理思路，思考應對的方法。

倒數計時結束，比賽開始。

靈狐的存在果然讓對面搶到先手，三隻猛獸撲向周瑜。原本周瑜就很脆皮，一旦被對方集火攻擊，瞬間殘血！

就在周瑜血量只剩不到兩百點的那一刻，謝明哲開啟大喬的技能——隱居。

只見賽場上快要被打死的周瑜突然消失不見，被謝明哲強行收回手中。

對面玩家徹底懵逼，打下一排刪節號：「……」

收回去了？

我打半天你收回去？這也太賴皮了吧！

趁著對方懵逼的時間，謝明哲開始自己的技能迴圈，先開孫策嘲諷，呂蒙白衣渡江、兵不血刃，再召喚周瑜鐵索連環、火燒赤壁，一套技能打下去，對面的動物們反被打殘。小喬群體沉默讓對方無法加血，這時候孫尚香再次出手，秒天秒地秒空氣，簡直擋不住。

轉眼間，獸卡就死了一片，滿地的屍體。

狼魂很不服，直接公屏打字：你這技能賴皮啊！

謝明哲笑道：「打競技場不賴皮怎麼贏？老老實實站著被你秒嗎？」

狼魂：「……」說得好有道理，居然無法反駁。

退出競技場的那一刻，狼魂整個人都不好了，回頭就哭喪著臉去找師父。「師父，我的連勝中斷，遇到一套人物卡組，居然把我打殘的卡給收了回去！」

對方很詫異：「人物卡組？錄影檔案給我看看！」

狼魂把錄影檔案發給師父，對方看過後渾身一震，「我擦，這不是胖叔嗎？做副本卡打破紀錄的那個胖叔！他這幾天不折磨副本小怪，跑去打競技場了？」

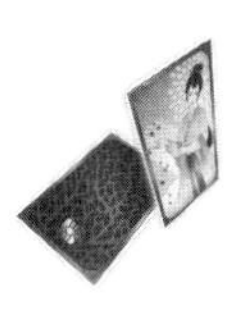

狼魂一臉茫然：「胖叔是誰？」

師父語重心長地道：「最近遊戲裡的紅人。你別急，我把這場比賽的錄影拿給副會長看看！」

八月十三日新賽季開始，各大公會的競技隊伍都已經積極地去打競技場了，裁決公會因為這幾天一直在辦活動、調整會員的福利卡，所以晚了幾天才大規模進軍競技場。

昨天晚上殘陽發布了公會通知：本週末將開放公會聯賽報名，限星卡專家段位以上的會員參賽，凡參加公會聯賽達成勝場十次以上，即可獲得公會福利卡，請大家積極參與！提醒在新賽季中降了段位的會員們，明天開始去打競技場，爭取儘快升到星卡專家。

這條消息炸出了無數潛水會員。

公會聯賽是打響公會名氣的重要環節，參賽會員的准入門檻是必須達到星卡專家段位。從第一階的學徒開始打，只要連勝三十場，就能直接升上第四階的初級專家。

為了鼓勵會員們積極參與，殘陽跑去裁決總部找嵐神要了一張卡的複製權——在飛行牌中非常受歡迎的「白鶴」，作為公會聯賽的福利卡獎勵。

裁決公會中有大批山嵐的腦殘粉，看見這個獎勵當然坐不住，平時不喜歡打競技場的會員也為了獎勵紛紛跑去打排位。

今天上午至少有幾百位曾被降段位的會員加入了競技場排位賽。

結果正好撞上了跑去打排位的胖叔。

被終結十連勝的狼魂是剛玩遊戲的新手，還不知道胖叔的「英雄事蹟」。

結果在公會辦公室裡聽副會長從頭說明了一遍，不由得張大嘴巴，驚得下巴都快掉了。

狼魂神色複雜：「也就是說，這位胖叔是最近的紅人，做了一大批即死牌，還引起了聶神和嵐神的關注？」

殘陽嚴肅點頭，「聶神和嵐神都很欣賞他，他前幾天還打破了紫竹林的世界紀錄，沒想到這麼快就做出了打競技場的卡組……」

正說著，收到消息的會長幻月急匆匆地走進來。

幻月很乾脆地道：「把競技場錄影放出來給我看看。」

狼魂在全息螢幕中調出競技場錄影。

幻月很快得出結論：「胖叔這套卡組應該有大神專門幫他調整過資料，技能銜接得特別流暢，一般製卡師就算天賦異稟能製作出原創卡牌，但是完善卡牌資料的平衡是一個長期經驗累積的過程，不可能在這麼短的時間內達成。」

「上次他破紀錄的時候，聶神不也是這樣說的嗎？」殘陽道。

「嗯。這套卡組有幾張卡牌設計得特別好，像是大喬的隱居，孫尚香的連續追殺收割，還有孫策的超快速拉嘲諷，我想就算職業大神拿這些卡去打聯賽都不會差。」

聽到這裡，輸在胖叔手裡的狼魂心中驚駭，這麼看來自己輸得不算冤，這位胖叔的卡組實力確實厲害。

「卡組強，他的反應能力也不弱吧？」殘陽若有所思地看著比賽重播，「新手打排位面對有系統的卡組還能這麼快想出應對的方法，這個人非常聰明，按聶神的說法，就是很有靈性。」

「嗯。殘陽你跟公會裡的人說一聲，叫星卡學徒段位的會員先暫停打排位賽，免得撞上胖叔影響自己的連勝戰績。」幻月冷靜地做出決定，「我估計今晚胖叔就能一口氣衝上專家了。」

「一天衝上專家？這也太誇張了吧！」狼魂驚嘆道。

「不誇張，三十連勝就可以。」幻月說道。

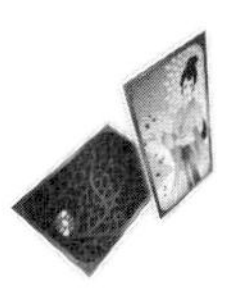

眾人都不知道說什麼才好。低段位三十連勝，胖叔真的能做到嗎？

謝明哲吃過午飯後再次上線，重新來到鳳凰星域的排位大廳。

他的段位已經是第二戰階的「見習星卡師」，這個段位的玩家卡組明顯比學徒段位的要強一些，但比起謝明哲精心搭配的東吳卡組還是差太遠。

東吳縱火隊快節奏的一波流打法，在明牌模式下相當好用。

——恭喜您獲得十五連勝，積分獎勵十二分！

——恭喜您獲得十八連勝，積分獎勵十四分！

耳邊不斷傳來系統提示音，謝明哲越打越熱血，二十五連勝、二十七連勝、二十九連勝！

——恭喜您獲得二十九連勝，段位積分滿一百分，是否參加晉級賽？

謝明哲深吸口氣，按下「是」的選項。

他的感覺棒極了，全身的熱血似乎要燃燒起來，大腦卻格外冷靜。現在他對東吳這套卡組每一張牌的用法、技能釋放時機都無比清晰明確，不如打鐵趁熱一口氣衝上星卡專家段位。

——已為您找到對手。

謝明哲被傳送到競技場，他立刻看向對手的資訊。

系統為他匹配的對手叫「柯小柯」，是個身材偏瘦的少年，穿著淺藍色格子襯衣和咖啡色修身長褲，留了一頭烏黑短髮，臉上帶著些稚氣，看上去有點像是大學生。

他用的是土系卡組，而且非常有特點——七張全是鬼牌。

紅衣新娘、白髮女鬼都是範圍群攻牌，靠頭髮當武器來絞殺對手；無頭娃娃、吊死鬼是單體攻擊牌，攻擊會觸發「屍毒」負面效果；食屍鬼的技能設計更變態，它會吞噬場上的屍體，死亡的卡牌數量越多，他的攻擊力就越高。

除了這五張攻擊鬼牌之外，還有兩張輔助卡，其中「貪財鬼」是群體控制，「鬼婆婆」是一位佝僂的老太太，技能是群體治療和群體減傷。

謝明哲想到了鬼獄俱樂部的歸思睿，被粉絲們稱為「鬼王」的那位選手，這套卡組應該是歸思睿大神的卡組搭配，五張攻擊牌明顯走的是暴擊秒殺流路線。

就在這時，柯小柯很激動地發來一串文字消息：胖叔胖叔！怎麼是你？太巧了吧！

謝明哲一愣：「你認識我？」

柯小柯：「當然！我是你的死忠粉絲，沒想到能在競技場上遇到你！」

謝明哲有些意外：「你一手鬼牌，不是歸思睿大神的粉絲嗎？」

柯小柯：「不不不，我只是喜歡恐怖風格而已，並不是歸歸的粉絲，我也沒加鬼獄公會，我想加入涅槃公會，但是申請三天了還沒被批准！」

謝明哲解釋道：「我們公會申請人數太多，會長是按時間順序批的。」

柯小柯：「我要跟胖叔合影留念。」

嘴上這樣說，少年眼睛卻轉得賊快，迅速觀察著胖叔的卡組。

不能因為是粉絲就故意讓胖叔贏，只有打贏胖叔，把胖叔按在地上虐，胖叔才能更深刻地記住自己——這就叫「粉到深處自然黑」。

比賽一開始，柯小柯就以極快的速度搶先手。

貪財鬼群控，紅衣新娘和白衣女鬼雙卡連動群攻，如絲一般的長髮瞬間延伸，密密麻麻的頭髮席捲過來，陡然纏住了所有人物的脖子。

謝明哲被打得頭皮一陣發麻手。尼瑪！膽子小的都被嚇死了好嗎？鬼牌這種東西到底為什麼能

在全息遊戲存在！

還好他不怕鬼。謝明哲立刻穩住心神，直接開孫策的範圍嘲諷，暫時穩住節奏。

然而，無敵狀態在競技場是被減半的，在副本內可以八秒無敵以抗小怪，在競技場則會被系統強行降為四秒，這也是為了不讓比賽的節奏拖得太慢。

等孫策無敵狀態一結束，柯小柯的無頭娃娃、吊死鬼同時出動，直接秒殺孫策。

孫策一死，對方果然集火周瑜。這個套路和之前遇過的獸系卡組有點像，謝明哲的應對方式也跟之前同樣，大喬隱居回收了被打殘的周瑜。

然而，柯小柯轉火的時候並沒有攻擊孫尚香，而是瞄準了陸遜！

事實上，這才是正確的轉火方案。因為孫尚香有個「回歸故里」的技能可以瞬移脫戰，而陸遜並沒有位移技能，被雙鬼包圍的陸遜瞬間殘血，很難救下！

既然救不下來，那就發揮陸遜的最後價值。

謝明哲毫不猶豫，直接開陸遜的「火燒連營」！

這個技能在沒有連鎖的狀態下不會觸發暴擊，但也打掉對手將近百分之三十的血量。

對方抓時機的能力顯然很強，不愧是二十九連勝的玩家，轉眼間陸遜就掛了，柯小柯用鬼婆婆開群體回血技能，把全隊的血量回上來，七張鬼牌全部滿血，局面對謝明哲相當不利。

但謝明哲並不慌。因為對手的群攻技能、群體加血技能全在冷卻中，而他還有大量卡牌技能在手，五打七也不是毫無勝算。

謝明哲很快調整思路，先放呂蒙群體失明控場，緊接著把容易被集火的大喬、小喬和孫尚香兵分三路撤出戰場範圍，然後召喚周瑜，開啟了周瑜的群攻技能。

鐵索連環、火燒赤壁！

一波群攻下去對方掉了半血，這時候失明效果結束。

按照原本的套路，他應該要放小喬的長河吟施展群體沉默，然後讓孫尚香出來收割。但是由於陸遜開局被秒，無法和周瑜聯手，周瑜的群攻並沒有把對面全部打殘，香香這時候出來一箭秒不掉人，白白浪費小喬的控制。

謝明哲決定把小喬的群體沉默留在手裡，等關鍵時刻再放。

柯小柯紅白女鬼的群攻技還在冷卻，只剩單體追擊技，孫尚香跑太遠追不到，他只好去打周瑜。轉眼間周瑜也殘了，原本大喬可以幫周瑜加血，但謝明哲並沒有這樣做——因為周瑜的兩個技能都在冷卻，要四十五秒才能再放，沒必要保周瑜。

柯小柯發現孫尚香繞到後方，並且射出了一箭。

這一箭觸發的暴擊，將他原本百分之四十血量的無頭娃娃直接射成百分之五的血皮。柯小柯並沒有太在意，反正七打五他局面優勢極大，他立刻指揮無頭娃娃和吊死鬼圍攻周瑜，將周瑜咬死。

——七打四，幾乎能鎖定勝局！

柯小柯心裡興奮極了，繼續讓兩張鬼牌去追殺孫尚香！

這時候，孫尚香開了「回歸故里」技能，瞬移到站位非常遠的小喬身邊。

柯小柯的追擊落空，只好轉火去強殺呂蒙。

呂蒙是輔助卡，血量稍微厚一些，他強殺呂蒙花的時間也比殺周瑜和陸遜要多。但此時，場上已經死了三張卡，食屍鬼會「吞噬死屍」，死亡卡牌越多他的攻擊力就越高，食屍鬼加入戰局後，哪怕血量厚的呂蒙也只撐了五秒就躺下了。

他發現孫尚香又從遠處射來一箭，並沒有射死殘血的無頭娃娃，而是將半血的食屍鬼射成百分之十的血量。

孫尚香為什麼不殺殘血牌，反而轉移目標把另一隻鬼打殘？

柯小柯怔了怔，心裡突然感覺不大妙。

孫尚香呢？他找不到這張卡的位置了！

呂蒙陣亡，局面變成七打三。

而此時他的卡組中，除了治療牌血量是百分之八十之外，無頭娃娃剩百分之五，食屍鬼剩百分之十，其他幾張卡全部在百分之三十五左右。

鬼婆婆的群療技能還差五秒冷卻！

看胖叔冷靜地操控卡牌走位，柯小柯心裡頓時有些著急，就在鬼婆婆群療技能冷卻結束的那一瞬間，他立刻放出群療——只要這個技能放出來，全團回血，對方必輸無疑。

然而，謝明哲早已心算好時間，比對手早零點五秒放出了小喬的群控。

——長河吟！

範圍內敵方群體沉默，不能釋放任何技能，持續三秒。

柯小柯的鬼婆婆群體加血技能根本讀不出來。

同一時間，柔和的琴音響起——大喬、小喬開啟「國色天香」連動技，己方全體攻擊力提升百分之五十，防禦力提升百分之五十。

繞後的孫尚香攻擊大幅度提升，技能冷卻結束，一把利箭射向只剩百分之五血量的無頭娃娃——秒殺，追加傷害！

正好選中血量剩百分之十的食屍鬼，秒殺，繼續追加傷害！有了攻擊力加成的孫尚香，秒天秒地不講道理，短短三秒內，她連續射死了對方六張鬼牌！

柯小柯整個人都不好了。

他目瞪口呆地看著眼前的畫面，那個手持長弓、紮著馬尾的俐落女人，在三打七的極端逆勢局面下，居然一口氣連殺他六張鬼牌，反敗為勝！

柯小柯簡直不敢相信。

明明是他占據優勢，怎麼會被孫尚香瞬間翻盤呢？

蒼老的鬼婆婆孤零零地站在原地，一張治療卡，打對手三張牌，毫無勝算。

柯小柯終於回過神來，發文字訊息問：胖叔是早就想好要保孫尚香一個人進殘局？我殺周瑜、殺呂蒙的時候你都沒加血？

謝明哲笑道：「對啊，孫尚香才是我這套卡組的核心。」

柯小柯：「……」

謝明哲繼續道：「你的群療技能開太早了，鬼婆婆群療冷卻時間是四十五秒，我的孫尚香射箭技能冷卻時間是十五秒，正好可以卡在你加血之前先單射兩次，把你的牌全部打殘，保證第三次射擊能秒掉你的卡，觸發追加傷害。」

柯小柯：「………………」

謝明哲不但算準傷害量，還算好了冷卻時間，在鬼婆婆開群加之前用小喬控場，讓婆婆讀不出技能。

三打七還能翻盤，柯小柯除了一個「服」字沒什麼好說的。

大喬、小喬所有治療技能都沒用，就是為了保孫尚香一個人進後期！

而這套卡組真正的核心其實是孫尚香這張卡牌，胖叔也確實證明了孫尚香擔得起「後期大核心」的重擔。

柯小柯雖然輸了，卻比贏了的謝明哲還要激動。他直接在公屏發訊息：哈哈哈不愧是我偶像，輸在偶像手裡心服口服。胖叔可以加我進你們公會嗎？我以前自己成立了個小公會，發展不好解散了，我有管理經驗，可以幫你們帶團，所有副本我都指揮過！

謝明哲挺欣賞這個柯小柯，便說：「加好友私聊。」

退出競技場後，謝明哲耳邊傳來親切的系統音。

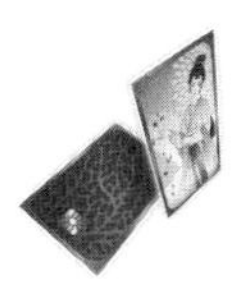

——恭喜您獲得三十連勝，晉級「初級星卡專家」段位！

謝明哲的嘴角忍不住揚起個笑容。

他終於升到了星卡專家！

退出鳳凰星域後，系統再次響起提示：「競技場對手柯小柯請求加您為好友。」謝明哲通過申請。對方立刻小迷弟般地發來語音：「胖叔，剛才虐我虐得太帥了，我都沒反應過來，還以為自己能贏，結果最後關頭被你連秒六張牌，驚險！刺激！」

謝明哲：「……」

少年，你被虐還這麼興奮，沒毛病吧？

對方顯然有點兒毛病，激動地道：「加我進公會行嗎？我玩這遊戲好幾年了，新賽季系統強行降段位才被踢回星卡學徒，我平時的段位水準是高級星卡專家，我也會打公會聯賽。」

柯小柯拚命推銷著自己，就差喊出「商場大減價，買一送一」了。

謝明哲忍著笑說：「好吧，我跟青姐說一下，入會的事情你找她。」

把小柯同學安排好之後，謝明哲就去找陳千林，向師父彙報一下戰況。

陳千林道：「不錯，三十連勝，把三十局中你覺得有意義的比賽錄影發給我看看。」

謝明哲只把最後一局的錄影發給了師父。柯小柯是他今天打排位遇到思路最清晰、反應最快的對手，要不是他精於計算，柯小柯又太心急把群療技能提前用掉，這一局輸的就是他了。

陳千林看到錄影時非常意外，他發現小徒弟比他想的還要聰明，不但考慮到了技能的銜接，連孫尚香百分之五十加成後的傷害量、對手的技能冷卻時間、卡牌血量也全部考慮了進去。很難相信他是一位新人。

陳千林忍不住問：「你以前玩過《星卡風暴》這個遊戲？」

謝明哲很誠實地說：「沒玩過。不過，我今天想了很久，對遊戲有了些自己的理解，不知道對不對。」

陳千林鼓勵道：「說來聽聽。」

謝明哲清了清嗓子，認真地說道：「我的理解是，七張牌就像我的七隻寵物，擁有總共十四個技能和一些連動加成。我把每一張牌的技能單獨計算，敏捷屬性就等同於技能的讀條速度，滿敏一百的卡牌，技能都是瞬發。不是滿敏的卡牌，根據敏捷數值的不同，技能的讀條時間需要零點二到一秒，所以要提前預判釋放。」

「比如剛才這一局，對方有五張攻擊鬼牌，火力太強，我沒法保住自己的每張牌，只能賭孫尚香進後期能有一次收割。對方治療放得早，在四十五秒的冷卻期間，我的孫尚香可以射三次箭，前兩次挑血量高的打，這樣一來七張牌就有六張是殘血，第三次孫尚香出手很容易做到收割，只要不是倒楣到射中血量最高的鬼婆婆，那我就贏了。」

「而追擊射中鬼婆婆的機率，剛開始只有六分之一，殺了一張牌就變成五分之一、四分之一……就算孫尚香倒楣正好射到血量最高的鬼婆婆，那我也不怕，對面只要死掉四張牌以上，我有大喬、小喬兩張治療卡保護孫尚香，慢慢耗，依舊有一戰之力。」

陳千林越聽越是讚賞。謝明哲對整個賽場的分析非常清晰，選擇的打法也很合理。其實，七張牌並不是一定要按固定的套路出牌，十四個技能隨機打亂，任意搭配，都會打出不同的效果，他能這麼快領悟到這一點，讓陳千林十分驚喜。

陳千林看著小徒弟三十連勝的戰績，微微笑了笑，說：「打到星卡專家才是挑戰的開始，我想，你至少要半個月的時間在專家段位歷練。」

謝明哲有些苦惱：「可是我快要開學了，以後打競技場的時間就少了。」

陳千林意外地問道：「你是學生？」

謝明哲之前沒告訴過師父自己的學生身分，說道：「我是帝都大學美術系的學生，九月一日正式開學，不知道學校的課重不重？要是課太多的話，我就用課餘時間慢慢練吧。」

陳千林道：「學業的事不用急，下個賽季你如果能打進大師賽正式註冊成為職業選手，你可以向學校申請調整課程或者休學。」

謝明哲好奇道：「職業選手裡有很多大學生嗎？」

陳千林道：「小唐當初打比賽的時候也是大一學生，他算是你的學長，去年才從帝都大學經濟學院正式畢業。裴景山是帝都大學哲學系的，也是去年畢業，你的校友挺多。帝都大學的校風比較開放，學生在校期間只要不違反校規，學校一般都不會為難你。」

謝明哲了然：「嗯嗯，那我就放心了！」

陳千林接著說：「你先用這套卡組專心打排位，順便帶上黃蓋、還有你的十張即死牌。利用暗牌模式多練習調整陣容，也多接觸一些別人的套路，這對你後期打比賽很有好處。」

謝明哲忙著衝上星卡專家，就是因為專家段位才會開啟暗牌模式。接觸了新模式後，以他的卡組肯定不能再連勝。接下來就該靜下心來，多打排位，熟悉各種卡組套路。

他進步的空間還很大，並不需要心急。

遊戲裡，柯小柯正在向池青瘋狂地推薦自己：「青姐，我是胖叔腦殘粉，我以前自己建過公會，雖然解散了，但是我很有經驗。各種公會副本團、公會聯賽我都打過，妳就加我進涅槃公會

吧，我一定能幫得上忙！」

池青很冷靜地問：「你競技場段位多少？」

柯小柯道：「二十九連勝正好撞上胖叔被終結了！我再去打兩局，馬上升初級專家。上賽季我差一點點就打到大師了，這賽季調整過卡組，肯定能打到最高級的星卡大師段位！」

池青心想，公會正好缺競技方面的管理，便把這傢伙收進涅槃公會。

柯小柯積極地問：「青姐，我們參加這週的公會聯賽嗎？」

池青道：「我們公會剛成立，達到星卡專家的人還不到五十位。」

柯小柯：「喔！那就讓大家加油去打競技場吧，專家段位的人達到一百位就可以報名了！」

池青：「嗯，下週再報。」

柯小柯關掉跟池青的對話，緊接著給胖叔發語音訊息：「胖叔，青姐加我進公會了！知道我為什麼是你的粉絲嗎？」

謝明哲無語：「肯定是因為我做的卡牌，難道還能是因為我這張胖臉？」

柯小柯哈哈哈笑了一陣，道：「我最喜歡你做的鍾馗這張牌，捉鬼技能可以把鬼牌直接廢掉。不過胖叔，你做了那麼多的人物卡，有沒有興趣做一些鬼牌啊？」

謝明哲道：「怎麼突然這麼問？」

柯小柯道：「鬼牌被歸思睿給承包了，愛恐怖靈異風格的玩家，全都是歸歸的腦殘粉，我不大喜歡他那種暗殺式的打法，鬼牌明明也可以打得很暴力！」

很多職業選手在打出名氣之後會開放一部分卡牌的版權，讓遊戲裡的玩家們只要付出少量的版權費用即可進行複製。歸思睿這位選手比較特殊，他所有的卡牌都開放版權，只為了推廣鬼牌這種打法。可見他是資深恐怖風格愛好者，他製作的鬼牌種類之豐富，並不比其他卡組差。

提起鬼牌，謝明哲不由得想起了《西遊記》裡的陰曹地府，嚴格來說鍾馗也是鬼，並不是人

物，因為他是閻王麾下的四大判官之一。

如果謝明哲繼續做鬼牌的話，當然有很多素材可以用，但是他暫時不想做，他自己的人物卡組還不夠完善。另外，歸思睿到底是什麼樣的人他還不夠瞭解，他做鬼牌相當於搶人家飯碗，這畢竟不大好，還是瞭解清楚了再行動。

謝明哲想了想，道：「我目前還沒精力做鬼牌，以後再說吧。」

柯小柯：「胖叔你的畫風我超喜歡的，期待你做鬼牌。不打擾你了，我去刷會兒競技論壇。」

打開遊戲內建的競技論壇，柯小柯看見飄在首頁的一則帖子——

有沒有人能破解胖叔的這套人物卡組？

「胖叔」兩個字立刻引起他的注意，點進去一看，原來是今天上午一位妹子打星卡學徒段位，被胖叔一波流給虐了，打得一臉懵逼，就跑來競技論壇求助。

她把胖叔的卡組資料貼在論壇上，引來大量熱愛競技的玩家討論。

同一時間，職業聯盟選手群——

葉竹冒出來發了張截圖：胖叔去打競技場了，卡組如下，大家有興趣看看嗎？

山嵐早就知道這件事，會長中午給他看過比賽錄影，胖叔打敗了裁決公會一位新人的獸系卡和一位妹子的飛禽卡組，終結了他們的連勝。

沒想到葉竹也知道，他有些意外地問：小竹你怎麼知道的？難道你變成了胖叔的粉絲，天天關注他的動向？

葉竹發了個吐血表情：我才不是他的粉絲！我是在官方論壇看見的，有個妹子上午在競技場被

胖叔一波完虐，她把卡組截圖發論壇讓大家找破解辦法，帖子已經翻了幾百頁，大家討論得可熱鬧了，胖叔現在還真是個紅人。

晚上十點，各大俱樂部已經結束了日常訓練，職業選手們也閒了下來，正好拿這件事解解悶。

七張整齊的人物卡，技能銜接非常流暢，資料平衡也近乎完美……

鄭峰忍不住道：你們到底誰在指導他？我就不信一個新人進步速度能這麼快，這套卡組都可以直接拿去打大師賽了吧！

聶遠道立刻澄清：不是我。裁決公會上午有兩個人被胖叔中斷了連勝。

凌驚堂：肯定不是我，我跟胖叔不熟。

唐牧洲也站出來，微笑著說：不是我，這套卡組不是我指導的。

雖然之前的即死牌是他指導的，但一碼歸一碼，他可不能全部揹鍋。

在群裡發完消息後，唐牧洲立刻打開平板光腦，跟胖叔私聊：「虐完副本小怪，去虐競技場了？那位指導你的神祕人士到底是誰啊？」

謝明哲：「不方便說。」

是你師父。但是師父不讓我說。

唐牧洲無奈：「群裡又開始討論你的競技場卡組，我發現，今年聯盟群裡聊最多的就是你，一提起你，大家似乎都很有聊天的興致。」

因為我是聯盟公敵嗎？做了那麼多即死牌。謝明哲摸著鼻子咳嗽一聲，轉移話題道：「你們群裡討論的結果怎麼樣？」

唐牧洲說：「他們討論出了四種破解這套卡組的方案。」

謝明哲瞪大眼睛：「四種這麼多嗎？怎麼破解？快跟我說說！」

唐牧洲：「不能告訴你。」

謝明哲：「……」

唐牧洲一本正經地道：「除非你告訴我在背後指導你的高手是誰，我就把大家討論出來的結果告訴你。」

謝明哲頭疼地道：「你當我是三歲小孩兒，想從我的嘴裡套話？」

唐牧洲微笑道：「資訊交換，很公平吧？」

謝明哲笑了笑說：「那我還是不交換了。總有一天你會知道的，到時候或許是驚喜，又或者是驚嚇。賣關子我也會，你自己猜吧。」

唐牧洲：「……」

這傢伙說話的語氣怎麼有點欠揍？

自己猜？唐牧洲頭疼地揉揉太陽穴，完全沒頭緒。他第一次發現，自己居然也會有感到無奈的時候。胖叔賣的關子讓他好奇極了。

驚喜？或者驚嚇？到底是誰呢？

唐牧洲並沒有騙謝明哲。

職業聯盟群裡，確實很快就討論出了四種破解這套卡組的方案。

職業選手們見過的陣容多得數不清，謝明哲的這套卡組最大的優勢就是明牌模式七打七正面對轟，一旦到了暗牌模式，其實非常吃虧。

凌驚堂的方法最果斷乾脆：只要一張人物即死牌，抓住節奏直接秒掉周瑜或者孫尚香，胖叔這套卡組會不攻自破。

鄭峰贊同：他這套卡組技能銜接太緊密，容錯率其實很低，孫尚香的單體輸出能力不算強，她只強在殘局。我的破法是直接看準周瑜、陸遜群攻的時候開反傷，一波反死他。

被老鄭的土系反擊給反殺過的對手們紛紛給他點讚。

聶遠道：還有一種方法，就是開局搶速度沉默孫策、單體暴擊秒掉大喬。他的卡組只有大喬是單體治療，先殺掉會好打很多。

為了證明自己的清白，唐牧洲也冒出來說了一種方案：可以用一張混亂牌控場，讓他的孫尚香射死她自己的隊友。

當然還有其他破法，比如水系慢控打消耗拖死他。但水系幾位選手不在線上，也沒人主動提。

眾人討論得正熱鬧，山嵐帶著笑意的語音訊息在大家耳邊響起：「胖叔只不過打了幾局低階段位的明牌模式，居然驚動這麼多大神去破解他的卡組，看來大家對胖叔很感興趣啊？」

葉竹忍不住吐槽：誰叫他做了那麼多即死牌針對全聯盟，我都迫不及待想跟他當面PK！

裴景山突然冒出來，很嚴肅地問道：你們覺得，胖叔會不會打到星卡大師段位，參加星卡大師邀請賽，然後成為職業選手？

群裡突然沉默下來。

這個可能性其實大家都想過。尤其是鄭峰，當初他開出極其優厚的條件甚至願意放出版權，拉胖叔加入鬼獄，結果被胖叔拒絕。當時鄭峰就猜到，胖叔的志向不僅是當一位賣卡牌的老闆，很可能要自己去打聯賽。涅槃公會的建立進一步證實了他的猜想。

聶遠道和山嵐也一直在懷疑，胖叔當初對裁決的拒絕非常果斷，顯然是早就堅定了決心。

唐牧洲完全可以確定胖叔志在職業聯盟，因為胖叔現在走的路和他當年一模一樣。何況現在的胖叔背後有高人指導。群裡討論半天也八卦不出指導他的人是誰，沒有任何人承認。

唐牧洲有種直覺，大家都沒說謊，站在胖叔身後的高手應該真的不是聯盟目前的大神。

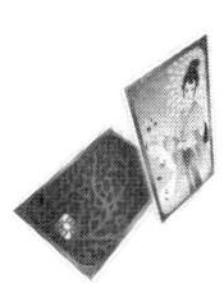

聶遠道、老鄭、老凌這些前輩大神沒那麼空閒；新一代的選手像裴景山、歸思睿這些人，地位還不夠穩固，更不可能去管一個陌生人。

最有可能的，反倒是他唐牧洲。

第五賽季、第九賽季兩次獲得個人賽冠軍的唐牧洲，目前已經站在了職業聯盟金字塔的頂端，能和聶神、老鄭這些選手平起平坐。他的徒弟沈安拿過新人獎，已經可以獨立思考，二隊的新人有好友徐長風和甄蔓照顧，唐牧洲算是比較閒的，他也確實指導胖叔做了很多即死牌。

但唐牧洲確實沒有插手胖叔競技場卡組的資料調控。

這套卡組雖然有缺陷，但是明眼人一看資料就知道是專業高手調整過的。能達到這種水準，很有可能是聯盟一流選手，但要有大量的時間指導一位網遊裡的新人，就絕不可能是現役的選手或者設計師。因此有更大的可能是已經離開了聯盟的退役高手。

如今已是第十賽季，這些年退役的高手多得數不清，但唐牧洲最先想到的卻是兩個人——當年的五系鼻祖，木系的陳千林，以及水系的蘇洋。

陳千林第五賽季退役，原因大家都知道。蘇洋退役也是在第五賽季，只不過比起陳千林的心寒退隱，蘇洋算是功成身退——第一賽季到第四賽季中，他分別拿了個人賽項目的季軍、亞軍、殿軍、冠軍，把各種獎盃都拿了個遍。

當時他培養的四個徒弟已經漸漸成熟起來，加上大弟子方雨極為冷靜睿智，蘇洋覺得自己該拿的獎都拿過了，賴在流霜城沒什麼意思，不如把位置讓給徒弟們，於是他很乾脆地走了。

蘇洋走的時候，流霜城開了一場隆重的慶功宴歡送這位功臣。

陳千林的離開卻是悄無聲息。歡樂祥和的流霜城俱樂部，和冰冷無情的聖域俱樂部，形成了鮮明的對比，讓很多陳千林的粉絲心酸難過。

聯盟退役的高手那麼多，但只有這兩位大神在聯盟歷史上畫下了濃墨重彩的一筆。

蘇洋是典型的人生贏家，各種獎都拿過，還帶出四位才華洋溢的水系徒弟，功成身退，讓人羨慕不已。

陳千林卻是帶著無限的遺憾離開。

他是木系當時最強的選手，但他從來沒拿過冠軍。

第一賽季冠軍是火系聶遠道，第二賽季是金系凌驚堂，第三賽季土系鄭峰，第四賽季水系蘇洋。唯獨陳千林，一直到黯然離開聯盟，也沒拿過象徵最高榮譽的冠軍獎盃。

第五賽季唐牧洲以木系卡組拿下冠軍，至此為止五系徹底平衡。

但提起陳千林，大家依舊覺得可惜。如果不是版權糾紛，第五賽季站在冠軍領獎臺上的應該是他，而不是他的徒弟唐牧洲。

師父的心裡，大概也帶著一絲不甘吧？

怎能甘心？

陳千林製作的植物卡版權全部歸屬聖域俱樂部，他離開的時候肯定心灰意冷。但只要平靜下來他就不可能一直逃避，或許他正在醞釀著什麼，等待一個合適的機會！

那麼有沒有可能，師父會重出江湖？

想到這裡，唐牧洲的心臟突然劇烈地跳動起來！

如果師父並不甘心離開聯盟，肯定還有小號在遊戲裡觀察著聯盟這幾年的動向。胖叔的人物卡鬧出那麼大的動靜，會不會師父也發現了這個人的天賦，出手指點？

胖叔剛才說「或許是驚喜，或者是驚嚇」，這句話非常可疑，不管是驚喜還是驚嚇，說明指導他的人應該跟自己有關，那麼有極大的可能，就是消失了多年的師父陳千林！

唐牧洲越想越是激動，他立刻拿起自己的平板光腦，從連絡人中找到那個熟悉的名字。他打開對話視窗，語速飛快地發去條訊息：「師父，您認識胖叔嗎？」

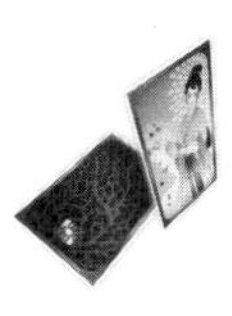

陳千林收到這條訊息有些意外，私聊謝明哲道：「你跟小唐說什麼了？」

謝明哲趕忙澄清：「師父放心，我絕對沒把你說出去。他今天問我是誰在背後指導，我說總有一天他會知道的，或許是驚喜，或許是驚嚇。哈哈哈，他肯定想不到他多了一位師弟，我估計到時候，驚嚇的可能性更大。」

陳千林無奈：「他已經想到了。」

謝明哲愣住：「啊？」

陳千林聲音平靜地說：「你太低估你師兄的聰明程度，他剛剛聯繫我，問我認不認識胖叔。顯然是推理、分析、排除之後，鎖定了我這個目標。」

謝明哲：「……」

這就叫浪過頭，被人抓住了把柄。

謝明哲後悔得要死，早知道唐牧洲這麼聰明他就不瞎說了。他心裡懊惱又愧疚，只好忐忑地發消息給師父：「要不，我練個小號重來？」

陳千林道：「沒必要，總有一天他會知道。再說這又不是什麼壞事，既然他知道了，那就找機會見個面吧，你們師兄弟也該認識一下。」

謝明哲有些尷尬：「他在遊戲裡一直叫我胖叔，突然知道我成了他師弟，不胖也不是叔，他的心情肯定很複雜，會不會想揍我啊？」

陳千林：「這我就不知道了。」

兩個徒弟要是真的打起來，誰會贏？當師父的突然有些期待是怎麼回事。

陳千林克制住這種奇怪的想法，道：「過段時間聯盟休假的時候，我把他叫出來一起吃頓飯吧，你不用擔心，小唐雖然壞主意很多，但你是他的師弟，他不會真的對你怎麼樣。」

謝明哲鬆了口氣：「那就好！」

陳千林緊跟著回覆唐牧洲，問：「怎麼猜到我的？」

唐牧洲微笑起來，聲音很溫柔：「退役的頂尖高手就您和蘇洋，蘇洋有四位徒弟，沒閒心去指導一個遊戲裡的陌生人。我想，師父肯定不甘心徹底離開聯盟，或許是看到了胖叔專賣店裡的卡牌，像我一樣對他有了興趣，所以才出手指點。」

陳千林道：「差不多。我早就注意到月半即死牌專賣店，只是沒想到陳霄會把製卡者本人帶到我的面前，還主動求我收徒。我給他出了道考題，讓他去做副本卡，他真的做出來了，我就順勢收了他當徒弟。」

唐牧洲臉上的笑容漸漸僵硬：「你收了這個胖叔當徒弟？」

陳千林道：「是的，胖叔現在是你師弟。」

唐牧洲：「……」

這不是驚喜，這真的是驚嚇了！

謝明哲給唐牧洲發去了一條語音訊息，語氣帶著明顯的討好：「嘿嘿嘿，沒想到你這麼聰明，居然從我的一句話裡推斷出來了。師父都告訴你了嗎？」

唐牧洲沒好氣道：「是啊，胖叔師弟！」

謝明哲：「……」

被他這麼叫有點怪異，謝明哲只好正經地道：「先說好，將來要是見面不能動手打人，我不是故意騙你的，我也沒想到林神願意收我當徒弟。」

唐牧洲沉默片刻，心情彆扭地接受了自己多出個師弟的事實，語氣也平靜了些：「我當初想收

你當徒弟，你因為不願意加入風華俱樂部拒絕了我，如今師父親自收你，也算你運氣好。跟著他好好學吧，別讓他失望。」

謝明哲嚴肅道：「放心，我一定認真學。」他頓了頓，又忍不住好奇問道：「多了個胖大叔當師弟，唐神心裡是不是挺嫌棄的？」

唐牧洲被他逗笑，溫言道：「不會。我當初既然提過收你當徒弟，就是很欣賞你的天賦。競技不是看臉的世界，看的是實力。不管你長成什麼樣，只要能在賽場上證明自己的實力，你就能得到認可。」

謝明哲只是開玩笑，沒想到唐牧洲說的話還挺有哲理。

經過這段時間的接觸，他能感覺到唐牧洲是個很大氣的人。推廣即死牌、改變聯盟現狀、增加戰術的多變性，唐牧洲比起很多年輕的選手目光更加長遠。他是真的很喜歡這個遊戲，也一直在為自己熱愛的東西而努力。

這樣的高手，是值得人尊敬的。

謝明哲覺得自己確實很幸運，認了陳千林當師父，有了唐牧洲這位師兄，還有陳霄這位好哥們和池青、瑩瑩、胖子、金躍四位盡心盡力管理公會的夥伴。

他一定會加快腳步，爭取有一天也能達到唐牧洲那樣的高度。

唐牧洲緊接著說：「你卡組的破解方法我可以告訴你。但我覺得，直接告訴你不如你自己去實戰體會，專家段位的暗牌模式用你這套卡組不好打，很快你就懂了。」

謝明哲道：「嗯嗯，我會自己去累積實戰經驗。」不勞而獲沒意思，他更想自己體驗出結果。

這天晚上，謝明哲沒再去打競技場，而是回到個人空間翻看之前的比賽錄影，以上帝視角總結經驗。唐牧洲說他的卡組有四種破解方法，他仔細研究了一番，也大概想出了幾種。

這套卡組用在明牌模式特別厲害，但是打暗牌模式時卻很容易被針對，還不夠完善。

低階段位大部分玩家都是快速對轟，很少遇到慢節奏、打後期的土系、水系卡組。但他相信，在普遍水準提升的星卡專家段位，他很快就會遇到。

謝明哲把一整天的收穫總結了一下，在十二點準時下線。

陳霄坐在躺椅上若有所思，謝明哲上樓的時候正好對上陳霄發呆的目光，兩人都怔了怔，陳霄迅速調整好表情，笑著問：「今天戰況怎麼樣？」

謝明哲道：「連勝三十場打到了初級專家，特別累。」

陳霄豎起大拇指，「能連勝三十場直接衝上專家的並不多見，你有這樣的天賦，再磨練一段時間，去打大師賽肯定能拿到好成績。」

謝明哲好奇地問：「陳哥你現在去打的話，不只連勝三十場吧？」

陳霄道：「你不能跟我比，我當年跟著我哥玩了很長一段時間，還短暫地當過一個賽季的職業選手。」他停頓兩秒，突然轉移話題道：「對了小謝，幫我個忙行嗎？」

謝明哲疑惑：「什麼忙？」

陳霄摸著鼻子似乎有些不好意思，片刻後才輕咳一聲，低聲說：「後天是我哥的生日，我想給他好好慶祝一下，但因為我們兄弟之間，呃……有那麼點誤會，如果我單獨去的話，他可能會不大高興……」

謝明哲已經猜到陳哥要說什麼，果然，下一刻陳霄就看向謝明哲，目光誠懇，「我哥很喜歡你這個小徒弟，所以我想讓你陪我走一趟，抽出點時間，我們一起給他過個生日，趁著他高興的時候，再勸他回來住。」

他一個人勸，擔心陳千林會反感，畢竟他曾經喝醉之後抱著哥哥又親又啃還告白過……但是有小謝出面就不一樣了，他也好找個臺階下……房間他收拾得特別整齊，就盼著哥哥能搬回來住。

謝明哲很爽快地說：「沒問題。師父的生日我本來也應該去，就是不知道他喜歡什麼？我想好

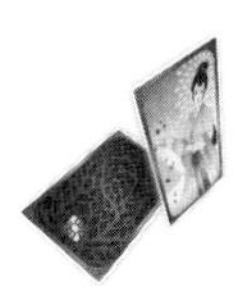

好送他一件禮物。」

陳霄笑起來，目光裡泛著一絲溫柔，回道：「他啊，別的都沒興趣，只喜歡各種植物。以前每年生日的時候我就攢零花錢買植物給他，其實這屋子裡花架上的多肉植物，有幾盆就是我送給他的生日禮物。」

謝明哲哭笑不得：「他這麼愛植物？那今年還是送植物嗎？」

陳霄想了想說：「我已經準備好了。你既然學過美術，不如送張畫給他吧，自己畫的比較有紀念意義。」

謝明哲覺得有道理，便點點頭：「嗯，那我回頭想想要畫什麼。」

他回到臥室就琢磨起這件事，畫什麼好呢？畫一棵樹給人當生日禮物有點奇怪，畫牡丹又太豔麗，師父的性格應該更喜歡清雅一點的花卉。

對了，梅、蘭、竹、菊四君子。

以前的文人墨客最愛的就是這個，很多人會在書房掛一套梅蘭竹菊，稱為「四君子」，傲雪盛開的寒梅象徵高潔不屈的志向，空谷幽蘭象徵淡薄名利的清雅，竹子則是瀟灑的謙謙君子，菊花象徵世外的隱士。

感覺和師父的特徵也比較符合。

謝明哲次日大清早就和陳霄一起開車出去，陳霄先去植物園拿了早就訂購的盆景，一棵小型的松樹，彎曲的樹幹造型很別致，碧綠的松針在光線照射下散發著柔和的光澤。

這一盆居然要十萬晶幣。

謝明哲有些疑惑，松樹這麼貴的嗎？地球時代這種一公尺高的盆景也就幾百塊錢，好一點的品種約幾千塊，十萬也太誇張了。

大概是名貴品種，很難找到。

這個世界別說文化不一樣，植物、動物的品種也跟地球時代不大一樣。

梅、蘭、竹、菊在這個世界有嗎？謝明哲想到這裡，立刻拿出光腦去網上搜索資料，果然是有的，品種還挺多，光蘭花就十幾種，只不過這四種植物組合起來並沒有「四君子」的說法，看來是相關的文化遺失了。

他心裡突然有個念頭——陳哥不是下個月要做植物卡嗎？可不可以做一套四君子的植物連動，或者按照四君子的特性給這四種植物賦予全新的技能？

等陳霄做植物卡的時候再跟他好好探討一下。

謝明哲怕自己忘掉，乾脆在光腦裡打開個備忘錄，記下「事件提醒」，然後就跟著陳哥去了書畫中心，買了一疊畫畫用的紙以及一整套的畫筆、顏料。

他從小到大一直學美術，這些東西當然都有，可惜全是最便宜的貨色，顏料還有種刺鼻的味道。如今手裡有了錢，當然要用好的材料，畫出來的畫也會比以前更美觀。

在遊戲裡做卡只需要用到精神力，對他這樣有美術基礎的人來說畫卡牌很簡單，但現實中作畫卻有些難度，手指沒有原主那麼靈巧，不小心就描錯線，廢掉好幾張紙，得好好練一練才行。好在他擁有清晰完整的記憶，加上肢體的記憶，練了一個小時手感就慢慢地回來了。

池青等人看他突然畫起花草都有些震驚。胖子直接問了出來：「你要改行做植物卡了嗎？」

謝明哲解釋道：「送人的生日禮物，自己親手畫會比較有誠意。」

眾人都很好奇，陳霄便把幾個人拉到客廳，簡單解釋了一下陳千林收小謝為徒的事，並且跟大家提前打好招呼，說陳千林過段時間會搬來一起住。

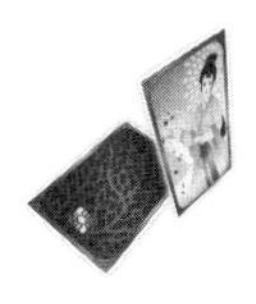

大家滿臉震驚，完全沒想到，陳霄的哥哥居然是大名鼎鼎的陳千林……

看著胖子目瞪口呆的模樣，陳霄哭笑不得：「怎麼？都以為我哥去世了啊？」

胖子嘿嘿撓頭，「畢竟你那麼悲傷的樣子，好像是你哥已經……呸呸，我不亂說，林神還好好的，林神會加入我們團隊，簡直不敢相信！」

池瑩瑩也很激動：「真想不到陳哥要找的高手居然是他，我以前還是他的死忠粉。」

池青則冷靜地說：「他和我們這麼多人一起住，能習慣嗎？」

陳霄輕輕揚了揚唇角，道：「我哥脾氣其實挺隨和的，一點也沒架子，特別好相處，你們不用有壓力，他過來住二樓主臥室。他比較愛安靜，平時我們在樓下活動，別去打擾他就行。」

眾人紛紛點頭表示明白。

樓上，謝明哲還在專心畫畫，他先打了幾張草圖，看著滿意才開始動筆。

【第十四章】新人車輪戰

次日上午，陳霄和謝明哲一起來到書畫大廈，找了一家專門裝裱字畫的店給謝明哲畫好的四幅畫配上檀木色的素雅邊框，四幅畫立刻變得高大上起來，連謝明哲都覺得不錯。

雖然畫工還有些稚嫩，但這已經是他目前能發揮出的最好水準了。

陳霄的禮物很用心，這盆觀賞性的松樹據說相當珍貴，特別難找，是他找植物園的園長花高價收購的，等了半年才等到，可見他對哥哥的生日有多重視。

兩人帶著禮物，興奮地跑去找陳千林。

同一時間，陳千林的門被敲響。

陳千林從螢幕中看見對方微笑的臉，有些詫異地打開門：「你怎麼來了？」

來的人正是唐牧洲，手裡提著精緻的禮盒，聲音低沉溫柔：「師父生日，這麼重要的日子我當然得來。」他把禮盒遞給陳千林，「給師父的禮物。」

陳千林心頭微熱，接過禮盒，看著面前長身玉立的青年道：「沒想到你還記得我的生日，我自己都快忘了。」

唐牧洲微笑起來：「去年本想過來，當時正好安排了比賽沒辦法走開。今年還好沒比賽，我就跟俱樂部請了假。」

陳千林帶他到客廳坐下，吩咐機器人倒了水，轉身坐在他旁邊的沙發上，問道：「你沒參加個人賽嗎？」

唐牧洲一本正經地道：「上賽季剛拿冠軍，老是去跟新人搶獎盃也不大好。」

陳千林淡淡地道：「你怎麼一副老前輩的語氣？」

唐牧洲道：「我徒弟都拿過新人獎了，我也算聯盟的老選手吧。」

師徒兩人對視一眼，心裡都挺感慨，五年時間過得可真快，陳千林都有徒孫了，還是個拿過最佳新人獎的徒孫。他有些好奇：「沈安在忙著比賽嗎？」

唐牧洲道：「小傢伙很積極，想去個人賽拿個獎盃。不過我估計挺有難度，這賽季參賽的高手很多，雖然老牌大神都沒報名，但年輕一代裡，葉竹、山嵐的實力都特別強，不過我還是鼓勵小安多去歷練，他年紀還太小。」

陳千林不知道說什麼才好。

這個徒弟是他一手帶出來的，經歷這五年的沉澱之後，如今的唐牧洲早已不是當初在個人賽五十連勝的鋒銳少年，他更加的內斂、更加的穩重，也更加的大氣從容。

他是風華俱樂部的首席牌手，他靠一己之力振興了整個木系卡組，他還全力推廣了即死牌的流通，這樣的徒弟，足夠讓陳千林驕傲。

風度翩翩的青年，容貌長開之後比記憶中更加英俊，要不是眉眼間還有熟悉的笑容，陳千林差點沒敢認。

五年，足以讓一個人脫胎換骨。

而如今的唐牧洲，已經完全配得上「唐神」這個稱呼了。

陳千林正感慨著，就聽唐牧洲微笑著道：「關於胖叔這位新師弟，師父不打算介紹介紹嗎？」

就在這時門外突然響起門鈴聲，陳霄的臉放大在監視螢幕中，道：「哥，是我跟小謝。」

陳千林回頭看唐牧洲，「看來。不用我介紹，你師弟今天也來了。」

「喔？」唐牧洲輕輕挑了一下眉，從沙發上站起來，親自去開門。

門一打開，陳霄看見面前的男人，明顯怔了怔：「你怎麼在這裡？」

唐牧洲伸出手，「好久不見。」

陳霄神色複雜地跟他握手，「是好久沒見了。」

謝明哲有些疑惑地從陳霄的身後探出腦袋，正好對上陌生男人的目光。

面前的男人非常年輕，身高目測超過一百八十五公分，劍眉朗目，容貌相當英俊。男人穿著一身休閒西裝，淺色的西裝一般人很難撐得起來，可穿在他的身上，卻跟他風度翩翩的氣質完美地融合在了一起。

他的臉上帶著微笑，唇角輕輕揚起，但不會讓人覺得輕浮，反而像是溫柔親切的王子，加上聲音低沉而富有磁性，簡直是很多女孩心目中完美的初戀對象。

只是，在對上謝明哲明亮的眼睛時，男人臉上的微笑驀地一僵，嘴角輕輕抽搐了一下，顯然內心極為震撼。他的臉上明顯是不敢置信的複雜神色，看著謝明哲低聲問：「你就是師父新收的徒弟……胖叔？」

謝明哲愣了愣：「你叫他師父？難道你是……唐神？」

唐牧洲：「……」

謝明哲：「……」

這就尷尬了！

胖叔不胖，也不是叔，而是個十八歲的帥氣少年。

謝明哲剛出院那幾天瘦得只剩骨頭，這段時間天天吃好的，池青每天還煲湯給他補營養，他的身體已經恢復到正常體重，如今的他身材勻稱，一百八十公分的身高也只比唐牧洲矮了五公分。

他今天穿著休閒褲和運動鞋，上身配一件白色短袖，簡約清爽的打扮，看起來朝氣十足。

少年的五官不算特別精緻，但他眉毛修長，一雙眼睛漆黑明亮，略薄的嘴唇輕輕上揚的時候會顯得有些調皮，組合在一起非常的陽光帥氣。

很難把這個活力十足的小帥哥跟遊戲裡的胖叔連結在一起。唐牧洲這些年也見過不少遊戲帳號形象和本人差距甚遠的例子，但胖叔這個帳號，遊戲形象和本人的反差是最讓他意外的。

可以說是意外的驚喜。

突然多出個活潑帥氣的小師弟，可不就是驚喜嗎？

唐牧洲微微瞇起了眼睛，上下打量著面前的小師弟，似笑非笑地道：「師弟不打算自我介紹一下嗎？還是想讓我繼續叫你……胖叔？」

謝明哲臉皮也挺厚，撓頭道：「胖叔只是我遊戲裡的ID，我叫謝明哲，叫我小謝就行。以後還請師兄多多關照！」

清脆的聲音聽著挺順耳，尤其是「師兄」這個稱呼格外順耳。

唐牧洲揚起嘴角，開門讓兩人進屋。

陳千林早就聽到了動靜，兩人進屋後他便看向陳霄，問：「你們怎麼突然過來了？」

陳霄一臉討好的笑容，把那盆珍貴的松樹搬到他的面前道：「哥，生日快樂，這是你最喜歡的品種，我託人找了半年才找到。」

「沒必要這麼大費周章。」

看向植物的時候，陳千林的眼裡卻帶著喜悅，顯然很喜歡這份禮物。

哥哥開心，陳霄當然加倍開心，但他不好表現出來，便強壓住心底的衝動，把謝明哲叫了過來：「小謝也給你準備了禮物。」

謝明哲把裝裱好的四幅畫抱到師父面前：「師父，這是我自己畫的，不是很好看，別嫌棄啊，生日快樂！」

陳千林伸手想接，看四幅畫挺重的，唐牧洲就上前一步替他接過來，並排放在旁邊的餐桌上，饒有興趣地看向謝明哲問：「師弟還會畫畫嗎？」

謝明哲說：「我從小就學美術，學了十二年了。」

四幅畫都是用檀木邊框裝裱，並沒有密封，所以唐牧洲一眼就看見了畫裡的內容。

第一幅是雪中寒梅，第二幅空谷幽蘭，第三幅是翠竹，第四幅黃菊。四幅畫的主體色調分別是紅、藍、綠、黃，但沒有用太過明豔的色彩，反而淡化了顏色，畫風和構圖都特別統一、協調，就算不懂畫的人也能一眼看出這是一整套的圖，很有套圖的「系列感」。

唐牧洲心中疑惑：「梅蘭竹菊四幅圖一起送，有什麼特別的寓意嗎？」

四君子的說法是從古代流傳下來的，可惜在這個世界裡，關於「四君子」的傳統也全部遺失了。看見四幅圖擺在一起，大家只會覺得這是四種植物而已，並不會多做聯想。

謝明哲也不方便解釋什麼「四君子」的典故，就編了個說得過去的理由，道：「梅花象徵高傲不屈，蘭花代表清雅賢明，綠竹是謙謙君子，菊花是高人隱士，我覺得這四種植物都特別符合師父的特質，所以就畫了一套圖送給師父當生日禮物。」

三人：「……」

被三人奇怪的目光注視，謝明哲也不好意思起來，摸摸鼻子道：「我、我說錯什麼了嗎？」

唐牧洲把拳頭抵在唇邊壓抑著笑意，過了兩秒才調整好表情，看著謝明哲，認真地誇獎道：「這是我聽過最好聽的馬屁，師弟口才不錯。」

謝明哲：「……」

這不是拍馬屁！當師兄的能不能別當面拆我的臺？

但仔細一想，謝明哲也覺得自己畫風清奇，這個世界的人根本不知道「四君子」，他這麼說確實很像拍馬屁，而且還是辭藻華麗的彩虹馬屁，估計師父都被他這套馬屁給震暈了。

傲氣、清雅、謙謙君子、隱士高人，謝明哲回想起來都覺得當面這麼誇人真是超級尷尬。

他忐忑地抬頭瞄師父，發現陳千林很淡定，而且臉上出現了極淺的微笑，聲音也變得溫和：「這四幅畫的寓意我挺喜歡，我會掛在書房裡收藏，謝謝你的禮物，真是費心了。」

謝明哲強忍住尷尬，撓著頭道：「師父喜歡就行。」

陳霄輕咳一聲，把話題轉到正事上：「哥，既然牧洲也在，不如一起吃頓飯吧，在家吃還是出去吃？」

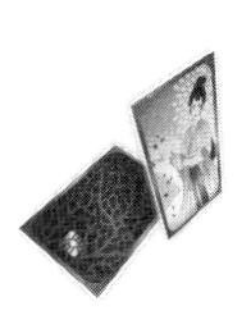

「出去吃，今天我做東。稍等我去換身衣服。」陳千林在家裡穿的是很寬鬆的純棉柔軟居家服，總不能這樣出門，於是去臥室找套乾淨的衣服換上。

這三人親自過來陪他過生日，陳千林確實沒想到。他都快忘了自己的生日，結果這三人居然記得這麼清楚，還給他送了三份大禮。

唐牧洲畫了一幅花卉圖，將幾十種花卉以極為巧妙的方式融合在一起，非常複雜精美；謝明哲送的四張圖寓意深刻，很符合陳千林的心境；陳霄自己不會畫畫，高價買來的珍貴品種也是陳千林最喜歡、最想收藏的品種之一。

陳千林一向獨來獨往，朋友不多，知道這三個人是真的關心自己，他也不能表現得太冷淡，所以才主動請客吃飯。

客廳裡，唐牧洲繼續笑咪咪地看著小師弟，謝明哲被他看得臉頰發燙，澄清道：「我真的不是拍馬屁，師父過生日總不能空手來吧？師兄你難道沒帶禮物嗎？」

唐牧洲忍住笑意，打開禮盒給兩人看。

謝明哲頓時被眼前的畫面給驚呆了，層層疊疊的花卉都數不清有多少品種，居然巧妙地融合在了一起，複雜又華麗。

謝明哲忍不住豎起大拇指道：「厲害，師兄你也學過美術？」

唐牧洲道：「沒專門學過，這是我在遊戲裡做的卡牌圖案，放大列印出來。用精神力作畫，比用手動筆要簡單一些。」

想起他曾經提到的千年神樹，是把十張卡融合在一起，謝明哲忍不住問：「這張圖，該不會是你把花卉卡都融合在一起了吧？」

唐牧洲點頭，「沒錯，師父今年三十一歲，我正好融合了三十一張花卉卡。」他頓了頓，又笑著說：「師弟你這麼喜歡人物卡，以後也可以把你做過的所有人物都弄一張合圖。」

謝明哲心想那我估計集合不過來，光是《水滸傳》就有一百零八條好漢，《三國演義》多得數不清，況且《紅樓夢》金陵十二釵的人物和《西遊記》的豬八戒、牛魔王也不能放在一起，那樣就變成美女和野獸了。

不過，唐牧洲這句話倒是給了他一些啟發。或許他後期做套卡的時候，可以畫這種類似「人物圖鑑」的大集合來整理自己的思路，免得卡牌一多，到時候出陣容時會思緒混亂。

謝明哲正琢磨著，就見陳千林換完衣服出來。

他穿著乾淨的白襯衫和咖啡色修身長褲，配一雙休閒皮鞋。襯衫的下襬束進了褲子裡，腰間繫著一條沒有任何花紋的簡單黑色皮帶，襯托得腰身愈發精瘦。

已經超過三十歲的男人，容貌看上去相當年輕，身材維持得特別好，身高超過一百八十五公分，高大挺拔，氣質出塵。

以前，他身上總是散發著一種不易接近的冷漠，似乎用一層透明的防禦罩把別人和他的距離不動聲色地隔開。但是今天，他顯然心情很好，清透的眼裡帶了些暖色，讓他整個人顯得溫和了許多。他看著三人，說：「你們想吃什麼？我請你們吃午飯。」

唐牧洲道：「師父決定吧，我隨意。」

陳霄和謝明哲也沒什麼忌口，陳千林想了想，說：「附近有家私房菜餐廳，環境不錯，用的食材都是自己種的，我們去那裡吃吧。在一公里以內，可以直接走過去。」

陳千林在前面帶路，三人立刻跟上了他。

他住的地方環境確實很好，有點像是世外桃源，謝明哲忍不住想，等將來老了，可以來這裡買一套小別墅養老，空氣清新不說，到處都是花花草草，看著都心情舒暢。

走過一條兩邊種滿垂柳的林蔭小道，很快地就來到目的地，陳千林應該是這裡的常客，服務生妹子見到他，立刻笑起來，熱情地帶著他來到二樓VIP包廂。

陳千林熟絡地點了菜。

這包廂的裝修風格非常小清新，有點像遊戲裡的千林餐廳，牆壁上掛著綠油油的藤蔓，桌子也是很古樸的實木桌。

陳千林有些意外他會問這個，看向唐牧洲。

謝明哲想到這裡，忍不住問：「師父，遊戲裡那個千林餐廳，是你開的嗎？」

唐牧洲低聲解釋：「當初在拍賣會，胖……」對上少年明亮的眼睛，唐牧洲把「叔」字嚥了回去，輕笑著改口：「師弟公開拍賣林黛玉這張卡，我拍下之後，約他在千林餐廳見過面。」

陳千林了然，朝謝明哲點點頭說：「千林餐廳是我自己開的，並不對外經營，那裡其實是遊戲裡的一個據點，當年第一賽季、第二賽季的時候，卡組還不夠豐富，我跟聶遠道、鄭峰、蘇洋還有凌驚堂經常開小號在那裡碰頭，大家交流心得，改善各系的卡組。」

唐牧洲補充說：「師父退役的時候把餐廳轉到了我的名下，這種小餐廳租金並不高，我就一直留著，在遊戲裡和人商量事情的時候，就把它當成臨時接待室。」

謝明哲恍然大悟。

原來千林餐廳曾經是五系鼻祖們在遊戲裡的據點。五位大神分屬不同俱樂部，很難在現實中聚在一起，在遊戲裡就方便多了，戴頭盔、開小號，傳送到千林餐廳，大家就能見面商量事情，餐廳門一關，還不怕被人發現和偷聽。

看來，冥冥中註定了他和陳千林的緣份，早在認識這位大神之前，他就去大神開的餐廳裡和唐牧洲見過面，也因此徹底打開了製作即死牌的思路。

菜很快上齊，四人邊吃邊聊。

吃到一半，唐牧洲直接問：「師弟在遊戲裡建立涅槃公會，是想當職業選手自己建俱樂部？」

謝明哲看了陳霄一眼，見後者點頭，他才說：「是有這個想法，涅槃公會就是我跟陳哥一起建立的。」

唐牧洲並不意外，朝陳霄道：「別忘了我們的約定。」

陳霄聲音低低的，目光卻很堅決：「沒忘。我會回來跟你真正對決。」

唐牧洲微笑道：「我等你，賽場見。」

沉默片刻，他又轉向陳千林問：「師父以後怎麼打算？要不要一起回來？」

陳千林說：「我現在的精神力，已經沒辦法應付高強度的賽事。過了三十歲，反應變遲鈍了，去打比賽的話，不一定能拿到好成績。」

謝明哲有些不甘心：「可是聶遠道、淩驚堂、鄭峰他們也是很早就出道的老選手，他們也還在打比賽啊，師父你不想回去試一試嗎？」

他查資料的時候，看見不少網友都特別同情陳千林，總覺得陳千林時運不濟，明明自身實力很強，可整整四個賽季下來，和他同期的選手都拿了冠軍，就他沒拿過冠軍，最後還因為版權糾紛跟聖域俱樂部鬧翻，帶著遺憾退役。

謝明哲其實挺希望師父回到賽場，再做一套全新木系卡牌，狠狠打那個邵老闆的臉！

然而，陳千林的目光無比平靜，似乎早就心如止水，他看向陳霄道：「我不會回去，過了這麼多年我已經沒有年輕時那種不顧一切去拚搏的心態了。只要你能證明自己，把當初設想的卡牌製作出來帶上賽場，我當哥哥的也沒什麼遺憾了。」

陳霄強忍住鼻間的酸澀，聲音悶悶地道：「我明白。」

謝明哲還想說，結果突然對上唐牧洲制止的眼神。謝明哲只好聰明地閉上嘴，不再多話。

陳千林看向唐牧洲，轉移話題：「小謝很快要開學了，他是帝都大學美術系大一新生，你的校友，跟你當年的情況差不多，你也是十八歲開始一邊上課一邊打比賽，學校那邊具體該怎麼應對，以後你要多幫幫你師弟。」

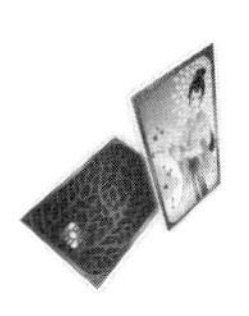

唐牧洲微笑：「一定。師弟有什麼不清楚的可以隨時問我，我們互相留一下電話。」

之前留的只是網遊裡的小號聯繫方式，必須透過星卡APP互相發訊息，但留了電話就可以隨時語音、視頻通話了，會方便很多。

謝明哲乾脆地和唐牧洲互換了聯繫方式。

緊跟著陳霄就說道：「哥，你的房間已經準備好了，你看什麼時候方便，搬過來住？」

他給謝明哲使了個眼色，後者立刻配合地助攻：「師父你一個人住這麼遠，陳哥一直很擔心，搬回來吧，吃飯什麼的也方便些，我們工作室的池青姐姐廚藝可好了。」

陳千林今天本來就心情好，加上之前陳霄已經提過搬家的事，今天再次提起，他也就順水推舟地答應下來：「好吧，我收拾一下行李。正好手裡的工作也忙完了，明天就搬。」

陳霄興奮地想下樓去跑兩圈順便放禮炮慶祝，但他強忍住了這股衝動，顫聲道：「太好了！哥，我幫你收拾行李！」

唐牧洲意味深長地看他一眼，什麼都沒說。

一頓飯吃得其樂融融，飯後回到家，唐牧洲因為有事要走，便提前告辭。

謝明哲本來要和陳霄一起回去，陳霄卻在他耳邊壓低聲音說：「小謝你先回吧，我今晚留在這不回去了，幫我哥收拾行李，明天幫他搬家。」

謝明哲知道他是故意支開自己，便點點頭，轉身出門。

門口，唐牧洲正在等他，謝明哲疑惑地道：「師兄，你沒走嗎？」

唐牧洲笑道：「陳霄讓我順路送你回家，上車吧。」

他帶著謝明哲來到別墅附近的空地，就見那裡停著一輛全身火紅的豪華跑車。這輛車謝明哲在網上見過，是今年出的新款，少說也要上千萬。外觀設計特別漂亮，流暢的車身線條在光線下散發著錚亮的光澤，整個車身如同利劍，將金屬機械的美感展現得淋漓盡致，幾乎能想像它馬力十足地在空中高速飛行時的帥氣。

唐牧洲很紳士地打開車門，請謝明哲上車。

坐進跑車之後，謝明哲看了下車裡的內裝，做工非常高級，座椅全是真皮，比按摩椅還舒服。中控是透明的全息螢幕，看上去很有科技感。

等以後有錢了，他也要買一輛。

正琢磨著，唐牧洲突然揚起嘴角，回頭看著他問：「喜歡這輛車嗎？」

謝明哲毫不掩飾眼中的喜愛，「挺好看的。」

唐牧洲道：「那師兄帶你去兜兜風吧。」

謝明哲愣住：「你不是有急事要回風華俱樂部嗎？」

唐牧洲無奈地按了按太陽穴，「我只是找藉口走人而已，給點時間讓他們兄弟多聊聊。」他說著便啟動了車子，直到火紅的跑車在懸浮車道上平穩地飛馳，唐牧洲才繼續說道：「剛才飯局上，知道我為什麼制止你嗎？」

當時師父說「不會回來打比賽」的時候，謝明哲本來想繼續勸，結果被唐牧洲用眼神制止。他有些困惑：「我不大明白，師父也就三十歲出頭而已，跟聶神他們年紀差不多，聶遠道、鄭峰這些人能繼續留在聯盟，師父為什麼不想回來？他真的甘心嗎？」

唐牧洲的眼中閃過一絲複雜的神色，卻很快平靜下來，低聲說：「你的想法太單純。師父一回來，我和他一定會在賽場對上，不管誰勝誰負，記者們都會把這件事拿出來大做文章。如果贏的是我，大家肯定會說林神老了，徒弟青出於藍，林神打不過徒弟。如果贏的是師父，看不慣我的人肯

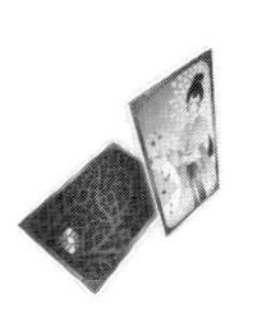

定會說唐牧洲沒實力，都是靠師父光環才能坐上木系首席牌手的位子。」

唐牧洲頓了頓，道：「還有你。你已經決定下個賽季出道，如果師父也回來，個人賽他跟你爭奪冠軍，這就違背了他培養你的初衷。」

謝明哲：「……」

陳千林不回來，並不是逃避，而是為了唐牧洲、謝明哲這兩個徒弟。如果個人賽要爭冠軍，兩位徒弟到底盡不盡全力？擊敗師父心裡不好受。可輸給師父，自己也不好過……

陳千林只有不露面，才是最好的選擇。

想明白後，謝明哲的心裡不禁震撼，「師父真是考慮周全，他回來之後跟徒弟搶獎盃肯定會被人說閒話，萬一搶不到輸給徒弟，還會變成黑粉們的笑柄，退居幕後是最明智的。」

唐牧洲道：「他當初做的木系卡牌版權收不回來，但聯盟這些年更新換代，那些卡牌早就不適用如今的賽場了。木系還有陳霄在，師父肯定會把當年沒有完成的卡牌指導陳霄做出來，我跟陳霄也註定會有一次木系的內戰，但比起師徒內戰來說，負面的影響要小得多。」

謝明哲很是好奇：「陳哥跟你木系內戰的話，你覺得誰贏面大？」

唐牧洲道：「我的優勢是大賽的經驗比他豐富，但陳霄很聰明，進步速度飛快，等明年真正對局的時候，勝負還不好說。」

唐牧洲看著少年一臉震撼的表情，轉移話題道：「說說你吧。」

謝明哲笑道：「說我那個胖叔的帳號嗎？我真的是隨便取的名字，剛開始玩遊戲，什麼都不懂，也沒想那麼多。」

唐牧洲挑眉，「胖叔這個名字就別提了，跟你這形象完全對不上號。說說接下來的計畫。」

「喔！」謝明哲道：「師父讓我接下來去星卡專家段位磨練一段時間，好好接觸遊戲裡各種卡組，找出自己的不足。我打算再多做些卡牌，明年參加大師邀請賽。」

「除了即死牌，你現在手裡有幾張打競技場的卡？」

「八張。」

「太少了。」唐牧洲很直接地說：「打暗牌模式至少要拿得出兩套陣容，也就是十四張卡。不可能靠一套陣容打到星卡大師段位，除非是經驗極為豐富的聯盟高手，純靠意識來碾壓對手。」

「我知道。」謝明哲苦著臉說：「但我現在還沒有什麼靈感來製作新卡，先多打打競技場累積經驗吧。」

「天天在星卡專家段位打排位，遇到的都是些水準一般的玩家，磨練不出什麼高端技術，不如跟真正的職業選手對局，才能以最快的速度成長。」唐牧洲建議道。

「跟職業選手對局，我會被按在地上虐吧？」謝明哲知道自己的水準，職業群裡隨便討論他的卡組就有那麼多破解方案，他遇到職業選手肯定沒勝算。

「不被高手按在地上虐，你怎麼知道自己和高手的差距呢？」唐牧洲反問道。

「……也有道理。但職業選手會閒著沒事來跟我這個菜鳥對局嗎？」

「會的，因為你有我這個師兄。」唐牧洲微笑著看向他，「我們風華俱樂部有一批新人，我可以把他們全部叫來給你當陪練，怎麼樣？」

「……」謝明哲突然有種大山壓頂的感覺。被這麼多職業選手輪番虐的話，自己會不會創下連敗一百局的紀錄？

「我們二隊的幾位年輕選手，最近都在打個人賽，輸得比較慘，正好讓他們多虐你幾局，從你這裡找回一點信心。」唐牧洲一本正經地說。

「……」謝明哲很無語，「你這是要把我送過去，給他們當出氣的沙包啊？」

唐牧洲笑咪咪地問：「那你願意當這個沙包嗎？」

謝明哲握緊拳頭，「行！沙包就沙包，儘管約他們來虐我吧！」

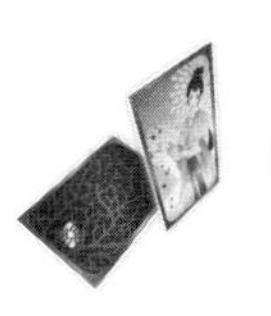

原本要打完星卡大師邀請賽、註冊成為職業選手，才會有機會跟真正的職業選手對戰。但是如今，他能靠著唐牧洲的關係跟這些高手對戰，等於走捷徑提前瞭解聯盟最高端的卡組和打法套路。

風華是聯盟頂尖的俱樂部，旗下選手哪怕是二隊的，各個都實力不凡。只有跟這些高手接觸，他才能更加清晰地意識到，自己和高手們的差距有多大。才能知道別人的卡組怎麼搭配，自己的卡組缺陷在哪裡，應該補充什麼類型的卡。

這可比他自己去瞎打星卡專家段位有用多了。

師兄嘴上開著玩笑讓他去當沙包，實際卻是在幫助他快速進步。

唐牧洲從來不會擺出「我在幫你，你該感激我」般高高在上的姿態，不管遊戲裡潛移默化地指點他做即死牌，還是如今為他調動風華俱樂部二隊的職業選手來當陪練，每次幫忙的時候，唐牧洲都是用這種容易讓人接受的委婉說法，這個男人是真的有風度。

有些人的胸懷和風度，是融入了骨血裡的，並不需要刻意顯露，卻讓人如沐春風。

謝明哲心中很感激這位師兄，看向他，認真地道：「師兄你儘管找人來競技場虐我，總有一天，我會把他們全部虐回來。」

唐牧洲看著少年雙眼發亮、鬥志昂揚的樣子，微微揚起唇角，「有志氣，希望你說到做到。」

遊戲裡那個和藹親切的胖叔叔，在現實中原來這麼有趣。而這位有趣的少年居然是自己的師弟……那就更有趣了。

唐牧洲原本就想親自雕琢這塊璞玉。

之前在遊戲裡被胖叔委婉地拒絕，沒能成為師徒。但今天見到謝明哲本人後，唐牧洲更加堅定了自己「親自雕琢他」的想法。

唐牧洲能從少年的眼裡，看到和當年的自己一模一樣的自信，這樣天資聰慧、活力十足的少年，讓他打從心底地欣賞喜愛。

以後唐牧洲就是他的師兄，以師兄的身分指導他，他肯定沒理由拒絕。

想到這裡，唐牧洲就心情愉快地揚起了唇角。親自養大一位厲害的師弟，這感覺似乎還不錯？師父還要指導陳霄，自己也算是替師父分擔壓力了！

晚飯唐牧洲主動請客，謝明哲也沒推辭。由於中午吃得太多，謝明哲不是很餓，唐牧洲就帶他去一家精緻的小店吃了些特色菜，這才開車把謝明哲送回工作室。

回到工作室後，大家見謝明哲一個人，便問陳哥怎麼沒一起回來，謝明哲解釋說：「陳哥要幫林神收拾行李，我們也好好打掃一下吧，沒有意外的話，明天林神就搬回來住。」

眾人聽到這裡都很興奮，配合地把樓上樓下全部打掃了一遍，把桌子擦得纖塵不染。這畢竟是林神的房子，大家可不想讓林神覺得他們是一群烏合之眾，把房子給弄髒了。

謝明哲和小胖合力收拾完臥室，回到樓下登入遊戲，主動給唐牧洲的小號發去一條語音訊息：「師兄，什麼時候叫你們二隊的人來虐我啊？」

唐牧洲正好上線，聽到熟悉的系統音有些頭疼，回道：「以後發訊息給我，要麼用文字，要麼用你本人的聲音，用胖叔叔的聲音發語音訊息，聽著彆扭。」

耳邊響起的聲音低沉又有磁性，是唐牧洲本人的聲音。

玩家在遊戲裡可以選擇把自己的聲音接入語音系統，或者直接用官方錄製的幾種音色。以前兩人沒見過面，彼此都有所隱瞞，如今唐牧洲已經知道師弟是位十八歲的少年，自己還用系統內建的中年大叔語音跟他說話，難怪他會覺得彆扭。

謝明哲只好將自己的聲音接入系統，笑道：「好吧，我重新問一遍，今晚你能安排俱樂部二隊

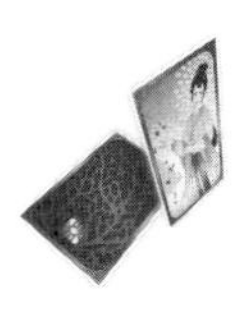

的人來虐我嗎？要是不能，我就自己去打競技場。」

陽光爽朗的聲音聽著就順耳多了，唐牧洲幾乎能想像少年眼含期待的樣子，不由微微笑了笑，說：「可以。你稍等一下我去叫人，待會兒直接邀請你。」

「好，我去鳳凰星域等你們！」

唐牧洲轉身走出宿舍，來到俱樂部的訓練室。

晚上七點半是風華俱樂部規定的訓練時間，一群少年吃過晚飯也剛聚齊，正要戴上頭盔進入遊戲，唐牧洲突然推門進來，說：「大家暫停一下，今晚我們改一改訓練方式。」

二隊的訓練平時都是甄蔓在負責，見唐牧洲出現，她有些疑惑：「你怎麼來了？」

唐牧洲道：「想到一個好點子，增強一下大家的信心。」

風華二隊的少年們對唐神都是打從心底地尊敬，聽到這裡，大家都有些躍躍欲試，有個膽子大的少年開口問道：「唐神該不會要親自下場虐我們吧？」

唐牧洲道：「那就不是增強你們的信心，而是打擊你們的信心了。」

眾人：「……」

說得也對，要是唐牧洲親自下場，他們或許都沒法在這位大神的手裡活過十秒。

甄蔓一向冷靜，走到唐牧洲面前壓低聲音問：「你到底玩什麼花樣？」

唐牧洲也放輕了聲音：「蔓蔓，今天妳先休息，二隊這邊我來負責。」

甄蔓一臉莫名，但還是沒有反對，轉身朝大家道：「唐神難得有空帶你們，大家就聽他的安排吧。」說罷就在旁邊坐下來，擺出一副要看戲的姿態。

甄蔓是顏值很高的一位女選手，一頭大捲髮性感嫵媚，再加上曼妙的身材，頗有女王般的氣場。她冷靜細心，平時不怎麼說話，但到了賽場上，沒有任何人敢小看她。

她是職業聯盟第一「蛇女」，據說從小就喜歡養蛇，一手木系蛇牌簡直讓人頭皮發麻。

她做的蛇牌是很特殊的一套卡組，雖然蛇也是獸類，但不同於聶遠道、山嵐師徒火系獸卡的爆發猛攻，她的蛇卻有木系卡牌的特徵，以各種僵直、麻痺控制對手，靠劇毒來進攻。

甄蔓在第六賽季拿過個人賽亞軍，賽後採訪時她很平靜地說：「我想拿冠軍，但我知道這已經是自己的極限。聯盟高手太多，能拿亞軍我很知足。」她在單人賽的最高成績就是亞軍，她最強的其實是多人團戰時的輔助控場，能用蛇群把對手控得脊背發涼。

目前風華俱樂部的隊內訓練就是由甄蔓負責，女生比較細心，也容易發現一些新人的心理問題，唐牧洲很放心把新人們交給甄蔓，平時他也很少干涉二隊的訓練。

今天唐牧洲突然過來，甄蔓心裡很疑惑，但也沒多問，她坐在旁邊把一頭捲髮隨意紮在腦後，戴上頭盔和大家一起進了遊戲。

唐牧洲創建了一個自由擂臺，把二隊所有人拉進去。

這種自由擂臺設計得有點像小型的劇院，可以容納上百觀眾。中間的場地是自由PK的擂臺，面積很大，足夠讓選手自由走位。不參與PK的人可以坐在周圍的觀戰席，以上帝視角觀看比賽。

大家一進房間，就見唐牧洲坐在觀眾席的最中間，笑咪咪地說：「我會找一個人來跟你們打車輪戰，大家盡全力，以最快速度擊殺他的全部卡牌。」

新人們聽到這裡都很好奇，唐神如此興師動眾，到底請來了哪位大神？

晚上八點，唐牧洲用小號給謝明哲發邀請。

謝明哲進入房間，坐在觀眾席上的眾人也看見一個叫「胖叔」的人出現在大擂臺上。

二隊選手們的表情都有些呆滯。這是來搞笑的嗎？胖叔怎麼會來這裡！

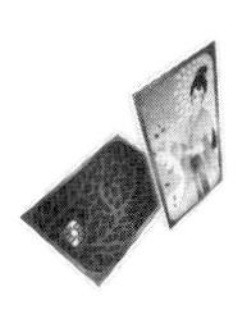

結果下一刻，唐牧洲帶著暖暖笑意的聲音就在大家的耳邊響起：「這位胖叔就是今晚大家要擊敗的對手。」

眾人：「……」

唐神你別開玩笑行嗎？這人的競技場段位還是個——初級星卡專家。一群職業選手虐一個初級星卡專家，傳出去不會說我們風華俱樂部欺負弱小嗎？

謝明哲很有禮貌地跟大家打招呼：「大家好，待會兒不用客氣，儘管虐我！」

眾人：「……」你是被虐狂嗎？

有人認出胖叔，跟好友私聊道：「他就是最近特別火的那個原創製卡師胖叔！我前幾天還看見群裡很多大神在討論破解他卡組的方案。」

有些人在討論群組偷偷發文字消息。

「胖叔，大紅人啊！唐神把他叫過來到底什麼意思？是要讓我們見識一下他稀奇古怪的人物卡組嗎？」

「我早就想見識了！」

「他要是那麼厲害怎麼才打到星卡專家？還是初級的！」

「你傻嗎？看他戰績三十連勝，勝率百分之百。這肯定是為了隱藏實力才沒升級。」

「有道理！能引起那麼多大神的注意，這位胖叔應該是個深藏不露的高手。」

「大家一定要謹慎，可別被胖叔打崩了下不了臺！」

眾人心底立刻生起強烈的危機感，紛紛覺得：唐神該不會是找了個高手來虐他們吧？

唐牧洲笑道：「開始吧，第一個誰先來？」

新人們支支吾吾不肯說話，誰也不想第一個上去當炮灰。就在這時，所有人的耳邊突然響起一道平靜的女聲：「我來吧。」

蔓姐！女神居然要親自下場？眾人紛紛朝甄蔓投去崇拜的目光。

謝明哲完全不知道這女的是誰，她的ID是「毒素蔓延」，他還以為是風華俱樂部的新人。結果唐牧洲私聊他道：「這是我們俱樂部的主力選手甄蔓，平時很少跟人單挑，她肯親自跟你對戰，說明她對你的人物卡很感興趣。」

謝明哲有些激動：「主力！那她的水準比起你怎麼樣？」

唐牧洲道：「她以前在個人賽拿過亞軍。」

謝明哲更加興奮了：「這麼厲害？那我要好好打！」

唐牧洲輕笑出聲：「好好打你也是輸，別輸得太難看就行。」

謝明哲：「……有必要說出來嗎？能不能給當沙包的留點尊嚴？」

唐牧洲但笑不語。

傳到耳邊的低沉笑聲讓謝明哲的耳朵有些發燙，在這麼多人的面前被虐，待會兒肯定死得很難看。不過沒關係，能跟甄蔓姐姐親自對局，這樣難得的機會，別人求都求不來。

謝明哲深吸口氣，按下挑戰。

甄蔓今天開了大號過來，「毒素蔓延」就是她在遊戲裡的成名帳號，她曾經是風華公會的副會長，和紅燭一起管理公會，被唐牧洲發掘培養，第六賽季出道後一舉拿下個人賽亞軍。

她的人物形象是一位和她本身形象有些相似的美女，一頭大捲髮看上去嫵媚又性感，手臂上還纏繞著一條可愛的小冰蛇。

謝明哲沒去管她的形象，迅速觀察起對手的卡組。

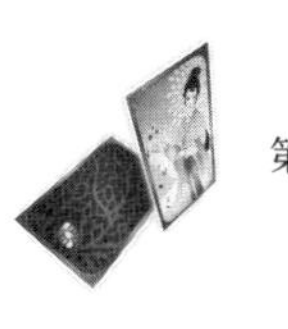

——暗牌模式。

這是謝明哲第一次玩暗牌模式。

暗牌模式只展示五張牌，另外兩張只能看到黑卡的背面，看不到內容。而暗牌模式的倒數計時也增加到三十秒，供選手理解對手卡組資訊，並且調整兩張暗牌。

看到面前出現整整齊齊的一套蛇牌，謝明哲緊張又興奮，他知道自己面對的是水平頂尖的大神，光是卡組的搭配，都給人一種強大的震懾力。

甄蔓展示的五張全是木系卡，分別是綠色的「竹葉青」、身上覆蓋著華麗彩色花紋的「變色蛇」、銀白色環形條紋的「銀環蛇」、通體漆黑的「黑曼巴蛇」、體型極為細小的「盲蛇蛇群」，不同形態的蛇看得謝明哲眼花繚亂。

這五張卡中竹葉青是單體攻擊最強的一張卡，變色蛇是隱身加單體控制，銀環蛇是單體控制加單體輸出，黑曼巴蛇是單體輸出，盲蛇則是群控。

兩張暗牌他看不到，或許是防禦類、治療類的卡。

謝明哲放在明牌的卡是孫策、周瑜、陸遜、呂蒙和小喬，放在暗牌的則是孫尚香和大喬。這套卡組是他最擅長的卡組，他也不打算調換——跟高手對決肯定要用最熟練的卡組，臨時換卡他會跟不上思路。

看臺上，新人們看見這套卡組紛紛感嘆畫風精美。

「這套卡組可以拿去參加選美大賽吧！」

「俊男美女組合看著確實挺養眼。」

「前幾天群裡討論的就是這套卡組嗎？」

「破解方案很多啊！所以唐神為什麼把他叫過來？這套卡組不是已經被大神們破解了嗎？」

唐牧洲正是為了讓謝明哲親自體會卡組會被如何破解。

嘴上說再多，也沒有親自體會那麼深刻。

倒數計時結束，比賽開始。

專家段位系統不會一口氣把牌全部召喚出來七打七對轟，而是玩家選擇性地召喚自己的某幾張卡牌，就像打撲克牌一樣，可以一張一張出牌，也可以隨意組合出牌，但應對速度一定要快。

為避免玩家消極作戰、拖延時間，當場上沒有任何一張己方的卡牌存在時，系統將開始倒數計時，玩家若在五秒內未能召喚出新的卡牌，系統就會直接判輸。

要是七張牌死光，無卡牌可召喚，當然也是輸。

在這種模式下，如何抓準出牌時機，如何計算卡牌數量，對操作者的反應速度、預判能力都是極大的考驗。

甄蔓先召喚出一條竹葉青，翠綠的蛇以極快的速度在地面滑動，謝明哲硬著頭皮把孫策召出來。竹葉青是單體攻擊牌，秒不掉孫策，但孫策也不能秒掉牠，雙方對峙不到三秒，甄蔓突然連召三張牌！

只見一條彩色的蛇在她身邊出現，卻瞬間消失——是變色蛇的隱身！

變色蛇這張牌強就強在這裡，機制有點像變色龍，可以改變身體的顏色融入周圍的環境，讓人看不到牠在哪裡。

謝明哲記得這張卡還有個控制是單體麻痹，只要被麻痹，就放不出任何技能。一旦孫策被控，此時場上有四張蛇牌，孫策很可能被一波秒殺！

但是，牠什麼時候才會現身？萬一孫策開無敵，牠不現身，豈不是白費無敵技能？

謝明哲心下只猶豫了那麼一秒時間，變色蛇就以極快的速度爬到孫策身後，一口咬向孫策——單體麻痹！

孫策被麻痹控制，根本放不出任何技能。

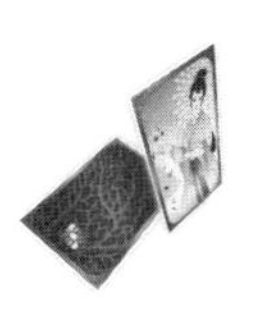

謝明哲心裡暗叫了聲糟糕！

甄蔓的反應實在太快，他剛才腦子裡的念頭只不過是一閃而過，對方就立刻搶攻！變色蛇一控住孫策，他就見竹葉青、銀環蛇、黑曼巴蛇同時圍了過來，四條蛇前後左右圍住孫策，四張蛇牌的普攻全帶中毒效果，中毒瞬間疊加到了十層。

蛇群圍攻最可怕的地方就是中毒疊加，一層毒，掉血還好，十層劇毒，簡直要人命。哪怕孫策這樣血量高的也扛不住。

劇毒還在疊加，孫策的血就跟崩盤般地嘩啦啦往下掉，如果孫策就這樣掛了，那他相當於白送對手一張牌。

謝明哲迫不得已，立刻連招三張牌反攻——最起碼要把周瑜給召喚出來，哪怕孫策掛了也能觸發江東雙璧的連動技。

周瑜鐵索連環、火燒赤壁，陸遜火燒連營，將對面四條蛇全部打殘。緊跟著放孫尚香收割。

他敢這麼打，是因為目前場上的四張蛇牌中沒有治療卡，他不知道甄蔓的兩張暗牌是什麼，如果是治療卡能讓血量回升，他就很難拖了。

他只能賭一把。

這一套連招下去，對面的所有蛇牌全部殘血，只要孫尚香出手收割，絕對能一口氣秒掉四張。然而，就在他召喚孫尚香要釋放技能的那一刻，通體環繞銀色斑紋的銀環蛇，突然如利箭一般竄到孫尚香的面前，口吐紅信，張口就咬。

被僵直的孫尚香如同雕像般僵在原地，根本放不出技能。

這時候，四條蛇全部轉移火力來殺孫尚香，竹葉青的劇毒、銀環蛇的纏繞絞殺、黑曼巴蛇的神經毒素，一波毒攻疊加，孫尚香瞬間殘血。

孫尚香一死，謝明哲這套卡組根本就沒法打。

謝明哲毫不猶豫召出大喬，想隱居收回孫尚香，可就在他召喚大喬的那一瞬間，他的眼前猛地一片黑——是盲蛇蛇群的失明效果。

甄蔓卡掌控技能節奏的能力，真是讓他頭皮發麻。

這是他第一次遇到如此強大的敵人，強到讓他覺得自己的每一步對手都了然於心，就好像對手鑽進了他的腦子裡，猜到了他的全部思路。

謝明哲迫不得已召出呂蒙和小喬反手群控——他只能賭對面被自己控住，保孫尚香一命。

然而，等眼前恢復視野的那一刻，他發現孫尚香已陣亡，大喬也陣亡，對方的蛇群極為靈活地四散開來，面前立著一條體積巨大的黃金蟒。

這條蟒蛇的身長超過了三十公尺，全身金黃，張開血盆大口，光是看著都讓人心底發寒。

謝明哲知道自己輸定了，果然，黃金蟒開了大招，身體以極快的速度盤旋，將範圍內的全部人類緊緊地纏繞並絞殺！

他幾乎是沒有還手之力就被殺光了全部七張牌。而他甚至不知道，他失明的那幾秒到底發生了什麼。

謝明哲看著螢幕中出現的「失敗」，心情極為震撼和沮喪。

就在這時，唐牧洲溫柔的聲音在耳邊響起：「怎麼？是不是被打擊到了，能承受住嗎？」

謝明哲深吸口氣，立刻調整好心態：「可以！」

他沮喪個屁啊！甄蔓姐姐可是拿過個人賽的亞軍，虐他不是應該的嗎？他才玩這遊戲幾天？甄蔓玩了多少年、打過多少場比賽了？能比嗎？

重要的是從比賽過程中學習對戰技巧，這也是師兄讓他跟高手對決的目的，他必須儘快找到自己和高手的差距在哪裡！

被高手虐的機會這麼難得，他要是認慫，還好意思叫唐牧洲師兄？只不過甄蔓把他虐得有點懵，他不知道孫尚香和大喬是怎麼死的，這真的很鬱悶。

唐牧洲像是看穿了他的想法，說：「剛才這局我錄影了，上帝視角的錄影更清楚，待會兒打完給你看。」

謝明哲雙眼一亮：「謝謝師兄！」

「不客氣。」唐牧洲溫言道：「既然你受得住，那就繼續了？」

「繼續吧！」傳到耳邊的聲音已經迅速恢復了鬥志。

擂臺房間內，唐牧洲道：「下一個，小劉你上，用木系卡。」

被唐神點名的新人只好走出來，謝明哲調整好情緒繼續展開對戰。

這個新人給他的壓力明顯小了很多。

只不過，木系卡依舊難打，尤其是對面的防禦罩，綠色透明防禦罩可以阻擋一切傷害，把周瑜的火攻給防住，謝明哲就很難接上後續的輸出。

孫尚香一出現，對方就突然一個單控麻痹，把孫尚香給控制住。

謝明哲無奈落敗，但他已經總結出了一些經驗——顯然，這些高手早就看出孫尚香在他卡組中的重要性，都用單控技能來針對孫尚香。

唐牧洲道：「小張，下一個你來。」

這次是土系卡，謝明哲看著都頭大，五張明牌中有三張石獅、石雕、石巨人，血量都超過十五萬。這些土系卡的技能並不花俏，有些牌只有一個技能，但就是皮厚，謝明哲最怕的就是這種血量超厚的卡組。

競技場的傷害計算相當複雜，除了血量，還有防禦。土系卡的防禦也超高，周瑜一個群攻下去，感覺像在給它們撓癢癢……

更讓謝明哲吐血的是，當他用呂蒙失明群控、用陸遜放火的時候，對手突然召喚出一張石像，直接在前方瞬間豎立起一道巨大的石牆。

石牆：將自身所受一切傷害反彈回對手身上。

謝明哲猝不及防，直接被自己的火攻給反彈回來。

這張牌就是對方藏在暗牌裡故意針對自己群攻的，謝明哲看著被陸遜大火反彈燒殘的自己人，哭笑不得地輸在對方手裡。

唐牧洲：「繼續，小秦你上。」

這次換成火系卡組，而且是比之前競技場遇到的飛禽牌更難對付的火系卡——控制精神力。

謝明哲的角色人物精神力不知不覺地就被對方火系卡的「灼燒」燒得只剩一百五十點，只能召喚出五張卡。五打七，後果簡直不用想。

他還是第一次遇到這種控制精神力的卡組，心裡只覺得新奇有趣。

唐牧洲：「小琪你來。」

小琪的水系卡用的是慢控打法，不斷在謝明哲人物卡上疊加水毒，疊到五層就冰凍，謝明哲頭都要炸了，一會兒凍一個，一會兒又凍一個，節奏簡直被對方干擾得一團亂麻，水系這種慢性死亡的打法讓人特別抓狂。

唐牧洲：「繼續。」

謝明哲越打越興奮。

他突然想到那天在競技場一手鬼牌的柯小柯，剛開始柯小柯壓著他打，後來被他一波反攻連射掉六張鬼牌，柯小柯很興奮地說：「被虐得好爽啊！」

他當時還嫌棄這少年有病，被虐了居然這麼開心。

但是現在，他也有這種感覺——被虐得好爽！

這是他第一次見到如此豐富多彩的卡組，蛇群的快速毒攻和巨蟒絞殺，土系的高防禦和反擊，火系對精神力的控制，木系的防禦罩和單點控場，水系的緩慢冰凍狀態疊加……這些不同卡組打他的人物卡組簡直就跟切菜一樣。

尤其是甄蔓姐姐，其實只用六張牌就秒了他的七張牌，他甚至不知道自己的牌是怎麼死的——這就是大神對新手的徹底壓制。

他只不過做出了一套卡組、連勝打到星卡專家而已，跟真正的職業級高手比，不管是卡池，還是競技策略、意識、反應速度，他現在還太弱太弱了！

謝明哲的鬥志徹底燃燒起來，恨不得再跟高手們打個幾局，多長長見識，多開開眼界。

然而這時，他聽到耳邊傳來系統音：「親愛的胖叔，您的孫策、呂蒙、周瑜、陸遜、孫尚香、大喬、小喬使用次數已經變成零次，卡牌損壞，請儘快修理。」

謝明哲：「……」

差點忘了，競技場卡牌死一次都會減使用次數。他連輸七局，卡牌全壞了。

謝明哲有些尷尬，私聊唐牧洲：「師兄，我的卡牌都壞了。」

聽著少年鬱悶的聲音，唐牧洲忍著笑道：「那今天先到這裡，太多的話你也消化不了，我們總結一下。」

謝明哲立刻點頭，「好！」

唐牧洲朝二隊的選手們道：「大家先解散去訓練，今天先到這。」

新人們面面相覷。

這個胖叔……比想像中菜啊！

唐神突然拉這個人來跟大家對戰到底是什麼意思？新人們都很不理解，總覺得「給你們增強信心」的說法站不住腳。

他們想增強信心，也不至於去虐一個剛打到星卡專家，連卡組都不齊的人吧？

難道唐神和胖叔有仇？把這可憐的新人拖過來當沙包？

只有甄蔓看了出來，給唐牧洲發訊息：「你也真是用心良苦。」

為了培養一個陌生人，值得這麼費盡心力嗎？萬一這胖叔將來不加入風華，而是自創俱樂部，那豈不是親自培養了一個強大的敵人……

甄蔓的眼睛驀地一亮——或許這才是唐牧洲真正的意圖。

親自培養一個最強大的對手！

謝明哲回到個人空間後，看著七張牌的使用次數全部變成了零，需要修理，他真是心疼修理費。好在他現在不缺錢，而且他在黑市有認識的熟人，那位賣星雲紙的老闆是典型的生意玩家，經常去白鶴星採集各種材料，攤位上有大量修復石販售。

謝明哲是老顧客，跟那老闆談了個折扣價，花了好幾萬金幣批量買來七級修復石，把自己損壞的卡牌全部修好。

就在這時，唐牧洲發訊息給他：「七場比賽的錄影，你直接來我個人公寓，我陪你一起看，順便找找打比賽時的問題。」

謝明哲當然想以上帝視角看看自己是怎麼被虐的。他接受邀請來到唐牧洲的個人公寓，唐牧洲一邊放錄影一邊為他解說。

直到此刻，他才明白唐牧洲指定這幾位新人跟他對戰的原因，就是為了讓他在實戰中清晰地感受到當自己的卡組被針對的時候，會是什麼樣的結局。

這可比直接跟他說理論知識強得多，不但更能理解，親自打過的對局印象也更深刻。

謝明哲心裡格外震撼，卻又有些難以言喻的感動。唐牧洲大費周章調動整個風華二隊的人虐他，只是想讓他迅速找出自己卡組的缺陷。他是撞了什麼好運，遇到這樣好的師兄？

謝明哲有些不好意思：「師兄，你花這麼多時間教我，我都不知道怎麼謝你……」

唐牧洲微笑道：「謝什麼？你是我師弟，我教你是應該的。現在想明白自己還缺什麼類型的卡牌了嗎？」

謝明哲用力點頭，「嗯。單控、單攻、解控、保護，各種卡都缺！」

小師弟悟性真高，唐牧洲眼含讚賞：「你先回去整理一下思路，過幾天，等你覺得自己的卡組比較完善了，我再讓二隊的其他選手跟你對戰。」

師兄作為風華俱樂部大神選手肯定很忙，這樣幫自己，謝明哲心裡挺過意不去的，忍不住問：「你調動俱樂部的資源訓練我，別人不會有意見嗎？」

「這你放心，風華俱樂部我說了算。」唐牧洲笑了笑，緊接著補充道，「再說，現在是他們訓練你，但我相信，很快你就會成為讓二隊的新人們忌憚的高手，你也可以訓練他們。」

師兄對自己的信任和鼓勵，就像在心底注入了一絲暖流，讓謝明哲頓時充滿了信心。

是的，很快他就不是那個被車輪戰連虐七局、卡牌都被打破的菜鳥。

因為他已經想到接下來該怎麼完善卡組！

【第十五章】

蜀國騎兵團

謝明哲回到個人公寓後立刻靜下心來整理思路。大量知識湧入腦海，讓他一時間難以消化，需要好好理清楚。這當然要感謝唐牧洲的實戰指導，今天一個晚上的收穫，超越了謝明哲過去整整半個月對遊戲的認知。

尤其是剛才和甄蔓的那場對局，他從上帝視角看完了全程，才發現自己從選牌階段就落入了甄蔓的陷阱。甄蔓的七張牌中根本沒有治療卡，全是輸出牌，就盯著他的孫尚香。而導致他的孫尚香和大喬瞬間死亡的，是黃金巨蟒的技能——群體恐懼。

甄蔓在用盲蛇「失明群控」的同時立刻召喚黃金巨蟒，巨蟒的群體恐懼讓謝明哲接下來的所有技能全部失效，他的呂蒙、小喬群控技能根本沒有放出來，於是甄蔓操控四張蛇牌迅速疊毒，把本就防禦不高的孫尚香和大喬瞬間秒殺。

對付甄蔓這樣毒攻疊加的打法，他應該讓所有人物站位全面分散，別被蛇群給包圍，但當時的他心亂如麻，根本不知道怎麼應對。如果以後再遇到甄蔓，他會更冷靜一些。

唐牧洲還指出了一個關鍵：「低段位的明牌模式開局系統會召喚七張牌，造成七打七的直接對戰，這是出於對新手的照顧。但高端賽場上，你要自己召喚卡牌。召喚卡牌和釋放技能是兩個緊密相連的操作，反應慢的話你召喚出的卡牌根本放不出技能就會被對手秒殺。」

這一點在跟甄蔓的對局中就很明顯，甄蔓幾乎猜到了他接下來的所有動作，讓他的呂蒙和小喬根本來不及放出技能，這都有賴於大量實戰累積的經驗和頂尖選手的意識。

他也該慢下來，好好打下扎實的基礎。

之前的三十連勝讓他太過興奮，差點忘記他不過是剛接觸遊戲二十來天的新人，他的腳步已經邁得夠大，現在的關鍵是——每一步都要踩穩。

第一步當然是繼續豐富卡池。

關於卡池的缺陷，謝明哲根據今天的對戰也總結出了幾點思路。

首先是單攻卡。

孫尚香太依賴殘局收割，而一旦周瑜、陸遜打不成殘局，孫尚香的單體攻擊能力明顯不足，他這套卡牌又沒有拖節奏慢慢跟人耗的實力，只能被對手逐個擊破，所以，攻擊超強的單攻卡必須多做幾張，彌補傷害上的不足。

其次是單控，呂蒙的失明、小喬的沉默都是大範圍群控，而意識強的高手，只要調整走位就能輕易躲掉範圍群控，加上群控的時間通常很短，在這麼短的時間內很難達到集火秒殺對方關鍵卡的目的，所以，能鎖定目標的單體控制卡牌也是競技場必備。

再來就是解控，關鍵時刻解除隊友身上的負面狀態相當於給全隊多了一次生還的機會。這種淨化類的卡牌不能少，要不然，對面一套群控連招，他就只能原地罰站等死了。

最後一種是保護類卡牌，孫策的範圍嘲諷確實能保護隊友，但是今天打比賽的時候，他看到土系的石牆反擊、木系的群體無敵護盾，這些保護技能同樣非常出色，再做幾張保護卡備用，對付不同卡組也可以把孫策換下場。

謝明哲把整理好的思路全部寫進了備忘錄裡。

順手寫備忘錄是他中學時就養成的習慣，因為曾經有一次記錯考場吃過大虧，從那以後每次遇到重要的事情他都會寫在手機備忘錄裡。

他的備忘錄裡目前有三條事件提醒，第一、流霜城的方雨大神要從他這裡訂製一張亡語系的爆發卡，他目前還沒有想好該做什麼；第二、梅蘭竹菊能不能根據四君子的特徵做連動，等陳哥開始製卡的時候可以再詳細討論；第三，完善自己的卡組，再做一些單攻、單控、解控和保護類卡牌。

謝明哲記錄好備忘錄就摘掉頭盔下線。

今天晚上他高度集中精神連續跟高手對戰七局，已經沒有多餘的精力去做新卡，他打算讓大腦休息，明天早上起來，等腦子最清明的時候再做。

次日早晨，謝明哲七點就爬了起來。

品質好的睡眠讓他全身精力充沛，腦海裡的思路也無比清晰。

單攻卡，他想做成金系。

在五系卡牌中說起瞬間的單攻爆發力，肯定是金系最強。正好大喬、小喬都是金系治療卡，他只需要再做三張金系卡，就可以組建金系套牌。

按照遊戲設定，所有帶「金屬武器」的卡牌都會自動歸入金系。古代那些將軍們不都用各種厲害的冷兵器嗎？尤其是三國時代，使用兵器的將領簡直多得數不清。

之前做的全是吳國卡牌，謝明哲這次將目光瞄準了蜀國。

提起蜀將手中厲害的武器，他很快想到了關羽的「青龍偃月刀」和張飛的「丈八蛇矛」。

據說，青龍偃月刀重達八十多斤，關羽卻能輕鬆拿起它來斬殺對手。

關羽作為一代神將，在三國時期的名氣不用多說，和他有關的典故也非常多，比如「杯酒斬華雄」、「過五關斬六將」、「單刀赴會」等等，後世很多人都把他作為「忠義」的象徵，給他修建了不少關公廟。

關羽的單殺能力極強，在《三國演義》裡「過五關斬六將」的情節就是最好的證明。

謝明哲想把關羽做成一張專砍肉盾的單攻卡，這是昨天對戰高防禦土系卡之後得到的靈感。土系卡牌的血量動不動就破十萬，防禦卡、治療卡甚至有十八萬以上的超高血量，孫尚香的箭根本就射不動，關羽八十斤重的大刀，一刀把石頭劈兩半總沒問題吧？

謝明哲越想越興奮，迅速構思起關羽的人物形象。

關羽的身材挺拔魁梧，濃眉下的雙眸深邃如鷹隼，下巴上還有一把長長的鬍子，一直垂落到胸口。他很喜歡捋鬍子，眼神中透著高傲，手握青龍偃月刀，威風無比。

為了方便關羽提刀砍人，順便給他設計一匹戰馬——赤兔馬。

先做關羽，然後做劉、關、張桃園結義的連動套牌，三兄弟都騎著駿馬，豈不是更統一？

謝明哲想著，既然吳國是「火攻一波流」，那蜀國就做成「騎兵秒殺流」吧！

謝明哲把關羽拆分成兩張卡，第一張是人物和赤兔馬，第二張是武器青龍偃月刀。

為了追求細節上的完美，謝明哲改了好幾個版本，半個小時才畫完。兩張卡都畫完後，他將卡牌進行融合，製成了第一版的關羽形象草稿，然後考慮關羽的技能設計。

謝明哲想到和關羽聯繫緊密的一個典故「單刀赴會」，這個詞被廣泛運用，代表大智大勇、孤軍深入的冒險精神。既然是「孤軍深入」，正好可以做成單體攻擊，一刀砍死關鍵卡。

剩下一個技能該怎麼做？

謝明哲想著，既然要做成傷害量最高的單攻卡，不如增加一個輔助技能，讓關羽的攻擊達到最大化……比如無視防禦。

兩個技能要是能實現，那關羽殺脆皮簡直是瞪一個秒一個。

謝明哲立刻集中精神力連接製卡系統，開始重組所有的卡牌元素。

按照陳哥的說法，只要不是明顯的形象和技能抄襲，系統一般都會審核過關。這種單攻卡在數以萬計的牌庫中肯定不少，但關鍵是騎著馬的人物遊戲裡太少，加上技能描述上的巨大區別，系統判定謝明哲製作的卡牌中具有大量創新元素，因而讓他審核過關。

謝明哲拿起操作臺上的卡牌，仔細觀察——

關羽（金系）

等級：1級

進化星級：★

使用次數：1/1次

基礎屬性：生命值200，攻擊力700，防禦力200，敏捷20，暴擊30％

附加技能：單刀赴會（關羽鎖定敵方單體目標，騎馬朝目標移動時加速500%，揮舞手中青龍偃月刀，用力劈砍目標，造成300%單體金系傷害；冷卻時間20秒。）

附加技能：武聖降臨（被動技。關羽忠肝義膽，號稱武聖，技能攻擊時，自動無視目標防禦，造成真實傷害）

基礎屬性當然是提升攻擊，把攻擊和暴擊率全推到最高，防禦和生命則不用理會。這樣一來，無視對手防禦的關羽，很有可能直接秒掉對手的脆皮卡牌。

這張卡的審核通過讓謝明哲信心倍增。

張飛的設計，謝明哲想和關羽一樣做成單體攻擊牌。

謝明哲作為資深三國迷，看過的書也比較雜，張飛的人物形象爭議很大，但大部分人印象中的張飛都是《三國演義》裡那個直率、粗魯、容易發怒，還有點衝動的三弟張翼德。

他的頭髮蓬蓬的看著十分雜亂，平時也不怎麼注重衣著打扮，大大咧咧，很愛喝酒，眼睛如銅鈴一般大，瞪圓眼睛的時候著實嚇人。

到底有多嚇人？張飛是真的嚇死過人。

謝明哲打算把張飛的怒吼做成一個控制技——指定目標恐懼。

這樣一來，關羽和張飛聯手進攻的時候張飛可以先大吼一聲控制住一張牌，關羽再上去劈砍，如果關羽砍不死，張飛補刀，砍死了，張飛再殺另一個。

至於單體攻擊技，謝明哲想到了這樣的設定：丈八蛇矛針對高血量目標能造成加成的傷害，用來專門打皮厚的肉盾牌。比如那些土系的石巨人、木系的巨樹，一般的攻擊打在它們的身上就跟撓癢癢一樣，而在張飛的攻擊下，目標血量越高，傷害就越高。

設計好形象和技能之後，謝明哲開始製作卡牌。

丈八蛇矛這把武器依舊分解成另一張卡，繪製得也特別精細，蛇形的矛身，尖端鋒利的月牙形

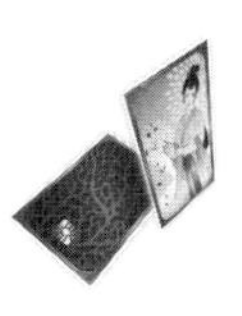

倒鉤，連蛇矛上的紅纓都絲絲分明。等武器畫好後，再將兩張卡牌進行合併。

二十分鐘後，尚未調整資料的卡牌初稿總算完成——

張飛（金系）

等級：1級

進化星級：★

使用次數：1/1次

基礎屬性：生命值200，攻擊力700，防禦力200，敏捷20，暴擊30%

附加技能：重擊（張飛鎖定敵方單體目標，加速500%騎馬朝目標衝刺，揮舞手中丈八蛇矛，重擊目標弱點，對目標造成200%單體金系傷害；若目標生命值大於10萬，則追加一次重擊，造成額外200%單體金系傷害；冷卻時間30秒）

附加技能：咆哮（張飛怒目圓睜，朝指定目標大吼，聲音震耳欲聾，使目標陷入恐懼狀態，無法釋放任何技能，持續4秒；冷卻時間30秒）

審核同樣順利過關。

謝明哲把張飛放在二哥關羽的旁邊，雖然這些卡牌並沒有生命和自我意識，但是謝明哲還是很開心能讓他們以「卡牌」的方式重聚。

接下來就是劉備，很快把大哥也做出來陪你們！

曹操、劉備、孫權這三位主公當中，劉備作為皇族後裔，出身是很正統的，也一直打著「匡扶漢室」的旗號。他是一位仁德寬厚的君主，畢生追求以仁義治天下的真理，據說因為太過仁義，還感化過暗殺他的刺客。

蜀國武力值高的戰將太多，劉備當主公的沒必要親自動手，所以謝明哲決定把劉備做成一張團體輔助卡——留守後方，輔助其他武將。

他現在最缺的，正好是解控類的輔助卡牌。

劉備的仁德寬厚可以做成免疫控制的輔助技。另一個技能可以往防止我方卡牌被秒殺方向靠攏，比如抵禦一次瀕死傷害，這樣後期就能配合治療卡，把快死的卡牌瞬間救回來。

關於劉備的人物形象，他想把劉備畫成稱帝之後的「君主」模樣。

當了皇帝就不需要天天舞刀弄槍，何況劉備不是攻擊卡，所以劉備的武器謝明哲就沒有畫出來，但他的坐騎肯定要畫——的盧馬。

一來劉、關、張三張卡同時騎馬看上去會比較協調；二來，的盧馬還有一段「的盧護主」的傳奇故事，曾經救過劉備一命，謝明哲想把這匹神駒也好好地繪製出來跟隨牠的主人。

將人物和坐騎都畫好之後，謝明哲開始仔細構思劉備的技能。

星卡遊戲裡有規定，卡牌的技能越多，基礎屬性就會越低。大部分卡牌都是兩個技能，因為兩個技能的卡牌資料最平衡。

謝明哲設想中的劉備，一技能群體負面狀態解除，二技能保護瀕死友軍，三技能是被動技，自身無視任何控制效果，四技能當然是劉關張三兄弟的連動技。

被動技是不需要去觸發的，也沒有冷卻時間，它一直存在。

謝明哲給劉備加了個「無視控制」的被動技能，否則，一旦對方放出群控，劉備自己也被控了，解控技能根本放不出來豈不是白費麼？

但如此一來劉備就有四個技能，卡牌資料可能會很差。

好在它是輔助卡，基礎屬性對它並沒有太大影響，功能只有解控、防秒殺。就算自身攻擊、防禦和血量都不高也沒關係，只要關鍵時刻把它召喚出來，保護好隊友就行。

構思完這一切後，謝明哲用精神力連接製卡系統，開始製作劉備卡。

星雲紙上很快就出現了一位身披帝王長袍的男人，雖然他的年紀已經不小了，可看上去非常精

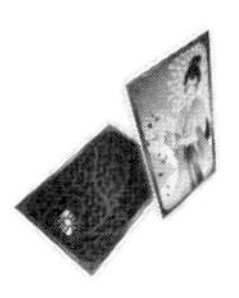

神，嘴角帶著笑意，給人的感覺溫和寬厚。劉備也騎著一匹駿馬，棕黃色的長毛在光線照射下泛著柔和的光澤，額頭的白斑非常鮮明。

謝明哲繪製好卡牌形象，用精神力設計了技能，然後連上資料庫進行審核。

由於這張卡在沒做連動之前就已經擁有三個技能，謝明哲的精神力幾乎耗盡，資料完全沒精力分配，基礎數值確實非常低。

劉備（金系）

等級：1級

進化星級：★

使用次數：1/1次

基礎屬性：生命值200，攻擊力100，防禦力200，敏捷10，暴擊10%

附加技能：帝王風骨（劉備溫和寬厚，釋放該技能時，範圍內友方目標清除一切負面狀態，並在接下來3秒內免疫任何控制；冷卻時間30秒）

附加技能：仁德之君（劉備為指定友方目標施加金系護盾持續5秒，護盾存在期間目標攻擊力提升20%，並抵禦一次致命傷害，抵禦後護盾破碎；冷卻時間40秒）

附加技能：的盧護主（被動技，的盧馬會在危急狀態保護主人，若劉備受到任何控制效果的影響，的盧馬縱身飛躍，使劉備自動解除控制，並提升移動速度500%）

還好審核通過了。

謝明哲長長鬆了口氣，看著劉備這張卡牌，眼中浮起興奮的光芒。

第三個被動技確保了劉備永遠不會被控制，第一個技能又是群體解控、免控，在這樣的前提下，他才能保護好其他的隊友。

更何況二技能還能為隊友抵禦致命傷害——劉備這張卡，可以說是非常百搭的輔助卡，搭配任何卡組上場，都可以成為己方的後盾。

劉備、關羽、張飛，三張蜀國卡牌全部完成。

雖然資料上肯定有很多不足，還達不到完美的程度，但是，技能的設計，已經完全按照謝明哲的設想呈現在卡牌上。

接下來，就是做連動技。

名字不作他想，劉關張，當然是「桃園結義」，三兄弟結拜。

既然關羽、張飛都是單體攻擊牌，那麼，桃園結義的連動技設定就讓他們的攻擊發揮到極致吧。三牌連動，必須三張牌同時存在，以後賽場上謝明哲也可以找機會把劉關張同時召喚出來。

添加卡牌連動技能必須要集中精神力，從第一張牌開始逐個添加，這個過程他已經非常熟悉。很快，三張卡牌正面右下角同時出現象徵「金系連動」的利劍形狀標記符號，最下方也添加了連動技的文字描述——

關羽：桃園結義（連動技，當場上有張飛、劉備存在時，基礎攻擊力提升50%）

張飛：桃園結義（連動技，當場上有關羽、劉備存在時，追加傷害提升50%）

劉備：桃園結義（連動技，當場上有關羽、張飛存在時，劉備可主動釋放技能桃園結義，重置關羽和張飛所有技能的冷卻時間，限使用一次）

關羽和張飛都是被動效果，只要卡牌存在就會觸發。

劉備的連動技就比較有特色了，可以讓劉備主動釋放，重置關羽和張飛的技能冷卻時間。

這意思就是：二弟三弟，大哥來了，你們打死人了嗎？打不死那就再打一輪！

謝明哲做完劉備、關羽、張飛三張牌後，順便把卡牌的百科給寫完，大概介紹了劉備、關羽和張飛三兄弟桃園結義的故事，然後把寫好的百科交給池瑩瑩修改潤飾。

做完這一切已經是中午十二點半，池青在叫大家吃飯。

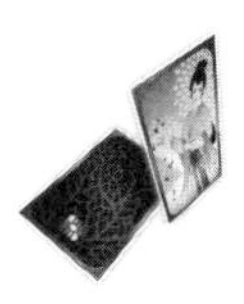

謝明哲摘下頭盔準備吃午飯，正好陳霄和陳千林一起回來了。

陳霄的眼角眉梢淨是笑意，顯然心情極好，他手裡提著個大行李箱走進客廳，朗聲給大家介紹道：「這位就是我哥哥陳千林，小謝給你們打過招呼了吧？他今天搬回來住。」

眾人立刻走了過去，「林神好！」

站在陳霄身邊的男人氣質特殊，挺拔身材足以和模特兒相媲美。他有一雙顏色偏淺的眼瞳，像寶石一樣晶瑩剔透的眼睛看起來十分清冷。他嘴唇的顏色也偏淺，是很自然的淡粉色澤，加上皮膚白，在陽光的照射下近似透明。

男人禮貌地道：「你們好，我是陳千林。」

池瑩瑩積極地伸出手跟他握了握，笑容甜美：「林神，我叫池瑩瑩，以前是你的忠實粉絲！介紹一下，這位是我姊姊池青，涅槃公會的總會長；這位龐宇，我們都叫他小胖，金哥全名金躍，他倆主管公會的內務。我負責公會的宣傳和招人。」

陳千林點了點頭，看向陳霄：「公會的人員配置很齊全，你準備了很久吧？」

陳霄的耳朵微微發紅，輕咳一聲，說：「我大學畢業的那年就開始準備，這幾位都是我精挑細選後固定下來的工作室成員。小謝倒是個意外，我招的臨時員工。」

謝明哲附和道：「沒錯，我是意外加入的，當時瑩瑩姐請了一個月的婚假，陳哥招聘臨時員工的廣告正好被我看見，要不是這個巧合，我也不會這麼快接觸星卡遊戲。」

陳霄看向他，打趣道：「本來以為你只是臨時來湊數的，沒想到你現在反而成了我們的主力，還是遊戲裡的大紅人，胖叔。」

眾人聽見這個ID都忍俊不禁，謝明哲也厚著臉皮笑了笑，抬頭看向師父：「以後師父跟大家一起住，聊天什麼的都方便！我正好有幾個問題想請教……」

池青道：「林神的午飯我已經準備了，大家先吃飯吧，吃過飯再聊也不遲。」

陳霄帶著哥哥先去樓上放行李。這棟房子原本就是陳千林的，他走了以後陳霄把客廳改造成遊戲大廳，樓上的幾個客房成了工作室小夥伴的臥室。雖然傢俱換了，但是屋子的裝修完全沒變，處處都透著熟悉的氣息。

走到陽臺看見那些多肉植物，陳千林一時怔住。

他離開這裡五年，陽臺上的植物居然一盆都沒死，反而越長越旺盛。原本單頭的多肉已經分出側芽長滿了花盆，掛在牆壁上的綠蘿一直垂落到地上，又順著牆壁往上爬，鬱鬱蔥蔥，把整個陽臺都妝點成了綠色的花園。

陳千林心情複雜，回頭看向陳霄，淡淡道：「你把它們照顧得很好。」

陳霄眼眶酸澀，用力吸了吸鼻子強忍住想哭的衝動，聲音低啞地道：「這些植物都是你最喜歡的，我查了攻略，按時給它們澆水、曬太陽，希望有一天你回來之後，看見它們會覺得親切。」

陳千林：「……」

回頭看著弟弟眼眶發紅的樣子，陳千林在心底輕嘆口氣，伸出手，像小時候一樣輕輕揉了揉陳霄的頭髮，平靜的聲音中蘊含著一絲兄長的溫和：「你啊……脾氣還是跟以前一樣固執。」

陳霄猛地僵住，哥哥的手在揉他腦袋？他沒出現幻覺吧？

直到陳千林轉身進屋，陳霄才回過神來，眼中湧起一絲狂喜，哥哥像小時候一樣揉他了？真的不是錯覺！陳霄傻笑著撓撓後腦杓，控制住激動的心情，走進臥室，紅著臉道：「哥，你臥室的擺設我沒有動過，床單、被子前幾天剛洗了一遍，都很乾淨！」

對上弟弟邀功一樣討好的眼神，陳千林心裡微微一軟，低聲說：「知道了，我會在這裡住下，以後我來當涅槃俱樂部的教練，幫你和小謝一起進步。」

陳霄雙眼一亮，聲音激動得微微發抖：「太好了！」

樓下，池青已經迅速把食物擺上了餐桌。知道今天林神要過來，她特意去超市買了很多新鮮的

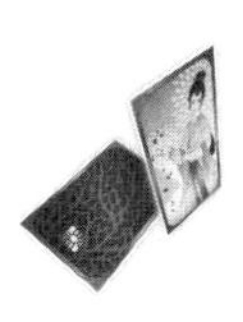

蔬菜和肉類，今天的午飯比往常豐盛好幾倍。

陳霄和陳千林很快下樓入座，大家一邊吃飯一邊聊天。

小胖平時話很多，可今天有大神在場，他不敢多嘴，只悶頭吃飯。其他人也同樣，只有池瑩瑩不怎麼怕生，加上見到偶像，很開心地跟陳千林聊天。

池瑩瑩問：「林神打算回來打比賽嗎？」

陳千林道：「不了，我在幕後給小謝和陳霄當參謀，算是教練吧。」

池青主動舉起紅酒，其他人也紛紛效仿，「歡迎教練！」

午飯結束後，陳霄把謝明哲單獨拉到一邊，問：「你知道我哥不回來比賽的原因？」

謝明哲點頭：「師兄跟我說了，師父實力很強，回來之後萬一跟兩個徒弟對上，不管輸贏都會很尷尬。而且，師父也不是執著於獎盃的人，他大概不想再在媒體前露面吧。」

陳霄深吸口氣，用力地攥緊拳頭，「他願意當教練，以後打比賽遇到問題一定能幫到我們。我們都抓緊訓練吧，留給我們的時間不多了。」

謝明哲認真點頭，「我明白！」

陳霄在自己的旁邊加裝了一臺智慧旋轉座椅和配套的頭盔，留給陳千林。

下午兩點，大家同時戴上頭盔進入遊戲。

陳千林發了條私聊給謝明哲：「剛才說要請教我問題？有什麼疑惑嗎？」

謝明哲道：「師父您先忙吧，我還有幾張卡想做，乾脆做完了再一起拿給您看！」

陳千林回覆：「好的。」

謝明哲趁著中午休息的時間，已經想好了接下來做什麼卡。

已經做了關羽、張飛，那乾脆把蜀國的五虎上將全部做出來，將各式各樣的金系單攻都做一遍，以後他的卡組就再也不缺單體攻擊的卡牌了。

五虎上將是蜀國名氣最高的五位戰將，關羽、張飛、趙雲、馬超和黃忠。每一位在戰場上都是以一敵百的厲害角色，背後也都有一段傳奇性的故事。

謝明哲決定先做黃忠老將軍，人物形象和技能都比較容易設計。

黃忠年齡將近六十，卻有萬夫莫敵的勇氣，箭術極為了得。六十歲高齡居然能戰平關羽，可見他有多麼勇猛，後世把他當成「老當益壯」的代名詞，據說他的箭可以做到「百發百中」。

黃忠的人物形象在謝明哲的腦海中迅速形成，六十多歲的老爺爺，頭髮、眉毛和鬍子都已花白，但他的臉上卻絲毫沒有疲倦，反而雙目有神，精神抖擻。

老爺子穿著一身盔甲，手持一把弓箭——不像孫尚香點了火的箭，黃忠的箭尖是由鋒利的金屬製成，可造成對手相當可觀的單體金系傷害。

做完所有設定後，謝明哲用精神力連接製卡系統，開始繪製黃忠卡牌。

黃忠（金系）

等級：1級

進化星級：★

使用次數：1/1次

基礎屬性：生命值200，攻擊力500，防禦力150，敏捷20，暴擊20％

附加技能：箭無虛發（黃忠射出手中的利箭，鎖定範圍30公尺內指定單體目標，一箭射中對方，造成對方基礎血量50％的單體金系傷害；冷卻時間30秒）

附加技能：老當益壯（被動技，黃忠雖然年近六十歲，但身體強壯，受到的所有傷害將自動降

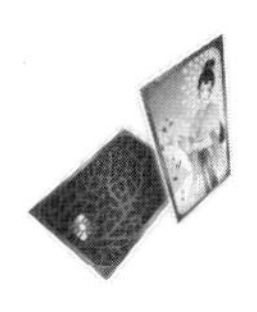

低50%）

利箭射向對面超高血量的坦克類卡牌，可以一次性射掉對手百分之五十的血，自身又帶百分之五十減傷，不那麼容易被秒殺，確保只要出場就可以放出技能。

黃忠這張卡在對付高血量土系卡組的時候絕對好用，比如老鄭的那張白象，血量有二十萬，黃忠的技能是按百分之五十比例扣血，一箭直接射掉十萬血，可以說是相當給力了。

五虎上將中，馬超在跟隨劉備之前曾統領涼州，威震西涼，是西涼一代霸主，稱得上一方梟雄。而且他訓練的騎兵特別厲害，不但騎速快，還各個手持長矛，作戰能力一流。

馬超的武器叫「虎頭湛金槍」，金色槍柄，利刃上方雕刻著一個栩栩如生的老虎頭，槍身鋒利，可以一槍刺穿敵人厚重的盔甲。他的坐騎據說叫里飛沙，是一匹白色的駿馬，日行千里。

謝明哲先構思卡牌人物的形象。

馬超是西涼名將，西涼將領大多披散著頭髮，作風豪放，不愛紮辮子，馬超也不例外。相傳馬超長相英俊，人稱「錦馬超」，羌人將其奉為「神威天將軍」。

他的人物形象應該是帶有豪放西域風情的英俊將軍。

謝明哲構思好形象之後，再給卡牌添加技能。

技能就叫「驃騎將軍」，正好也是馬超投靠劉備之後的封號。

至於另一個技能當然是單體攻擊技。在謝明哲目前的蜀國卡組中，關羽、張飛和黃忠都能砍皮厚的肉盾，那馬超就專殺血量少的卡牌，和張飛的重擊形成一個互補。

馬超（金系）

等級：1級

進化星級：★

使用次數：1/1次

基礎屬性：生命值200，攻擊力500，防禦力200，敏捷10，暴擊10%

附加技能：一騎當先（馬超鎖定目標並瞬移至目標身後，揮舞手中長槍刺向目標，造成150%單體金系傷害；若目標生命小於等於10萬則造成300%單體金系傷害；冷卻時間30秒）

附加技能：驃騎將軍（馬超身為驃騎將軍，擅長訓練騎兵，釋放技能時，所有騎馬人物卡移動速度額外提升200%持續30秒；冷卻時間30秒）

全體加移速算是一個輔助技能，可以讓隊友迅速集火或者逃跑。第一個技能正好跟張飛互補，而且瞬移到目標面前，對殘血的卡牌造成致命的打擊。

五虎上將已經做出了四張，就剩最後的趙雲。

趙雲是蜀國的顏值擔當，劍眉星目、身材挺拔，加上他為人忠肝義膽、有勇有謀，更難得的是趙雲還文武全才。

人們都說「勝敗乃兵家常事」，趙雲卻是歷史上唯一的「常勝將軍」，他這一生沒打過敗仗，也沒犯過大錯，善始善終，是蜀國武將中結局最好的一位，性格也沒什麼缺點，接近完美。

這樣的一個人該怎麼為他設置技能，謝明哲很糾結。

趙雲用過很多武器，他後期最愛的武器叫「龍膽亮銀槍」，也是歷史上的名槍之一。據說打造這把槍的時候因為在槍身的材料中混入純銀，因此會在陽光下閃爍銀子般的光澤，手持龍膽槍的趙雲自然是帥到極點，再加上他的坐騎「照夜玉獅子」，這匹馬通體潔白如雪，全身沒有一絲雜色，和趙雲正好相配，也把他的帥氣提升了一個檔次。

長坂坡一戰，身披白色戰袍，騎著白色駿馬的趙雲，手持長槍單槍匹馬殺入曹軍陣營，一個人面對曹操幾十萬大軍圍攻，居然連續七次殺進殺出，驚險地救出劉備之子劉禪！

那副場景光是想像都足以讓人熱血沸騰，趙雲的「渾身是膽」真是名不虛傳。

謝明哲決定就將這七進七出的典故設定成技能，把趙雲做成一張強大的干擾牌。

考慮好設定後他就讓精神力連接製卡系統，開始拆分卡牌。過了將近半小時的時間，謝明哲才終於製成了趙雲這張卡牌——

趙雲（金系）

等級：1級

進化星級：★

使用次數：1/1次

基礎屬性：生命值200，攻擊力500，防禦力200，敏捷10，暴擊10%

附加技能：七進七出（趙雲手持長槍，騎馬加速500%向指定方向突進，7秒內連續突進7次，並對直線路徑上敵人造成150%金系傷害，突進的過程中不可被打斷和控制；冷卻時間30秒）

附加技能：渾身是膽（趙雲膽識過人，不畏艱險，自身血量低於10%時毫不畏懼向指定方向衝鋒，對直線路徑上敵人造成300%金系傷害）

第一個技能連續直線突進七次，造成的傷害雖然不算高，可這麼強的騷擾能力絕對會讓對面手忙腳亂，徹底攪亂對手的陣型。

第二個技能是殘血爆發技，趙雲殘血快掛掉的時候還要來一次帥氣的衝鋒，這次造成的傷害就相當可怕了，百分之三百金系直線路徑傷害。

在面對趙雲時，對手肯定會很頭疼——到底打他，還是不打他？

謝明哲笑咪咪地收起趙雲卡。

蜀國五虎上將齊全。

五張全是金系卡，完全可以組合成一套金系的卡組。

謝明哲激動地私聊陳千林道：「師父，我做了幾張新卡，你能不能幫我看一下資料？」

陳千林很意外他居然一天之內做出這麼多新卡，立刻發來一個傳送申請，謝明哲通過了申請，就見師父「枯木逢春」的小號來到自己的面前。

謝明哲把五張卡全部拿出來遞給師父。陳千林低著頭仔細觀察卡牌的技能和資料。

「卡牌給我看看。」陳千林平靜地說。

六張卡牌全都騎著馬，不同顏色的馬還繪製了不一樣的馬鞍，可以說細節方面非常用心。除了劉備沒武器，其他人物手中都握著金系武器，有槍、弓、刀、矛，種類很豐富。技能的設定讓陳千林非常驚豔，尤其是劉備「桃園結義」連動技——清除連動卡技能冷卻重置，這個技能確實是這套卡組的亮點。

關羽的攻擊是無視防禦，張飛是打十五萬以上的高血量卡牌，黃忠是百分比扣血，馬超是專殺血量低的卡牌。這四張卡的技能五花八門，可以說是囊括了大部分的單體攻擊技。

劉備是很有用的輔助卡。趙雲的七次連續衝鋒能徹底攪亂對手陣型，殘血還有爆發，是一張能打能抗的干擾卡。

能在這麼短時間內做出六張卡牌，陳千林有些不敢相信，忍不住回頭看向小徒弟，問道：「你怎麼會突然有這麼多的靈感？」

謝明哲解釋道：「昨天晚上師兄拉我去跟風華二隊的人打競技場，我被他們的各種卡組連虐了七局，總結出了一些經驗。這些卡，都是我根據自己卡組的缺陷做的，大部分是單攻，我的卡組單攻太弱了。」

陳千林很意外唐牧洲居然會插手主動幫助謝明哲。

他原本是想讓小徒弟打好基礎，慢慢地掌握這些卡組方面的意識。但唐牧洲的助攻一下子讓謝明哲的意識產生了質的飛躍，也難怪，他調來的風華二隊選手很多人都能達到二線俱樂部主力選手的水準。跟高手對戰，確實容易激發謝明哲的製卡靈感。

陳千林不明白的是唐牧洲為什麼要插手？當年自己指導陳霄的時候，唐牧洲就一副「事不關

己」的態度，完全不管陳霄學成什麼樣了，如今換成師弟，他這麼積極是幹什麼？

陳千林疑惑地看著謝明哲，「你跟你師兄感情很好嗎？」

謝明哲一愣：「這……說不上感情好吧？就是認識的時間比較久，師兄他對我很關照，之前的即死牌也是他給我透露了聯盟大神們的卡組，我才想到怎麼做的，我們倆算是合作關係，他還是我的VIP客戶，我送了他很多即死牌都沒收錢。」

陳千林理解地點頭，「這就說得通了。不然，以他的性格，就算你是他的師弟他也不會主動幫你。他這個人挺懶的，每天下午都要睡下午覺，二隊也不怎麼管，平時都是甄蔓在管。」

「可能是看在之前有過合作的份上，他才順手幫我的。我們約好了，等我完善卡組，他再找二隊的人來跟我對打。跟高手對打之後我真的靈感爆發了。」謝明哲很開心，頓了頓，又問道：「師父，您覺得我這些新卡有哪些需要改的嗎？」

陳千林在紙上寫出幾個微調的方案，讓謝明哲照著調整，順便讓陳霄從公會拿來大量的金系強化材料，把調整好的卡牌全部強化到七十級滿星。

如此一來，謝明哲的卡池中，就多了整整六張金系蜀國騎兵卡！

關羽所有資料主推基礎攻擊，強化後的黑卡關羽加上技能係數，單次攻擊能達到八萬。

張飛、馬超的技能特性被系統控制了資料範圍，單次輸出最多五萬，但因為有針對性的追加傷害，實際打掉的血量並不低，張飛專打十萬以上厚皮卡，馬超專殺十萬以下脆皮卡，聯手之後所向披靡，無卡可擋。

黃忠這張卡的輸出是按百分比計算，所以師父讓謝明哲把資料做到均衡，加了很多在防禦上面，讓黃忠變成一張存活率比較高的卡牌，保證能拖後期。

趙雲的騷擾能力極強，敏捷加滿，而且他有殘血後爆發的特性，血量也加了一些，防止被秒。這套卡組單體攻擊太強，趙雲的攻擊不需要太高，加到中等水準，等殘血再爆發。

劉備自然是攻擊降到零，資料只堆血量和防禦，作為蜀國騎兵們的強勢後盾。

謝明哲捏著一疊滿級的黑卡激動不已，他的蜀國騎兵團，總算可以去競技場大展拳腳了！

謝明哲當天晚上就帶著新做的「蜀國騎兵團」去了競技場。

唐牧洲說過「等你覺得卡組足夠完善的時候再找我」，謝明哲並不認為現在去找唐牧洲，就能贏下二隊的那些高手，卡組強是一回事，操作的熟練度和意識也很重要。

這套全新的卡組，他還沒去競技場練習過，對各種技能的釋放時機也不夠熟悉，尤其是馬超的群體加速，同時加速那麼多卡牌他很可能會操作不過來。趙雲的七進七出也是，連續七次直線突進，他要是不多練練，到時候手忙腳亂突到自己人的臉上就不好了。

所以謝明哲決定先去競技場練習一段時間，等自己熟練地掌握了這套卡組的打法，再讓唐牧洲找二隊的隊員們來虐他，這次就不是虐他了，說不定他能反殺。

謝明哲現在的段位是第四階的「初級星卡專家」，三十連勝。由於勝率太高，系統在給他匹配對手的時候自然會精心挑選。他進入排位大廳的第一場比賽就匹配到了一位同樣三十連勝的玩家。

能三十連勝打到星卡專家段位，說明這個玩家的實力並不弱，絕對不能小覷。

這位玩家是個叫「流水淙淙」的蘿莉，帶一手水系卡牌。

謝明哲用倒數計時的三十秒時間迅速觀察她的卡組，明置的五張牌全是清一色的水系海洋生物卡，藍鯨、鯊魚、章魚、珊瑚魚、魔鬼魚，其中藍鯨和鯊魚的技能是單體水毒加高額單體水系傷害，章魚、珊瑚魚和魔鬼魚都是大範圍群體水毒帶群體水系傷害。

從明置卡組來分析，這位玩家應該是用「水系慢控」中的「狀態冰凍流」打法。

這種打法的特徵是卡組有三張以上的卡牌帶有群體及單體水毒效果，給對手的卡牌施加水毒標記，水毒可以在敵對目標之間彈射、疊加，當水毒標記達到五層時，對手的卡牌就會被冰凍五秒。這種打法操作複雜，但極為靈活，能迅速打亂對手的節奏。

上次和風華二隊選手PK的時候，謝明哲就遇到過一個水系「狀態冰凍流」玩得很好的妹子，開局對方直接四個群體水毒，瞬間把他所有卡牌的水毒疊上四層，然後抓準時機單體疊毒，先凍住周瑜，再凍住救人的大喬，連秒謝明哲兩張卡。

今天遇到的這位玩家卡組和那天風華戰隊的妹子非常相似。謝明哲曾經被風華選手的冰凍流完虐，但那個時候他不但卡組不夠完善，意識也很差。今天的他已經不是那個任人虐的新手了，他已經找到了破解冰凍流的思路和打法。

他的五張明牌放的是關羽、張飛、趙雲、馬超、黃忠，整整齊齊的騎兵團。兩張不給對面看的暗牌他原本放的是劉備和大喬，在看到對面卡組之後，他立刻把西施換了上來。

西施完克魚類，之前做的即死牌總算有了用處！

流水淙淙看到這整整齊齊五張騎著馬的人物牌，一時有些懵。

騎著馬的人物卡她從沒見過，但她還是迅速看明白了對方的思路，單體秒殺卡組，關羽、黃忠、張飛全是單體攻擊。

流水淙淙心頭一喜，這就好辦了。對面沒有強控卡，待會兒她可以直接冰凍控場，讓對手凍得節奏完全亂套。

倒數計時三十秒結束，雙方對決開始。

開局雙方都是試探，誰都沒有主動進攻。

由於競技場有五秒內召喚卡牌的限制，長時間拖著不進攻會被判為消極比賽，很快地，雙方都開始迅速召喚卡牌，流水淙淙連續召喚出章魚和珊瑚魚，謝明哲則放出了馬超和張飛。

——群體水毒！

章魚的幾條爪子迅速襲向謝明哲的三張卡牌，同時魔鬼魚隱身，並在人物卡腳下鋪開了大面積的水系毒圈，色彩鮮豔的珊瑚魚群，如同利劍一樣迎面撲來。

剎那間，謝明哲的三張卡身上就疊了四層水毒。

水毒會讓卡牌不斷掉血，這局謝明哲沒帶治療卡，所以必須在短時間內結束戰鬥。謝明哲毫不猶豫，讓張飛掄起手中丈八蛇矛，五倍加速朝大章魚衝過去，直刺章魚頭部。

章魚卡的血量超過十萬，張飛的重擊觸發了追加傷害，章魚瞬間就被打掉三分之二的血量！

流水淙淙也不是菜鳥，迅速把魔鬼魚調回來保護，魔鬼魚的水毒圈，放給敵人是水毒掉血，放給隊友卻是水系緩慢回血的護盾。

章魚身上出現護盾，血量正在緩慢回復，謝明哲立刻讓馬超出手——附加技能一騎當先，瞬移到目標面前並用手中長槍刺向目標，若目標剩餘血量不足十萬，則觸發追加傷害。

章魚被馬超一槍刺死！

流水淙淙看著章魚的屍體，脊背一陣發冷——對手的單體集火能力實在太強，她的章魚十萬血，幾乎在三秒內就被張飛和馬超聯手幹掉，簡直讓她來不及反應。

必須速戰速決，不能再讓別的卡牌死了。

流水淙淙立刻召喚出用來保命的暗牌：海龜和海豚。

一隻巨大的海龜出現在場地中央，施展嘲諷技，友方目標受到的一切攻擊轉移給自身。可愛的海豚給友方目標增加水系護盾，每秒回復百分之十血量持續十秒。

這兩張保護卡的血量都很高，大海龜血量最嚇人，十九萬只比老鄭的白象少一萬，要是慢慢打估計打幾分鐘都打不死。然而，謝明哲看見神龜出現，嘴角卻忍不住揚起個笑意。

就等你呢，高血量的卡！

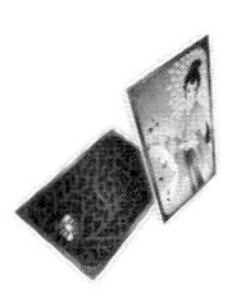

黃忠——箭無虛發。

只見一枚金光閃閃的利箭「嗖」地一聲劃破長空，準確地射中海龜的腦袋。

黃忠的利箭造成百分之五十血量傷害，十九萬血量的海龜瞬間變成了九萬五千的半血。

流水淙淙有些心慌，鯊魚和藍鯨同時出動，這兩張海洋生物光看體積就讓人心生恐懼，尤其是鯊魚那鋒利的牙齒，張開大嘴時幾乎能咬碎一切。

此時，謝明哲在場的人物卡身上全帶著四層冰凍，鯊魚和藍鯨一出來，黃忠、張飛、馬超全被凍住，而且三張卡的技能也全部陷入了冷卻。

眼看鯊魚要撲向黃忠，謝明哲以閃電般的速度連召兩張卡——劉備、西施！

劉備放出一技能群體解除負面狀態，將隊友的冰凍全部解掉。

西施沉魚，魚類即死！

看上去柔弱的美女西施，手中白色輕紗就那麼一揮，大鯊魚直接兩眼一翻趴在她的面前。

流水淙淙：「……」

這尼瑪？太賴皮了吧！即死牌！

沒想到胖叔的暗牌中藏了張魚類即死牌，她真是猝不及防。

不過即死牌屬於戰術牌，防禦都低得可憐，鯊魚死亡的同時，旁邊的珊瑚魚稍微碰了她一下，西施也瞬間躺倒。

一換一，對胖叔來說完全不虧。

他用西施換掉對面的王牌攻擊卡鯊魚，對面的節奏就完全亂了！

流水淙淙頭痛欲裂。

謝明哲卻越打越冷靜，召喚趙雲直接衝進對方的魚群中間，將珊瑚魚群和魔鬼魚群全部衝散，並以自身為盾牌，擋住了對面水毒的彈射。

但這樣一來，趙雲身上的水毒就瞬間疊到五層，被凍在原地。

對方找到機會，讓大鯨魚過來強秒趙雲。

就在這時，最後一張牌，關羽出現。

謝明哲之所以將關羽留在最後，是為了三兄弟聚齊的桃園結義連動。

如果關羽太早出場，對面將關羽、張飛任何一個凍住，那劉備開連動清除冷卻重置就打不出效果。只有當趙雲吸引住火力讓對面去集火趙雲的時候，關羽、張飛、劉備三兄弟才會暫時安全。

關羽騎著赤兔馬，拿起青龍偃月刀，迅速衝向血量正在慢慢恢復的神龜，他的被動技能無視防禦，一刀砍下去，神龜直接被砍成殘血。

這時候，劉備放出了技能——桃園結義！

連動技：當關羽、張飛在場時，劉備釋放桃園結義，可清除兩位弟弟所有技能的冷卻限制。

剛砍完一刀，沒把大海龜砍死的關羽，技能立刻重置，再來一刀，看你死不死？

烏龜的龜殼都要被他給砍碎了……

而張飛技能重置之後，又可以使用重擊和怒吼，他一聲怒吼恐懼住正在攻擊趙雲的藍鯨，揮著丈八蛇矛就去殺大鯨魚。

馬超果斷開了群體加速技，被砍成一絲血皮的趙雲，冰凍效果剛好解除，立刻用殘血爆發技「渾身是膽」衝向藍鯨——大鯨魚陣亡！

流水淙淙被打得頭皮發麻。

幾乎是轉眼間，她的卡就被砍死四張，這些騎著馬的人物卡移動速度太快，集火能力太強，那個劉備還能清除冷卻限制讓關羽和張飛再砍一次，簡直無賴啊！

流水淙淙哭喪著臉按下投降鍵，並附帶一句話：「你這套卡組夠不要臉的，一次砍不死，還能清除冷卻再砍一次？」

謝明哲發去個笑臉：「謝謝誇獎。」

能在競技場把對手氣死的卡組，才是真正成功的卡組。

他昨天跟風華俱樂部二隊那個妹子對局的時候，被對面的水系群控給控得沒脾氣，全程罰站，還沒反應過來怎麼回事已經死了兩張牌。

水系的慢控實在太煩人，動不動就凍住你的關鍵卡。

如今，他有了劉備，不怕冰凍。有了黃忠、關羽、張飛、馬超，可以集火瞬間秒掉對手的關鍵牌。他還有趙雲，可以將對方的魚群徹底攪亂。西施，魚類即死一換一，換掉對面的關鍵卡，讓對方沒法順利冰凍控場——他終於靠自己的腦洞做出了一套能反虐水系的卡組。

當初被虐，如今反虐回去，這感覺真是爽。

謝明哲看著三十一連勝的排位戰績，微微揚起唇角，開啟了下一局對戰。

朝更高級的段位衝刺，挑戰更多的高手吧！

贏下低段位的玩家沒什麼好得意的。最高戰階的星卡大師，職業聯賽的高端對局，那才是他的目標！

（未完待續）

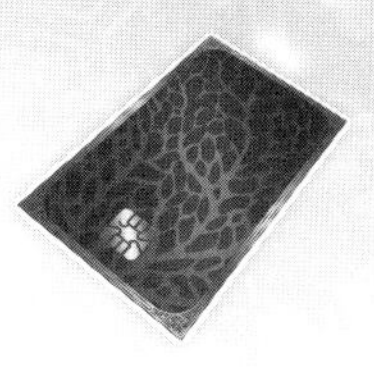

【特別收錄】

作者獨家訪談第一彈，暢談創作源由

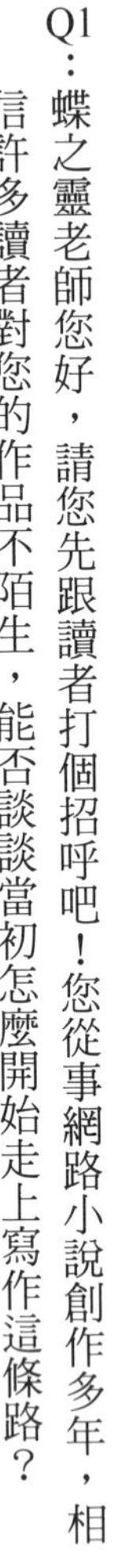

Q1：蝶之靈老師您好，請您先跟讀者打個招呼吧！您從事網路小說創作多年，相信許多讀者對您的作品不陌生，能否談談當初怎麼開始走上寫作這條路？

A1：大學的時候看了很多小說，文荒了，覺得自己也可以寫，當時正好在玩網遊，就寫了一本網遊小說，從此一發不可收拾。

Q2：當初寫《星卡大師》的創作靈感是怎麼來的？原本是想寫個怎樣的故事？

A2：星卡大師的靈感源自於卡牌對戰遊戲《爐石傳說》，我很喜歡卡牌遊戲，我想，如果卡牌中的人物能夠生成幻象，進行實際戰鬥，應該會比兩個人拿著卡牌在桌面上對打更有意思，於是寫了這部作品。

Q3：書中將許多知名角色或歷史人物，設計成各種牌卡技能十分有趣，請問您都是怎麼獲得靈感的？有沒有什麼不為人知的裡設定？

A3：人物技能都來源於原著的故事、性格，設計技能的時候，則是按照網遊對戰的模式來安排，例如：坦克、輸出、治療、輔助等不同功能。

星卡世界的核心設定其實就是RPG網遊，將網遊的對戰模式轉換成了卡牌。

Q4：請問寫作對您而言的意義是什麼？您從愛情到耽美小說都有寫出多部膾炙人口的作品，題材更是從都會到星際無所不包，不知您有沒有比較偏好的創作題材或角色？

A4：寫作是我最喜歡的事情，就相當於我的靈魂伴侶吧。偏愛的題材是星際和網遊，寫起來會比較順手。

Q5：想請問老師的寫作習慣，不知您每次開新文前會習慣先擬好詳細大綱嗎？還是只會做好人設，劇情隨連載情況邊寫邊想？

A5：開新文之前我會做好人設，背景、勢力（戰隊）設定，劇情的話我會寫一些關鍵的轉捩點，比如黑市賣卡、拍賣會、即死牌流通、主角去刷競技場的卡組等，細節則是邊寫邊想。

（未完待續）

i小說 014

星卡大師1

國家圖書館出版品預行編目（CIP）資料

星卡大師1/ 蝶之靈著. -- 初版. -- 臺北市：
愛呦文創, 2019.09
冊； 公分. --（i小說；014）
ISBN 978-986-97913-2-8（第1冊：平裝）

857.7 108011764

愛呦文創

作　　者　蝶之靈
封面繪圖　Leila
責任編輯　高章敏
特約編輯　劉怡如
文字校對　劉綺文
行銷企劃　羅婷婷

發 行 人　高章敏
出　　版　愛呦文創有限公司
地　　址　10691台北市忠孝東路四段59號10-2樓
電　　話　（886）2-25287229
郵電信箱　iyao.service@gmail.com
愛呦粉絲團　https://www.facebook.com/iyao.book

總 經 銷　聯合發行股份有限公司
電　　話　（886）2-29178022
地　　址　231新北市新店區寶橋路235巷6弄6號2樓

美術設計　廖婉禎
內頁排版　洸譜創意設計股份有限公司
印　　刷　沐春行銷創意有限公司
初版一刷　2019年9月
定　　價　380元
I S B N　978-986-97913-2-8